LAME DE FOND

CATHY CASH-SPELLMAN

LAME DE FOND

FRANCE LOISIRS
123, boulevard de Grenelle, Paris

Titre original : *The Playground of the Gods*
Traduit par Claire Beauvillard

Une édition du Club France Loisirs, Paris,
réalisée avec l'autorisation des Presses de la Cité

Édition originale : Warner Books, New York

ISBN : 2-7441-1166-X

Ce livre est dédié à

Conny Cash,
mon amie et ma sœur bien-aimée

Pour les encouragements, les intuitions, le rire et l'amour, tu es unique au monde

et à

Dakota Cash-Spellman,
mon enfant chéri

Tu emplis ma vie de joie, d'amour, d'aventure, de sagesse et de foi en l'avenir

REMERCIEMENTS

Je tiens à exprimer ma gratitude à tous ceux qui, par leur érudition, leur bienveillance et leur aide, m'ont aidée à écrire ce livre. Je remercie de tout cœur, pour leur gentillesse et leur assistance :

Brandon Tartikoff, dont l'idée originale et le soutien enthousiaste aux moments décisifs ont permis à la magie de surgir.

Maureen Mahon Egen, qui a non seulement revu mon texte en lui apportant son inspiration et sa sensibilité, mais cru à ce projet et mis de l'huile dans les rouages... Merci de m'avoir redonné la foi.

Larry Kirshbaum, que je remercie pour ses encouragements, son optimisme et son rire, plus que ne je saurais le dire.

Robert Gottlied, dont les sages conseils, le savoir et la force ont su si bien m'entourer chaque fois que j'en ai eu besoin.

Rick Hegenberger, qui a su me communiquer ses connaissances encyclopédiques dans le domaine de l'aviation, et dont l'esprit inventif a permis à mes personnages de vivre des aventures à la fois spectaculaires et réalistes. Je n'aurais pas pu y arriver sans toi, Rick.

Elyse Gross, dont le dévouement et l'incroyable maîtrise du traitement de texte m'ont permis de placer les pièces de ce puzzle complexe à leur juste place, contre vents et marées.

Debra Goldstein, extraordinaire lectrice, pour sa gentillesse, son intuition et son enthousiasme.

K.T. Maclay, que j'ai consulté pour tout ce qui concerne la langue, les proverbes mexicains et les blagues salées, et dont j'ai apprécié l'humour.

Christopher Donald, pour ses précieuses connaissances dans le domaine de l'alpinisme et du sauvetage.

Juliet Rynear, dont le savoir encyclopédique en matière de poker a permis aux amis de Thoros de se divertir.

Claire Hayden, pour ses talents de linguiste, son enthousiasme et sa bonne volonté, qui m'ont aidée à corriger les dialogues de Thoros, Nelida et Emilio.

Catherine Peterson, dont les connaissances et la culture sportive ont contribué à maintenir le dialogue entre Tiffany et Jack.

Tina et Bill Flaherty, qui connaissent si bien l'âme humaine et qui m'ont inspirée et éclairée dans la bonne humeur.

Shelton Leigh Palmer, tant pour son amitié que pour sa créativité, qui a dépassé les espérances.

Valerie et Joel Brodsky, qui savent si bien prendre des photos qui me font paraître plus belle que je ne suis.

Pour ma famille, qui a vécu les aventures de ce livre – et bien d'autres – jour après jour, avec une incroyable générosité :

Conny Cash, ma sœur et mon amie, qui sait tout, donne tout, comprend tout... Son soutien, sa confiance et ses sages conseils ont imprégné mon univers et apporté à cet ouvrage une touche unique et irremplaçable.

Dakota Cash-Spellman, mon enfant bien-aimé et mon joyeux compagnon de voyage sur la route de la vie. Je t'aime. Plus que le soleil, la lune et les étoiles.

Harry Cash, mon très cher père et ami, qui m'a inspirée et encouragée jour après jour, avec tout l'amour et toute la délicatesse qui le caractérisent. Papa, tu me manques.

Roe Callahan, mon gourou en architecture, qui a dessiné, construit et démoli Mora Utu pour les besoins de mon histoire, avec compétence, gentillesse et esprit, et aussi avec une infinie patience. Jamais je n'aurais pu concevoir ces aventures sans vous, Roe.

Natalie et Ched Vuckovic, qui interviennent toujours avec gentillesse, amour et verve, et viennent apporter de la joie et de l'amitié dans ma vie et dans celle de Dakota.

PROLOGUE

Les eaux azurées clapotaient contre le canot qui dansait au bord du rivage, aux trois quarts empli. Trente-trois indigènes à la peau mate étaient assis, pensifs, dans l'embarcation qui les éloignerait à jamais de la demeure de leurs ancêtres. Ils avaient décidé à contrecœur de s'aventurer dans un monde moderne où leurs enfants n'apprendraient plus les secrets de la nature et des dieux, mais ceux des avions, des ordinateurs et des téléphones portables, objets de pouvoir dans une époque qu'ils comprenaient mal. Mais surtout, ils laissaient beaucoup derrière eux.

L'île de Mora Utu scintillait dans la chaleur tropicale, et la longue bande de sable écrasée de lumière s'offrait voluptueusement aux vagues de la mer. Elle s'étirait paresseusement dans les eaux du Pacifique Sud comme un croissant de lune, et enserrait entre ses pics montagneux un lagon comme on en voit dans les rêves et les histoires de pirates.

Silhouette irréelle, un vieil indigène jaillit de l'épaisse végétation qui poussait au-delà de la plage et se dirigea lentement vers la mer, et le canot qui attendait. Il portait un bâton richement décoré qui eût mieux convenu à une cérémonie, et ses vieilles épaules étaient recouvertes d'une cape de plumes qui enflait à chacun de ses pas, comme une respiration, une présence vivante dans l'air immobile.

Il s'arrêta à mi-chemin et se retourna pour contempler une dernière fois la montagne dans le lointain. Puis il leva le bras avec autorité, et, dans un geste rituel, il dessina dans l'air une série de cercles qui embrassèrent l'île tout entière.

En le regardant faire, les indigènes chuchotèrent comme s'ils attendaient une réponse immédiate de la nature, mais le vieil homme reprit sa marche vers le bateau, et l'île demeura sereine. En atteignant le rivage, il avança dans l'eau d'un pas sûr et régulier, et se laissa hisser avec déférence dans l'embarcation. Tandis que les indigènes courbaient respectueusement la tête, il s'assit à la poupe, la tête haute, face à l'océan. Lorsque la petite embarcation s'éloigna définitivement de la terre de ses ancêtres, aucune trace d'émotion ne vint altérer son expression hautaine.

Il n'avait nul besoin de regarder derrière lui, car il avait posé son sceau. Le tribut serait acquitté et la loi respectée.

Il n'y avait que les sots pour penser que l'on pouvait acheter le paradis.

PREMIÈRE PARTIE

Mora Utu

Les dieux jouent à la balle avec les hommes.
Titus Maccius Platus

1

A soixante-trois ans, Thoros Gagarian respirait le pouvoir. Les femmes étaient subjuguées, les hommes l'enviaient ou l'admiraient. Et la fortune qui lui avait donné ce pouvoir, il ne la devait qu'à lui-même.

Un mètre quatre-vingt-dix, les membres longs, Gagarian, qui avait hérité la force et l'agilité de ses ancêtres montagnards, en avait aussi la ruse. Celle-ci transparaissait dans son regard aigu auquel rien n'échappait et dans cette bouche à peine esquissée, légèrement retroussée aux commissures, signe distinctif du maquignon habile en affaires. « Marchand de tapis ! », lui avait un jour lancé un adversaire d'un ton railleur. Thoros lui avait adressé un sourire entendu. « Merci, avait-il répondu, mon père serait fier d'apprendre que j'ai hérité ce don. »

Thoros ferma d'un coup sec le tiroir du bureau en bois de citronnier qui aurait littéralement rempli une pièce de taille normale, et se cala confortablement dans le vieux fauteuil de cuir qui, au fil des ans, s'était ajusté à son corps comme un gant de base-ball usé à la main d'un joueur professionnel.

C'était le soir du poker, la meilleure soirée du mois. Autrefois, il s'adonnait à ce plaisir une fois par semaine, mais les caprices de la vie avaient dispersé les joueurs les plus fidèles, si bien que les six amis ne se réunissaient plus qu'une fois par mois. Thoros n'acceptait de déroger à cette règle que pour s'adapter aux exigences de leurs emplois du temps. Ce cercle d'amis, cinq hommes de pouvoir et d'argent qui n'attendaient les uns des autres que de la camaraderie, de gros enjeux et un silence absolu sur ce qui se passait entre eux, avait pris une importance dont les raisons lui échappaient. Sans eux, il eût été appauvri, viscéralement démuni.

Thoros jeta un regard circulaire et satisfait dans la pièce élégamment lambrissée, où il passait le plus clair de son temps. En faisant l'inventaire de son petit monde, il se sentit comblé, en veine d'épanchements. Son immense fortune lui permettait de s'offrir le meilleur de la vie et toutes les femmes belles, cultivées et beaucoup plus jeunes que lui qu'il désirait. Son unique héritier, Marcos, était vraiment un garçon bien, qui avait la bosse des affaires et de très bons amis. La vie valait mieux que ce que Thoros avait imaginé du fond de l'immeuble sordide où il avait passé son enfance d'immigré. Beaucoup mieux.

La porte de son bureau s'ouvrit et Marcos Gagarian pénétra d'un pas décidé dans le domaine de son père, comme attiré par les pensées de son aîné.

– Excellent travail sur l'affaire de la Paramount, le complimenta Thoros en levant les yeux vers ce fils au teint de Levantin, et qui avait le profil grec de ses ancêtres maternels.

Marcos répondit par un sourire, mais ne poursuivit pas la conversation. Il était fier de son travail, et suffisamment expérimenté pour éviter de s'en gargariser.

Marcos restait ébahi devant ce visionnaire élevé à l'école de la rue qu'était son père. Thoros lui semblait plus grand que nature, redoutable exemple à suivre, bien qu'il ne lui soit jamais venu à l'idée de ne pas le faire. Marcos connaissait les étapes de la réussite de Thoros, comme s'il avait lui-même parcouru ce chemin. Son père avait d'abord fait fortune dans l'aviation, puis dans l'hôtellerie, et à Las Vegas. Qu'importait le domaine, tout ce que touchait ce Midas se transformait en or. L'argent attirait l'argent, aussi inexorablement que le soleil se levait et se couchait. Marcos savait que son père était doté d'une imagination fertile. Il flairait instinctivement les gros coups et avait toujours l'intuition des combines qui permettraient de les réaliser.

Marcos Gagarian étudiait depuis toujours l'histoire paternelle, comme un sujet de doctorat. D'autres s'étaient imaginés à tort que c'était l'envie d'imprimer sa marque aux affaires de son père qui l'aiguillonnait. Marcos aimait et admirait Thoros, et il espérait qu'un jour il se montrerait à la hauteur des ambitions du clan Gagarian. Il possédait à la fois les gènes et l'intellect pour y parvenir.

– Tu as une minute avant le grand jeu, Papa ? lui demanda Marcos en s'avançant vers le fauteuil qui jouxtait le grand bureau.

La manière dont il se conduisait avec Thoros se caractérisait par une aisance déférente. C'était presque de l'amitié, une sorte de respect qui traduisait la nécessité de garder ses distances face à un homme aussi exceptionnel.

Thoros sourit avec indulgence.

– Je peux t'accorder environ dix minutes, si ça te suffit, dit-il. En fait, je suis un peu en retard.

Sa voix grave et autoritaire s'adoucissait quelque peu devant Marcos.

Thoros aimait ce fils vigoureux et rude. En affaires, ce garçon avait des tripes et l'instinct d'un faucon en chasse. Ce qui était pour lui, respect mis à part, la seule chose qu'un fils devait à son père.

– Il s'agit de la négociation Aquilar, commença le jeune homme. J'ai une idée et je voulais te demander ton avis.

Gagarian ne répondit pas, mais se cala dans son fauteuil pour l'écouter. Ce n'était pas à lui de lui faciliter les choses.

– Ils sont malins et ils sont durs, Papa, mais ils ont un talon d'Achille.

Gagarian attendit.

– Ils me prennent pour le « garçon de courses », poursuivit Marcos. A la dernière minute, tu débarqueras, et ils s'allongeront.

Gagarian haussa un sourcil, attendant des éclaircissements.

– Est-ce que cela heurte ton amour-propre ? demanda-t-il, d'un ton qui ne lui laissait aucune marge de manœuvre.

Marcos eut l'air ébahi.

– Pas du tout, répliqua-t-il sincèrement. Il me semble simplement que tu pourrais te servir efficacement de cet avantage. Si nous les laissons croire qu'ils ont affaire à un second violon, peut-être pourrons-nous pousser un sprint final et les coiffer sur le poteau avant même qu'ils aient eu le temps de respirer...

Le sourcil s'abaissa. Il était agréable de constater que le gène du marchand de tapis s'était transmis à la nouvelle génération. Thoros acquiesça d'un hochement de tête. Il n'avait jamais compris les hommes qui, en affaires, ne laissaient rien passer à leurs employés et acceptaient tout de leurs fils. Ces fichus imbéciles récoltaient ce qu'ils avaient semé. Éliminer sans pitié ceux qui ne sont pas à la hauteur, récompenser les autres, telle était la philosophie de Gagarian. Si Marcos n'avait pas été à la hauteur, Thoros n'en aurait pas moins aimé son fils, mais il ne l'aurait pas laissé toucher à ses affaires.

– Le vieil Aquilar a un gringalet dans sa manche et deux brutes pour fils, rétorqua Thoros, pensif. C'est peut-être pour ça qu'il n'est pas très lucide. Que proposes-tu ?

– Lui faire croire qu'il me tient à la gorge et tirer les pourparlers en longueur pour augmenter le taux d'endettement des actionnaires. J'ai déjà mis la main sur les actions en circulation. Je crois qu'avec un peu de pression nous pourrions nous emparer de tout le gâteau sans même renoncer aux miettes.

Thoros hocha la tête. C'était un plan sensé, dont il était inutile de discuter davantage, pour le moment du moins.

Il se leva et mit son stylo préféré dans la poche de son veston, geste qui mettait traditionnellement un terme à sa journée de travail. Marcos se leva à ce signal.

– Présente mes respects aux amis, fit le jeune homme avec un grand sourire, soulagé que son père ne lui ait pas dit non.

Du plus loin qu'il s'en souvînt, les cinq joueurs avaient toujours été les amis de son père. Bien avant qu'ils ne fussent riches et célèbres, ces hommes étaient fidèles au rendez-vous des Gagarian, les soirs de poker.

Les deux hommes quittèrent le bureau calme et cossu, et s'engagèrent dans le couloir désert, qui longeait les bureaux où s'affairait la main-d'œuvre indispensable au bon fonctionnement de leur empire. Thoros était plus grand que son fils et Marcos plus large, plus musclé, mais ils se déplaçaient du même pas puissant et régulier. Un millénaire de combats dans les hautes terres d'Arménie avait imprimé roublardise, force et assurance dans le patrimoine génétique et la mémoire de leur peuple. Même au repos, ils suscitaient un respect mêlé de crainte.

Ils se dirigèrent vers la porte de l'ascenseur pour regagner leur foyer.

2

Nelida renifla en fronçant les sourcils d'un air dédaigneux et leva les yeux au ciel. La fumée des cigares répandait ses volutes sur le feutre vert de la table qui trônait au centre de la pièce et qui était exclusivement réservée au poker. Elle pinça ses lèvres généreuses et porta le lourd plateau de verres jusqu'à la table, tâche qu'elle accomplissait depuis près de trente ans, depuis qu'elle était avec son mari au service de Thoros Gagarian. Au début, les revenus et les ventres des hommes étaient plus maigres, songea-t-elle en souriant intérieurement, mais la fumée était tout aussi épaisse.

Jack Doherty leva les yeux vers elle.

– Vous êtes une belle femme, Nelida, dit-il avec un sourire de conspirateur. Vous l'ai-je déjà dit ?

C'était un homme accommodant, elle le savait par expérience, et qui aimait les femmes. Son visage semblait taillé à même le roc, buriné par la vie, mais elle aimait ce qu'il y avait derrière ce visage.

– Vous êtes si gentil, señor, répondit-elle avec un sourire enjôleur, et si correct.

Un éclat de rire général salua cet échange. La Mexicaine avait une indéfinissable sensualité, bien qu'elle fût sans âge. Et elle se tenait comme le font les femmes d'une grande beauté, qu'elles aient dix-neuf ou quatre-vingt-dix ans, avec une confiance absolue en leur pouvoir de séduction.

Tony Capuletti tendit la main pour lui caresser les hanches, mais elle s'écarta pour l'éviter et fit prestement tournoyer sa jupe chiffonnée de paysanne.

– Señor, fit-elle gravement. Il y a *un hombre* dans la cour qui dort sous une couette d'herbe parce qu'il a touché ce corps sans permission. Je ne voudrais pas que vous alliez le rejoindre.

– Qu'est-ce qu'elle a dit ? demanda Tony, qui riait jaune.

Il avait le teint sombre des Méditerranéens, une mâchoire puissante, et il y avait plus de sel que de poivre dans l'épaisse chevelure qui faisait sa fierté.

– Va te faire foutre. Que veux-tu qu'elle ait dit d'autre ? rétorqua Alex Barclay-Fontaine d'un ton doucereux, ce qui déclencha à nouveau l'hilarité.

L'accent d'Oxford d'Alex insufflait un certain raffinement à ses grossièretés elles-mêmes. Il avait l'air d'un gentleman, malgré sa chevelure ondulée, couleur sable, et son regard désabusé, d'un bleu glacial, qui le faisaient paraître plus jeune qu'il n'était.

La Mexicaine sortit brusquement de la pièce, agile comme une danseuse de flamenco, traînant derrière elle les rires des hommes.

– Plutôt irascible, cette servante, grogna Tony Capuletti avec un sourire méprisant, pour sauver la face.

Il était moins policé que les autres, mais il était de ceux que l'on aime avoir à ses côtés, qui savent vous sortir d'un mauvais pas sans chercher à en tirer un quelconque avantage.

– La traiter de domestique risque de t'envoyer plus sûrement sous la couette d'herbe que de la toucher, répliqua Thoros avec une voix grave teintée d'amusement.

Il avait toujours soupçonné Nelida de cacher son jeu, sans trop savoir de quel jeu il s'agissait. Plus d'une fois, il avait tenté de coucher avec elle, mais elle l'avait éconduit avec une telle finesse qu'il en avait été plus charmé qu'agacé.

Alex leva les yeux de ses cartes, un méchant sourire au coin des lèvres.

– Seuls les riches ont des domestiques, mon vieux, dit-il pour arrondir les angles. Les sales richards ont des serviteurs. Depuis combien de temps Nelida et Emilio sont-ils à ton service, Thoros ? J'ai l'impression de les avoir connus en même temps que toi.

– Depuis la nuit des temps, répondit Thoros avec bonne humeur. Trente ans... peut-être plus. Quoi qu'il en soit, j'ai bien compris qu'il est plus économique d'avoir un couple qu'une femme. Et puis, on évite quelques désagréments.

Tous les hommes autour de la table savaient qu'il n'y avait qu'un domaine dans lequel Thoros n'avait pas triomphé. Le mariage. Sur le plan affectif, il n'était pas un homme superficiel. En fait, ses passions étaient plus profondément ancrées en lui que chez la plupart des gens, mais il n'avait jamais trouvé de femme à la hauteur de sa nature et de ses appétits, ni même une seule qui sache retenir son attention longtemps.

Thoros s'était marié une première fois à vingt et un ans. Quand son ménage sombra, il mit sa désintégration sur le compte de la jeunesse et d'une alliance au-dessus de sa condition. Mais quand son second mariage prit fin, de la même façon, il se résigna à son incapacité systématique à respecter un engagement qu'absurdement les femmes semblaient attendre du mariage. Thoros se considérait avant tout comme un réaliste. En affaires, il se lassait le plus souvent de ses partenaires avant sept ans. Pourquoi n'en irait-il pas de même de toute relation ?

Non que cette défaillance affective lui posât un sérieux problème. Avec les années, il avait appris à se satisfaire de son sort. Un sort tout à fait honorable, si l'on considérait tous les petits ennuis de l'existence, et qui ne l'empêchait pas d'être en paix avec lui-même, et à l'aise dans son univers. Ses amis, pour peu qu'ils aient perdu du temps à s'interroger à ce propos, auraient été du même avis.

– Va-t-on enfin jouer aux cartes ? coupa Tony, fatigué de ces interruptions.

– Quelle est la mise ? demanda Doherty en avalant une grande gorgée de bière dans la chope posée à côté de lui.

Jack Doherty était originaire des quartiers sud de Chicago. Sous le vernis de civilisation qu'il avait acquis avec sa fortune, il avait conservé une certaine dureté. Mais les hommes comme les femmes l'aimaient pour la force et la nature généreuse qui se lisaient sur son visage.

– Grosso modo le prix de la première maison que j'ai construite, répondit H. Douglas Rand, qui était assis à la gauche de Jack.

Grand et mince, il portait des lunettes d'architecte sur un nez de patricien. Ses cheveux, qui avaient été roux, étaient lisses et brillants, un peu trop longs toutefois pour un homme de son rang.

– Pas plus, mon pote, grogna Tony. J'ai entendu dire qu'avec toi, le moindre coup de fil coûtait dix millions.

Rand sourit. Il avait beaucoup travaillé pour devenir l'architecte fétiche de la bonne société.

– Jouons-nous, messieurs ? s'interposa Jase Shindler, dont le regard vif, suffisant, irradiait une confiance en soi mêlée de circonspection. On ne va pas passer la soirée là-dessus ?

– Jamais de la vie, rétorqua Alex, qui distribuait les cartes. J'entends bien te plumer selon les bonnes vieilles règles de l'art. Servi.

Il avait un sourire de requin et de gros mangeur. Alex était capable de charmer le plus récalcitrant des cobras, avait dit sa mère quand il était enfant. « Ou de rafler les deux sous dans la sébile d'un mendiant », avait ajouté son père, qui le connaissait mieux.

– Tu as autant de chances de me plumer que d'annexer la Pologne, répliqua aimablement Shindler, qui misa cinq mille pour commencer.

A New York, il était l'éditeur le plus en vogue, celui qui faisait la couverture des magazines et les choux gras de la presse à sensation, celui que l'on invitait aux meilleures tables.

– Mille de plus, renchérit Barclay-Fontaine en jetant ses jetons dans le pot d'un air dégagé, avant de se tourner vers Rand. A propos, où en est le paradis personnel de notre hôte ? Achète-t-il toujours d'antiques tableaux de maîtres pour décorer ses murs ?

– Et comment ! intervint Thoros. Ils valent plus cher que les anciennes maîtresses.

Cette repartie et le tour que prenait la conversation amenèrent un grand sourire sur les lèvres de Rand.

– Je surenchéris, dit-il après avoir regardé ses cartes.

Il avait un drôle de visage, trop long et trop étroit, trop délicat et trop découpé pour être vraiment viril. Pourtant, avec ses drôles de lunettes et son expression hautaine, Rand avait un charme particulier, une aisance aristocratique qui lui tenait lieu de beauté.

– Je crains que dix millions de dollars ne suffisent pas à

payer la piste d'atterrissage et les installations de Mora Utu, dit-il en se retournant vers Barclay-Fontaine. Tout compris, ce paradis a coûté un peu plus cher. Sans parler de la petite fortune que Thoros a dû dépenser pour acheter l'île aux indigènes. Pour répondre à ta question, Alex, c'est presque fini.

Le visage de Thoros Gagarian s'illumina de plaisir.

– Vous savez ce qu'on dit, dix millions par-ci, dix millions par-là... ça finit par faire une grosse somme.

Il espérait bien que l'on parlerait de Mora Utu afin de lancer son invitation dans les formes. Thoros avait le don des gestes grandioses. Il aimait faire profiter ses amis des agréments de la vie, c'était l'une de ses qualités.

Il jeta ses jetons sur la pile d'un air désinvolte et se redressa. Sa moustache d'un noir argenté lui donnait un air de pirate byzantin.

– Mora Utu est presque terminée, déclara Thoros. D'après Rand, il ne reste plus qu'à mettre la dernière touche avant que les baraques des ouvriers disparaissent définitivement...

Il adressa un sourire à Rand, et ce dernier acquiesça, satisfait de son intervention.

– Donc, pour fêter la fin des travaux, j'aimerais vous proposer une semaine dans le domaine privé le plus luxueux et le plus provocant de la planète.

– C'est fichtrement mieux que de manger des pâtes chez moi, fit remarquer Tony en riant de bon cœur.

L'invitation reçut une réponse unanime et enthousiaste.

– Néanmoins, je pose quelques conditions, poursuivit Thoros, avec cette jubilation retorse qu'ils connaissaient tous parfaitement. Chacun apportera son trophée. Une femme fabuleuse...

– Pas son épouse, j'imagine? lança Shindler, ce qui déclencha l'hilarité générale.

Rand, Tony et lui-même étaient les seuls membres du groupe à être actuellement mariés.

– Certainement pas. Une femme suffisamment ravissante pour faire honneur à l'île et au lit dans lequel elle finira.

La tablée éclata de rire.

– Elle ne dansera donc pas nécessairement avec le type qui l'aura amenée? demanda Alex, dont la diction de Britannique cultivé pimentait délicieusement l'argot.

– Précisément. Pas d'épouses. Ni quelqu'un qui vous soit cher. Pas d'engagement, si bref soit-il.

– Comme un coup entre deux portes, aux heures de bureau, fit Doherty. Rien d'intime.

– Ne sois pas si cru, mon cher, dit Rand avec un sourire sournois, tout en se demandant quelle femme remplirait ces conditions. Considère plutôt cela comme un répit par rapport au *Sturm und Drang* des petites tracasseries quotidiennes.

– Le mariage rentre à coup sûr dans cette catégorie, répondit Capuletti, parlant au nom de tous.

Il avait la repartie facile, souvent grossière, généralement drôle.

– Je dirais que c'est le moins que nous puissions faire pour notre ami Thoros, répondit Doherty. Il faut bien que quelqu'un effectue les dernières vérifications sur place.

Shindler sortit son agenda de poche d'un geste professionnel. Plus tard, il lui faudrait songer à ce qu'il allait raconter à Ellie. La dissimulation dont il devrait faire preuve lui donnait quelque remords, mais les choses ne se passaient pas très bien ces derniers temps et, de toute façon, il était ridicule d'avoir des scrupules après tant d'années de mariage. Au fil des ans, il avait eu des tas d'autres femmes, des aventures d'une nuit et des liaisons plus ou moins longues, mais le plus souvent fortuites, et non préméditées comme celle-ci. Il se plaisait à les considérer comme de petits accrochages sur la route de la vie plutôt que des accidents graves.

– Alors, quand partons-nous ? demanda-t-il.

– Disons que nous ferons la partie de poker du mois prochain sur l'île, répondit Thoros. Rand, auras-tu le temps de tout mettre en place ?

H. Douglas Rand hocha la tête avec sérénité.

– Les structures de l'enceinte sont achevées. La grande maison, les pavillons des invités, la piste, les bâtiments extérieurs sont déjà prêts pour un test. Inutile de dire qu'il n'y a pas encore de personnel sur Mora Utu...

– Nelida et Emilio viendront avec nous, le coupa Thoros. Une semaine comme celle que j'ai imaginée requiert une certaine discrétion, n'est-ce pas ? Moins il y aura de regards indiscrets, mieux ce sera. Je suis certain que des hommes de votre trempe ne rechigneront pas à vivre un peu à la dure... (Il examina son jeu, puis leva à nouveau les yeux.) Et pour que cette petite aventure demeure confidentielle, peut-être vaudrait-il mieux que vos proches ne connaissent pas votre destination exacte. Je vous propose une pause de dix jours... Disons du jeudi au dimanche suivant. Nous nous retrouverons à Oahu pour prendre l'avion pour Mora Utu... Pourquoi ne pas leur laisser croire que nous n'allons pas plus loin ?

3

Thoros décrocha son téléphone et composa le numéro. La femme à l'autre bout de la ligne avait une voix grave, rauque, d'Européenne cultivée. Une telle assurance dans un simple bonjour, pensa-t-il, gagné par le plaisir.

– Justine ? s'enquit-il. Thoros Gagarian.

– Thoros, lui fut-il répondu sans enthousiasme excessif. Je suis ravie de t'entendre.

Elle résista à la tentation d'ajouter : *après quatre mois*. Elle aurait semblé fâchée, ce qui n'était pas tout à fait exact, et elle se serait refusée à l'admettre, si elle l'avait été.

– Tu pilotes toujours ? lui demanda-t-il, calé dans son fauteuil, en se préparant à mener rondement son affaire.

– En effet, fit-elle d'une voix douce, sensuelle, posée. Parfois même un avion.

– J'aimerais que tu te joignes à moi et à quelques amis pour une excursion d'une semaine au paradis.

– La plupart des hommes se contentent de quelques instants de paradis, Thoros. Comment peux-tu espérer que ça dure une semaine ?

– Je possède une île, vois-tu. Dans le Pacifique Sud... Elle s'appelle Mora Utu. Je l'ai fait installer pour le plaisir. Douglas Rand l'a dotée de toutes les commodités imaginables.

– Rand ? Ce type bizarre et dégingandé avec ses drôles de lunettes ? Il est terriblement bon, paraît-il. Terriblement cher aussi. Il doit donc être bon.

Elle rit de son rire très musical et quelque peu désabusé.

– Rand et moi, nous nous connaissons depuis l'enfance,

poursuivit Thoros, bien avant qu'il ne soit devenu cher. Quoi qu'il en soit, j'ai un palais fait pour le plaisir et personne avec qui partager ce plaisir...

Il laissa planer cette pensée.

– Pourquoi m'as-tu demandé si je pilotais ? riposta-t-elle. Tu veux que je vous transporte ?

– Je me disais que tu pourrais essayer mon nouveau jouet.

– Ton G-IV ? J'ai vu une photo dans la presse spécialisée.

– Tu sais piloter ce genre d'engin ? demanda-t-il.

– Oui. Mais il faut être deux pour l'atterrissage. As-tu la licence ou y a-t-il un autre pilote à bord ?

– Rien que nous. Je peux servir de copilote. Rien à objecter ?

– Pas pour l'instant... Quand l'expédition commence-t-elle ?

– Le 7 avril. Tu viendras ?

Sa réticence amusait Thoros. « La durée de la passion est proportionnelle à la résistance première de la femme », disait Balzac.

– Je ne sais pas encore, répondit-elle. Qui d'autre as-tu invité ?

Thoros débita à toute allure les noms des autres hommes.

– Quelle liste ! fit-elle, rêveuse. Et mariés, pour la plupart. Je ne crois pas avoir grand-chose de commun avec leurs femmes, et toi ?

– Leurs femmes ne seront pas là, dit-il d'un ton catégorique.

Justine rit, cette fois de bon cœur.

– Les hommes sont vraiment des scélérats, fit-elle avec indulgence. Alors il y aura des jolies filles ? Je suppose que je n'aurai pas non plus grand-chose de commun avec elles.

– On se fiche des autres femmes, Justine. Tu pourras toujours les ignorer et n'avoir d'attentions que pour moi.

– Loin de moi cette idée, mon chéri. Le meilleur moyen de lasser un homme est de n'avoir d'attentions que pour lui.

– Alors viens pour le soleil et pour le cadre, ma chère. Et pour jouer avec mon avion.

– Comment résister à une invitation si somptueusement lancée ? fit-elle d'un ton amusé.

Justine pensait bien connaître les hommes, petits garçons

gâtés dont l'égocentrisme avait tendance à croître avec le compte en banque. Chambre à coucher et conseil d'administration étaient au centre de leurs préoccupations, mais ils avaient d'autres atouts maîtres. Elle n'était pas sexuellement attirée par les femmes, et il était infiniment plus amusant de fréquenter des hommes. Fille d'un ambassadeur de France, elle avait eu l'occasion d'en examiner de toutes sortes et de toutes nationalités, et elle ne rechignait pas à l'idée de draguer un beau garçon dans les quartiers populaires si l'envie lui en prenait.

– Je piloterai ton avion jusqu'au paradis, dit enfin Justine. J'ai toujours aimé aller au-delà des frontières terrestres.

Thoros raccrocha le combiné, satisfait.

Justine Cousteau était belle, sophistiquée et sexuellement très inventive, se souvint-il. Rebelle et arrogante aussi, bien sûr, héritage de trop grands privilèges et d'une impérieuse nature. Mais elle avait une intelligence vive et un comportement presque masculin assez rafraîchissant.

Justine, de son côté, resta un instant pensive après avoir raccroché, se demandant pourquoi elle avait dit oui et pourquoi cela l'excitait tellement. Thoros était un spécimen intéressant, évidemment, et tout ce qui avait été conçu par H. Douglas Rand était certainement exquis. D'avoir été la première à voir le terrain de jeu de Thoros Gagarian lui permettrait d'alimenter la conversation dans les cocktails.

Et si sa mémoire ne lui faisait pas défaut, au lit c'était une affaire. Décidément intéressant. Étonnamment soucieux de son plaisir à elle, bien que leur unique rencontre n'ait été que le fruit d'un hasard extraordinaire. Ni l'un ni l'autre ne l'avaient inscrite à leur programme. Justine se plaisait dans la compagnie des grands de ce monde. Sa vanité y trouvait son compte, d'autant que ses talents de pilote les surprenaient toujours. Elle aurait pu en faire son job, si elle n'était née avec une cuillère en argent dans la bouche. Elle pilotait cependant, dès qu'elle en avait l'occasion, l'avion particulier de son père ou ceux des amis de ce dernier.

Bien sûr, il y avait d'autres points qui méritaient réflexion. Notamment le fait qu'il ne l'ait pas rappelée après leur première rencontre et qu'il l'intriguait plus que les autres. Peut-être serait-il amusant de découvrir qui était vraiment Thoros Gagarian.

Jase Shindler demanda à sa secrétaire d'appeler Hailey Devereaux à Beverly Hills. Elle serait parfaite pour ce voyage. Starlette sur la pente ascendante, longue et mince, la poitrine forte, blonde, des jambes à n'en plus finir et une sensualité qui l'avait propulsée de la masse anonyme des espoirs de Hollywood vers les chroniques mondaines et les seconds rôles qui vous font remarquer par ceux qui comptent.

– Hailey, ma chérie, fit-il. C'est Jase. J'ai une merveilleuse surprise pour toi.

– Jase ? Jase Shindler ? roucoula-t-elle. Je parie qu'elle n'est pas aussi bonne que ma surprise à moi. Je me marie dimanche ! Avec Arnie Edwards de *Guerre ouverte*.

Elle suffoquait de joie comme un gosse de quatre ans sur un manège.

– *Guerre ouverte ?* Le groupe de rock ? Formidable, dit Jase en forçant son enthousiasme.

Un mariage avec Arnie Edwards ne pouvait durer plus longtemps que le rouge à lèvres qu'elle porterait à la réception. Il n'y avait donc aucune raison de brûler ce vaisseau-là. Hailey serait de nouveau dans le circuit avant que le soleil ne soit au bout de la vergue.

– Zut ! fit-il en raccrochant le téléphone avec dépit.

Il n'aurait pas dû attendre la dernière minute pour la prévenir, mais il avait mis un certain temps à déterminer laquelle des femmes de sa liste présentait toutes les conditions requises.

Superbe à en tomber raide, sensuelle, jeune, pas mal pour la publicité, au cas où il y aurait des photographes à l'aéroport d'Hawaï. Il pourrait toujours dire à Ellie qu'elle était avec un autre ou qu'il lui faisait la cour pour qu'elle lui écrive un livre. Il fallait être disponible pour les photographes, où qu'ils se trouvent. Cela faisait longtemps qu'il l'avait compris.

Le hic, c'était le dernier critère de sa liste. Son « trophée » ne devait pas nécessairement être docteur en médecine, mais devait être capable de tenir une conversation cohérente. Une semaine, c'était très long avec une compagne au QI déficient. Quelle poisse que Hailey épouse ce crétin ! Elle était plus intelligente qu'elle n'en avait l'air, spirituelle à la limite de la folie, parfaite sous tous rapports.

Shindler repoussa impatiemment son fauteuil et balaya la pièce du regard pour s'assurer que l'on avait rangé tous les papiers importants.

Son immense bureau d'éditeur s'étendait devant lui, silencieux, désert, contrastant avec l'agitation de la journée. Il ferma la porte à clé et se dirigea d'un bon pas vers l'ascenseur. Quand Liz Cavanaugh émergea de son box sans regarder ni à droite ni à gauche, elle faillit le renverser.

Les papiers qu'elle portait tombèrent en cascade sur le sol, et les excuses qu'elle murmura furent d'autant plus difficiles à comprendre du fait du crayon coincé entre ses dents.

– Ce doit être un manuscrit drôlement urgent pour que vous fonciez à ce point, dit Shindler en s'accroupissant pour l'aider à ramasser les feuilles éparpillées.

Il se serait fâché si elle n'avait été aussi belle. Quand elle se pencha, ses longues jambes et sa croupe arrondie lui parurent sublimes, et les seins généreux qui pointaient sous son chemisier semblaient tout aussi prometteurs.

– En fait, répondit-elle avec un petit rire, il aurait pu me tomber des mains d'ennui. Alors ne vous en faites pas.

Elle s'efforça de réprimer la nervosité qui montait en elle. Jase Shindler était une légende dans le monde de l'édition et elle fantasmait depuis qu'elle avait décroché ce poste.

– Je mets un point d'honneur à ne jamais m'en faire, rétorqua-t-il. (Elle avait du répondant.) Nous connaissons-nous ?

Elle lui fit un grand sourire. Elle avait un joli visage, pas beau, mais qui respirait l'esprit et l'intelligence, et il y avait en elle une force vitale et un côté provincial assez attirants.

– Je suis probablement trop au bas de l'échelle pour qu'un auguste personnage comme vous me connaisse. C'est dommage, je suis bourrée de talent.

– Et très travailleuse, répondit-il. On fait des heures supplémentaires, on charrie des manuscrits. Et modeste avec ça.

Ils éclatèrent tous deux de rire et elle lui tendit la main.

– Liz, dit-elle. Liz Cavanaugh. Assistante, favorite et esclave de Frank Schultz.

Shindler hocha la tête.

– Alors ce vieux Frank prend du bon temps pendant que vous vous tapez tout le boulot ?

Cette conversation l'amusait beaucoup. Il regardait ses

seins volumineux s'agiter sous son corsage de soie lisse quand elle riait. Il eut envie de la faire rire et songea vaguement à une réplique d'un goût douteux, qu'il garda pour lui.

– Eh bien, Liz Cavanaugh, dit-il en posant énergiquement les papiers qu'il avait ramassés sur son bureau. Un auguste personnage comme moi déteste dîner seul. Accepteriez-vous de m'accompagner chez Michael's ?

Elle leva les yeux, hésitante, ou simplement surprise, et son cœur se mit à battre de manière déconcertante. *Arrête!* s'admonesta-t-elle. *Ce n'est pas parce que c'est le roi de l'édition et que tu en pinces pour lui qu'il faut te comporter comme une idiote.*

– Allons, l'encouragea-t-il en la poussant vers la porte. Je vais vous faire gravir quelques échelons.

Liz attrapa sa veste et son sac à main, et le suivit, pensive, jusqu'à l'ascenseur.

– C'est exactement le chapitre trente-huit dans *Les hommes préfèrent les blondes*, quand Lorelei fait une rencontre.

– Je vous demande pardon ?

Elle hocha la tête en riant doucement.

– Il se trouve que je possède un don. Le disque dur de mon cerveau enregistre chaque mot que je lis. On appelle ça la mémoire totale. Une sorte de gène récessif. C'est pratique quand on travaille dans l'édition.

– J'imagine, répondit-il tout en cogitant.

Celle-là ferait l'affaire pour l'île de Thoros, songea-t-il avec soulagement. *Elle est assez jolie, elle a un corps somptueux et une conversation amusante...*

– Je suppose que vous vous rappelez mot pour mot tout *Robinson Crusoe*, fit-il quand les portes de l'ascenseur se refermèrent sur eux. Il m'est venu l'idée d'un petit voyage dans une île du Pacifique Sud...

Tony Capuletti s'efforçait de contrôler sa respiration pour soutenir la conversation. *Putain d'escalator! J'aimerais bien tenir l'enfant de salaud qui a inventé cet engin!*

A ses côtés, Tiffany Johnson, directrice des relations publiques d'une chaîne de clubs de gym, réprimait un sourire. Le matin, elle avait fait une heure et demie de poids et haltères et, après une demi-heure d'aérobic, elle s'apprêtait à plier bagage. Elle pouvait s'entraîner sur cet appareil jusqu'à ce que les vitesses lâchent, sans s'essouffler le moins du monde.

Ancien supporter des Chicago Bears et exemple type de la Noire américaine, Tiffany mesurait un mètre soixante-quinze. Elle était assez athlétique pour avoir son troisième dan de karaté Goju Ryu et assez belle pour faire tourner toutes les têtes. Elle n'était pas vraiment noire, plutôt d'une chaude couleur de miel, sa lignée ayant connu quelques bouleversements génétiques.

Capuletti la surveillait du coin de l'œil depuis plusieurs semaines. Elle semblait délicieuse, bonne à cueillir. Sans hésitation, il avait jeté son dévolu sur elle pour la fête de Thoros. Le simple fait qu'elle soit noire éveillerait la curiosité des autres. Tout le monde savait comment étaient ces filles au lit. Sauvages, primitives, insatiables. Et ce corps parfait le ferait jalouser de ses copains de poker.

– Cinq frères... heu, fit-il pour répondre à la description qu'elle était en train de lui faire de sa famille.

Ses grands yeux noirs brillaient de vitalité et de bonne humeur.

– Parfaitement. Je connais *tout* des hommes. Depuis le berceau.

Le visage buriné de Tony se plissa en un sourire.

– Ah oui ? Quoi, par exemple ?

– Que ce sont de gros bébés adorables, dit-elle avec une joyeuse indulgence.

Il était évident, aux propos qu'elle tenait, qu'elle adorait ses frères.

– Et ils ont des besoins beaucoup plus simples que les nôtres : le sexe, les distractions, l'argent, le succès... Pour eux, ça se limite à ça. Et les gosses, parfois. Enfin, quand on tombe sur un gars qui aime vraiment ses enfants, et ce n'est pas tous les jours. Comme mon frère Obie... C'est le meilleur père que j'aie jamais vu. Quoi qu'il en soit, ils ne sont pas aussi compliqués que nous.

Elle ne se donna pas la peine d'entrer dans les détails. De lui révéler comment elle avait paré aux coups de la gent masculine depuis que le petit Tobey Wilson lui avait baissé son slip, à l'âge de huit ans. « Je veux seulement jouer au docteur », lui avait-il dit. Tiffany ne se faisait aucune illusion sur ce que les hommes voulaient.

Non que cela la contrariât. Elle n'aimait rien tant qu'un amant fougueux et une bière bien fraîche, mais elle aurait souhaité qu'il n'y eût pas que cela. Toutes les filles rêvaient d'un bonheur éternel, même si elles savaient parfaitement que cela n'existait que dans les contes de fées.

– Écoute, ma petite, disait Tony. Ça te plairait d'aller passer une semaine au paradis avec moi ?

Tiffany produisit un son qui eût été proche du ricanement, si elle n'avait été si bien élevée.

– Je suis certaine qu'avec toi, chéri, c'est le paradis à chaque instant, répondit-elle avec un sourire désarmant. Mais qui pourrait se permettre de prendre toute une semaine de congé ?

Capuletti se mit à rire. C'était vraiment une fille épatante. Il savait exactement comment elle serait au pieu. Athlétique, vive, très amusante.

– Je ne plaisante pas, dit-il. J'ai pour ami un des types les plus riches du monde. Il possède une île dans les mers du Sud, où il vient de se faire construire une résidence de rêve. Je vais y passer une semaine. Tu pourrais m'accompagner.

Tiffany eut l'air intriguée.

– Et quel est exactement le prix du voyage ? Voyons un peu... six nuits et sept jours de sexe, de sexe et encore de sexe. Est-ce que je me trompe ?

– Uniquement si tu le souhaites, mon chou, répondit Tony, visiblement chagriné. Pas de pression. La belle vie au soleil, c'est tout. Et puis qu'espères-tu trouver ici ? Des types qui retiennent leur bras quand arrive le moment de signer le chèque et qui n'ont qu'une chose en tête ? Qu'est-ce que tu as à perdre ?

Les hommes avaient au moins cela de bon, pensa Tiffany. Ils vous donnaient l'occasion de vivre des aventures formidables. Elle avait envie de voir, de toucher, de goûter, de sentir tout ce que la vie avait à lui offrir, et les hommes en étaient toujours la clé.

– Qui d'autre y a-t-il ? fit Tiffany, qui esquiva la question pour se donner le temps de réfléchir.

Tony n'était pas un séducteur-né, avec son ton bourru et ses maladresses. Mais c'était quand même une occasion à saisir.

– Cinq copains à moi, répondit Tony, qui savait à présent comment ferrer le poisson. Rien que des gros bonnets. Thoros Gagarian, Alex Barclay-Fontaine...

– Tu plaisantes ! hurla-t-elle, manifestement impressionnée. Il est passé à la télé hier soir ! Il avait rendez-vous avec le Président pour une affaire concernant le Moyen-Orient...

– Ouais, ouais. Il a toujours la fiole devant une caméra. Il y a aussi Jack Doherty...

– Non ! frétilla Tiffany. C'est incroyable ! Le patron des Chicago Bears ! J'ai été *cheerleader* de son équipe.

– Alors tu le connais ?

– Mon Dieu, non ! Enfin, je l'ai croisé dans des réceptions, quand je menais la troupe des supportrices. Mais je n'ai jamais fait sa connaissance.

– Eh bien, en voilà l'occasion, ma petite. Nous partirons dix jours. C'est un endroit paradisiaque, paraît-il, entièrement réalisé par H. Douglas Rand.

– Comme le Manoir de Playboy ?

– Mieux que ça, ma petite. Plus classe. Je t'ai dit que ces types-là avaient une sacrée classe. Tu viens ou quoi ?

Les yeux vifs de Tiffany s'embrumèrent un instant. Qu'avait-elle à se mettre ? Et elle ne pouvait pas en parler à ses parents. Mieux valait sans doute que ses frères ne soient pas non plus au courant de ce voyage. Mais la possibilité...

– Je viens, fit-elle avec un enthousiasme sincère. Combien de bikinis dois-je emporter ?

H. Douglas Rand courba son long corps maigre sur la planche à dessin du bureau de Francesca Corbo pour examiner les plans déroulés de Mora Utu.

Cela faisait des années qu'il n'avait pas trimé sur une planche à dessin. Des années qu'il n'avait pas touché à un vrai travail d'architecte, qui ne consistait sûrement pas à offrir à de futurs clients des dîners bien arrosés avant de s'approprier la paternité de projets qui devaient tout au talent de son équipe. Son métier consistait à deviner les besoins et les désirs de sa clientèle, à plier l'échine devant leur fortune et leurs fantasmes... à leur proposer les constructions de leurs rêves. Maisons, bureaux, complexes ou palais, tout ce qu'il avait bâti l'avait été pour les gens les plus influents et les plus riches de la planète. Enivrant pour un garçon issu des milieux pauvres de Londres... un garçon d'une ambition aussi grande que le Ritz et deux fois plus grandiose.

– Chesi !

Il salua la jeune femme brune qui venait d'entrer dans son bureau et qui sursauta en trouvant le propriétaire de la société penché sur son travail.

– Monsieur Rand, répondit-elle d'un ton hésitant. J'ignorais que nous avions rendez-vous.

En dépit de ses origines méditerranéennes, Chesi était plutôt réservée.

– Nous n'avions pas rendez-vous, ma chère, fit-il en s'efforçant de créer une certaine intimité.

Il avait une belle voix, songea-t-elle. Grave, mélodieuse. Sûrement ce qu'il avait de plus séduisant. Sur le plan sexuel, il avait toujours été une énigme pour elle, comme si son sexe n'était pas bien déterminé. Peut-être étaient-ce son style, sa recherche vestimentaire qui la déconcertaient. Dans les cercles très restreints que fréquentait Rand, il était important d'être chic. Costumes signés Savile Row, cravates Hermès, accessoires Bijan... Lui arrivait-il de porter deux fois les mêmes boutons de manchettes ? C'était peut-être pour cela qu'elle éprouvait un certain malaise en face de lui. Il ne lui avait jamais paru très viril, bien qu'il ait épousé une espèce de glaçon au sang bleu qui passait son temps à se faire photographier pour *Maisons et Jardins*, et *Architectures*. Du moins pas viril comme les hommes de sa famille. Forts, rudes, des Italiens de l'Ancien Monde propulsés dans le Nouveau. Il n'était sans doute pas juste de comparer H. Douglas Rand, avec son élégance impeccable, à des immigrants qui travaillaient dur. Elle hocha la tête pour chasser ces pensées. « Fais attention, Francesca ! l'aurait grondée sa mère avec une sévérité forcée. Ne sois donc pas toujours dans les nuages. » Mais elle n'était pas dans les nuages. Elle pensait aux immeubles, petits et grands. Aux hôtels, aux châteaux et à toutes ces structures que l'homme bâtissait et embellissait pour défier les dieux.

Elle s'efforça de prêter de nouveau attention à son patron.

– Mora Utu, Chesi, disait-il. Pouvez-vous me donner une date ?

Cela faisait des mois qu'il ne s'était pas rendu sur l'île.

Francesca sourit, soulagée. Elle n'ignorait rien de ce projet. Mora Utu était son enfant et, par moments, sa seconde maison. En tant que coordinatrice du projet, pendant près de deux ans, du début des travaux jusqu'à la dernière ligne droite, elle avait relevé tous les défis, s'était plongée dans tous les schémas, avait réglé toutes les crises, deviné tous les besoins.

– C'est presque opérationnel, monsieur Rand, répondit-elle avec gravité. Jusqu'à présent, toutes les installations ont bien fonctionné lors de nos vérifications. Quelques pépins dans le système électrique, cependant. Un petit problème de dessalement la semaine dernière, dont nous avons dû nous occuper. En fait, j'avais prévu une nouvelle inspection dans une semaine ou deux. M. Gagarian pourra prendre possession des lieux le 1er mai.

Rand avança son anguleuse silhouette vers le bureau et s'inclina, à demi perché sur un coin, les bras croisés sur la poitrine. Il semblait la jauger. Elle se demanda pourquoi. Auparavant, il ne lui avait jamais prêté qu'une vague attention. Peut-être était-ce l'importance de ce projet particulier. Si l'on en croyait les commérages de couloir, Thoros Gagarian était un ami personnel.

– Il se trouve, Chesi, fit Rand, que j'ai prévu de m'y rendre, moi aussi. M. Gagarian souhaite emmener quelques-uns de ses amis les plus intimes et leurs invitées pour inaugurer la maison. Une sorte de galop d'essai avant que la presse et le reste du monde soient mis au courant. Il aimerait que ce soit ce mois-ci.

– Les baraquements sont encore sur place, monsieur Rand, fit-elle, sidérée. Et il n'y a pas encore de personnel...

– Je comprends parfaitement, l'interrompit-il, tout sucre tout miel, mais il le *veut*. Thoros a à son service un couple de Mexicains qui s'occupera de tout pendant une semaine, et il fera venir par avion ce dont il aura besoin, ajouta-t-il en s'éclaircissant la gorge.

L'affaire était délicate. Il fallait la lui présenter comme une prestation de service, sans que l'aspect plus personnel du séjour ne la fasse fuir. Il n'avait pas d'autre possibilité que de l'emmener avec lui. Chesi était la seule personne vivante qui connaissait assez Mora Utu pour qu'il puisse faire illusion, laisser croire qu'il avait tout conçu. Heureusement, elle était assez bien physiquement pour ne pas détonner. Elle avait de grands yeux sombres et profonds, intelligents et mystérieux, qui laissaient tout juste deviner son tempérament volcanique. Elle avait aussi un joli corps. Peut-être mieux que joli. Oui, elle ferait l'affaire.

– M. Gagarian a invité des amis en qui il a toute confiance, début avril. J'irai, bien entendu, et j'ai pensé que vous aimeriez peut-être venir avec moi.

– Je ne comprends pas bien, monsieur Rand, dit Chesi, visiblement gênée. Êtes-vous en train de me demander de vous servir de cavalière ? Ou bien est-ce purement professionnel ?

Il se crispa intérieurement. Les coordinateurs de projet avaient la manie de tout examiner à la loupe. D'entrer dans les détails. C'était ainsi qu'ils faisaient bien leur métier. Mais c'était un trait de caractère qu'il détestait chez une femme.

– Un peu les deux, je suppose, répondit-il en adoucissant volontairement son regard pour ne pas trahir son agacement. Professionnellement, il faut que vous soyez là pour vous assurer que tout se passe bien, mais je ne vois aucun inconvénient à ce que vous vous amusiez un peu avec les autres invités. Après tout, Chesi, c'est l'une des propriétés les plus fabuleuses qui soient, et en grande partie grâce à vous.

Chesi, à peine radoucie, ne comprenait toujours pas ce qu'il attendait d'elle, mais elle ne dit rien. Rand profita de son avantage :

– Disons la semaine du 7 ? C'est ce qui ferait plaisir à Thoros. Je suppose que ça vous va ? Je suis certain que vous ne voudriez pas me décevoir pour un projet d'une telle importance, Chesi.

Il sortit avant qu'elle n'ait eu le temps de lui répondre. Ce qui était tout aussi bien, puisqu'elle ne savait absolument pas quoi dire.

Marika fit voler sa crinière blonde en lançant son rire rauque et sensuel, comme elle le faisait dans ses spots télévisés. Son corps ravissant se mouvait avec fluidité dans les volutes de crêpe rouge à bretelles fines qui lui servaient de robe de cocktail. Elle portait au poignet un bracelet Bulgari, cadeau de l'un de ces hommes qui aimaient la gâter, à son cou un cœur de diamant, que lui avait offert un autre de ses soupirants.

Jack Doherty tourna la tête en direction de ce rire et perdit le fil de la conversation. Elle était parfaite. Exactement ce qu'il cherchait pour l'île.

Il s'excusa et se dirigea vers la propriétaire de ce rire.

– Jack Doherty, dit-il avec une assurance affable en s'approchant.

– Marika, répondit-elle en le jaugeant aussi rapidement qu'il l'avait lui-même jaugée.

Il avait l'air riche. C'était bien. Il avait l'air excessivement à l'aise, comme s'il était propriétaire des lieux. C'était encore mieux. Et de toute évidence, elle l'intéressait. Elle lui fit son plus beau sourire et garda la main tendue juste un peu plus que nécessaire. Son premier interlocuteur, comprenant qu'il était distancé, recula et se fondit dans la foule.

– Qu'est-ce qui vous amène ici ? demanda Jack.

– D'après mon ami John Brooks, notre hôte donne des réceptions absolument fabuleuses, répondit-elle avec un sourire éclatant et un accent manifestement suédois, cadencé, trébuchant non sans charme sur certaines consonnes.

– J'ignorais que John faisait si bien la promotion de mon hospitalité, rétorqua-t-il avec un petit rire.

– Alors cette belle maison est à vous ?

Elle avait prononcé « belle » comme s'il y avait trois « l ».

Il acquiesça d'un hochement de tête.

– A tel point que je connais un endroit où nous pourrions fuir cette cohue bruyante pour bavarder plus tranquillement.

Sans attendre sa permission, Jack prit fermement le coude de Marika et la conduisit vers la porte à double battant qui se trouvait derrière les joyeux convives. Elle avait une démarche étonnamment fluide, pensa-t-il en la poussant devant lui. Et cette voix... Il restait peut-être quelques mystères que cette robe ne révélait pas, mais la subtilité n'avait jamais été le fort de Jack.

Il ouvrit les portes de sa bibliothèque et la mena jusqu'au

chesterfield bordeaux près de la baie vitrée, avec un sourire vainqueur, figé, qui dissimulait mal son excitation.

A moins que ce ne soit une idiote ou une tueuse, elle ne sortirait pas de là tant qu'elle ne serait pas tombée sous le charme et qu'elle n'aurait pas accepté de l'accompagner à ce raout dans les mers du Sud. Aucun de ses compères n'aurait trouvé mieux.

Marika croisa ses interminables jambes dans une pose agréablement provocante et se prépara à écouter ce que lui dirait Jack Doherty avec la plus grande attention. Il y avait belle lurette qu'elle avait mis au point une technique qui consistait à regarder les hommes droit dans les yeux en ayant l'air captivée par leurs propos, si ennuyeux soient-ils. Mieux valait, bien sûr, s'assurer que l'on avait la poitrine bombée juste comme il fallait, les pointes des seins visibles à travers la robe, et il ne restait plus qu'à boire chaque mot, rire à bon escient, jeter çà et là quelques noms connus, pour qu'ils comprennent à qui ils avaient affaire et vous mangent dans la main. Il était difficile de respecter les hommes qui se laissaient manipuler aussi aisément, mais, heureusement, cela n'avait guère d'importance. Il était en revanche beaucoup plus facile de respecter ce qu'ils possédaient, contrôlaient et pouvaient vous apporter.

Mais pour repérer les gros coups, il fallait utiliser son intuition avec sagacité. Depuis qu'elle avait douze ans, elle savait que le sexe était le prix du vedettariat. C'était très bien ainsi. Chez elle, c'était un don, une ressource naturelle. Mais le choix des partenaires exigeait le plus grand soin. Les filles superbes vite défraîchies, fanées, ça courait les rues, et elle n'avait nullement l'intention de finir ainsi.

Elle ne se contenterait pas d'étaler sa jolie frimousse sur la couverture de *Vogue*. Elle deviendrait une star. Une valeur sûre. Une star de cinéma de tout premier ordre avec une maison d'un milliard de dollars à Beverly Hills et un mari du même montant. Il lui faudrait peut-être plus d'un mari pour grimper jusque-là, mais les hommes seraient à coup sûr les barreaux de son échelle.

Les hommes comme celui-là.

Marika arbora de nouveau un sourire éblouissant en espérant qu'il n'était pas déplacé. Elle avait totalement perdu le fil de la conversation. Peu importait. Les hommes attachaient de l'importance non à l'attention qu'on leur portait, mais à l'admiration qu'ils inspiraient.

Pour s'en assurer, elle frôla « par mégarde » de son sein gauche la main qui reposait sur le dossier du sofa. Il n'en fallait pas plus pour rattraper les gaffes qui vous échappaient dans la conversation. Il parlait d'une semaine sur une île des mers du Sud, d'hommes riches et célèbres. L'instinct de Marika était sur le qui-vive.

Alex Barclay-Fontaine, qui était nettement plus beau que Henry Kissinger, avait cet accent agréable à l'oreille que l'on acquiert dans les grandes écoles. Il faisait à peu près la même chose que Kissinger, vieil ami et collègue, mais avec une flamboyance extraordinaire appréciée des médias, qui l'exploitaient à la moindre occasion. Confident des rois et des présidents, Alex faisait le voyage de Boston à Washington comme d'autres prenaient l'avion de six heures deux pour Greenwich. C'était à Harvard qu'il s'était spécialisé dans une branche rare de l'économie, mais son domaine d'intervention s'étendait au monde entier.

Élégant, l'arrogance et l'éducation des milieux privilégiés pointant sous chaque geste, Alex possédait une intelligence et un humour hors du commun. Il avait aussi une séduction quelque peu polissonne qui captivait son auditoire, et un cerveau d'une vivacité redoutable. Il obtenait généralement ce qu'il voulait, mais, l'âge venant, il avait appris qu'avec les femmes il lui fallait recourir à une technique qu'il était enchanté d'avoir inventée.

Alex aimait se mesurer à des femmes intelligentes, qu'il adorait humilier. Il avait découvert que plus il les dénigrait, plus elles tentaient de lui plaire. Il avait donc mis au point un système subtil d'attaques et de parades, toujours à la recherche du talon d'Achille qu'il allait exploiter. Ses conquêtes féminines finissaient par découvrir ses manigances et s'éloignaient, mais, entre-temps, il prenait un plaisir immense à jouer au chat et à la souris, et aux ébats débridés que suscitait ce petit jeu.

Au lit, Alex avait toujours préféré les femmes brillantes. « Le sexe est vraiment une activité élitiste, rapportait *Vanity*

Fair. Tout plaisir repose sur l'imagination [...] Par conséquent, plus une femme est intelligente, plus elle a d'imagination, mieux elle fait l'amour. » Cette déclaration abondamment reprise par les médias en faisait le partenaire le plus recherché du moment et lui avait permis de prendre du bon temps.

Ce qui n'était que l'une des raisons pour lesquelles Christie Gibbs le harcelait pour l'interviewer pour la chaîne ABC. L'autre raison, c'était que cet entretien donnerait un sérieux coup de pouce à sa carrière. Elle avait besoin d'un nom à la pointe de l'actualité et d'un interlocuteur susceptible de créer une controverse. L'aspect sexuel de l'affaire, auquel s'ajoutait sa capacité à déterminer les priorités économiques du gouvernement actuel, en faisait le candidat idéal. Jusque-là, Alex l'avait éconduite. Elle avait donc été fort surprise quand, cet après-midi-là, il avait pris son appel sans que l'habituel cerbère qui lui tenait lieu de secrétaire vienne s'interposer.

Christie agrippa le téléphone d'une main, repoussa ses cheveux blonds, saisit le bloc-notes et le stylo qui lui tenaient lieu d'appendices. Un entretien avec Alex Barclay-Fontaine l'aiderait à sortir du rang des petites journalistes aux dents longues pour accéder au territoire des présentatrices vedettes. *Quel que soit le prix à payer*, s'exhorta-t-elle en s'efforçant d'apaiser le rythme de sa respiration et de prendre un ton nonchalant. Elle était beaucoup plus intelligente et dure que ne le laissaient présager son physique de blonde et son visage de bébé si télégéniques. Autant l'attaquer bille en tête :

– Vous me prenez au bout du fil, j'ai peine à le croire, monsieur Barclay-Fontaine. Que s'est-il passé ? Le soleil m'aurait-il tapé sur la tête ou la grande prêtresse que j'ai consultée serait-elle réellement compétente ?

Alex lui répondit par un rire bon enfant. Elle était futée et combative, juste comme il les aimait. Raison pour laquelle il l'avait fait poireauter si longtemps, malgré son visage à la Meg Ryan et le jeune corps élancé qu'il avait remarqué lors de quelques conférences de presse.

– Je suis flatté que vous vous soyez donné tant de mal pour moi, ma chère enfant, répondit-il d'un ton doucereux. Prête à vendre votre âme contre une heure de mon temps.

– Ne soyez pas trop flatté, répliqua jovialement Christie. Ce n'était pas mon âme qu'elle voulait. Cinquante dollars et l'adresse de ma manucure ont fait l'affaire.

Il sourit de nouveau.

– J'ai décidé de vous accorder l'entretien que vous réclamez, Christie... Appelez-moi Alex, voulez-vous... A propos du programme économique que j'ai proposé au Président.

Le cœur de Christie se mit à battre plus fort.

– J'en serais ravie, bien sûr, Alex, reprit Christie. Mais en toute honnêteté, je dois vous dire que j'espérais vous interroger sur la déclaration que vous avez faite à *Vanity Fair*, selon laquelle le sexe est une activité élitiste. Vous n'êtes pas sans savoir que toutes les femmes de New York sont en train de spéculer sur leur QI sexuel... et comme vous êtes le seul au monde à avoir rendu l'économie sexy, c'est sous cet angle-là que je voudrais attaquer.

Exactement ce que j'espérais, ma chère enfant, songea-t-il, enchanté.

– Comme c'est intéressant, Christie, et original.

Et comment! pensa-t-elle.

– Il me vient une idée géniale. J'ai trouvé l'endroit idéal pour que vous puissiez faire vos recherches sur les rapports entre économie et sexe. Connaîtriez-vous par hasard Thoros Gagarian?

– Je l'ai rencontré. Mais je ne peux pas dire que je le connaisse. Qu'a-t-il à voir là-dedans?

– Il possède une île dans le Pacifique Sud qui est sans doute l'expression la plus poussée des excès du capitalisme. Il n'a pas regardé à la dépense, n'a reculé devant aucun luxe... et il a réalisé tous ses fantasmes.

Il laissa le poisson mordre à l'hameçon.

– Et...

– Et j'aimerais que vous m'y accompagniez... Nous pourrions donner corps à votre projet dans ce paradis. Thoros a invité quelques intimes à y passer une semaine. Jack Doherty sera là, H. Douglas Rand, l'architecte, et Jase Shindler...

Les neurones de Christie s'agitaient furieusement. Était-ce une proposition malhonnête, une interview, ou bien les deux? En tout cas, c'était une occasion à saisir.

– Êtes-vous en train de me faire des avances, Alex? demanda-t-elle, tout en se donnant le temps de réfléchir.

– Uniquement si vous le désirez, ma chère enfant. Je ne dépasse jamais les bornes. Je me disais simplement que ce serait pour vous l'occasion d'observer le capitalisme néo-keynésien dans toute sa splendeur.

Alex s'amusait. Christie ferait parfaitement l'affaire. Elle était belle et intelligente, les deux premières qualités requises. Elle n'était pas assez célèbre pour être encombrante et juste assez gourmande pour mordre à l'hameçon. Parfaite à tous points de vue.

Il changea de tactique :

– Christie, ma chère, fit-il sérieusement, de son plus beau ton de négociateur. J'aimerais que vous soyez mon invitée pour la semaine. Vraiment, j'insiste. Vous aurez votre entretien, une semaine au paradis avec quelques-uns des hommes les plus intéressants de la planète, futurs pourvoyeurs d'interviews, par ailleurs. Quant aux plaisirs, ce sera à vous et à vous seule de choisir. Le pire qui puisse arriver, c'est que vous me trouviez ennuyeux, et vous rentrerez à la maison avec un ravissant bronzage à montrer à la télévision.

Christie Gibbs était déjà en train de songer à la manière dont elle allait annoncer la nouvelle à son producteur.

Jeudi 7 avril

On croit aisément ce que l'on espère sincèrement.
Térence

4

Thoros regarda de biais la femme qui se trouvait sur le siège à sa gauche, et sourit intérieurement. A cet instant, elle ne le voyait même pas, tant elle était concentrée sur la tâche qu'elle était en train d'accomplir.

Justine n'était pas petite, mais elle le paraissait devant les manettes de contrôle conçues pour des hommes et l'énorme batterie d'équipements qui l'entouraient dans le cockpit. Système de pilotage électronique, manettes de gaz automatiques, indicateurs du moteur, molettes de compensation, tous les instruments qui permettaient de piloter le beau G-IV. Avec une vitesse de croisière de plus de quatre mille milles nautiques à quarante-cinq mille pieds et quatre cent soixante nœuds, c'était le meilleur jet de sa catégorie. Ce qui à soi seul en faisait la valeur. C'était aussi un excellent moyen de transporter ses invités de Oahu à Mora Utu sans escale de ravitaillement.

Thoros trouva la concentration de Justine étrangement séduisante. Alerte, en pleine possession de ses facultés, elle dégageait une intensité sans stress ni peur. Il n'y avait entre eux ni la désinvolture, ni le marivaudage de leurs précédentes rencontres.

Elle mit le cap sur le sud-ouest, enclencha le système DAFC jusqu'à ce que l'appareil aux lignes aérodynamiques ait atteint son altitude de croisière, puis elle se détendit. Il éprouvait déjà du plaisir.

Thoros avait toujours eu une passion pour les avions. Depuis le premier coucou unimoteur qu'il avait vu à treize ans lors d'une foire dans un trou perdu, l'aviation l'attirait comme un rêve, un moyen de fuir la pauvreté, la réalité, l'enfance et les contraintes. Le fait de voler l'exaltait, le libérait, et, dès le premier contact, il avait compris que cela pouvait lui changer la vie.

Cela ne l'avait donc pas surpris d'en tirer son premier million. Après la guerre, il avait acheté des appareils obsolètes pour les adapter à l'industrie, et créé ensuite sa propre compagnie aérienne, premier maillon d'un empire international. Tout ce qui suscite la passion est un facteur d'enrichissement. Chaque cellule de son corps d'Arménien le savait et l'avait toujours su.

Au fil des ans, Thoros avait rencontré bien des hommes qui partageaient cette passion. Mais jamais, avant Justine, il n'avait connu de femme ayant les mêmes obsessions que lui.

Partis des endroits les plus divers, ils s'étaient tous retrouvés sur l'aéroport privé d'Hawaï. La discrétion était de la plus haute importance. Margaret, la fidèle secrétaire de Thoros, avait bien insisté sur ce point en distribuant aux jeunes femmes les billets qui devaient les amener à la Grande Ile. La presse ne devait pas avoir vent de cette escapade. *Ni les épouses légitimes*, avait songé Margaret avec une ironie désabusée. Bien qu'elle se fût volontiers jetée sous un train si Thoros le lui avait demandé, elle le fréquentait depuis assez longtemps pour ne plus se faire d'illusions sur la décence de sa vie privée. Elle y avait même participé, brièvement... mais c'était il y a très, très longtemps.

Tiffany jeta un regard circulaire dans la cabine des passagers en s'efforçant de dissimuler son ébahissement. C'était un appareil d'un luxe invraisemblable.

Sur les canapés et les fauteuils recouverts d'un cuir lisse, couleur caramel, quatorze passagers pouvaient s'asseoir confortablement sans occuper tout l'espace. Les deux Mexicains qui servaient de steward et d'hôtesse avaient apporté des mets qui, tant par l'aspect que par le goût, semblaient tout droit sortis d'un grand restaurant de New York.

Tiffany observa les autres femmes et comprit instinctivement qu'elles étaient en train de se jauger. La concurrence était redoutable pour tout le monde. Elle regretta que ses frères ne soient pas là pour la voir en une telle compagnie. Tiffany réprima presque un fou rire en imaginant ses frères lâchés à bord de cet incroyable avion, au milieu de ces gens bizarres. Surtout le mannequin suédois, qui semblait attendre qu'on la saute.

Marika sentit le regard scrutateur de Tiffany et lui adressa un sourire félin. Marika examinait le terrain, elle aussi. Elle était indubitablement la plus belle, mais ses rivales n'avaient pas grand-chose à lui envier. La Française, qui se trouvait dans le cockpit avec Gagarian, était superbe *et* élégante. Celle qui accompagnait l'éditeur avait un corps à tomber raide, et même la placide architecte dégageait une sensualité exotique et méditerranéenne, dont elle ne semblait absolument pas consciente.

Elle avait en face d'elle une autre rivale : *Christie Gibbs d'ABC*, songea Marika tout en poursuivant mentalement son inventaire. Elle pourrait se révéler utile, mais mieux valait aussi s'en méfier. Christie savait naviguer, on le sentait à sa manière d'observer le moindre détail et de questionner sans relâche. Même quand elle ne le faisait pas ouvertement, on voyait bien qu'elle testait tous ceux qui croisaient son chemin.

Satisfaite de l'appréciation portée sur ses rivales, Marika reporta son attention sur les hommes. C'était peut-être Jack qui l'avait amenée, mais ce ne serait sans doute pas lui qui la ramènerait à la maison. Pas s'il y avait du plus gros gibier dans l'arène. Et si elle n'avait pas là une brochette de poids lourds, elle voulait bien être pendue.

5

Mora Utu ressemblait à une grosse émeraude plantée dans les eaux turquoise du Pacifique Sud. A trois mille cinq cents milles nautiques d'Hawaï, à deux mille deux cents des Samoa, à mille deux cents de la Nouvelle-Guinée, elle alliait le caractère montagneux de ces îles à des poses alanguies et des rondeurs sensuelles.

Une flore tropicale touffue donnait au paysage la luxuriance de l'Éden, et des pics volcaniques s'élevaient jusqu'aux nuages, paisibles, silencieux, exception faite de quelques colères tous les deux ou trois siècles. Les coulées de lave avaient façonné de sombres roches de basalte qui trouaient le rivage blanc et se profilaient sur les eaux scintillantes comme des sculptures de Henry Moore.

La piste d'atterrissage de Mora Utu, qui faisait mille sept cent quarante mètres de long, était parallèle à l'océan, et cette installation très high-tech dans une nature sauvage était aussi étrange qu'un terminal d'ordinateur dans un champ de nénuphars. Étrange aussi le fait qu'il n'y ait pas d'équipe au sol.

– Où est le personnel de l'aéroport ? lança Tiffany lors du débarquement.

Tony émit un petit rire.

– Ce n'est pas un aéroport, mon chou, c'est une piste d'atterrissage dans une propriété privée. Il n'y a pas de personnel ici. Juste une station météo automatique.

Chagrinée de sa propre naïveté, Tiffany haussa les épaules en regardant Liz qui lui adressa un sourire compatissant. C'était très enivrant pour tout le monde. Même parmi les riches, il y a différents degrés de fortune.

L'air moite des tropiques sentait délicieusement le frangipanier et l'ananas. Le soleil était haut dans le ciel de ce début d'après-midi quand les passagers descendirent et s'étirèrent les jambes avant de se diriger vers les deux jitneys garés là, semblables à des voitures pour touristes avec leur toit de toile rayée jaune et blanc.

Emilio, le petit Mexicain au teint mat, entraîna plusieurs d'entre eux vers l'un des véhicules et s'installa aussitôt au volant. Nelida et lui, qui étaient arrivés les premiers, connaissaient assez bien la propriété. Thoros mena Justine et les autres vers le second véhicule, qu'il conduirait, leur annonça-t-il. Justine remarqua le sourire de propriétaire qu'il jetait sur le paysage environnant, tel un père empli de fierté qui s'efforcerait de ne pas vanter les mérites de son fils.

– C'est à vous couper le souffle ! s'exclama-t-elle, alors qu'il passait en première en regardant derrière lui pour voir s'il n'y avait pas de traînards. Ton île, Thoros... Les dieux pourraient te jalouser.

Il rit doucement, ravi de cette observation.

– Le terrain de jeux des dieux, répondit-il. C'est ce que veut dire Mora Utu.

– Qu'achèteras-tu ensuite, mon vieux ? le taquina Alex. J'ai entendu dire que Marbella était à vendre. L'Australie, peut-être ?

Ce fut un sourire plein d'orgueil que lui lança Thoros. *Mais qui pourrait l'en blâmer ?* songea Christie en arrangeant sa veste de soie froissée avant de saisir la petite caméra dont elle ne se séparait jamais.

– La propriété est-elle loin ? demanda-t-elle en tendant le cou pour voir au-delà des immenses palmiers qui bordaient la plage et obstruaient provisoirement l'horizon, à l'exception des pics montagneux.

– Pas loin du tout, répondit Thoros, qui démarra. Je voulais être au bord de la mer et nous sommes tout près du niveau moyen des hautes eaux. Je vous ferai faire le tour du propriétaire plus tard. Quand nous aurons pris quelques heures de repos et que nous serons installés, nous pourrions nous retrouver dans le bâtiment principal à cinq heures pour prendre un verre.

Il fit un signe de la main à Emilio, suivi d'un ordre bref dans un dialecte espagnol. La minuscule caravane s'ébranla le long de la plage en direction des monts embrumés.

6

Le blanc étincelant du domaine de Mora Utu miroitait comme un mirage dans la lumière intense de l'après-midi. Des touches de couleur roses, turquoise, pourpres et or jetaient des feux dans l'immense structure comme une parure de joyaux.

La grande maison elle-même se trouvait au centre d'un gigantesque ensemble plus ou moins en forme de crabe, au sein duquel douze pavillons avec véranda et piscine rayonnaient autour du bâtiment central, comme des vedettes rattachées au vaisseau amiral. Toutes ces demeures reliées entre elles étaient disposées autour d'une cour pourvue d'une vaste piscine à plusieurs niveaux et de fontaines.

– Ce sont des arbres à orchidées ? lança Liz, ébahie par la profusion de fleurs qui jaillissaient partout où l'œil se posait, dans des pots, sur les balustrades, à côté des banians, dans des paniers suspendus. Je sais bien que ça n'existe pas, mais ça y ressemble vraiment.

– On a planté ici soixante-dix variétés d'orchidées, répondit tranquillement Thoros. Connaissez-vous les xaxims ? Ce sont des pots naturels creusés à la main dans le cœur fibreux d'une espèce particulière de palmier qui ne pousse qu'au Brésil. Les fibres des parois procurent une humidité, une oxygénation et une isothermie idéales pour le développement des végétaux. Et bien entendu, ça n'a rien d'un pot de fleurs, si bien que les plantes semblent jaillir de leur environnement naturel.

Liz se contenta de hocher la tête. Elle venait d'arriver au pays d'Oz.

Les voyageurs les plus blasés restèrent sans voix devant la taille du domaine et la perfection du cadre. Thoros déposa le groupe au bord du sentier qui menait à la piscine centrale, et Nelida conduisit chacun vers un pavillon où, quelques minutes plus tard, Emilio apporta les bagages. Ils se retrouveraient à cinq heures dans la grande maison pour prendre un verre.

– Celui qui prétend que l'argent n'est pas tout n'a jamais vu cet endroit, déclara Tiffany à Liz, sa voisine, après avoir examiné rapidement l'endroit où elle passerait la semaine. Es-tu déjà allée voir ? Il y a une baignoire qui a la taille de Cincinnati, et un mur couvert de gadgets dont je ne connais même pas le nom, et encore moins l'utilité.

– Même les riches ne vivent pas comme ça, Tiffany, fit Liz en riant. Enfin, le sultan de Brunei peut-être, mais pas les gens simplement bourrés de fric...

– Entre donc prendre un verre, lui proposa aussitôt Tiffany, émoustillée par ce qui lui arrivait. Le bar du Hilton n'est pas aussi bien garni.

Canapés et fauteuils étaient disposés sur le sol du pavillon, un mur était occupé par un grand meuble avec bibliothèque, télévision, magnétoscope et chaîne stéréo, et un autre par le bar. Le mobilier mariait harmonieusement l'artisanat indigène et les meubles de style importés d'Europe.

– Mon pavillon est complètement différent du tien, s'étonna Liz en jetant un regard autour d'elle. Au moins nous sommes certaines de ne pas être dans un Holiday Inn.

– Oui, sourit Tiffany. Comme s'il y avait des Matisse au mur dans les Holiday Inns.

Les deux femmes avaient sympathisé dans l'avion et demandé à être installées côte à côte. Il serait amusant d'avoir quelqu'un à qui parler de toutes ces réjouissances... quelqu'un qui ne soit pas un homme.

– Je dois avoir la suite de Jasper Johns [1], fit Liz. Des meubles modernes archiraffinés et des tableaux... de Motherwell à Mapelthorpe. Tu es déjà montée ?

– Une seconde... répondit Tiffany en riant. Je crois que

1. Célèbre peintre abstrait. *(N.d.T.)*

mon cœur ne tiendra pas le choc. Prenons le temps de tout regarder.

Les deux femmes gravirent l'escalier, telles deux écolières jetant un coup d'œil dans le bureau de la directrice avec des airs de conspiratrices.

Liz se tenait en haut de l'escalier, ébahie par le spectacle qu'elle découvrit derrière le grand lit. Un mur de verre inondait l'immense et spacieuse pièce d'une lumière solaire, tropicale, jaune d'or. Derrière un voile lavande aux reflets argentés, la montagne luisait sous un halo de cumulus, lointain arrière-plan de cette somptueuse chambre.

– C'est absolument magnifique, dit Tiffany, le souffle coupé, mais, si tu fais l'amour ici, tu auras l'impression de baiser dans un bocal de poissons rouges.

– Pas forcément, répondit Liz en tendant la main vers un interrupteur, comme celui qu'elle avait repéré dans son propre pavillon.

Elle appuya sur le bouton, et des stores sophistiqués descendirent d'un coffrage caché dans le plafond.

Justine connaissait trop bien le mode de vie des milieux privilégiés pour se laisser aisément impressionner, mais n'importe qui aurait trouvé cet endroit extraordinaire, sauf les Habsbourg peut-être. Elle était allée sur l'île de Malcolm Forbes et sur d'autres îles appartenant aux Rothschild, mais rien de ce qu'elle avait vu ne pouvait se comparer à ce que Rand avait fait ici aux frais de Gagarian.

Justine avait décidé de rester avec Thoros dans la maison principale plutôt que d'habiter seule dans l'aile réservée aux hôtes, comme les autres femmes. Elle avait posé cette condition avant d'accepter l'invitation, sans donner d'explication. Aucun autre partenaire ne l'intéressait et elle était persuadée que les femmes constituaient une sorte de réserve pour le club des hommes.

Elle n'avait nullement le désir de participer à leurs bavardages de gamines quand elles ouvriraient enfin les yeux, ni d'écouter leurs lamentations quand elles verraient le prix à payer pour leur semaine de vacances. Ce dont elle avait très envie, maintenant qu'elle avait vu Mora Utu, c'était d'explorer cet ouvrage remarquable et l'homme qui en était le commanditaire.

La gent masculine l'attirait. Pour elle, le sexe et le pouvoir étaient l'alpha et l'oméga du psychisme masculin. Les hommes gouvernant le monde, il fallait donc s'y adapter et admirer leurs talents. De plus, elle les *aimait*, et ils l'aimaient et la désiraient, ce qui était à la fois gratifiant et agréable.

« La politique, l'armée et l'Église, ma chère, lui avait appris son père, l'ambassadeur, dès son plus jeune âge, sont les trois bastions qui gouvernent le monde, le sexe mis à part, bien entendu. Tâche donc de les aborder convenablement. » Nombreux avaient été ceux qui s'étaient intéressés à sa sexualité, de sorte que Justine avait affronté très tôt toutes ces réalités. Elle avait toujours su qu'elle finirait par trouver, par elle-même ou par l'intermédiaire de sa famille, une alliance en rapport avec sa position, où l'amour n'aurait probablement pas sa place, ce contre quoi elle se rebellait, mais que ce ne serait pas dans l'immédiat, ce qui atténuait un peu son appréhension.

« Les femmes qui se marient pour l'argent et pour une situation sociale, avait toujours affirmé sa mère, obtiennent exactement ce qu'elles veulent, ma chérie. Celles qui se marient par amour, jamais. » Depuis lors, Justine n'avait pas vu grand-chose qui puisse réfuter la logique maternelle, bien que le cynisme qui sous-tendait cette déclaration lui ait fait horreur et qu'elle ait souhaité avec une certaine mélancolie qu'il existe une sorte de juste milieu accordant une place à l'amour que chantaient les poètes et à celui en lequel croyaient de plus idéalistes qu'elle.

Peut-être était-ce pour cela que Thoros l'intriguait tant... Il avait une stature qui sortait de l'ordinaire, il était apparemment bien plus déroutant qu'elle ne l'avait imaginé lors de leur première rencontre. Mora Utu était incontestablement l'œuvre d'une sorte de visionnaire, non celle d'un homme riche et capricieux. Un visionnaire à tendance romantique.

Justine avala lentement le vin que Nelida lui avait servi, puis se promena d'une pièce à l'autre pour explorer la maison principale en attendant que Thoros émerge de sa douche. Elle avait décidé de le laisser terminer avant de faire ses ablutions. Inutile qu'il la prenne pour une femme facile, juste parce qu'elle avait choisi de partager son logis. Les hommes n'apprécient guère ce qu'ils ont obtenu sans mal, et l'on peut tout aussi bien se faire prier dans un grand lit que de l'autre côté d'un corridor.

Elle portait sur sa peau nue une robe droite taillée dans un tissu presque transparent. Dans la brise tropicale de cette fin d'après-midi qui faisait flotter les rideaux à travers les persiennes, elle se sentait joyeuse et séduisante. Sous la délicate étoffe blanche se dessinaient les délicats contours de ses seins et de ses fesses.

Elle fixerait les règles du jeu quand Thoros serait sorti de la douche. Elle serait sensuelle et séductrice sans lui laisser deviner le temps qu'il faudrait pour qu'elle lui cède ni ce qu'il devrait faire pour en arriver là.

Justine avait déjà observé Thoros avec une grande perspicacité, devinant ses fantasmes, spéculant sur la manière dont les autres femmes l'aborderaient. Elle ne ferait rien de ce qu'il attendait. Au lit, elle possédait un talent exceptionnel. Elle le savait et refusait de s'en servir. Seule comptait l'habileté dont elle saurait faire preuve avant d'en arriver là. Là était le véritable défi. La séduction... le duel des esprits qui donnait son prix à l'étreinte finale.

Justine savait déjà quelle tactique elle emploierait lors de cette rencontre. Elle le défierait intellectuellement, tout en laissant son corps juger de la suite des événements. Elle serait calme, détendue, mystérieuse, le laisserait dans l'incertitude, ne lui permettant jamais de prendre l'avantage... même si elle le lui laissait croire de temps à autre. Puis elle s'étendrait à son côté pour son plaisir à elle, non pour le sien.

Elle fredonna une chanson française, une chanson d'écolière, tout en regardant l'eau gicler à travers la claire-voie. Elle savait si bien jouer à ce jeu-là. Mais parfois, comme à ce moment précis, pour une raison inexplicable, elle aurait aimé qu'on la surprît.

7

Christie se promenait d'un pas tranquille avec Marika sur l'élégante loggia qui reliait les pavillons satellites au corps du crabe. C'était exactement cela, songeait la journaliste, un corps de crabe femelle au centre, avec deux gigantesques pinces tendues vers la mer. Cette image prédatrice lui plaisait. Un paradis de pirates acheté avec les dépouilles d'un pillage commercial, telle serait l'introduction de son article sur Mora Utu, si tout se passait comme elle l'espérait et si elle en tirait un papier convenable.

Hébergées dans des pavillons proches, les deux femmes s'étaient rencontrées en se rendant au rendez-vous de cinq heures. Marika, nota Christie avec amusement, marchait avec une sensualité étudiée, un déhanchement de mannequin qui lui donnait l'air d'être doublement disponible. Christie la suivait de près en souriant à l'idée que, dans une telle assemblée, il se produirait certainement un événement mémorable avant la fin de la semaine.

Elles quittèrent la loggia et pénétrèrent dans la grande maison pour la première fois. Le regard de Christie fut irrésistiblement attiré par le plafond de mosaïque qui se trouvait à près de vingt mètres au-dessus de leurs têtes. Elle eut l'impression d'entrer dans une cathédrale. Où diable Thoros avait-il déniché des artisans pour effectuer un tel travail en ce siècle ? En Europe ? En Asie ? Il devait en avoir fait venir des quatre coins du globe pour parvenir à une telle extravagance de détails. Elle jeta un coup d'œil dans le hall qui constituait le pivot de la maison, tout en prenant mentalement des notes.

Le dallage de marbre et l'escalier circulaire, qu'encadrait une immense colonnade, lui donnaient l'auguste majesté du palais d'un sultan ou d'un musée.

– *La Victoire de Samothrace* est sans doute au premier étage, railla-t-elle en regardant autour d'elle, fascinée.

A sa droite, à l'extérieur du hall, se trouvait la salle à manger. Elle fit rapidement l'inventaire des chaises et en compta trente. Un ancien buste d'Auguste reposait sur un piédestal en marbre, sur un autre était placé un Giacometti, long et maigre.

– Par ici, Christie, l'appela Marika à l'autre extrémité du hall. Ils sont tous là.

Christie jeta un regard sur sa gauche, vers la double porte sculptée qui ouvrait sur un salon spacieux.

– On dirait le Vatican, marmonna-t-elle entre ses dents. Tout est taillé à la mesure des rois.

– Ou des reines, répliqua gaiement Marika, qui pénétra avec un sourire conquérant dans la pièce entourée de baies vitrées qui donnaient sur la mer.

Une table de verre et d'acier, grande comme une piste de patinage, occupait le centre de la pièce, flanquée de canapés longs comme des Buick 58. Des fauteuils, des ottomanes et des causeuses étaient disposés dans la pièce comme une flottille de vaisseaux et formaient un ensemble architectural qui permettait des conversations largement ouvertes ou en petits comités. Cette disposition ingénieuse créait une intimité réelle bien qu'un peu solennelle, dans un espace d'une luxuriance toute tropicale.

Marika et Christie étaient les dernières à rejoindre l'assistance. Elles aperçurent Thoros au centre de la pièce, qui gesticulait abondamment, tandis que les autres papillonnaient autour de lui comme on le fait dans les cocktails. Chacun avait troqué ses vêtements de ville pour le coton ou la soie, et l'atmosphère décontractée donnait à penser qu'ils avaient abandonné le comportement qui était le leur à New York ou à Los Angeles avec leurs lainages et leurs gabardines. Il y avait des rires et de l'électricité dans l'air, une ambiance survoltée, chargée d'attente.

– Vous aimeriez tous en savoir davantage sur Mora Utu, fit Thoros avec exubérance. Moi aussi. J'ai donc demandé à

Rand de nous parler de son projet et de nous faire faire une visite guidée demain. D'après ce que j'ai vu, il est allé au-delà de mes fantasmes, ce qui, je vous l'assure, n'était pas chose aisée.

H. Douglas Rand se leva aussitôt et adossa dignement sa longue carcasse au manteau de la cheminée. L'estomac de Francesca se noua un bref instant en entendant Gagarian : « Son projet... » Ce n'étaient pas les plans de Rand, mais ceux de John Mackey, l'un de ses collaborateurs. John avait marqué de l'empreinte de son génie novateur chaque détail de Mora Utu... tout comme elle, d'ailleurs. Non seulement son goût de la perfection se reflétait dans chaque détail, dont le fonctionnement s'apparentait à une harmonieuse danse technologique, mais on avait aussi appliqué ses idées. En tant que coordinatrice du projet, elle avait supervisé la création architecturale jusque dans ses moindres nuances, résolvant les problèmes sur place à mesure qu'ils apparaissaient, dessinant, redessinant, repensant les concepts, les mettant en œuvre contre vents et marées. La planche à dessin avait ses limites, le reste se faisait sur place, à mesure que le bâtiment prenait organiquement forme et commençait à imposer sa volonté propre, à exiger que l'on soit à la hauteur de ses besoins.

Francesca se reprocha mentalement son excessive possessivité. La société *appartenait* à Rand, il avait parfaitement le droit de s'attribuer le mérite de ses réalisations. Elle s'efforça, tout en l'écoutant, de tempérer son esprit critique.

– L'exquise beauté de Mora Utu est due en partie au fait qu'il s'agit d'une île volcanique, expliquait-il. Nous avons dû en tenir compte dans notre vision... Et bien que le Mauna Matua n'ait pas connu d'éruption depuis plus de mille ans, les volcans de moindre importance redeviennent actifs à plusieurs siècles d'intervalle, ce qui nous donne ces remarquables sculptures naturelles que vous avez peut-être aperçues sur les plages. Au cas où vous seriez préoccupés par la météo, je vous indique que la maison a été conçue pour résister également aux typhons, même si j'ai la joie de vous annoncer qu'il n'y a pas eu de tempête tropicale vraiment dévastatrice depuis 1857.

Conçue pour résister aux typhons ! songea Francesca en plissant le front. *Il n'existe pas de bâtiment qui résiste aux typhons, du moins pas au-dessus du sol.* On avait pris des précautions, bien entendu. Des coefficients de résistance pour assurer la stabilité et des matériaux résistant à la pression, chaque fois que c'était faisable. Mais cette demeure n'était pas à l'abri des catastrophes naturelles. Aucune construction ne l'était. Aucun architecte connaissant les dégâts causés par le feu, les inondations, les cyclones ou les tremblements de terre ne se serait permis de parler de la Nature avec autant d'arrogance. Le cerveau analytique de Francesca regimbait toujours devant les généralités et les exagérations.

– J'ai cru comprendre que Mora Utu signifiait le terrain de jeux des dieux, intervint Jack Doherty. Mais qui étaient ces dieux et à quoi jouaient-ils exactement ?

Thoros répondit en souriant :

– Les indigènes qui habitaient les lieux étaient les derniers survivants de la tribu des Moreyibas, des gens très primitifs, enclins aux superstitions et aux excès religieux. Ils pratiquaient des sacrifices humains il y a peu, peut-être même le cannibalisme, du moins d'après ce que l'on m'a dit. N'oubliez pas qu'à l'échelle du Pacifique Sud, nous ne sommes pas très éloignés de la Nouvelle-Guinée, où, quoi qu'en disent les agences de tourisme, des cannibales se livrent encore aujourd'hui à leurs rituels sanguinaires. Voilà probablement pourquoi personne n'a jamais retrouvé la trace du fils Rockefeller...

– Vous voulez dire qu'il y a des cannibales sur l'île, en ce moment ? demanda Christie, immédiatement sur le qui-vive.

– Non, non, ma chère, pas un seul. J'ai acheté les derniers indigènes avec l'île et...

– Vous avez *acheté* les indigènes ! laissa échapper Tiffany, qui ne put se contenir.

Aux regards gênés que l'on échangea, elle comprit que, jusque-là, tout le monde avait oublié qu'elle était noire.

Thoros s'éclaircit la gorge, comme il le faisait pour rétablir l'ordre dans les réunions.

– En fait, il n'y en avait qu'une poignée, ma chère. Après quelques négociations, ils ont volontiers accepté ma proposition... Les jeunes ont compris que leur ancien mode de vie était voué à disparaître et ils ont été ravis d'aller s'installer ailleurs.

– N'était-ce pas aussi ce que l'on disait des types que l'on enchaînait dans les cales des navires ? fit-elle sèchement. « J'peux plus attendre, j'veux partir, missié... J'adore avoir les fers aux pieds... »

Un rire embarrassé se répandit dans la pièce comme une vague. Thoros reprit la parole, mais Tiffany l'interrompit :

– Les vieux ne voulaient pas rester ? poursuivit-elle. Enfin, où seraient-ils allés ?

Liz répondit avant Thoros :

– C'est vrai, avec la crise, il y a si peu de travail pour les chasseurs de tête.

Il haussa un sourcil légèrement désapprobateur. Celle-là tirait plus vite que son ombre. Mieux vaudrait l'avoir à l'œil.

– Pour les anciens, c'était une terre sacrée, avança Francesca pour arrondir les angles.

Elle avait longuement étudié cette île et en savait plus sur son histoire que Thoros. C'était presque une obsession chez elle que d'en faire plus qu'on ne lui en demandait, une manière de se prémunir contre d'inutiles cafouillages.

– Ils croient que leurs dieux vivent sur le Mauna Laupelia, le pic que l'on voit de partout. Selon eux, Mora Utu est le plus bel endroit de la terre et celui où ils préfèrent se délasser, d'où le surnom de terrain de jeux des dieux. Les dieux aiment batifoler comme tout le monde, j'imagine...

– Merci, Chesi, fit Thoros, reprenant la parole. Elle a tout à fait raison, évidemment. Ce qu'il y a de bien, c'est que les indigènes, jeunes ou vieux, ont maintenant onze millions de dollars en poche pour repeupler une nouvelle île.

– Oui, dit Jack Doherty avec un grand sourire. Sans doute Ibiza.

– Et les dieux ? demanda doucement Liz. Sont-ils allés s'installer ailleurs, eux aussi ?

Thoros se détendit et lui sourit.

– Ils n'en ont pas besoin, ma chère. Je leur ai dit qu'ils pouvaient rester jouer avec nous.

Francesca aperçut le geste de la main de Nelida, qui s'était signée pour conjurer le sort, et en fut intriguée. Sa grand-mère italienne se signait ainsi pour chasser le mauvais œil.

Elle-même supportait difficilement ces superstitions idiotes. Le meilleur moyen de chasser le mal était de ne rien laisser au hasard, de barrer chaque « t » et de mettre un point sur chaque « i », et plutôt deux fois qu'une. Cela la stupéfiait que l'on rendre responsable le destin de ses propres bêtises. Non que cela paie de lancer un défi à la face de Dieu. « Il gagne toujours, Francesca, aurait dit sa mère. Et quel mal y a-t-il à se montrer respectueux ? »

On servirait le dîner sur la plage pour inaugurer les festivités. Smoking pour les hommes. Quant aux femmes, qu'elles soient aussi habillées ou déshabillées qu'elles le souhaitaient. Ils se retrouveraient à huit heures.

8

Liz frappa à la porte de Christie, sûre de sa séduction comme elle l'était rarement. Après avoir changé d'avis trois fois, elle avait opté pour la tenue la plus sexy qu'elle possédait, une robe droite de crêpe blanc qui mettait ses formes en valeur. Elle avait un beau corps, d'aucuns disaient superbe, héritage d'une lointaine aïeule, courtisane, comme elle aimait à le penser. Des seins presque parfaits, le ventre plat, des muscles bien placés. Elle faisait de l'exercice comme tout un chacun, quand elle en avait le temps. Toutefois, cela comptait moins qu'un excellent patrimoine génétique.

Quand, derrière son costume de femme d'affaires, ses lunettes d'écaille et les longs cheveux châtain clair qu'elle tirait en arrière pendant la journée pour ne pas être gênée, les hommes devinaient son corps, l'étonnement qui se lisait alors sur leur visage l'amusait toujours.

Elle ne savait pas très bien pourquoi elle avait choisi précisément cette robe. Sans doute sa nature agressive avait-elle été stimulée par la concurrence enivrante à laquelle elle avait affaire. Liz aimait gagner. Et si Marika les surclassait toutes un peu, celle-ci n'avait pas pour autant toutes les cartes en main.

Christie ouvrit la porte.

– Je suis contente que tu sois élégante aussi, fit-elle avec un grand sourire. Mais comment s'habiller pour dîner sur une plage !

Son ensemble de soie turquoise mettait en valeur ses cheveux blonds, à présent détachés et bouclés. Il se composait d'une petite jupe virevoltante qui lui faisait les jambes longues et sveltes et d'un haut à fines bretelles qui dévoilait hardiment ses épaules nues, malgré la grande écharpe qu'elle y avait négligemment jetée.

– J'ai l'impression de participer à l'élection de Miss Amérique, pas toi ? dit-elle, tandis qu'elles se dirigeaient vers la maison principale et la plage. Tiffany sera Miss Sympathie, Francesca Miss Distante, Marika Miss Pulpeuse...

– Et Justine ? D'où vient-elle, à ton avis ?

– Je n'en sais rien encore. Je ne l'ai pas assez vue pour la cerner. Miss Garce, riche et gâtée, probablement.

Christie avait un visage de chérubin préraphaélite, remarqua Liz, et une langue de vipère.

En arrivant au bout de la loggia, elles aperçurent la magnifique plage qui s'étendait devant elles ; on y avait déjà installé des tables et des chaises, que l'on avait plantées au hasard dans le sable. Les deux tables rondes étaient dressées de manière incongrue, avec des jolies nappes, des verres en cristal et de la porcelaine. A leur gauche flambait une pyramide de bois, immense et très élaborée.

– Mazette ! siffla Liz, époustouflée par ce spectacle. On dirait *Fahrenheit 451*, tu ne trouves pas ?

– Qui a dit que trois millions de dollars ne font pas le bonheur ? rétorqua Christie, tandis qu'elles avançaient du même pas vers l'attroupement autour du petit cocktail organisé sur la plage.

– Personne que je connaisse, fit Liz dans un éclat de rire, tout en retirant ses chaussures (ils étaient tous pieds nus). Pourquoi ai-je eu la bêtise de mettre des collants ?

Le champagne coula à flots toute la soirée, faisant régner une pétillante bonne humeur. *Comment ne pas être comblée dans un cadre aussi luxueux et en si agréable compagnie*, songea Liz tout en bavardant avec Alex Barclay-Fontaine, qui s'intéressait un peu plus à elle que Jase Shindler.

Nelida et Emilio s'arrangèrent pour servir le dîner avec autant de célérité que dans une salle à manger ordinaire avec l'assistance d'une armada de domestiques, et Justine tint le rôle de l'hôtesse avec la grâce et l'aplomb d'une impératrice. Ce qui, à son grand étonnement, ne lui déplut pas.

Les couples n'étaient plus tout à fait les mêmes qu'à leur

arrivée, pensa Thoros, qui les observait avec un regard de connaisseur, enchanté d'avoir orchestré une symphonie humaine aussi complexe. Les choix qui s'étaient opérés ne le surprenaient guère.

Tony Capuletti avait jeté son dévolu sur Marika depuis qu'elle était apparue, le ventre nu, sur la plage. Quand il voulait quelque chose, il avait la ténacité d'un bulldog, et visiblement il la désirait assez fort pour pousser quelques amis hors du ring.

Marika savait infailliblement quand elle avait un homme à sa botte et, jusque-là, Tony était le seul dont elle pouvait être sûre, ce qui la rendait perplexe. En général, les hommes fondaient sur elle. Jack parlait football avec Tiffany, ce qui avait tué dans l'œuf tout flirt avec lui. Les autres semblaient satisfaits de leur partenaire. Marika décida donc de garder Tony en attendant une meilleure proie. Toute la journée, elle avait refusé de coucher avec lui pour le faire languir.

La tête renversée, Tiffany riait de son rire spontané et chaleureux.

– Pour posséder une équipe de football, il faut une sacrée veine, non ? demanda-t-elle avec ardeur.

Jack comprit à son regard que la réponse l'intéressait vraiment. Des centaines de femmes lui avaient posé la même question, mais ce qui les intéressait, c'était uniquement son argent. Tiffany, elle, semblait se préoccuper du sport qui avait fait sa fortune.

– Mon père est mort quand j'étais gosse, répondit-il, sautant du coq à l'âne. Ma mère en a bavé avec ses cinq garçons à nourrir et à vêtir. Elle s'occupait du linge, frottait les planchers, faisait tout. C'était une grande dame.

Tiffany fronça les sourcils, intriguée.

– Je ne vois pas comment cela vous a mené au football.

Jack sourit.

– Après l'école, j'ai fait tous les petits boulots pour lui donner un coup de main. J'ai été grouillot dans une usine d'emballage de viande, j'ai balayé le sol de la confiserie du quartier, j'ai chargé des camions... poursuivit-il d'une voix traînante. Quoi qu'il en soit, le football, le base-ball et la boxe étaient les rêves qui m'aidaient à tenir le coup. Je mangeais, je respirais, je dormais pour le sport. Je vivais l'oreille pendue à la radio et je traînais dans les salles de boxe dès que je pouvais grappiller une minute. Je connaissais tous les résultats...

– Moi aussi ! fit-elle avec enthousiasme. Je suis très calée. Vraiment. Essayez, pour voir !

Jack se cala dans son fauteuil et réfléchit.

– D'accord, dit-il, sceptique. Qui a fait passer Dempsey à travers les cordes au Polo Grounds ?

– Voyons, répondit Tiffany avec un grand sourire. Tout le monde sait que c'est le Taureau sauvage de la Pampa, Luis Angel Firpo. Dempsey a atterri sur la machine à écrire d'un type qui se tenait au bord du ring. Posez-moi une question pour les grands.

Jack émit un petit rire. C'était l'un de ses jeux favoris, un jeu où il était le plus fort.

– D'accord, fit-il avec délectation. Essayons un autre sport. Quel est le type, célèbre dans un autre domaine, qui jouait arrière chez les Chicago Cardinals le jour où Ernie Nevers a marqué quarante points au cours de la partie ?

– Jim Thorpe, répondit-elle d'un ton suffisant. Nevers a marqué six essais en force ce jour-là. Le record tient toujours. Thorpe, qui était indien, était l'un de ceux qui avaient hissé le drapeau américain sur le Suribachi. Maintenant, à moi. Nous sommes au Polo Grounds. Neuvième tour de batte. Deux hommes à la base. Qui a frappé le triple coup dont on parle encore dans les livres d'histoire et de quelle couleur était le chapeau de sa petite amie sur la couverture du *Life* qui publiait l'article ?

– Bobby Thomson, répondit Jack avec un grand sourire. Un coup qui a fait du bruit dans le monde entier, a-t-on dit. Étant daltonien, je ne suis pas sûr, mais je crois qu'il était jaune, ce chapeau...

Ils éclatèrent tous deux de rire. Alex, qui était assis à leur droite, prit la main de Liz.

– Ces deux-là n'ont apparemment pas besoin de notre compagnie, mademoiselle, fit-il d'un ton de conspirateur. Vous n'êtes manifestement pas assez courageuse pour vous décoiffer en prenant un bain de minuit dans l'océan. Dommage. Si vous l'étiez...

Liz allait lui répondre, quand Thoros se leva et fit tinter son verre avec une cuillère pour obtenir le silence.

– Quand je vois autant de beauté autour de moi, non seulement celle de la nature, mais aussi celle des femmes qui ont accepté d'honorer de leur présence notre semaine de plaisirs, je me dis que j'ai beaucoup de chance. De bons amis, un destin favorable et une nouvelle maison, je suis comblé. Je suis très honoré que vous soyez tous venus ici dans mon domaine. Les dieux et moi, nous vous accueillons sur notre terrain de jeux.

– Tu as toujours fréquenté les gros bonnets, Thoros, l'interrompit Tony. Et maintenant, ce sont les dieux.

– Je n'en attendais pas moins d'un homme de ta stature, Thoros, lança Alex d'un ton doucereux en levant son verre. A notre hôte olympien. Et à sa générosité envers nous, pauvres mortels.

– Bravo !

Chacun applaudit ce toast et Thoros sourit avec bienveillance, tandis que son regard acéré étudiait l'assemblée. Il était très beau à la lueur du feu, dominant, tel un roi, ceux qu'il était en train d'observer.

– Faites-moi plaisir, mes bons amis, les anciens comme les nouveaux. Applaudissons chacune des beautés réunies ici ce soir. Je veux que chacun des hommes ici présents lève son verre à la femme assise à sa droite et prononce quelques mots de bienvenue. Jase, fit-il avec insistance en regardant Shindler. C'est toi le grand bâtisseur de discours. A toi l'honneur !

Shindler accepta, très à l'aise sous les feux de la rampe. Les toasts étaient l'une de ses nombreuses spécialités. Il se leva, s'inclina élégamment vers Chesi comme un maître de ballet, et leva son verre en un geste théâtral.

– A Francesca Corbo, dit-il en se délectant de ce nom étranger. Qui cache les passions de ses ancêtres méditerranéens sous les dignes atours d'un cerveau brillant. J'imagine que du paradis vous connaissez bien plus que l'architecture, ma chère. Puissiez-vous trouver votre nature sauvage et cachée dans cet éden que vous avez contribué à créer.

On siffla et on applaudit cette éloquence impromptue, chacun se demandant ce qu'il allait dire pour la surpasser.

Chesi paraissait aussi gênée que surprise. Elle baissa les yeux vers la table pendant que les autres murmuraient leur approbation. Comprenant enfin qu'elle devait répondre d'une manière ou d'une autre, elle leva solennellement les yeux et dit simplement « merci », ce qui déchaîna l'hilarité générale.

Jase leva de nouveau son verre, sourit et se rassit.

– A toi, Rand, fit Thoros avec autorité.

H. Douglas Rand tourna son sourire vers Christie Gibbs.

– A votre esprit incisif et investigateur, ma chère, dit-il, agacé de n'avoir pas pensé plus tôt à préparer quelque chose (cela ressemblait bien à Thoros de les mettre dans une situation embarrassante). A votre voix sensuelle et à votre beauté robuste et fragile à la fois. Le paradis que j'ai conçu ne pouvait rêver meilleure convive.

Puis ce fut le tour de Jack. Il s'était manifestement entiché de Tiffany et il excellait dans l'art de surclasser les autres. On l'attendait donc avec impatience.

Jack réfléchit une minute, puis leva son verre en saluant comme un gentleman.

– A Tiffany, dit-il, sans doute la seule femme sur Terre qui aime les 55 Dodgers autant que moi.

C'est parfait, songea Tiffany. *Pas de doute, il m'aime bien.* Elle lui sourit chaleureusement, lui envoya un baiser et porta son attention sur l'orateur suivant.

Tony était déjà debout, bien qu'un peu chancelant. Il leva son verre en en renversant le contenu.

– A Marika, déclara-t-il, la *bellissima, bellissima* Marika. Une femme dont la beauté fait pâlir les étoiles.

Il s'assit, heureux et satisfait. Qui mieux qu'un Sicilien savait dire à une femme qu'elle était désirable ?

– Et toi, Gagarian ? intervint Shindler, d'humeur expansive. Tu nous as tous mis sur le gril. Que vas-tu nous dire ?

Thoros fit un grand sourire en se levant, le verre à la main.

– *Antsyaleet, vore guh hoosam kez mortsnel dall*, dit-il à Justine d'une voix grave et intime. *Abakayeet, vore guh hoosam yeraznerov letsnell. Yev nergayeet, vor nuhbadaguhs eh serove voghoghell...*

– Attends une minute ! cria Tony. Arrête ce charabia. On veut comprendre.

– C'était un vieux proverbe arménien, mon ami, difficile à traduire. J'ai porté un toast au passé de cette dame, que j'espère lui faire oublier, et à son avenir, que j'espère emplir de rêves...

– Et le présent ?

– Ça, mon ami, je laisse cette dame en décider.

Justine fixa Thoros du regard et esquissa un sourire.

On passa le reste de la soirée à rire et à déguster des mets délicieux, si bien que même les plus réticents parmi les invités durent baisser la garde. Certains regagnèrent leur pavillon pour aller chercher un maillot de bain, d'autres se dévêtirent en ne gardant que leurs sous-vêtements et foncèrent vers la mer.

A la musique se mêlait le bruit incessant de l'océan. Emilio joua de sa guitare à douze cordes, et Nelida chanta à la lueur du grand feu des mélopées espagnoles, des chansons d'amour partagé ou déçu. A onze heures et demie, la plupart avaient quitté la plage, seuls ou en couple. La soirée avait été courtoise et sensuelle, de celles qui sont assez rares dans une existence pour en devenir mémorables.

Chesi émergea de l'eau noire comme de l'encre, éclairée par la lune, et s'enveloppa du peignoir de bain en tissu éponge qu'elle avait trouvé dans le placard de la salle de bains. C'était une excellente nageuse qui, l'été, faisait du sauvetage en mer sur les côtes de Jersey depuis l'âge de treize ans. Elle jeta un dernier regard sur la plage presque déserte. L'endroit était calme et presque irréel à présent. Elle se demanda pourquoi elle avait l'étrange impression qu'on allait lui faire payer tout cela. Peut-être n'était-ce que ce vieux sentiment de culpabilité judéo-chrétien, qui voulait que chaque plaisir se paie d'une souffrance. A moins que ce ne soient tous ces sous-entendus et cette tension qui montait à mesure que l'on buvait. En tout cas, elle était mal à l'aise.

Elle fut soulagée de laisser les autres sur la plage et de nager seule, même si elle était bien placée pour savoir que ce n'était pas sans danger. Il était évident que chacun devait choisir un partenaire pour la nuit, et vite. Heureusement, Rand n'était pas venu vers elle. Peut-être n'insisterait-il pas trop, puisqu'ils devraient travailler ensemble quand cette semaine aurait pris fin. Mais on ne savait jamais avec les hommes. Même ceux qui se comportaient décemment au bureau agissaient parfois comme des abrutis, pour peu qu'ils se retrouvent seuls avec vous.

Chesi n'était pas prude, elle aimait autant qu'une autre

faire l'amour, mais cela lui déplaisait que ce soit le prix de son hébergement. Elle aviserait le moment venu.

Rand lui avait posé assez de questions techniques sur le complexe pour renforcer sa conviction. Il avait besoin d'elle pour lui fournir des fiches. Si ses copains l'interrogeaient, il en serait réduit à se tourner vers elle. Ce qui excluait toute liaison entre eux.

Tant pis ! se dit-elle enfin en remontant la plage cristalline en direction de sa demeure provisoire. La soirée avait été somptueuse, la compagnie intéressante, captivante même. Les architectes ont rarement l'occasion d'habiter les endroits fabuleux qu'ils conçoivent. C'était tout bénéfice.

En marchant, elle fredonna une mélodie sicilienne que chantait sa grand-mère. La nuit était splendide, l'endroit aussi, et elle avait décidé de s'amuser. L'architecture était un métier où l'on travaillait beaucoup. Jamais de temps pour les fêtes comme dans les autres jobs, jamais de temps pour autre chose que les calculs et la planche à dessin, avec la règle à calcul et la calculatrice comme appendices. Non que le jeu n'en vaille pas la chandelle... mais il était parfois difficile de ne pas se demander quel effet cela ferait d'avoir la liberté d'être frivole, juste un peu... ou d'avoir le temps de vivre. Alors, pendant un moment, elle allait satisfaire ce fantasme idiot en un lieu que même les dieux trouvaient beau.

Justine avait quitté la plage quelques minutes plus tôt, et Thoros était resté seul près de la table à demi débarrassée, à nouer une serviette sèche sur son maillot de bain mouillé. Il se préparait à la rejoindre dans la maison. Il était comblé et très content de lui. Jase Shindler marchait d'un pas tranquille, seul lui aussi. Il portait une chaussure de femme, abandonnée par quelqu'un, Thoros ne savait pas trop qui.

– Je vois que tu as gardé Justine avec toi, Thoros, petit malin. Personne ne devait coucher avec celle qu'il avait amenée. N'était-ce pas la règle ?

Thoros plissa les yeux en souriant.

– J'ai changé les règles, dit-il simplement. C'est la prérogative de l'hôte.

Les deux hommes se séparèrent à l'entrée de la maison. Thoros avait réfléchi toute la soirée au meilleur moyen d'entraîner Justine dans son lit. Il avait élaboré une technique de séduction complexe et intéressante. Le terme de *partie d'échecs* qualifierait sans doute mieux ce qui allait se passer entre eux. Il attendait cela avec impatience. Ses appétits sexuels étaient immenses, mais il avait toujours su les maîtriser sans jamais se laisser dominer par eux. Il avait trop vu les hommes se ridiculiser pour avoir laissé leur sexe penser à leur place. Mais, maîtrisé ou non, le désir était bien là. Peut-être moins pressant à présent que dans sa jeunesse, mais tout aussi intense.

Justine était allongée sur le gigantesque lit ancien qui trônait au milieu de la chambre. Son caraco couleur chair, ourlé de dentelle écrue, moulait son corps jeune et superbe comme une peau de satin. Quelques instants auparavant, elle ignorait encore si elle permettrait à Thoros de lui faire l'amour dès la première nuit. Mais la soirée avait été provocante, sensuelle, et la langueur tropicale s'était insinuée en elle, primitive, lui insufflant ce désir humide et soyeux qui faisait tourner le monde.

Elle se demanda si cette nuit serait différente, amoindrie par le souvenir de leur première rencontre, qui n'était que le fruit du hasard. Ayant tous deux échoué à Gstaad, ils avaient été présentés l'un à l'autre par des amis, puis livrés à eux-mêmes et à une neige trop lourde pour vagabonder trop loin. En un sens, ce serait plus facile, moins compliqué, d'autant qu'elle sortait tout juste d'une aventure qui l'avait laissée sur ses gardes. En revanche, cela l'amusait de jouer au chat et à la souris au début d'une liaison. Les hommes étaient à leur avantage quand ils vous faisaient la cour, s'échinant pour en sortir vainqueurs, prêts à se tuer à la tâche dans la conquête amoureuse. Et Thoros était quelqu'un d'intéressant. Trop âgé pour une longue liaison, trop blasé pour avoir encore des illusions dans ce domaine, mais intéressant quand même.

Maintenant qu'elle avait décidé de jouer dès ce soir, le désir lui donnait le vertige. Elle souhaitait que Thoros se hâte d'en terminer avec ce qui le retardait et, comme les minutes passaient, elle se dit qu'elle n'avait aucune raison d'attendre. Elle tendit la main vers son sexe qui s'était mis à palpiter d'excitation et écarta les cuisses pour l'ouvrir à l'exploration.

Elle ne prêta pas attention à l'ombre qui lui recouvrit le visage quand Thoros entra. Il resta au pied du lit et la regarda faire.

– Ne me coupe pas l'herbe sous le pied, Justine, dit-il d'une voix grave et intense. C'est à moi de te donner du plaisir.

– Tu étais en retard, répondit-elle simplement.

Dans ses yeux, il lut un défi qui exigeait qu'il donne le meilleur de lui-même.

Justine observa son visage, pendant qu'il jetait sans cérémonie sa serviette et son maillot de bain sur un fauteuil en damas. Le caractère délibérément désinvolte de ce geste l'excita, lui fit prendre conscience de son profond désir de faire l'amour à ce moment précis. Il avait des traits virils, forts, de la douceur et de la cruauté dans un regard empli d'une sensualité éprouvée.

– Retourne-toi, dit-il.

Il fit courir ses mains sur son corps, possessivement, avec soin, comme s'il voulait l'explorer. Ses doigts puissants dessinaient les contours de ses épaules, de son dos, de ses fesses, de ses jambes, cherchant à comprendre ce qu'il y avait sous l'épiderme. Il lui écarta les cuisses avec une infinie tendresse et la pénétra brusquement, par surprise, sans nul autre geste.

Justine poussa un cri étouffé, étrangement exaltée par la soudaineté de cette intrusion. Elle se cambra pour aller au-devant de son désir, mais, contre toute attente, il ne bougea plus. Comptant sur l'effet de surprise, Thoros colla ses lèvres à son oreille et murmura :

– Reste immobile, Justine. Je vais te faire l'amour.

– Non ! fit-elle d'un ton abrupt en se dégageant.

C'est lui qui fut surpris, cette fois. Ses sourcils froncés reflétaient une sorte d'agacement perplexe, son regard un certain désappointement.

Justine le rassura d'un sourire et des deux mains le repoussa sur le couvre-lit de soie.

– J'ai envie de jouer, dit-elle en se rapprochant de lui, une main sur son torse, l'autre sur son sexe dur, dont elle caressa la peau sensible de ses doigts possessifs, légers comme des papillons.

Son regard survola le terrain, expert, calculateur, décidant du geste suivant.

Thoros résista à l'envie de lui disputer la maîtrise des choses, observa son regard qui l'embrassait tout entier. A chaque mouvement de sa main, son sexe s'engorgeait davantage et, à sa grande surprise, il s'aperçut qu'il devait lutter pour ne pas jouir, comme un jeune homme. Cela l'excita qu'elle ait inversé les rôles si facilement, dessiné les lignes de front du plaisir aussi vite, en lui montrant qui prenait les choses en main. Mais il n'était plus un petit garçon, sur qui on l'emportait aussi aisément. Thoros glissa la main sous son corps agenouillé et ses doigts pénétrèrent de force au centre chaud et humide de son corps. Il avait capté son attention, il le savait, le sentait dans ce resserrement autour de ses doigts, qui rétablissait l'équilibre.

En riant, elle inclina la bouche vers son pénis, sachant qu'ils étaient merveilleusement assortis pour s'affronter dans la joute la plus ancienne du monde.

Vendredi 8 avril

Ce que nous prévoyons arrive rarement,
c'est ce à quoi nous nous attendons le moins
qui se produit généralement.
Benjamin Disraeli

9

Thoros avait l'air reposé, dans l'attente de quelque chose. Une sorte d'excitation parcourait le groupe qui terminait son petit déjeuner sur la terrasse baignée de soleil. A Mora Utu, le jour s'était levé, parfait et langoureux. La douce brise des îles emportait avec elle le parfum des fleurs exotiques et de petits oiseaux aux couleurs vives tournoyaient au-dessus de la piscine, comme envoyés par le service des accessoires pour parachever le tableau.

– Cette journée sera consacrée au plaisir et à l'exploration, déclara Thoros d'un ton chaleureux en se levant pour capter leur attention.

Ce matin-là, il avait une grâce naturelle que les femmes ne lui connaissaient pas, comme si les ressorts comprimés qu'il semblait avoir en lui s'étaient détendus d'un cran.

– Ce matin, je vous propose de faire le tour de la propriété, puis d'explorer les plages, et enfin de nous rendre au pied du Mauna Laupelia, la montagne sacrée.

Il se tut et jeta un regard perçant sur le groupe pour déterminer les alliances. De toute évidence, les festivités de la veille avaient facilité certains choix. Plusieurs couples s'étaient formés et tout le monde paraissait s'entendre.

– Après le déjeuner, chacun sera libre de faire ce qu'il veut, bien entendu. Justine et moi, nous ferons du bateau. Si quelqu'un veut se joindre à l'équipage, nous serons ravis...

Rand se tourna vers Christie.

– Tu sais naviguer à la voile ? demanda-t-il avidement. Si on les accompagnait ?

Elle répondit oui de la tête à ses deux questions. Il avait déjà accepté de lui accorder une interview dès leur retour à New York.

– Christie et moi, nous vous servirons d'équipiers ! cria-t-il à Thoros, qui lui adressa un sourire entendu.

– Chesi et moi, nous avions l'intention de plonger avec des tubas du côté de la petite barrière de corail, dit Jase d'un ton dégagé. Nous avons tous les deux une grande expérience de l'eau.

– Parfait, acquiesça Thoros. Pour l'équipement, demandez à Emilio.

– Seriez-vous partante pour une randonnée dans la jungle ? demanda Alex à Liz, *sotto voce*. Comme vous n'êtes pas européenne, c'est sans doute trop vous demander.

Liz éclata de rire. Elle était ce matin d'une humeur si délicieuse que ce badinage lui parut plus amusant qu'agaçant.

– Mes jambes d'Américaine moyenne adorent la marche et les excursions, répondit-elle d'un ton sucré. Sans doute à force d'avoir traîné dans les champs de maïs de mon enfance.

– Tony ? Marika ? lança Thoros. Qu'est-ce qui vous ferait plaisir ?

– Nous ferons la visite avec toi ce matin, répondit Tony pour les deux. Mais cet après-midi, je crois que nous resterons ici. Nous irons peut-être à la plage.

Marika ne manifesta aucun désaccord.

– Restons aussi ici, Jack, murmura aussitôt Tiffany. Je préfère lézarder au soleil en bavardant.

Jack lui sourit à son tour. Rien ne lui serait plus agréable que de passer un moment seul avec elle.

– Eh bien voilà ! s'écria Thoros, enchanté des réjouissances en perspective. Retrouvons-nous ici dans dix minutes et mettons-nous en route.

Les deux jitneys suivirent en cahotant des chemins pas tout à fait terminés, tandis que la frange de leur toit se balançait vigoureusement. Thoros et Emilio, les conducteurs, s'arrêtaient toutes les deux minutes pour montrer à leurs visiteurs les sites les plus intéressants.

– S'il y en a qui veulent faire de l'exercice, le revêtement est posé, dit Thoros en agitant la main en direction des courts de tennis tout neufs.

Les grillages qui les entouraient avaient été recouverts d'un feuillage assez épais qui les dissimulait à la vue, mais il semblait y en avoir plusieurs.

– Le terrain de golf ne sera pas terminé avant la saison prochaine, malheureusement. C'est Arnie Palmer qui l'a conçu en y incorporant les simulations de quelques-uns de mes trous préférés à travers le monde, dont le seizième de Greenbriar, le troisième et le neuvième de St. Andrews. On passe généralement les trois quarts de l'année à entretenir les greens, mais comme nous sommes sous les tropiques, la croissance est quelque peu accélérée. Le parcours est déjà jouable, même s'il n'est pas parfait.

Il fit signe à Emilio de se mettre en route.

Ils s'arrêtèrent ensuite près d'un bâtiment à un étage, doté de nombreuses fenêtres, qui se trouvait du côté droit du sentier.

– Le bâtiment de stuc blanc, là-bas, est notre gymnase... salle d'haltérophilie, Nautilus, sacs de boxe, sauna, etc. Il y a également une piste couverte pour les coureurs et un simulateur de varappe dernier cri.

– Avec une chaîne de montagnes et des falaises de lave, vous avez besoin d'un simulateur ? claironna Marika, visiblement indignée.

– Vous savez grimper ? demanda Thoros, surpris.

– Oui, je fais de la varappe, déclara-t-elle solennellement. J'adore ça.

– Alors nous en ferons ensemble pendant votre séjour, répondit Thoros, intrigué. *Pas* sur le simulateur.

C'était un sport éprouvant, qui lui plaisait énormément. Ses talents de grimpeur lui venaient certainement de ses ancêtres montagnards.

Le petit cortège s'ébranla à nouveau, en direction de la mer cette fois. Ils firent halte à quelques pas des dunes de sable, et Thoros agita sa grande main en désignant le ruban blanc écrasé de soleil et la mer turquoise.

– Mon bateau est à Cannes en ce moment, mais j'ai l'intention de demander à l'équipage de le diriger ici l'année prochaine. Il servira de ferry à mes hôtes, quand je n'en aurai pas moi-même besoin. J'espère bien que certains d'entre vous reviendront dès qu'ils pourront s'échapper.

– Un ferry, murmura Jack à Tiffany. Il doit faire quarante-cinq centimètres de moins que le *Queen Mary*.

Tiffany eut un petit rire admiratif tout en se demandant quel effet cela lui ferait de posséder un yacht.

– Cela dit, poursuivit Thoros, pour ceux qui aiment les activités nautiques, nous avons différentes possibilités. Le hors-bord est au port, s'il y en a que la vitesse excite, et le sloop avec lequel nous sortirons aujourd'hui est facile à manier pour un bon marin. Avis aux amateurs... et il y a un autre petit bateau pour s'amuser. Poisson-lune, canots à rames et dinghies pour les pêcheurs, un hors-bord pour ceux qui veulent faire du ski nautique et ainsi de suite... Juste un petit avertissement pour les nageurs. Nous avons placé des filets quand c'était possible, mais nous sommes quand même dans le Pacifique Sud, et il y a des requins. Dans l'eau, soyez toujours vigilants et nagez par deux.

Thoros fit demi-tour vers l'intérieur des terres et la magnifique chaîne de montagnes qui s'élevait au cœur de l'île. Au bout de quelques minutes, une vaste étendue de terre cultivée apparut à la gauche de la route. En approchant, ils aperçurent Nelida qui travaillait de ses mains, à genoux, dans ce qui ressemblait à un grand jardin. Les deux véhicules s'arrêtèrent et Nelida leur fit joyeusement signe de descendre.

– Bienvenue ! cria-t-elle en s'essuyant les mains sur son tablier de jardinier.

Après s'être redressée avec une étonnante agilité, elle vint vers eux.

– Une grande partie des aliments frais que l'on servira sur les tables de Mora Utu viendra d'ici, une fois que Nelida aura mis sur pied sa petite ferme, dit Thoros. Emilio et elle ont déjà passé pas mal de temps pour mettre tout ça en route. Nelida a même réussi à me persuader de faire venir des jardiniers mexicains pour donner un coup de main à la nature.

– Regardez-moi cet incroyable jardin de plantes aromatiques ! s'exclama Liz en lorgnant un carré couvert de pousses vertes, bien séparé du reste.

Quadrillé d'allées de cinquante centimètres de large, le potager mesurait environ vingt mètres carrés.

– Vous avez suivi le modèle des jardins des monastères du XVIe siècle, Nelida ? demanda Francesca, intriguée par cette disposition bien ordonnée.

– Tout à fait ! approuva Nelida, sensible à ces louanges. Nelida ne fait pas la cuisine avec les herbes des autres.

– Assez parlé jardinage, mesdames, lança Thoros, que l'horticulture ennuyait et qui avait hâte de poursuivre sa route. Nous avons encore de la distance à parcourir avant que nos chemins se séparent.

Les femmes regagnèrent les jitneys, enchantées de ce qu'elles avaient vu. Puis on passa devant le terrain de croquet, l'écurie, les granges et les caravanes qu'avaient laissées les ouvriers du chantier, avant d'atteindre les limites du domaine et de reprendre la direction de la côte. On roula pendant près d'un quart d'heure, et on se rapprocha de la mer.

– Cette île est née de mouvements épirogéniques, expliqua Thoros tout en conduisant. Il y a des millions d'années, des explosions volcaniques sous-marines ont craché des gaz, des pierres et de la lave qui ont constitué cet atoll en forme de croissant. A l'origine, il ne devait exister ici que des côtes battues par les vents, des rochers désolés et des cratères fumants.

Il s'arrêta complètement et leur fit signe à tous de sortir pour avoir une vue plus belle. Le véhicule d'Emilio apparut au moment où le premier groupe mettait pied à terre.

La mer de cobalt était très différente des eaux qui bordaient la partie de l'île où se trouvait la propriété. Des plages plus sauvages, plus sombres, plus primitives, s'étiraient sur des kilomètres, noires, brûlées. Thoros leur désigna au loin les cavernes de lave, creusées dans la côte comme des rayons de miel, et la douce robe sédimentaire qui avait pris en se solidifiant d'étranges formes qui rappelaient les statues de l'île de Pâques.

– Comme vous le voyez, cria Thoros pour couvrir le rugissement des vagues, ici nous avons du sable noir, volcanique, caillouteux. S'il semble beau et inoffensif de loin, il n'en est pas moins étrange, hostile.

– On dirait une station balnéaire pour extraterrestres, avança Christie en parcourant le rivage du regard.

– Exactement, dit-il. Nous n'y sommes pas habitués.

– Moi si, fit Liz en riant. Je suis irlandaise. Les falaises de Moher ont cet aspect-là, certains coins de Dingle aussi. Pas les plages, bien sûr. Mais le paysage marin, sauvage, volcanique. J'aime cette étrangeté... cette puissance brute, primitive.

– Bravo ! applaudit Alex en lui entourant familièrement l'épaule de son bras. A vous entendre, on dirait un endroit idéal pour un rendez-vous.

– Et moi, je pensais plutôt à un typhon, dit-elle. Vous imaginez la beauté d'un endroit pareil dans la tempête ?

– En fait, dit Thoros, les indigènes prenaient grand soin de préserver ce lieu pendant les tempêtes. Voyez-vous, ces cavernes de lave sont sacrées. C'est là qu'ils enterraient les os de leurs ancêtres. Si j'ai bien compris, ils étaient prêts à n'importe quel sacrifice pour protéger ces cavernes des grandes bourrasques et, si l'on en croit la légende, les prêtres connaissaient le moyen de survivre aux catastrophes naturelles.

– Quel genre de bestioles y a-t-il dans l'océan ? demanda Tiffany, fascinée par cette plage qui ne ressemblait à rien de ce qu'elle connaissait. C'est tellement étrange... que je m'attendrais à voir sortir de l'eau une espèce de monstre marin.

– Des requins, des dauphins, des raies mantas, des orques, des barracudas, des homards, des tortues, tout ce que vous voulez, répondit-il aimablement en souriant de sa naïveté. Et quelques surprises aussi, comme le poisson-scorpion et le cône géographe, un escargot de mer géant qui a la réputation d'assouvir ses appétits carnivores sur les hommes. Pas trop souvent, cependant.

– Difficile d'imaginer un escargot attrapant un homme, dit-elle en frissonnant. Ils sont sûrement plus rapides que ceux que je connais.

– Ils s'attaquent aux animaux piégés, répondit-il. Il y a toutes sortes de prédateurs dangereux dans la mer de corail, comme celui-ci... Des coquillages géants qui se referment sur la main ou le pied et vous tiennent prisonnier assez longtemps pour qu'une autre bestiole vous dévore.

– Rien d'autre à nous dire avant que nous allions nous baigner ? fit Tiffany en grimaçant.

– Ne vous approchez pas des crocodiles, répondit-il avec un clin d'œil. Mais il n'y a que près des mares du terrain de golf qu'ils peuvent vous ennuyer.

Ils s'entassèrent à nouveau dans les jitneys et, Thoros à leur tête, s'éloignèrent de la plage pour regagner l'intérieur des terres. Quand ils traversèrent le grand marécage, des créatures ailées au plumage rose s'envolèrent en nuages désordonnés ou en formations, surpris par cette intrusion inhabituelle.

– Il y a ici quatre-vingts espèces différentes rien que pour les oiseaux de paradis, m'a-t-on dit, cria Thoros pour couvrir leurs cris rauques. Et toutes sortes de perroquets, de cacatoès, de loris... Des colombes et des ibis à l'intérieur des terres, et même un oiseau étrange qui ne vole pas, très étonnant, et que l'on appelle...

– Le casoar, lança Liz.

– Vous avez vraiment une mémoire totale ? fit Thoros en riant. Alex m'en a parlé, mais j'en doutais. Un talent redoutable, si on l'utilise bien.

– J'ai toujours trouvé ça très pratique. Je fais une partenaire formidable pour qui observe les oiseaux.

– Et bien d'autres choses, je parie, répliqua-t-il, en veine de générosité.

La journée serait belle dans le plus bel endroit au monde.

A mesure qu'ils avançaient à l'intérieur des terres, la route était de moins en moins bien délimitée. La pente s'accentua lentement, au moment où ils amorcèrent la longue ascension des premiers contreforts montagneux. La végétation noueuse et broussailleuse des basses terres cédait la place à une jungle foisonnante. Le jasmin, les hibiscus et les frangipaniers faisaient planer des parfums entêtants dans l'air. Les poinsettias, les lauriers et les rhododendrons perçaient sous le dais des palmiers Pandorus et des bambous grimpants.

– Il y a plus de trois mille variétés d'orchidées à Mora Utu, leur annonça Thoros avec délectation. Entre la savane, la ceinture de la jungle et la forêt tropicale, on trouve probablement toutes les espèces de plantes et d'animaux que l'on puisse imaginer.

– Et quels sont les désagréments ? cria Tiffany depuis le second véhicule. A quels dangers devrons-nous prendre garde ?

Thoros se gara sur le bas-côté en laissant tourner le moteur.

– Excellente question, Tiffany, dit-il en mettant pied à

terre et en étirant ses longues jambes engourdies par la conduite. Aucun de nous ne s'éloignera suffisamment du domaine pour courir le moindre danger, mais mieux vaut connaître les tours que peut nous jouer notre environnement.

Tout le monde l'écoutait avec la plus grande attention.

– On rencontre ici les mêmes dangers que dans n'importe quel pays tropical ou équatorial. Ça grouille de scorpions, termites et fourmis rouges. Il y a aussi des moustiques porteurs de malaria. Si vous allez vous balader dans la brousse, n'oubliez pas votre vaporisateur. Il existe deux autres insectes qui provoquent des fièvres et dont les noms m'échappent. Mais je suis certain que Liz va nous les donner dans un instant, ajouta-t-il avec un sourire.

« Il y a naturellement des serpents. Inoffensifs pour la plupart, sauf deux espèces venimeuses, une variété de vipère et le mamba noir. Les pythons se révèlent parfois dangereux, quand ils sont assez gros pour se colleter aux hommes, ce qui est souvent le cas ici.

« N'oublions pas les sangsues qui, si elles ne sont pas mortelles, sont assez répugnantes. Mieux vaut donc éviter les marais. Et puis pensez aux sables mouvants, aux aliments et à l'eau, qui sont parfois toxiques. Inutile de vous dire que vous ne courez aucun risque à l'intérieur de la propriété.

« Il pousse aussi dix-huit espèces de plantes hallucinogènes sur cette île. Un véritable trésor pour ceux qui préfèrent planer pendant les vacances.

Ils rirent tous, comme on pouvait s'y attendre, avant de reprendre place dans les voitures. Une dernière idée traversa l'esprit de Thoros, qui se retourna.

– Mesdames et messieurs, nous ne pourrons visiter qu'une partie de l'île dans la matinée, mais je voulais vous donner un aperçu de sa diversité et de ses ressources. Pour que chacun puisse profiter de l'après-midi, je vous propose de ne monter qu'un peu plus haut dans la montagne, juste assez pour avoir une vue du paysage à nos pieds, puis nous rentrerons et nous nous disperserons pour nous adonner à nos plaisirs. Nous resterons ici dix jours et nous aurons largement le temps d'explorer les lieux.

Deux heures plus tard, ils étaient devant les portes de la propriété, fascinés par la splendeur du domaine de Thoros et conscients d'être cernés par une véritable jungle et non par un quelconque Disneyland, comme ils auraient pu le croire en descendant du G-IV.

Liz et Alex, qui avaient décidé de passer l'après-midi à marcher, étaient partis depuis plus d'une heure, si bien que la savane qui entourait le domaine s'était effacée devant un paysage de collines et de chemins rocailleux.

Le grand homme courtois qui marchait avec entrain à ses côtés était d'une compagnie tellement agréable qu'il en devenait désarmant, Liz dut le reconnaître malgré elle. Cultivé et parfaitement bien élevé, comme aurait dit son père, il était charmant, vif et plein d'humour. Il l'avait souvent fait rire au cours de la randonnée, avec son esprit irrévérencieux et des anecdotes amusantes sur des politiciens célèbres qu'il semblait connaître intimement. C'était un excellent marcheur, expérimenté et qui tenait bien la distance.

– Connaissez-vous celle du touriste italien qui se rend dans un village espagnol renommé pour ses corridas ? demanda-t-il.

– Pas encore, répondit Liz, qui s'amusait énormément.

Elle avait été à la fois choquée et déçue que Jase n'ait pas l'intention de sortir avec elle, bien qu'il l'ait invitée. A partir du moment où il avait lancé cette invitation, elle avait abondamment fantasmé, même si elle ne se l'avouait qu'à contrecœur. Mais Alex ne le remplaçait pas si mal, pour l'instant.

Alex avança vers un pré relativement dégagé qui invitait au repos. Ils s'y assirent, délicieusement fatigués.

– Ce touriste avait réussi, semble-t-il, à dénicher le meilleur restaurant de la ville et s'apprêtait à dîner, quand une fanfare se fait entendre dans la cuisine. Le serveur apporte la spécialité de la maison et la dépose devant un homme assis à la table voisine. Au centre de l'assiette, deux énormes couilles.

– De vraies *couilles* ? demanda-t-elle, amusée.

– Parfaitement. « Je veux la même chose ! » s'exclame le touriste. « Oh non, señor, répond le serveur. On ne sert ce plat qu'à un seul client et une fois par an seulement, le jour de la grande corrida. Il faut réserver un an à l'avance. – Alors inscrivez-moi pour l'année prochaine, dit le touriste en salivant.

Je m'appelle Giuseppe. » Et il s'en va. L'année suivante, il revient, commande et attend avec espoir. On entend de nouveau la fanfare dans la cuisine. Arrive l'assiette où il n'y a, hélas, que deux petites couilles. « C'est une erreur épouvantable ! crie Giuseppe. Ce n'est pas du tout ce que j'ai vu l'année dernière ! – Que vous dire, señor ? fait le propriétaire d'une voix lugubre. Parfois la chance est du côté du matador, parfois du côté du taureau. »

Liz rit de bon cœur et s'appuya sur un coude. Avec le soleil luisant sur son visage coloré par la longue marche, elle était particulièrement jolie.

– Vous êtes vraiment une très belle femme, Elizabeth, dit Alex, admiratif. Pourquoi diable vous coiffez-vous avec cette queue de cheval si peu seyante ?

Ce compliment empoisonné fit s'évanouir instantanément la bonne humeur de Liz.

– Pourquoi vous comportez-vous toujours de cette façon, Alex ? demanda-t-elle, agacée qu'il ait tout gâché avec autant de brusquerie.

– Quoi ?

– Vous débinez. Vous passez votre temps à asticoter ou à rabaisser. Uniquement les femmes, je l'ai remarqué.

Alex sourit.

– Les femmes aiment qu'on les défie. Qu'on les oblige à rester vigilantes !

– Vous l'appelez comme ça ? Un défi ? Ce n'est qu'une manipulation bien calculée. Je suis étonnée que les femmes tolèrent cette attitude. Je sais qu'il en est ainsi, bien sûr. Je lis *Vanity Fair*.

– Et tout ce qui se publie, apparemment, remarqua-t-il, nullement perturbé par ses remontrances. A votre avis, ce travail d'édition vous suffira-t-il ? Vieillir en louchant sur des manuscrits poussiéreux. Ou bien votre présence ici cette semaine signifierait-elle que vous avez un talon d'Achille et des fantasmes de luxe et de grande aventure ?

– On change radicalement de sujet, rétorqua-t-elle, rétablissant ainsi le score. Et si j'en crois ce que j'ai vu jusque-là, pour être riche à ce point, il ne suffit pas d'avoir faim...

– La faim est une anomalie chez les riches, voyez-vous, dit Alex en souriant. Il leur est très difficile de comprendre pourquoi on n'appuie pas tout simplement sur la sonnette quand on a envie de dîner.

– Bagehot [1], dit-elle avec un sourire suffisant.

– Je vous demande pardon ?

– C'est Bagehot qui a dit ça.

– Vraiment ? Voyez-vous ça... C'était quelqu'un de très perspicace, n'est-ce pas ?

– Et celle-là, vous la connaissez ? répliqua-t-elle en se préparant à lui répondre du tac au tac. Si les riches pouvaient engager quelqu'un pour mourir à leur place, les pauvres gagneraient bien leur vie.

Cette fois, Alex éclata de rire.

– Vous êtes très amusante, Elizabeth.

– Malgré la queue de cheval ?

– Ha ! Bien visé ! Vous voyez bien que ça marche.

– Uniquement quand on veut embêter quelqu'un... pas pour entrer dans ses bonnes grâces.

Il sourit, presque sincèrement, pensa-t-elle.

– Dites-moi, ma chère, ce qui me permettrait d'entrer dans vos bonnes grâces ? J'aimerais bien tenter ma chance, je crois.

Liz refoula la repartie qui lui montait aux lèvres et marqua un temps. C'était une bonne question, qui méritait une réponse de choix.

– J'aimerais connaître une *vérité* sur vous, Alex. Quelque chose qui ne soit ni l'une de vos manipulations, ni du boniment à usage médiatique. On a du mal à vous imaginer enfant, par exemple. Avez-vous jailli tout armé du crâne de Zeus ? Ou vous a-t-on trouvé dans un panier flottant entre les roseaux ? Pourquoi avez-vous choisi d'être économiste et médiateur des alliances internationales ?

– Ah, oui, fit-il, les alliances... L'union de deux voleurs qui plongent chacun la main si profondément dans la poche de l'autre qu'ils ne peuvent pas en plumer un troisième.

Liz se mit à rire, mais poursuivit :

– J'aimerais savoir comment vous êtes devenu un familier du 10 Downing Street et du 1600 Pennsylvania Avenue... Ce genre de choses.

1. Économiste britannique (1826-1877) *[N.d.T.]*.

– Vraiment, Elizabeth, j'attendais mieux de vous. Ce sont des questions pour Christie.

– Vous recommencez, Alex, fit-elle en fronçant les sourcils. Je trouve ça très irritant et, à vrai dire, je n'ai pas l'intention de mordre à l'hameçon.

Elle se leva et ôta les broussailles qui s'étaient accrochées à son pantalon.

– Reprenons notre marche, dit-elle brusquement. A en juger par l'inclinaison du soleil, il faudra bientôt rentrer.

Alex se leva à son tour.

– J'avais un frère jumeau qui est mort à la naissance, dit-il subitement. Toute mon enfance, je me suis senti coupable, comme si j'avais mieux manœuvré dans le ventre maternel et provoqué sa destruction. Plus tard, je me suis imaginé que je portais son esprit en moi.

– Une sorte de compagnon, un double ? fit-elle, quelque peu radoucie.

Pour s'amender, il voulait lui confier quelque chose d'intime.

Il acquiesça.

– J'ai toujours été un très bon élève... prix d'excellence dans toutes les classes. Un jour, un directeur m'a déclaré, incidemment : « Alex, vous avez de l'intelligence pour deux », et je me suis dit : *C'est bien ça. Le cerveau de Jeremy est là aussi.*

– Effrayant et lourd à porter, fit-elle remarquer.

– N'est-ce pas ?

Ils marchèrent quelques instants en silence.

– Et vos parents ? s'enquit-elle. Comment ont-ils réagi face à cette culpabilité à l'égard de votre frère jumeau ?

– Je doute qu'ils l'aient jamais su. Et quand bien même ils l'auraient su, auraient-ils considéré que c'était à eux d'intervenir ? Nous, les Anglais, nous ne sommes pas aux petits soins avec les enfants, comme les Américains. Non, *non* ! N'allez pas de nouveau prendre la mouche. Ce n'était pas une critique, juste une observation. Les émotions, ce n'est pas notre fort, c'est bien trop barbare. Et dans le milieu auquel nous appartenions, les enfants voyaient rarement leurs parents avant l'âge adulte. Des gouvernantes, des cuisinières, des majordomes, des moniteurs d'équitation, des précepteurs et toutes sortes de domestiques s'occupaient d'eux jusqu'à ce qu'on les envoie en pension.

– On doit se sentir très seul.

– Pas du tout, dit-il avec un sourire. N'oubliez pas mon double.

Liz sourit à son tour.

– Ça manque quand même d'affection. Je ne peux pas m'empêcher de penser aux trois enfants de ma sœur. C'est un miracle qu'ils sachent respirer tout seuls avec tous les câlins et les baisers dont on les abreuve. A mon avis, les petits qui grandissent dans la classe moyenne du Midwest jouissent d'une grande stabilité.

– Alors, pourquoi ne mettez-vous pas au monde des petits du Midwest bien câlinés ?

Elle hocha vigoureusement la tête en riant.

– C'est un endroit merveilleux pour y naître, pas pour y rester. J'avais envie d'un monde plus vaste, d'une mare plus grande, de moins de contraintes, d'échapper au regard des voisins...

– Et d'un endroit pour exercer la vivacité de votre intelligence, je parie.

– Aussi.

– La mayonnaise prend, finalement, dit-il avec un sourire narquois. L'intellect est le facteur le plus déterminant. Si vous êtes plus maligne que vos pairs, l'ambition vous conduira dans l'arène, où vous vous battrez pour vous élever jusqu'à la place qui vous revient.

– Le *principe de Peter*, fit-elle. Chacun s'élève jusqu'à son niveau d'incompétence.

Ils rirent ensemble.

– Je vais vous dire un secret, Elizabeth, puisque vous m'avez arraché ce souvenir intime. Enfant, dans la rue ou au restaurant, je voyais parfois des parents très démonstratifs... Ils prenaient leurs enfants dans leurs bras, étaient aux petits soins. Ils étaient si rayonnants, ces papas, qu'on aurait cru que leur progéniture portait une auréole. Je les trouvais affreusement inconvenants, bien entendu, mais il y avait en eux quelque chose qui m'attirait. Je me souviens de m'être demandé quel effet cela me ferait de faire un échange pour une semaine.

– Comme dans *Le Prince et le Pauvre* ?

– Exactement. Être gâté, cajolé, félicité sans arrêt, ça ne manquait pas de charme. Comme de manger tous les chocolats du monde... On sait qu'on sera horriblement malade, mais ça en vaut la peine.

Liz inclina la tête pour mieux le voir. Il avait l'air plus jeune, plus vulnérable, de lui avoir révélé cela, et il était très beau.

– Vous êtes plus sympathique quand vous êtes humain, vous savez, Alex, dit-elle.

– Ah, mais mes clients ne me paient ni pour être sympathique ni pour être humain, Elizabeth. Ils seraient vraisemblablement affligés de constater que j'ai cette capacité-là.

– Vous ne semblez pas vous soucier considérablement de vos clients. Vous avez bien trop ça « dans le sang ».

– Une éducation qui refoule les émotions refoule aussi la peur, je suppose, fit Alex avec un grand sourire. C'est très astucieux de votre part d'avoir compris ça.

Ils avancèrent en silence sur le sentier qui devenait de plus en plus pentu et impraticable.

– Et la pochette-surprise du Midwest ? demanda enfin Alex. Maintenant que vous avez mis à nu mes squelettes familiaux, le moins que vous puissiez faire, c'est de dévoiler les vôtres.

Elle respira profondément et poussa un gros soupir.

– Mon père dirigeait une petite entreprise familiale qui produisait du matériel agricole. Je l'adorais. Ma mère était plus dure.

Alex décela de la confusion et de la tristesse dans sa voix, et résolut d'agir avec prudence. Mieux valait ne pas en savoir trop long sur les femmes. Assez pour lancer des piques qui font mouche, assez pour tirer les ficelles, assez pour avoir l'air intéressé, mais pas assez pour dépasser certaines limites et se retrouver en terrain miné. Mais il s'amusait avec celle-là et se sentait curieusement libéré des contraintes ordinaires.

– Oh ! les femmes et leur mère, répondit-il avec une consternation feinte. Excellent terrain pour le divan des psychanalystes, j'en ai peur. Qu'est-ce qui l'avait si affreusement traumatisée ?

– En fait, c'était un oiseau rare... dit Liz avec mélancolie, mais triste comme un mois de novembre. Elle avait toujours l'air de porter tout le poids du monde, Alex, comme le rocher de Sisyphe. Il lui pesait sur les épaules, si bien que je la comparais à un aigle blessé luttant pour s'élever vers le ciel.

Dans la vie, Alex savait reconnaître la vérité. Et c'était pour lui une charmante surprise que cette vérité exprimée si poétiquement.

– Elle me semble étonnante et tragique à la fois. Puis-je vous demander comment les choses se sont gâtées entre vous ?

– Je crois qu'elle a eu le cœur déchiré par une enfance sans amour, répondit-elle d'un air réfléchi. Son esprit vacillait, elle confondait le savoir et l'amour, et elle essayait de nous transmettre, à nous ses enfants, le seul cadeau qu'elle pouvait nous faire, le savoir. Elle avait une présence écrasante... l'esprit aussi vif qu'un rayon laser, des passions fortes.

– Apparemment vous l'admiriez, mais vous n'arriviez pas à l'aimer ?

Liz hocha la tête pour lui montrer qu'il avait vu juste.

– Elle critiquait ceux qu'elle aimait avec l'acharnement d'un évangéliste. J'étais bien trop souvent rossée pour me sentir aimée, mais j'appréciais son dynamisme.

– Et vous étiez le petit génie de la portée, je suppose, donc plus battue que les autres ?

Il la vit froncer les sourcils. Cela devenait intéressant. Il résolut prudemment de ne pas railler cette vulnérabilité momentanée.

– J'ai eu une enfance très étrange, Alex, poursuivit-elle avec le plus grand sérieux. Ma mère me donnait tous les trésors de son génie tourmenté et obsessionnel, je crois, et ma mémoire totale mettait parfaitement en valeur son besoin d'enseigner. Elle m'a donc appris la poésie et la musique, la littérature et la philosophie. Elle m'a raconté l'histoire comme un gigantesque feuilleton. Le jour de mes cinq ans, je m'en souviens, nous avons fait comme si nous remontions le temps jusqu'au quinzième siècle pour rendre visite aux Médicis, et elle m'a appris la succession des monarques anglais et français en dressant la liste de leurs maîtresses.

Il rit en imaginant cette femme brillante et son enfant coincées dans un champ de maïs.

– Elle aurait peut-être eu une vie différente, si elle était née après les mouvements féministes... ou si elle avait été un homme, évidemment. J'ai toujours pensé qu'elle était taillée pour avoir son portrait au mont Rushmore, et non pour faire une ménagère. Elle avait l'étoffe d'un général, mais le destin en a fait une intellectuelle d'arrière-cuisine.

– Elle me paraît tout à fait remarquable, dit-il avec sincérité. Qu'est-elle devenue ?

Liz réfléchit une minute, se demandant comment exprimer ses sentiments.

– En fait, elle a fini tristement, dit-elle. C'était comme si elle s'était sculptée *elle-même* dans le granit pour mieux lutter contre ceux qu'elle aimait le plus. Elle est morte désespérée, je crois, malgré tous nos efforts pour la rendre heureuse. J'ai toujours regretté de ne pas avoir su mieux l'aimer.

Alex, qui marchait légèrement en tête, se retourna soudain, si bien que Liz faillit lui rentrer dedans. Il la souleva dans ses bras et l'embrassa en la serrant fort contre lui.

Le rythme cardiaque de Liz s'accéléra et, surprise par sa tendresse, son savoir-faire, son exubérance et la force virile de son étreinte, elle lui rendit son baiser. Il était plus grand, plus large qu'elle ne le pensait, et elle ne pouvait nier qu'il avait du charisme.

– C'est pour tout l'amour que nous n'avons pas eu dans notre enfance, dit-il avec un sourire compatissant en la relâchant (elle se surprit à désirer davantage). N'est-ce pas Chesterton qui disait : « La famille est une bonne institution, parce qu'elle est conviviale ? » Je suis content d'avoir fait votre connaissance, Elizabeth Cavanaugh. Jamais je n'aurais cru que Jase Shindler aurait assez de jugement pour inviter quelqu'un comme vous. Je commence à me dire que nous allons passer une semaine formidable.

Ils poursuivirent leur randonnée en parlant à bâtons rompus.

– Maintenant, pour répondre à votre question, dit-il, je crois que je me suis intéressé à la politique à cause d'un mot d'Ambrose Bierce disant que la paix est une période de tricherie entre deux périodes de guerre. C'était tellement cynique que j'ai pensé que c'était vrai, et, si c'était le cas, cela signifiait que cette tricherie avait un rapport avec l'argent. Ma fascination pour l'économie et l'Histoire en faisait un métier idéal pour moi.

– Bierce n'a-t-il pas écrit ce merveilleux petit poème, poursuivit Liz avec ardeur, qui définit l'Histoire comme « le compte rendu, souvent faux, d'événements qui ne sont souvent que des mensonges causés par des rois, qui ne sont souvent que des filous, et des soldats, qui ne sont souvent que des imbéciles » ?

– Tout à fait, ma chère, répondit Alex, qui s'amusait et qu'elle amusait. Et il avait le plus souvent raison.

10

Jack et Tiffany étaient allongés sur le sable mouillé à l'ombre des grands rochers volcaniques qui faisaient l'originalité de la plage de Mora Utu. Maintenant que le déjeuner était terminé et qu'ils étaient enfin seuls, ils prenaient du bon temps. Rand et Christie étaient partis faire de la voile avec Thoros. Justine, Jase et Chesi plongeaient près des récifs de corail avec leurs tubas. Alex et Liz avaient disparu avec leurs chaussures de marche. Marika était encore en compagnie de Tony, quelque part dans l'enceinte de la propriété, mais elle avait déjà abordé tous les hommes présents, comme un prédateur en chasse. Elle avait manifestement l'intention de séduire quelqu'un d'influent avant la fin du séjour, dût-elle coucher avec tous les hommes de l'île, l'un après l'autre.

Tiffany sourit intérieurement en plongeant un long doigt dans la petite mare qu'avait laissée la vague en se retirant. Elle regarda Jack, étendu à côté d'elle, et se demanda quel âge il avait. La cinquantaine bien sonnée, se dit-elle. Mais plutôt en forme. Il faisait beaucoup d'exercice et cela se voyait. Ce matin, pendant qu'elle faisait sa gymnastique sur la plage, elle l'avait vu courir au loin. Il avait la foulée longue et régulière de ceux qui s'imposent un certain rythme. Elle avait constaté avec soulagement que Jack ne semblait guère se soucier de la défection de Marika. En réalité, Thoros excepté, aucun homme ne se montrait possessif à l'égard de celle qui l'avait accompagné, et les couples se formaient selon leur gré.

Jack sentit son regard et lui sourit paresseusement. Cela

faisait une éternité qu'il n'avait pas été aussi bien. Durant l'hiver, les affaires avaient été dures. Non qu'il eût à nouveau souffert de la pauvreté, certes non, mais cette année il avait dû retrouver cet instinct de tueur qu'il avait jadis acquis dans les rues du quartier sud de Chicago et les luttes intestines du milieu de la boxe, dans lequel il avait grandi.

– J'en ai une bonne pour toi, Tiff, dit-il avec bonne humeur, mi-assis, mi-appuyé sur un coude. Il y a un coureur en troisième base sans hors-jeu, au cinquième tour de batte d'une partie à trois-trois. Le batteur frappe un coup double vers la première base. Le coureur fonce vers la base de départ et le premier gardien envoie une balle facile au catcher. Tu me suis, mon chou ?

Elle fléchit les jambes et les ramena vers elle en hochant la tête avec assurance.

– Jusque-là, ça va.

– D'accord. Alors pourquoi est-ce du mauvais base-ball et dans quel match des Dodgers est-ce arrivé ?

Tiffany fronça les sourcils, passant mentalement au crible ses connaissances en base-ball, puis son visage s'illumina.

– Quand il n'y a pas hors-jeu, un coureur de troisième base ne devrait jamais remarquer avec la balle au sol, à moins qu'il ne soit sûr de le faire sans risque. S'il y a un coureur en seconde base, l'avant devrait regagner la base sans hors-jeu ou avec un seul, si la défense a l'occasion de jouer deux fois. (Elle reprit son souffle.) Bon, ça, c'était le plus facile. Maintenant, le reste...

Elle plissa à nouveau le front un long moment.

– Bon, attaqua-t-elle. 1984. Les Dodgers contre les Cubs. C'était Marciano Duncan, le bleu de la troisième. Il est parti vers la base et il n'aurait pas dû... Ce fut un hors-jeu facile.

– Mais pourquoi n'aurait-il pas dû courir ?

– Parce que les meilleurs frappeurs des Dodgers, Pedro Guerrero et Greg Block, arrivaient derrière et que le type de la première base faisait des siennes sur la pelouse. Il n'y avait qu'un débutant pour faire une ânerie pareille !

Jack s'inclina en arrière avec un petit rire et hocha la tête.

– Tu es absolument incroyable ! fit-il. Certains de mes entraîneurs auraient été incapables de me donner une réponse aussi précise. Où as-tu appris tout ça ?

Tiffany jubilait de le voir si enthousiaste. Ses dents d'une blancheur éclatante contrastaient avec son teint sombre, rendu plus éblouissant encore par le soleil et la joie.

– J'avais cinq frères, Jack. Je passais mon temps à leur courir après pour qu'ils veuillent bien jouer avec moi. Et crois-moi, je devais jouer à *leurs* jeux. Comme je n'étais ni aussi grande ni aussi forte qu'eux, il me fallait un autre avantage. Or j'avais une excellente mémoire des matchs. Je les étudiais à fond jusqu'à ce que j'en sache plus que quiconque sur n'importe quel sport. Une vraie pro ! Ils m'exhibaient devant leurs potes. Tu n'imagines pas le fric qu'ils se sont fait grâce à moi, en piégeant des gars qui ignoraient tout de mes talents...

Jack tendit soudain la main et l'attira contre lui. Il avait envie de l'embrasser. Il ne s'y attendait absolument pas, mais elle était si jeune, si fraîche et si pleine de vie, avec ses seins qui tendaient le tissu de son bikini et son ventre satiné par le sable. Mais il n'y avait pas que cela qui l'attirait en elle, il le savait. Elle était vraie, humaine, elle ne tâtait pas le terrain comme Marika et ne calculait pas la valeur médiatique de chacun comme Christie. Tiffany était elle-même, à prendre ou à laisser, et elle l'enchantait comme personne ne l'avait enchanté depuis des lustres.

Elle lui rendit un baiser salé, inattendu, avec un plaisir véritable. C'était un baiser enjoué, sans séduction débridée. Un baiser qui disait : Ne t'inquiète pas, nous avons le temps.

Le soir, il devait y avoir un dîner en grande tenue, smokings, robes longues et tous les ornements de la féminité. Jack attendrait jusque-là pour avancer ses pions. Il ne pouvait pas prendre le risque de l'offenser ni de lui laisser croire qu'il la prenait pour une femme facile. Mais, ce soir, le moment serait idéal.

11

Liz sirotait son café près de la petite piscine derrière le pavillon de Chesi. Il était près de six heures, ce vendredi soir, et elles devraient bientôt s'habiller pour le dîner. En robe de plage, elles se reposaient agréablement des fatigues de la journée, grignotant les fruits que Nelida leur avait apportés avec un pot d'espresso fumant. Chacun avait choisi son partenaire et occupé son après-midi à sa guise. Durant la semaine, ils seraient libres de leur temps, avec quelques activités de groupe et, chaque soir, un dîner en commun. Le programme des réjouissances semblait assez prometteur.

Chesi secoua ses cheveux mouillés dans la brise du soir, comme un chien sortant de l'eau.

– Est-ce que tu te rends compte que nous avons une dizaine de minutes pour choisir un cavalier et que ce ne sera pas celui avec lequel nous sommes venues ?

Liz acquiesça en plissant légèrement le front.

– On se croirait dans *Histoire d'O*. Nous sommes dans ce château pour le sexe et, si nous ne choisissons pas rapidement, nous serons livrées pieds et poings liés au premier qui se présentera.

– Quel est ton sentiment ?

Liz se cala dans son siège et porta la tasse fumante à ses lèvres en un geste paresseux.

– Un peu ambigu, je me sens partagée. J'ai honte de le dire mais, quand je suis venue ici, j'en pinçais un peu pour Jase. Il a toujours l'air si impétueux, si imposant, dans son bureau, quand il est plongé dans ses dossiers. Mais depuis que nous sommes arrivés à Mora Utu, il ne m'a même pas dit bonjour. En fait, j'ai l'impression que nous irons au plus offrant. (Elle s'interrompit pour boire une gorgée.) Mais je me plais bien ici, dans cette espèce de Shangri La. C'est captivant de jouer avec ces types riches et puissants, de voir comment on vit de l'autre côté de la barrière. Avec mon salaire, je ne mène pas grand train. Se vautrer dans un tel luxe, ne serait-ce que dix minutes, a quelque chose de magique. Mais je ne sais trop quoi faire dans ce vivier de jolies femmes. Que feront-ils si nous refusons de filer doux ? Ils nous jetteront dans le volcan ?

– Si je suis venue ici, c'est que je n'ai pas vraiment eu le choix, fit Chesi avec un rire lugubre. Cet endroit est mon enfant, en fait. Pendant deux ans, je n'ai mangé, respiré et dormi que par Mora Utu. Je connais chaque disjoncteur, chaque recoin, et cela m'amusait de voir les choses de l'intérieur, tu comprends ? Y vivre au lieu de le penser. Mais j'ai la trouille rien qu'à l'idée de faire l'amour avec Rand. Comment pourrai-je ensuite l'affronter autour d'une table de conférence ? Et ce n'est absolument pas mon type.

– Alors qui ? demanda Liz.

– C'est là tout le problème, fit-elle, pensive. Gagarian est manifestement le meilleur de la bande, mais il est pris. Doherty a un béguin d'enfer pour Tiffany. Rand, je n'en veux pas. Capuletti, je ne le toucherais pas avec des pincettes. Barclay-Fontaine te fait les yeux doux... Si bien qu'il ne me reste que Shindler, qui a un ego gros comme l'Antarctique, mais qui me court après de manière plutôt agréable. Donc, si je dois coucher avec quelqu'un, je suppose que ce sera plutôt avec lui, si ton béguin ne fait pas une attaque. Je pourrai toujours fermer les yeux et penser à l'Angleterre...

Liz éclata de rire.

– C'était la reine Victoria qui disait ça, tu sais. Elle tenait un journal tellement cochon qu'on l'a brûlé après sa mort. De toute façon, mon béguin a fait long feu. Après ce qui s'est passé aujourd'hui, je penche plutôt pour Alex, alors fais ce que tu veux de Jase. Le discours provocant qu'il t'a tenu l'autre soir m'a vraiment fait mourir de rire.

Chesi rit à son tour.

– Tout bien réfléchi, je préfère peut-être le volcan.

Pour donner encore plus de plaisir à Marika, qui frissonnait déjà, Alex posa une bouche experte sur son clitoris et agita les deux doigts qu'il avait plongés en elle.

En revenant de sa balade avec Liz, il était en manque, mais il ne voulait pas aborder trop tôt la jeune directrice de collection, et la disponibilité bouillonnante de Marika s'était présentée comme une parfaite solution de rechange.

Il sentit son sexe humide et lisse se resserrer sur ses doigts par une série de petits frémissements, tandis qu'elle se cambrait, extasiée, avant de s'immobiliser.

Alex écarta doucement la tête et plaça aussitôt son grand corps au-dessus d'elle. Il avait voulu ce premier orgasme pour lui donner du plaisir et tester ses réactions. Content d'avoir saisi son rythme, il allait chercher une autre sorte de satisfaction.

Le plaisir, cette fois, serait partagé.

Le dîner du vendredi soir se termina à onze heures. Thoros avait écourté la soirée, en prévision de la première grande nuit de séduction. Le reste du séjour en dépendait. Les hommes avaient eu vingt-quatre heures pour faire leur choix et décider d'une stratégie, les femmes avaient encore le temps de se montrer réticentes, de jouer les intouchables. Mais si l'on se fiait aux apparences, seules deux filles n'étaient pas en main, et ni Chesi ni Liz n'étaient du genre à faire l'amour au hasard d'une rencontre. Un peu plus tôt, Thoros avait demandé à Shindler et à Barclay-Fontaine des nouvelles de leurs amours. Ils semblaient tous deux confiants quant à la suite des événements. Shindler avait l'intention d'appâter Chesi avec un livre sur les femmes architectes. Elle viendrait à lui en temps et en heure. Quant à Alex, il paraissait réellement séduit par les connaissances d'enfant prodige de Liz. Tout se passait bien entre Jack et Tiffany, Rand et Christie s'entendaient comme larrons en foire. Quant à Capuletti, il avait mis Marika dans sa poche.

Thoros poussa un soupir de soulagement en faisant mentalement ce petit inventaire, puis il prêta de nouveau attention au menu du lendemain dont lui parlait Nelida. Les invités avaient tous quitté la salle à manger, mais Nelida l'avait retenu pour lui poser une question. Il jeta un regard impatient par la grande baie vitrée à travers laquelle il apercevait Justine qui marchait au bord de l'eau. Elle l'attendait, traînant après elle une longue écharpe de mousseline, ondoyante et légère comme une chevelure. On aurait dit Aphrodite jaillie de l'écume des flots. Thoros congédia Nelida aussi précipitamment qu'il le put et sortit en songeant au plaisir qui l'attendait jusqu'au matin.

La rivalité sexuelle de la nuit précédente lui avait apporté autant de satisfaction que ses meilleures expériences passées... peut-être même un peu plus. Il fredonna en se débarrassant de ses chaussures, et s'avança vers Justine sous le clair de lune. Ce séjour promettait d'être l'une des plus belles semaines de son existence, et il se sentait comblé. Pour que tout soit parfait, se dit-il en s'approchant de la silhouette maintenant immobile sur le rivage, il suffisait d'être très riche et bien organisé.

Samedi 9 avril

La vie, c'est ce qui arrive quand
on a d'autres projets.
John Lennon

12

Le samedi matin annonçait, comme les journées précédentes, un temps radieux. Les flots éclataient en fulgurances argentées sur les grèves ruisselantes de lumière, et la voûte céleste s'offrait aux regards, bleue, infinie, apaisante. Jack ouvrit les yeux et sourit en se rappelant les dernières heures. Après le dîner, Tiffany et lui avaient passé la nuit ensemble à bavarder, à rire et à faire l'amour. Il se remémora leurs explorations mutuelles, leurs caresses, et se sentit comblé en la regardant dormir. Elle avait réalisé toutes ses espérances, et plus encore. Généreuse, exubérante, expérimentée sans être blasée. Son corps long et puissant, avec sa peau satinée et ses seins ronds, était aussi fascinant qu'il était humainement possible de l'être. Tiffany était étendue sur le côté. Un sein et une longue jambe dépassaient du drap, et le soleil matinal qui filtrait à travers les persiennes zébrait sa peau nue comme le tissu d'un auvent. Il eut de nouveau envie d'elle. Envie de la toucher, de la caresser et de l'explorer. Mais il y avait dans son sommeil quelque chose de si heureux, si paisible, qu'il ne voulut pas la réveiller.

Jack se leva, enroula une serviette autour de ses hanches et se dirigea à pas feutrés, pieds nus, vers la cuisine pour faire du café. Ensuite, il prendrait une douche, à moins qu'il ne retourne simplement au lit et qu'il y reste toute la journée. Avant le dîner, il n'y avait rien d'important au programme. Il sourit en ouvrant les volets sur cette splendide matinée tropicale. Une de plus. Ces vacances s'annonçaient on ne peut mieux.

Tony n'était pas un amant extraordinaire, mais tout à fait acceptable. Marika poussa un soupir, immobilisée par le poids du grand corps qui reposait à moitié sur elle. Elle avait su donner de la voix quand il le fallait. Il fallait bien rassurer les hommes. Tony Capuletti était bien pourvu et c'était un grand amoureux, même s'il faisait l'amour avec la rudesse d'un taureau. Elle tenta de s'extirper sans le réveiller, n'ayant pas le moins du monde envie qu'il l'entreprenne à nouveau.

Comme elle ne pouvait bouger, Marika soupira à nouveau et retomba sur l'oreiller en pensant à la chance qu'elle avait eue de trouver Alex seul avant le dîner. *Lui*, c'était un véritable artiste en amour. Il était de ceux qui s'enorgueillissent du plaisir de leur partenaire. Marika se tortilla un peu au souvenir de ses mains lentes et sûres, de sa bouche. Il l'avait rendue folle avant de jouir lui-même, et ce souvenir ne s'était pas encore effacé. Son orgasme avait été si fort que les endroits les plus secrets de son corps en gardaient la trace. Jase, c'était une autre histoire. Stakhanoviste au lit comme dans la vie, il avait une technique bien affûtée, une endurance remarquable, mais il était trop égocentrique pour se préoccuper du plaisir de l'autre, si ce n'était comme preuve de son propre talent.

Dans la lumière tamisée, Marika poursuivit son inventaire en se rendormant. Elle n'était sur l'île que depuis un jour et demi et elle avait déjà réussi à établir une relation intime avec trois des hommes. Les autres succomberaient aussi, il lui suffirait de bien choisir son moment. Ainsi maîtriserait-elle mieux la suite des événements. Aussi secrets qu'ils soient dans les autres domaines, les hommes révèlent toujours leur caractère, leur tempérament, quand ils font l'amour. Elle se demanda s'il en allait de même des femmes, mais se dit que c'était peu probable. Les femmes étaient plus subtiles et, contrairement aux hommes, elles pouvaient faire semblant. Quelle bénédiction de pouvoir mettre un terme à un épisode désagréable ou insatisfaisant d'une manière relativement indolore, sans blesser ses partenaires ! Ce n'était pas grand-chose de feindre une extase que l'on ne ressentait pas, si cela pouvait les rendre heureux. Il y avait des compensations, songea-t-elle avec satisfaction.

Bien sûr, il serait si bon de tomber vraiment amoureuse un jour, d'éprouver sincèrement des émotions comme on en voit dans les films. Mais dans la réalité, rien de plus aléatoire. Elle ne pouvait guère compter que sur la séduction de son visage et de son corps, en ce moment précis où Dieu et la nature l'avaient rendue presque parfaite. Elle devait en tirer vite avantage, avant que le temps ne change la donne. Un sentiment d'urgence assaillit soudain Marika, qui la mit mal à l'aise. Demain, elle ferait tout ce qui était en son pouvoir pour tâter le terrain avec les trois autres hommes.

Alex, Jase et Rand prirent des clubs dans le petit club-house et se rendirent en voiturette au départ du premier trou. Thoros ne participerait pas à la partie, Tony et Jack jouaient rarement, ils ne seraient donc que trois.

– Journée idéale pour le golf, dit Jase en tirant son driver du sac avant de prendre la mesure du fairway bien entretenu qui s'étendait devant lui.

– Tout est idéal ici, répliqua Rand avec un rire bon enfant.

C'était un excellent golfeur, tout comme Jase. Alex se défendait quand il était entraîné, mais se révélait médiocre quand il avait un peu trop négligé les terrains de golf. Ce n'était pas un sport qu'il affectionnait particulièrement.

Jase donna un grand coup dans la balle, qui décrivit un arc de cercle parfait avant d'atterrir en un seul rebond à trois cents mètres de là, au bord du green.

Rand siffla admirativement, puis tapa dans sa balle, qui retomba à quelques dizaines de centimètres de celle de Jase.

Alex fronça les sourcils en avançant vers le tee. Il n'était pas vraiment d'humeur à jouer, mais il avait décidé de se montrer convivial. Son long drive slicé expédia la balle dans le rough, où elle heurta le sol avec une sorte de gloussement triste, avant de s'enfoncer dans la végétation tropicale en lisière du fairway.

– J'ai l'impression que l'un de vous restera avec le trophée sur les bras, si je continue comme ça, dit-il avec bonne humeur.

– A propos de trophée, répondit Jase tandis qu'ils se dirigeaient vers le green, Rand déjà loin devant eux, où en es-tu avec Liz ?

Alex le regarda, amusé, en se demandant pourquoi il lui posait cette question.

– Elle est formidable, je trouve, répliqua-t-il. Intéressante, un grand sens de l'humour...

– Des seins superbes, fit Jase, poursuivant l'inventaire.

– Aussi, sourit Alex. Et Chesi ? Pas grand-chose à lui reprocher physiquement, si j'en crois ce que je vois...

Jase hocha la tête.

– Un corps superbe, vraiment. Mais un peu réticente.

– Tu songes à passer à la suivante, mon vieux ? Je suis certain que Marika ne serait que trop heureuse de te rendre service.

– Je ne refuse jamais un défi, répondit Jase avec un petit rire. Mais si je contrecarrais ses projets, Tony mettrait une tête de cheval sanglante dans mon lit.

Alex retrouva sa balle, la sortit du rough et l'envoya sur le green. Jase et Rand firent le par, Alex un bogey, puis ils remontèrent dans la voiturette et poursuivirent leur partie. Ce devait être une journée de loisirs. Rien n'était prévu avant le dîner.

Marika trouva des pitons, des crampons et un harnais dans la salle aux accessoires. Elle avait apporté ses chaussures d'escalade de New York. Après cette première nuit, elle avait finalement laissé Tony dormir. Il avait tellement bu qu'il dormirait probablement jusqu'à midi, et elle n'avait nullement l'intention de passer la journée au lit avec lui.

Tous ceux qui l'intéressaient avaient organisé leur samedi sans elle. Elle décida donc de partir en solitaire, bien qu'elle n'eût pas grimpé ces derniers temps. Marika se chargea de tout ce dont elle aurait besoin, prit un sac de magnésie, des pitons, des mousquetons et des grappins.

Mieux valait ne pas grimper seule quand on manquait d'entraînement, Marika le savait, mais elle avait de l'expérience et c'était un bon moyen d'échapper à Tony. De plus, elle était attirée par la maîtrise et la liberté que vous donnait l'escalade, par cette danse d'une incroyable fluidité qui en était l'essence. Ce qui lui plaisait dans ce sport, c'était de se mesurer à la nature et le sentiment d'identité que l'on en tirait. Comme elle était belle, on la croyait sûre d'elle. A tort.

Il est plus facile de dissimuler son manque d'assurance que de le vaincre.

Il fallut plus d'une heure à Marika pour parvenir à la paroi rocheuse qu'elle avait repérée pendant la visite que leur avait fait faire Thoros. Quand elle arriva enfin sur place, elle jeta un coup d'œil à la pente pour l'évaluer. Il lui fallait déterminer chacun de ses mouvements et localiser les endroits où elle pourrait éventuellement se reposer. Après avoir vérifié une dernière fois son équipement, Marika jeta un regard circulaire sur son environnement. Elle se trouvait dans un lieu exquis, en compagnie d'hommes extraordinaires. Si elle gardait l'esprit en alerte, il se produirait quelque chose d'intéressant avant la fin de la semaine. Aujourd'hui, elle échapperait quelques heures aux attentions amoureuses de Tony, et elle n'en serait que mieux dans sa peau. Plus tard, elle aurait tout le temps de faire une autre conquête.

Cette pensée lui donna du courage et lui permit de s'éclaircir les idées. Elle ne pouvait se permettre la moindre distraction pendant l'ascension.

13

Emilio remplit chaque verre autour de la table. Seule Liz posa la main sur le sien. Pour l'instant, elle était agréablement éméchée. Un verre de plus, elle atteindrait la zone dangereuse, et perdre la maîtrise de soi au milieu de cette brillante assemblée serait plutôt malvenu. Les hommes buvaient depuis des heures. Certains avaient consommé une telle quantité d'alcool qu'elle s'étonnait de les voir tenir des discours cohérents. Tony buvait du vin et de la vodka, Rand et Jase avaient descendu un nombre considérable de Glenlivets. Quant à Thoros et à Jack, soit ils avaient moins bu que les autres, soit ils tenaient mieux l'alcool. Elle sourit intérieurement en pensant que, ce soir, ils seraient les deux seuls amants valables. Heureusement, elle n'avait nullement l'intention de tenter sa chance auprès des autres.

Malgré leur tenue habillée, le dîner avait été d'une gaieté exubérante. Rand avait raconté avec beaucoup de drôlerie comment Christie avait battu à la course ce qu'elle avait pris pour un requin. Jase les avait régalés d'un épisode gaillard sur la vie amoureuse de Lady Di, ce qui amena Liz à parler d'un livre qu'elle avait reçu et qui s'intitulait *Le Douzième Stade de l'orgasme*.

– De toute évidence, une œuvre de fiction, avait fait remarquer Jase, déchaînant les rires.

– Pas si l'on en croit l'auteur, qui prétend qu'il y en a trente, et qu'aucune femme chinoise ne se satisferait de moins de neuf.

– On se demande pourquoi elles n'ont pas l'air plus heureuses dans les rues de Pékin, fit Alex en effleurant la jambe de Liz sous la table, à la manière d'un conspirateur.

Il était lui-même plus ivre qu'il n'y paraissait.

– Si l'on en croit l'auteur, les Américaines ne dépassent jamais le cinquième stade, parce qu'il faut mille va-et-vient pour aller plus haut.

L'assemblée éclata de rire.

– Peut-on cumuler au-delà de la durée d'une vie ? demanda Jase.

– Uniquement toi, Shindler ! cria Tony pour couvrir l'hilarité générale. Combien de temps faudrait-il pour faire mille va-et-vient ? poursuivit-il avec un intérêt croissant. Rand, toi qui sais te servir d'une calculatrice... Combien d'heures faut-il ?

– Je n'en ai pas sur moi, répondit Rand avec un sourire, mais nous devrions pouvoir faire le calcul mentalement. Si l'on part de l'hypothèse qu'un va-et-vient dure trois ou quatre secondes, ça fait quinze par minute en moyenne.

– Nous savons maintenant pourquoi les Chinois utilisent des bouliers, lança Christie, un peu pompette.

– Quinze fois soixante, ça fait neuf cents à l'heure...

– Peut-être font-ils des encoches sur leurs tables de nuit comme les anciens flingueurs, lança Tiffany.

Tony demanda une autre vodka à Emilio.

– En fait, ça ne ferait qu'une heure et dix minutes. Exact ? Même pas assez longtemps pour transpirer.

– Si ce n'est que, selon *Le Sexe en Amérique*, le temps moyen pour faire l'amour n'atteint pas quatre minutes, déclara Liz avec un sourire entendu.

– Ce n'est pas faire l'amour, mon chou, dit Jack, c'est du travail bâclé.

– Un coup est un coup, quoi qu'on en dise, laissa échapper Tony.

Elles furent quelques-unes à échanger un regard. Étant donné la quantité d'alcool qu'ils avaient ingurgitée, la discussion risquait de déraper. Le moment était peut-être venu de se dire bonsoir.

– Bon, bon, ça dégénère, dit jovialement Jack pour minimiser la gaffe de Tony. Il est temps d'arrêter.

– D'autant que Liz nous a fixé un but, ajouta Thoros avec

un petit rire. Ce dîner très agréable est donc terminé. Pour la nuit, chacun pour soi. Et n'oubliez pas que, demain, nous avons de grands projets. Dormez tous bien.

Ils quittèrent la table de bonne humeur, diversement éméchés, et se séparèrent juste avant minuit.

Marika et Tony se retirèrent dans le pavillon de ce dernier. Elle monta dans la chambre, pendant qu'il se servait une vodka avant de la rejoindre.

Tony entra dans la pièce et s'assit sur le lit en se débarrassant de ses chaussures. Il était très excité, bien qu'un peu embrumé par l'ivresse. Marika enleva la robe à paillettes qu'elle portait pour le dîner et qui tomba sur le sol, comme entraînée par son poids. Elle avait un corps fabuleux. Tony sourit intérieurement en sentant son sexe durcir. Il avait éliminé les autres prétendants, tous ces copains prétentieux qui regardaient de haut l'entreprise de ramassage d'ordures qui lui avait rapporté des millions. C'étaient ses amis, ils répondraient présent s'il avait besoin d'eux, mais il savait aussi qu'ils méprisaient son argent. La construction et la vidange n'arrivaient pas à la cheville de la diplomatie, de l'architecture, de l'édition ou de l'immobilier de prestige à Vegas. Mais ce soir, cela n'avait aucune importance. Il leur avait soufflé le plus beau trophée de l'île et il comptait bien en profiter.

Tony avait la ferme intention de franchir la distance qui le séparait de Marika, mais le mélange de vin et de vodka l'avait sérieusement ébranlé. Il se leva brusquement, chancela. La table vacilla, la lampe et le verre qu'il avait remonté du bar s'écrasèrent sur le sol. En jurant, il tenta de retrouver l'équilibre. *Merde.*

Tony redressa son corps massif avec difficulté, tenta de retenir la pièce qui tournait à lui donner la nausée, puis il s'avança en titubant vers Marika qui s'efforçait de ne rien laisser paraître de sa déception. Elle enfila un T-shirt de soie sur sa peau nue, au moment où Tony l'approcha. Il lui saisit le poignet d'une main, le T-shirt de l'autre.

– Tu n'as pas besoin de ça, ma petite, marmonna-t-il d'une voix brouillée par l'alcool. Je veux voir ce que je tiens.

Marika dégagea son bras et tira sur son T-shirt avec détermination. Certes elle était contrariée, mais elle avait déjà eu affaire à des ivrognes. Elle se souvenait qu'il était inutile de lutter. Si elle jouait finement, il serait au tapis dans une dizaine de minutes et elle n'aurait pas besoin de heurter son amour-propre. Mais quel ennui d'avoir parié sur le mauvais cheval ! Quel gâchis pour la plus belle femme de la bande, de se retrouver avec un gros porc ivre sur les bras !

– Sois gentil, Tony, ronronna-t-elle en s'écartant de son haleine chargée. Ce soir, nous allons nous amuser. Écoute, dit-elle en désignant la salle de bains, on devrait remplir cette magnifique baignoire de bulles de champagne. Viens prendre un bain avec moi, nous allons jouer à un petit jeu...

– Je me fous des bulles, dit-il d'un ton brusque en l'attrapant à nouveau, plus brutalement cette fois.

Marika tenta d'échapper à sa poigne, mais il la tira vers le lit ultramoderne à l'autre bout de la pièce.

Marika se laissa entraîner, un sourire inquiet collé aux lèvres. Il fallait gagner du temps. Ce n'était pas tant l'idée de faire l'amour avec lui qui lui répugnait mais, dans l'état où il se trouvait, ce serait désagréable, et cela elle ne le voulait pas. Ivres, les hommes étaient souvent brutaux. Et puis il lui faudrait des siècles pour jouir, même s'il tenait le coup assez longtemps, ce dont elle doutait. Elle devait le calmer rapidement, sans l'offenser.

Quand ils atteignirent le lit, Tony l'attira contre lui sans cérémonie.

– Tony, dit-elle avec fermeté en essayant de se dégager. Pas comme ça.

Elle constata avec étonnement qu'il la plaquait contre le lit. Grande et souple, elle avait toujours cru qu'elle saurait se défendre.

– De quoi as-tu envie, ma petite ?

Le souffle court, il l'écrasait sous son poids. La bouche de Tony était à quelques centimètres de son visage.

– Je ferai comme tu voudras.

Marika tenta de s'extirper, mais il lui serrait les poignets avec force. Elle sentit son sexe un peu trop mou contre son pubis.

– Tony ! fit-elle d'un ton plus insistant, cette fois. Lâche-moi, tu me fais mal !

– Alors on joue les difficiles, lui souffla-t-il dans l'oreille. Je sais aussi jouer à ce jeu-là.

Il glissa la main entre leurs deux corps, puis entre ses cuisses, saisit sa culotte de dentelle et la déchira en deux. Il lui fit mal.

– Non ! cria-t-elle. Arrête ! Va-t'en !

– Sale garce ! cracha-t-il, aussi furieux qu'excité. Tu n'es qu'une petite allumeuse. On se pavane devant les hommes et on rit sous cape pendant que leurs couilles virent au bleu.

Il avait une voix gutturale, hostile, et Marika commença à paniquer. L'affaire tournait mal. Jamais personne ne l'avait affolée à ce point.

– Laisse-moi me relever, Tony, *tout de suite* ! Tu me fais mal, supplia-t-elle d'une voix apeurée. Je ne peux pas faire ça comme ça.

Elle se débattit contre la masse qui l'étouffait et parvint presque à se libérer d'un grand coup de rein, mais Tony lui saisit la gorge de sa grande main et lui repoussa la tête vers le lit en lui tirant douloureusement le menton. L'autre main s'enfonça entre ses cuisses.

– Non ! hurla-t-elle, véritablement terrifiée. Va-t'en ! Laisse-moi tranquille !

C'était insupportable. Il ne s'agissait plus de sexe, mais d'autre chose. Rassemblant toutes les forces animales qu'elle avait en elle, Marika repoussa Tony et se contorsionna pour se dégager. Elle était forte, athlétique, même s'il pesait quarante kilos de plus qu'elle.

Elle avait presque réussi à quitter le lit lorsqu'elle se sentit empoignée par les cheveux et tirée brutalement en arrière. Elle hurla et le coup qui la réduisit au silence la fit tomber du lit. Marika heurta le sol avec violence et perdit connaissance durant quelques secondes.

Submergée de terreur, elle tenta de se redresser, mais il était de nouveau au-dessus d'elle, la bourrait de coups de poing et tentait de l'étrangler. Le sang battait à ses oreilles et sa tête était sur le point d'éclater. Elle saisit le pied de la table. Il fallait agir, faire du bruit, trouver une arme, n'importe quoi pour échapper à ce fou.

Son sexe était dur à présent, et il exultait. La victoire, la soif du sang et l'envie de l'avoir à ses pieds l'excitaient. Elle n'était plus Marika, mais toutes ces femmes qui l'avaient ridiculisé ou humilié, toutes ces femmes à qui l'on devait montrer qui était le patron. Il avait envie de la ligoter, de lui fendre le corps jusqu'à ce qu'elle demande grâce. Elle le griffait à présent, avec ses ongles rouges d'allumeuse, la petite garce. Et elle n'était même plus belle. Son mascara lui dégoulinait sur les joues. Pour qui se prenait-elle, Bon Dieu ?

Marika parvint à dégager sa bouche de la main qui l'étouffait et poussa un long cri perçant, mais les doigts de Tony se refermèrent sur sa gorge, et l'air lui manqua.

– Crie encore une fois, connasse, et je te tue ! lui siffla-t-il à l'oreille en forçant le passage entre ses cuisses.

Il la gifla une fois, deux fois, trois fois, jusqu'à ce que ses oreilles bourdonnent.

Marika cessa de lutter. Elle avait compris qu'il ne plaisantait pas, et lu dans ses yeux sa soif de sang. Elle sanglota silencieusement pendant qu'il la prenait et, quand il en eut fini, elle resta étendue là où il l'avait jetée, blessée, étourdie, avec un inexplicable sentiment de culpabilité.

Des lumières s'allumèrent dans le domaine. Le hurlement de Marika avait réveillé tout le monde. Jack se leva aussitôt et enfila son pantalon en se dirigeant vers la porte. Thoros était déjà dans la cour.

– Qu'est-ce que c'était ? cria Jase dans l'embrasure de la porte de son appartement. Un cri ou le bruit d'un animal ?

– Ce n'était pas un animal, señor, affirma catégoriquement Emilio.

Jase remarqua qu'il avait une arme à la main.

– Frappez à toutes les portes, ordonna brusquement Thoros. N'oubliez personne.

– Je prends l'aile ouest, acquiesça Rand. Jack, occupe-toi de l'aile est. Tony est au trois, Alex au huit. Où sont les femmes ?

– Qui peut le savoir ? fit Jack en s'avançant vers le premier pavillon. Frappe aux portes, un point c'est tout. Et ne te gourre pas dans tes calculs. Tiffany est avec moi.

Thoros hocha la tête, tandis que les autres se dispersaient.

– Tu es certain que ce n'était pas un animal, Emilio ? demanda-t-il sèchement au Mexicain.

– Pas un animal à quatre pattes, señor, répondit le petit homme.

Les minutes passèrent et Thoros resta au milieu de la cour, abasourdi par cet incident.

– J'ai vérifié tout ce côté-ci, cria Jase à une extrémité.

Jack leva le pouce à l'autre extrémité des pavillons.

– Où sont Alex et Tony ? cria Jase.

– Tony est dans sa chambre, avec Marika. Alex est sur la plage avec Liz, répondit Jack.

Après ce rapide inventaire, les hommes restèrent un long moment à se concerter.

– Tout le monde semble en sécurité pour l'instant, dit enfin Thoros d'un ton posé, mais on décelait une grande tension dans sa voix.

Il allait reprendre la parole, quand Emilio s'avança avec autorité.

– Je poursuivrai les recherches demain matin, señor, dit-il gravement en rengainant son Beretta 9 mm d'un geste ferme. Mieux vaut en rester là pour ce soir.

Il sait déjà ce qu'il va trouver, pensa Thoros en l'observant, *mais il ne veut pas encore me le dire. Cela signifie que l'un de mes amis est impliqué dans cette histoire.* Depuis qu'il était au service de Thoros, Emilio avait toujours possédé un mystérieux sixième sens. Sa femme aussi. Pour tout ce qui concernait les affaires domestiques, il avait fini par les considérer comme ses yeux et ses oreilles, et bien qu'il n'ait jamais compris ce qu'était exactement ce don de voyance, il savait qu'il existait et que l'on pouvait s'y fier.

Thoros resserra son peignoir et fixa la mer un bref instant. Rien ne devait gâcher cette semaine, ni cet endroit. A Mora Utu, il se sentait chez lui.

– Ce soir, nous ne pouvons rien faire de plus, dit-il enfin.

Jack, Jase et Rand échangèrent un regard interrogateur, puis acquiescèrent d'un hochement de tête.

Ils se dirent bonsoir et Thoros retourna dans le bâtiment principal, inquiet et mal à l'aise. Il aperçut la silhouette de Justine à la fenêtre. Elle regardait la cour.

Tony referma la porte du troisième pavillon, après avoir assuré Jack que tout allait bien. Pour autant qu'il le sache,

Marika était toujours étendue sur le sol de la chambre. Peut-être n'avait-elle même pas entendu que l'on frappait.

Nerveusement, il regarda les hommes se disperser dans la cour et baissa les yeux sur le peignoir qu'il avait enfilé à la hâte pour dissimuler les griffures sur sa poitrine. Il avait dessoulé à présent, mais il se sentait mal en point. Ce qui était arrivé, c'était sa faute à elle. Les femmes étaient bizarres, et ne voulaient jamais admettre qu'elles l'avaient cherché. Pour l'instant, il n'avait pas envie de s'approcher d'elle.

Marika avait les tempes qui battaient. Elle était déconnectée de son corps, comme s'il ne lui appartenait plus. Elle entendit des voix assourdies à l'étage du dessous, mais elles lui parurent lointaines et dérisoires.

Elle se redressa, chancelante, sans savoir très bien où elle allait. Les jambes flageolantes, elle parvint quand même jusqu'à la salle de bains et resta plantée devant la glace, frappée d'horreur par une image qu'elle ne reconnaissait pas. Marika avait de vilaines ecchymoses, des traces de sang sur les seins et sur le dos. Son sexe était meurtri et douloureux, et, lorsqu'elle le toucha, elle fit la grimace. Son visage était barbouillé de maquillage, ses cheveux emmêlés et collés par la sueur. Elle se sentait engourdie, au bord de la nausée, en contemplant son reflet dans l'immense miroir. Sa pâleur, dans la lumière blanche de la salle de bains, l'effraya.

Incapable de supporter cette image d'elle-même, Marika actionna la douche et, tel un zombie, pénétra dans la cabine. Elle demeura longtemps immobile sous l'eau brûlante, puis elle tomba à genoux, écoutant le bruit de l'eau qui tombait en cascade et qui ressemblait à celui de la pluie. Pour qu'il efface tout le reste...

Nelida et Emilio se retrouvèrent devant la piscine longtemps après que les hommes eurent regagné leurs pavillons respectifs.

– Ça commence, dit-elle.

– La nature ne permettra pas un tel bouleversement, fit-il en hochant la tête.

– Ni un tel irrespect, ajouta-t-elle. Le prix à payer sera lourd.

– Les sexes font partie intégrante de la nature, dit-il, réfléchissant tout haut. Il n'y aura peut-être pas que la jungle qui se révoltera.

– Nous verrons, fit-elle d'un air menaçant. Je n'aime pas du tout ce qui s'est passé ce soir.

– Ces gringos accomplissent leur destin. Ni plus ni moins.

– Ne me raconte pas à *moi* ce genre d'âneries, Emilio. Je suis une femme... On a fait du mal à quelqu'un de mon espèce et ça ne me plaît pas du tout.

– *Estoy ya comprometido al Poder que rige mi destino*, dit-il implacablement. *Y como no estoy aferrado a nada, no tendré nada que defender*.

– Si, répondit-elle au bout de quelque temps, avant de répéter la phrase sacrée que lui avait enseignée il y avait longtemps de cela son premier maître. « Je suis déjà la proie de la Puissance qui gouverne mon destin. Et je ne m'attache à rien, pour n'avoir rien à défendre. »

Dimanche 10 avril

Si l'on a réussi à envoyer un homme sur la Lune,
pourquoi ne les y a-t-on pas tous mis ?
Anonyme

14

Le lendemain matin, une légère brume grise était suspendue au-dessus de l'île, comme si le temps reflétait le malaise qu'avaient provoqué les événements de la nuit précédente.

Thoros avait organisé une fête à l'autre bout de l'île, qui devait durer toute la journée. Les invités avaient été conviés de bonne heure à la table du petit déjeuner, tous dans la grande maison et non chacun dans un pavillon. Nelida et Emilio avaient préparé un buffet élaboré, qu'ils avaient dressé sur la terrasse donnant sur la piscine centrale. Comme d'habitude, des oiseaux au plumage jaune sortaient en flèche du feuillage alentour pour picorer les miettes du festin, et s'envolaient à nouveau.

– Thoros, mon vieux, lança Alex en prenant dans la corbeille de fruits une tranche de mangue qu'il posa proprement dans son assiette, à côté des œufs, tu ferais bien d'en toucher deux mots à tes amis les dieux. Je croyais qu'il ne pleuvait jamais au paradis.

Thoros leva le nez de son café.

– Ne t'inquiète pas, Alex. Emilio me certifie qu'il ne pleuvra pas, et il ne se trompe jamais dans ce domaine.

Constatant la morosité de l'humeur ambiante, Jase décida de donner un tour plus optimiste à la conversation.

– Dis-nous exactement ce que tu as prévu pour aujourd'hui, Thoros. Nous déplacerons-nous dans tes jitneys ou à cheval ? J'ai remarqué qu'il y avait plusieurs pur-sang et deux appaloosas à l'écurie.

Thoros allait lui répondre, quand Marika apparut sur la

véranda, dernière à se joindre au groupe. Elle répondit aux salutations des autres par des murmures soumis, avec une étrange réserve qui contrastait avec son exubérance habituelle. Elle s'avança en silence vers le buffet, prit quelques fruits et une tranche de pain aux raisins dans les plateaux bien garnis. Son attitude attira l'attention de Liz, qui se dirigea vers elle. Marika fixait la table d'un air apathique.

– Mon Dieu, Marika ! s'exclama-t-elle en apercevant les contusions qu'elle avait aux joues et à la gorge. Que t'est-il arrivé ?

Tous les yeux se tournèrent vers la nouvelle venue.

– Je suis tombée, dit calmement Marika. Ce n'est rien, vraiment.

Immédiatement alertée, Christie se rapprocha d'elles.

– Rien ? Ne dis pas de bêtises... Tu as une très vilaine ecchymose au cou. On ne se fait pas ça en tombant.

Marika se tourna vers Christie avec des yeux suppliants.

– Je t'en prie, lui dit-elle d'un ton pressant, ne fais pas d'histoires. Ce n'est rien, je t'assure. Je n'ai pas envie d'en parler, c'est tout.

Son accent était plus fort que d'habitude, son comportement radicalement différent.

Christie jeta instinctivement un coup d'œil en direction de Tony, qui les observait, les yeux légèrement plissés. Il semblait retenir son souffle. *Que se passe-t-il ?* Son instinct de journaliste était en éveil. Il y avait quelque chose, quelque chose qui avait un rapport avec ce qui les avait réveillés la nuit précédente.

Alex et Jase s'efforcèrent d'alimenter la conversation, une ou deux femmes les imitèrent, mais tous étaient manifestement à cran.

– Retrouvons-nous ici dans une demi-heure, déclara Thoros pour reprendre le commandement. Nous emporterons un pique-nique dans les jitneys. Emilio y a mis les tubas et le matériel de pêche. A vous d'emporter ce dont vous aurez besoin pour passer la journée, et peut-être la soirée en dehors du domaine.

Les hommes se dispersèrent rapidement, mais les femmes, obéissant à une sorte de signal convenu, restèrent sur place.

Ce fut Christie qui parla la première, après le départ du dernier homme :

– Bien, Marika, que s'est-il réellement passé ? Tu n'es sûrement pas tombée dans l'escalier.

Quand elle leva le nez de son assiette, Marika lui jeta un regard furieux, menaçant.

– Mêle-toi de ce qui te regarde, répliqua-t-elle d'une voix coupante comme une lame de couteau.

Liz se rapprocha.

– Nous avons tous entendu hurler hier soir, Marika. C'était toi ?

– Je ne peux pas en parler, dit-elle avec fermeté, tandis que son visage de Nordique reflétait tour à tour arrogance et vulnérabilité. Je ne veux pas tout gâcher.

Francesca s'avança vers le groupe.

– Ne dis pas de sottises, Marika, fit-elle sèchement. Si quelque chose ou quelqu'un t'a fait du mal, nous avons le droit de le savoir. Tu n'es pas toute seule sur cette île, vois-tu.

Tiffany se leva aussitôt pour aller lui chercher une tasse de café.

– Attendez une minute, vous toutes. Ne nous liguons pas contre elle. Elle essaie peut-être de surmonter à sa manière ce qui lui est arrivé, et elle aimerait bien que nous lui fichions la paix.

– Tony t'a cognée ? lança Christie sans tenir compte des propos apaisants de Tiffany.

– Ça ne te regarde pas, répondit Marika en se levant, prête à s'enfuir. Je suis capable d'assumer.

Elle ressemblait à une biche prise dans le faisceau des phares d'une voiture.

– Si l'un de ces hommes est un sadique, c'est aussi notre affaire, poursuivit Christie d'un ton catégorique.

– Qu'est-ce que ça peut *te* faire ? éclata Marika en lui faisant front. De toute façon, aucune de vous ne m'aime. Vous êtes sans doute ravies de me voir défigurée et affreuse !

Elle parlait d'une voix suraiguë, au bord de l'hystérie, les bras repliés sur la poitrine dans un geste de défense. Liz et Tiffany échangèrent un regard.

– Écoute, Marika, dit aussitôt Liz. Honnêtement, on se fiche toutes de ton visage comme de l'an quarante. Nous savons toutes qu'enflée ou non, tu es superbe. Nous savons aussi qu'il t'est arrivé quelque chose de moche hier soir, et nous essayons de découvrir ce dont il s'agit. Je ne sais pas ce que vous en pensez, vous autres, mais pour ma part je n'ai pas l'intention d'aller me balader dans les bois avec cette bande-là, s'il y a parmi eux un macho qui se fait les poings sur les femmes.

Justine s'était tue jusque-là. Elle savait qu'elle venait d'entendre sonner le glas de leur semaine idyllique à Mora Utu, et peut-être même de bien autre chose.

– Marika, dit-elle de sa belle voix caressante, je t'assure que je respecte tout à fait ton désir de ne pas ébruiter ce qui s'est passé. Mais tu dois comprendre que nous sommes toutes concernées. Si Tony, ou un autre, est dangereux de quelque manière que ce soit, mieux vaut le savoir pour notre propre sécurité, d'autant que nous sommes complètement isolés sur cette île.

Son réalisme apaisa Marika qui, tournant le dos aux autres, fixa la piscine du regard.

– Par ailleurs, nous nous faisons du souci pour toi, puisqu'on t'a manifestement violentée. Cela dit, si tu veux toujours garder le secret, il me semble que nous devons respecter ta décision.

Marika resta un moment silencieuse, puis elle se tourna vers le groupe. Des larmes lui coulaient sur les joues, mais ni les larmes ni les ecchymoses ne diminuaient véritablement son extraordinaire beauté.

– Il m'a violée, dit-elle sans s'adresser à quiconque en particulier. Il m'a battue et il m'a violée, répéta-t-elle avec, dans la voix, une vulnérabilité qu'on ne lui connaissait pas.

– Le salaud ! s'écria Chesi, parlant en leur nom à toutes au milieu d'un chœur de murmures furibonds.

– Que s'est-il passé ? insista Christie. Il était sacrément bourré quand il est parti.

Elle résista à une forte envie de sortir son appareil pour prendre des photos.

Tiffany posa sa tasse de café et prit la main de Marika, dans un geste de réconfort, sans trop savoir comment s'y prendre.

Marika s'assit, bien droite sur sa chaise, comme une élève dans le bureau de la mère supérieure. Elle leur raconta toute l'histoire d'une voix rauque et monotone. Au cours de son récit, elle ouvrit soigneusement sa chemise pour leur montrer les ecchymoses et les grandes zébrures sur ses seins, avec une maladresse émouvante qui contrastait avec son aisance habituelle. Les autres femmes la regardèrent, l'écoutèrent jusqu'au bout, muettes, sous le choc.

– Elle semble plus gênée que furieuse, murmura Liz à Christie. Comme si elle pensait que c'était elle qui avait tout fichu en l'air.

– C'est souvent ce qui se produit après un viol, confirma Christie. C'est soi-même que l'on blâme. « J'aurais dû l'arrêter, j'aurais dû l'obliger à s'arrêter, j'aurais dû voir venir, j'aurais dû porter un châle plus grand... » tous ces trucs qui vous empoisonnent la vie. Quand j'étais jeune reporter au journal local de ma ville natale, je faisais les faits divers. Ça me flanquait toujours les boules d'entendre ces pauvres femmes battues se faire des reproches, alors que leur mari ou leur petit ami aurait dû être pendu, éviscéré et écartelé.

– Je ne sais pas ce que vous en pensez, les filles, dit Chesi, mais je ne me sens pas d'humeur à batifoler avec le club des garçons, comme si de rien n'était. Je remettrai ça à plus tard, je crois.

Justine hocha la tête.

– Tiffany, dit-elle impérieusement, comme si elle donnait un ordre à une domestique, pourquoi ne raccompagnerais-tu pas Marika jusqu'à sa chambre pour qu'elle fasse un brin de toilette ? Nous devons parler entre femmes de la manière dont nous allons prendre en main cette situation.

Tiffany ignora à la fois l'ordre et le ton sur lequel il avait été donné.

– Non ! hurla presque Marika en relevant la tête. Je ne veux pas que l'on prenne quoi que ce soit en main. Je ne veux pas que ce type gâche nos vacances. Je m'arrangerai pour l'éviter, voilà tout...

– Sois réaliste, fit Christie d'un ton sec. Si tu l'évites, ce sera une autre qui l'aura. En tout cas, c'est lui ou moi.

– Je vais en parler à Thoros, intervint Justine, calme, sûre d'elle.

– Nous devrions toutes en parler à Thoros, l'interrompit Liz, et lui faire comprendre que Capuletti doit s'en aller immédiatement.

– Non ! cria Marika. Vous ne comprenez donc pas que ça va tout gâcher ? C'est une semaine importante pour moi. Je ne veux pas que tout soit fichu par ma faute.

– Ne sois pas idiote, dit Christie sans ménagement. De toute façon, c'est fichu. Comment veux-tu que nous fassions la causette avec un violeur ? Quant à ta culpabilité, c'est de la connerie. Tu as dit non, ça devait suffire. Le viol n'est pas le sexe, c'est de la violence.

– Elle a raison, bien sûr, ajouta Justine d'un ton catégorique. Il s'est comporté comme un imbécile et il a perdu tout droit à notre compagnie. S'il veut se conduire en gentleman, il ne lui reste plus qu'à s'en aller. Thoros le lui fera comprendre.

Liz se leva, comme si elle avait pris une décision.

– Si personne d'autre ne veut le faire, je me propose d'être votre porte-parole. Je vais avoir mes règles dans quelques jours et je ne vais pas être d'humeur à me laisser faire. Le premier qui m'asticote, je lui fais son affaire.

– Je t'accompagne, déclara Justine avec autorité.

– Voulez-vous une délégation de soutien ? demanda Chesi.

Justine sourit comme pour dire : pour quoi faire ?

– Ce sera moins théâtral si nous n'y allons pas en masse. Après tout, nous n'avons pas l'intention de les braquer. Je dirai simplement à Thoros que Tony doit s'en aller. C'est un homme civilisé, je suis certaine qu'il saura parfaitement régler cette affaire.

Liz et Justine se dirigèrent vers l'endroit où elles avaient aperçu Jack et Thoros en grande conversation, tandis que Tiffany conduisait Marika vers les pavillons. Elle le fit par gentillesse, non pour obéir à un quelconque ordre de Justine.

Christie fit une grimace désabusée à Chesi.

– Cinq contre un que notre « hôte civilisé » prendra le parti du club des garçons.

Chesi fit la moue avant de répliquer :

– Il n'y a rien à parier, c'est sûr comme deux et deux font quatre.

Thoros laissa se déchaîner un peu les voix des hommes en colère avant de reprendre le contrôle de la réunion qui se tenait dans son bureau. Les rides qui s'entrecroisaient sur son front s'étaient nettement creusées, et sa bouche n'était plus qu'un mince sillon. Les femmes exigeaient le départ de Tony, leur avait-il annoncé en sachant très bien quelle serait la réaction de ses amis. Il en voulait à Tony de sa bêtise et aux femmes de leur scandaleuse demande de bannissement.

– Elle l'a cherché, disait Tony sur un ton agressif où l'on décelait une ténacité bovine. Le reste, ce sont des foutaises.

– Foutaises ou pas, mon ami, répondit implacablement Thoros, tu vas devoir faire face.

– Mais putain, pourquoi l'as-tu violée ? lança Jase, furibond. Elle était plus facile que les filles du Lido...

Si jamais l'affaire s'ébruitait, cela lui ferait une publicité détestable. Jase n'en avait vraiment pas besoin.

– Écoutez, coupa Jack, ce qui est fait est fait. Alors est-ce qu'on arrête tout ou y a-t-il un moyen de sauver le *Titanic* ? Là est la question.

– Avez-vous envisagé de me laisser tenter une petite négociation ? demanda Alex avec confiance. Après tout, c'est comme ça que je gagne ma vie. Je devrais pouvoir manier un troupeau de femmes déchaînées sans mettre à contribution plus de la moitié de mes cellules grises...

Jack éclata de rire.

– Oui, c'est ça. Moi, je préférerais avoir affaire aux Russes et aux Palestiniens. Il s'agit de viol, les gars... pas du choix d'un mauvais restaurant.

Rand était assis à la gauche de Thoros, apparemment perdu dans ses pensées, les coudes sur les genoux, une main sous le menton.

– Il est inutile de négocier, dit-il, la mâchoire contractée, le regard calculateur. Ça ne marchera pas. Corrompre, peut-être...

Tous les yeux étaient tournés vers lui, comme si un éminent financier venait de prendre la parole.

– C'est-à-dire ? demanda Jack.

– Je ne sais pas exactement. Une somme suffisamment rondelette pour qu'on ne la refuse pas. D'après ce que j'ai constaté, la belle Marika est à vendre. Pourquoi ne pas acheter son silence ?

Thoros leva un sourcil, puis opina du chef en signe d'approbation.

– J'aurais préféré que nous nous efforcions de sauver ces dix jours, déclara-t-il en se demandant si c'était encore possible. Maintenant, j'aimerais que nous oubliions ce malheureux incident le plus vite et le plus intelligemment possible. Payer, c'est peut-être une solution.

– Je ne donnerai pas un centime à cette connasse, merde ! explosa Tony, visiblement blessé. Cette salope ne m'extorquera rien du tout...

– Boucle-la, Tony ! l'interrompit Jack. C'est toi qui as merdé, c'est toi qui paies. Elle ne refusera pas cinquante mille dollars.

– Cinquante mille ! explosa Tony. Tu perds la boule ! Je n'en donnerais pas cinquante à la Vierge Marie...

– Tu vas te comporter en adulte ! hurla Jase pour couvrir ses cris. Tu nous as mis dans le pétrin, Capuletti, et nous ne sommes pas près d'en sortir si tu ne casques pas ou si tu ne trouves pas un meilleur plan. As-tu seulement idée du tort que ces nanas peuvent nous causer, si l'affaire éclate au grand jour ? Les journaux font leurs choux gras de ce genre de saloperie, et l'une de ces filles est reporter à la télé ! Sans parler de ce que ça nous coûtera en pensions alimentaires, si ça revient aux oreilles de nos femmes. Alors arrête de geindre et sors ton portefeuille avant que ça ne tourne au fiasco complet...

Cette perspective ramena le calme. Un ange passa. Thoros s'éclaircit la gorge.

– A moins que l'un de vous, messieurs, ait une meilleure solution, je pense que la suggestion de Rand est assez sensée. Cependant, je ne suis pas certain que cinquante mille dollars soit un chiffre suffisant. Nous ne pouvons pas nous lancer dans une discussion de marchands de tapis. La première offre sera la dernière. Disons que nous cracherons cent mille dollars, Tony cinquante, et nous les cinquante autres. Cela devrait amplement dédommager cette jeune femme de ses bleus. Le silence de chacun sera naturellement une condition *sine qua non.* (Il se tourna vers Alex.) Tu aimerais peut-être te joindre à moi pour cette délicate mission ?

– Et si c'est non ? demanda Jack en se levant.

Sur les lèvres de Thoros se dessina le sourire de maquignon qu'ils connaissaient tous bien.

– Elle ne dira pas non.

15

Dans le grand jardin, Liz et Justine écoutaient Thoros leur expliquer la position des hommes : « Ce n'était qu'un malheureux incident... qui ne devait pas gâcher cette délicieuse semaine... qui peut dire ce qui se passe derrière une porte close... elle était certainement consciente de ses intentions avant de se rendre dans sa chambre... »

– Excusez-moi, intervint Liz, interrompant son soliloque. Vous en oubliez un.

– Un quoi ? rétorqua Thoros, agacé.

– Un cliché, répondit-elle aimablement. « Elle l'a cherché. » Un grand classique. Il manquait dans la liste.

Alex, qui s'était tu jusque-là, l'interrompit à son tour :

– Ne parlons pas de viol, ma chère. C'est l'un de ces termes chargés d'émotion qui jettent le trouble dans les esprits. Après tout, nous ne savons pas vraiment ce qui s'est passé dans cette chambre, n'est-ce pas ?

– Mais bien sûr que si, mon cher, répliqua Liz. Nous savons qu'un homme a abusé d'une femme. Il l'a physiquement dominée, blessée et possédée contre son gré. On peut raisonnablement affirmer que Marika ne s'est pas infligé toute seule les ecchymoses qu'elle a à la gorge et aux seins. Le mot « viol » est explosif certes, mais vous comprenez bien qu'il est parfaitement adapté.

Thoros fronça les sourcils, trahissant une immense contrariété.

– Laissons les émotions de côté, dit-il en dominant sa colère. Tony est allé trop loin... Il prétend qu'on l'a provoqué.

A part ça, qui peut dire où se trouve la vérité ? Il est prêt à se racheter... Pour ce faire, il m'a donné un chèque de cent mille dollars à remettre à Marika pour la dédommager du petit problème de cette nuit. Je considère qu'il est extrêmement généreux et que l'on n'a pas le droit d'exiger son départ.

Les deux femmes se regardèrent un instant les yeux dans les yeux, puis Liz se leva d'un air furieux.

– La dédommager de ce qui s'est passé cette nuit ? dit-elle violemment. Comme on dédommage une pute de luxe ?

Justine lui effleura le bras pour la tempérer.

– Liz, nous devons laisser Marika en décider elle-même. Ce n'est pas à nous de refuser, rectifia-t-elle posément. (Une émotion difficile à qualifier sous-tendait son discours.) Je ne trouve pas que la proposition de cet homme soit généreuse, ajouta-t-elle en se tournant vers Thoros. Je la trouve même insultante. Son acte comme l'idée qu'il se fait d'un dédommagement m'offensent. De plus, je ne souhaite pas continuer en sa compagnie. C'est une brute sauvage, Thoros. Tu n'imagines quand même pas qu'après cela nous serons à l'aise en sa présence et que nous le traiterons autrement qu'en paria ?

– Tu ne dis pas cela sérieusement, répondit durement Thoros.

– Si, tout à fait. Mais je suis également civilisée et je n'ai nullement l'intention de gâcher les vacances d'autrui. Je m'en tiendrai donc à ceci : si M. Capuletti reste, je m'en vais.

– Je suis entièrement d'accord, ajouta Liz, comme toutes les autres femmes.

– Mesdames, mesdames, intervint aussitôt Alex. Nous sommes en train de perdre le contrôle de la situation. Nous admettons que c'est un incident regrettable, nous aurions tous souhaité que cela ne se produise pas... mais c'est tout. Il n'est pas nécessaire que cela affecte aussi tragiquement notre existence. Tony est prêt à faire des excuses publiques. Pourquoi ne pas laisser Marika décider si son chèque témoigne suffisamment de la sincérité de ses regrets ?...

Justine sourit, ce qui lui donna une expression très féline.

– On voit que vous menez les négociations diplomatiques de main de maître, Alex. On m'a rapporté que vous étiez capable de trancher la gorge à quelqu'un sans qu'il le remarque, mais là, je crois que vous êtes à côté de la plaque.

Elle fit volte-face, mais Thoros lui saisit le bras.

– C'est absurde, Justine, dit-il avec colère. Calme-toi.

– Me calmer ? répondit-elle avec un souverain mépris en repoussant sa main. A-t-on jamais dit une chose pareille à un homme ?

Les deux femmes s'éloignèrent en faisant sèchement claquer leurs sandales sur les dalles du jardin.

– Enfer et damnation ! fit Thoros d'une voix grave et dure. Il est impossible de négocier avec une femme ! Quels que soient leur intellect ou leur métier, elles pensent avec leur cœur et leur cul, jamais avec leur cerveau.

La colère de Thoros irradiait comme un champ magnétique. Sa semaine au paradis, son paradis, était fortement compromise, et il était furieux.

– Que vas-tu faire de Capuletti ? lança Alex.

– Il est l'un des nôtres et mon ami depuis trop longtemps pour que nous attachions de l'importance à cette bêtise. Il n'y a pas un homme ici qui ne soit redevable à Tony, tu le sais aussi bien que moi. Mais quel crétin, Bon Dieu ! Quel imbécile !

Alex allait lui répondre, mais Thoros s'était détourné et regagnait le bâtiment principal, où les autres attendaient des nouvelles de leur confrontation avec les femmes.

Alex hocha la tête et le suivit d'un pas lent. C'était de ce genre de petite flambée émotionnelle que jaillissaient les grandes conflagrations. La violence engendrait la violence. Qu'avait donc dit Baudelaire à ce sujet ? Il faudrait le demander à Liz. Elle avait en mémoire une profusion de connaissances, ce qui en faisait une compagne des plus divertissantes.

Ce ne serait pas la guerre, espérait-il, mais cela en présentait tous les symptômes. En fait, songea-t-il en emboîtant le pas à Thoros, cette semaine prenait un tour très intéressant.

– Qu'elles aillent toutes se faire foutre ! gronda Shindler d'un ton railleur, quand Thoros leur eut rapporté la première réaction de Justine et de Liz à leur proposition financière. Des filles comme elles, il n'y a qu'à se baisser pour en ramasser.

– Ah vraiment ? répliqua Alex. Alors pourquoi ne pas en faire livrer toute une cargaison pour ton bon plaisir, Jase ? Je suis certain que Justine serait enchantée de jouer les mères maquerelles.

Contrairement aux autres, il ne se faisait aucune illusion sur la facilité à résoudre un tel conflit.

– Attends une minute, lança brutalement Jack. Sans déconner, les gars, il faut limiter les dégâts, et vite. Si elles se tirent d'ici en quatrième vitesse et qu'elles crient au viol, nous sommes tous dans la merde.

– Jack a raison, approuva Rand. (Dans le paradis du monde de la communication, un scandale était bien la dernière chose dont il avait besoin.) Tony, je crois que dans l'intérêt de tous, tu devrais aller trouver toi-même cette femme et lui présenter tes excuses. Tu peux lui donner de l'argent ou non, selon ce que vous aurez décidé et nous aurons désamorcé cette affaire avant qu'elle ne nous échappe.

– Des excuses ? Il ne manquerait plus que ça ! explosa Tony. J'aimerais la flanquer par terre, cette garce...

– C'est comme ça que tout a commencé, ne l'oublie pas, le coupa Alex. Tu ferais mieux de te dominer, et tout de suite, mon ami. Et je ne crois pas quc cc soit une bonne idée que tu t'approches de l'une de ces femmes, de Marika moins que de quiconque. Elles sont déchaînées. Attendons d'abord la réponse de Marika... Elle n'a pas encore dit non. Ensuite, laissez-nous nous en occuper, Thoros et moi.

– Alors occupez-vous-en, Bon Dieu ! rugit Jase. C'est vraiment emmerdant.

Rand sourit.

– Tu veux dire que tu ne t'amuses pas encore, Jase ?

– Je veux dire que Tony devrait peut-être s'en aller plutôt que de nous gâcher la semaine. Au fait, pourquoi ne partent-ils pas tous les deux ? Marika dépensera ses gains mal acquis, Tony ira construire un égout quelque part, et nous autres, nous pourrons de nouveau prendre du bon temps.

– Ma profession ne te plaît pas, Shindler ? gronda Tony. Ça me rapporte plus de fric que tes éditions à la con !

– Messieurs ! aboya férocement Thoros. Ça ne nous mènera à rien de nous entre-tuer. Tony est notre ami d'enfance. Il a commis une erreur – ça nous arrive à tous – et il a décidé de s'amender. Alex, toi et moi nous allons calmer ces satanées bonnes femmes, quoi qu'il en coûte, et ensuite nous nous occuperons des activités de la journée.

Tout le monde croit qu'il est facile de négocier, que

n'importe qui peut le faire, ruminait sombrement Alex en suivant Thoros à l'extérieur de la pièce. Il serait fascinant de voir comment se déroulerait cette débâcle. Une fois les noms changés, ça ferait un cas d'espèce utile à ses élèves de licence. Un cas d'espèce où l'on étudierait ce qui se produit quand on sous-estime son adversaire.

– Cent mille dollars ! s'exclama Marika, quand Justine leur eut fait le compte rendu de leur réunion avec Thoros et Alex. C'est incroyable...

– Incroyable, c'est vraiment le mot ! la coupa Chesi avec véhémence. Ces messieurs si raffinés, si cultivés, ne sont que des porcs joliment déguisés.

Christie s'éclaircit la gorge.

– Soyons réalistes, les filles. Cette histoire, c'est vraiment le comble. Ces types sont tous des célébrités. Si un bon scandale de sexe et d'argent, bien juteux, éclaboussait ces zigotos, ça ferait du bruit dans les gazettes.

Justine fronça le nez de dégoût.

– Aussi agressive que cette idée puisse paraître, c'est un formidable argument de négociation. Je suis navrée de n'y avoir pas pensé.

– Je ne refuserai pas cent mille dollars, s'entêta Marika avec un fort accent. Ce qui est fait est fait et je ne peux pas le défaire. Pourquoi n'accepterais-je pas cet argent ?

– Parce que tu mets ton corps à prix, voilà pourquoi, rétorqua Liz avec vigueur. Ça revient à dire à ce salopard : tu peux me cogner, me violer et ignorer mon humanité du moment que tu me paies pour ça. (Liz se tourna vers les autres.) Je dois vous dire que ça ne m'enthousiasme plus du tout de passer dix jours ici en compagnie de cette bande de saligauds qui trouvent ça normal.

– Ne te fais pas d'illusions, mon chou, dit Tiffany. Tous les mecs trouveraient ça normal.

– Ça fait froid dans le dos, fit Chesi d'un air dégoûté. Mais tu as probablement raison.

– Tu es dans une position vraiment bizarre, toi, Chesi, ajouta Liz, qui en prenait soudain conscience. Tu travailles pour Rand. Est-ce que ça signifie que tu es coincée ici s'il reste et que nous partons ?

Francisca resta pensive quelques instants. Son front plissé donnait un air grave à sa physionomie.

– Si on en vient à l'épreuve de force, je m'en vais avec vous. Si je pouvais l'éviter, ce serait sans doute mieux pour ma carrière.

– De toute façon, ta carrière chez Rand est fichue, lui dit Christie d'un ton catégorique. Tu crois vraiment que tout va reprendre comme avant ? Ça m'étonnerait.

– Elle n'a pas tort, fit Justine. Rien ne sera comme avant. A partir de maintenant... nous allons tous marcher sur des œufs jusqu'à ce que cet homme s'en aille. Et même après... (Elle haussa les sourcils de manière éloquente, et se redressa brusquement, comme si elle avait pris sa décision.) Je vous propose de leur lancer un ultimatum que Liz et moi, nous leur transmettrons. Ou Capuletti s'en va immédiatement, ou c'est nous qui partons. Je piloterai l'avion qui nous emportera loin d'ici demain matin. De toute façon, finie la rigolade. Tout cela est devenu beaucoup trop gênant pour que nous y prenions du plaisir.

– Non ! s'écria Marika avec fougue. Vous êtes toutes folles. Je veux cet argent.

– Réfléchis deux minutes, Marika, répondit sèchement Christie. Qu'as-tu exactement l'intention de faire ? Prendre l'argent, permettre à Tony de rester ici et te mettre en chasse des partenaires des autres ? Si tu prends cet argent et que nous faisons toutes comme s'il ne s'était rien passé, c'est comme si nous acceptions toutes cette offre. Je suis donc de l'avis de Justine... Crevons l'abcès. Ce qui est sûr, c'est qu'ils ne pourront pas nous empêcher de jaser quand nous serons de retour.

Justine et Liz attendaient au lieu de rendez-vous pour annoncer aux hommes qu'elles avaient finalement rejeté leur proposition.

En approchant, Thoros observa leur attitude de son regard perçant. Il y avait de la colère et de la bravade... mais aussi une sorte de peur. Intéressant, songea Thoros, les antennes aux aguets. On pouvait manipuler la peur.

Justine parla la première :

– Marika a décidé de refuser l'argent que vous lui proposiez, Thoros, dit-elle sans détours. Et je crains fort de devoir t'annoncer que nous avons toutes pris la décision de nous en aller immédiatement, si Tony ne part pas.

– C'est totalement absurde, Justine ! répondit Thoros avec toute son autorité, de ce ton qui intimidait généralement les subalternes. (Il était réellement choqué de ce refus.) Tu réagis comme une enfant. Tony est mon hôte, et je considère qu'il lui a fait une offre sacrément correcte.

– Et d'après vous, Thoros, c'est aussi un type sacrément correct, n'est-ce pas ? fit sèchement Liz. Pour nous, c'est un violeur. Alors, c'est lui ou nous.

– Vous êtes sur mon île, la rembarra Thoros d'une voix bien maîtrisée. Et Tony est mon invité. Comment osez-vous me lancer un ultimatum ? Si vous n'étiez pas si têtues, vous les femmes, vous comprendriez que Tony a fait ce qu'il fallait faire. Cette traînée l'a provoqué...

Justine plissa les yeux, mais ce fut Liz qui prit la parole :

– C'est ce que nous sommes toutes, n'est-ce pas, Thoros ? dit-elle avec une féroce hostilité. Eh bien, nous, les traînées, nous pensons que cette histoire pourrait intéresser les médias. « La vie sexuelle des gens riches et célèbres... »

– Ne me menacez pas, petite imbécile, lui conseilla Thoros d'une voix grave où perçait la colère. Vous ne savez pas à qui vous avez affaire. C'est mon île et ce qui se passe ici est strictement privé. S'il y a la moindre fuite dans la presse...

– Vous ferez quoi ? répliqua Liz. Vous lâcherez sur nous un autre de vos amis ?

Justine s'interposa :

– A présent, Thoros, qui menace qui ? La discussion est close. Et tes petites vacances terminées... Nous n'avons pas l'intention de rester ici une journée de plus. Quant à tes menaces... Tu sais certainement que j'ai autant d'amis influents que toi, Thoros, dont certains seraient ravis d'avoir l'exclusivité de vos petits divertissements. Alors ne te mets pas en travers de mon chemin et laisse-nous quitter cette île sans faire d'histoires.

Justine passa devant les deux hommes, Liz sur ses talons. Thoros et Alex échangèrent un regard, tandis qu'Alex remerciait sa bonne étoile de ne pas avoir ouvert la bouche. Mieux valait laisser ce gâchis entre les mains de Thoros.

– A mon avis, nous ne pouvons pas les laisser partir dans l'état d'esprit dans lequel elles se trouvent, dit gravement Thoros après avoir fait aux autres le compte rendu de leur entrevue. Ces femmes déforment tout, et quand elles seront de retour chez elles, cette histoire fera le tour des rédactions.

– A part les attacher à un palmier, je ne vois pas comment nous pourrions les empêcher de partir, dit Jack. Justine sait piloter, et elle les ramènera comme elle les a conduites ici.

– Puis-je poser une question ? demanda Rand avec un grand sérieux. Et si nous sabotions l'avion ? Juste pour nous donner le temps de réfléchir.

Ils relevèrent tous la tête, les yeux grands ouverts.

– C'est possible, répondit Shindler en se penchant. Capuletti, Doherty et moi, nous avons tous les trois été militaires et nous connaissons ces engins. Thoros, cet appareil t'appartient. Tu sais certainement comment le rendre inutilisable, assez longtemps pour limiter les dégâts que ces greluches sont susceptibles de nous causer.

– Nous pourrions mettre les radios hors d'état et démanteler une partie du système électrique sans nous donner trop de mal, acquiesça Thoros. Ce serait assez facile à rétablir ultérieurement pour que nous puissions quand même nous servir de l'appareil.

– Vous êtes dingues, les gars ? demanda Jack, absolument sidéré. Vous qui les trouvez déjà furibardes, avez-vous idée de ce que nous aurons sur les bras, si vous les retenez prisonnières ?

– Nous n'avons pas tout à fait l'intention de les retenir prisonnières, Jack, rectifia Rand. Juste de leur laisser le temps de se calmer. Elles auront dit ce qu'elles ont sur le cœur, les femmes adorent ça... et nous aurons au moins tenté d'apaiser les choses. Après un jour ou deux de bains de soleil sur la plage, elles ne se rappelleront même plus pourquoi elles avaient fait tant d'histoires.

Jack hocha lentement la tête.

– Pas question ! Vous êtes complètement cinglés. Ces filles ne sont pas idiotes. Elles sont bien assez intelligentes pour nous envoyer sur les roses. Si vous ne faites pas attention, cette histoire pourrait bien nous péter à la figure.

– Rand a raison, insista Thoros. Il nous faut du temps pour rentrer dans leurs bonnes grâces. Mettons ça aux voix. A part Jack, y a-t-il d'autres opposants ?

Tout autour de la pièce, on fit non de la tête, la mort dans l'âme.

16

– Il doit bien exister quelque part un manuel pour apprendre aux hommes à répéter le même baratin stupide, dit Liz d'un ton dégoûté tout en claquant le couvercle de sa valise.

– Tu veux dire : « Calmez-vous, ne soyez donc pas puériles, vous êtes trop émotives et tu vas bientôt avoir tes règles ? » répliqua Tiffany avec un rire morne.

Cela lui faisait mal au cœur de quitter cet endroit, alors que tout allait si bien avec Jack. Qui savait s'il n'oublierait pas de l'appeler, une fois de retour à New York, où des millions de filles se jetteraient à sa tête ? Mais avec ce viol, elle n'avait pas vraiment le choix.

Tiffany était bien placée pour savoir ce que c'était. Elle avait quinze ans quand son unique sœur avait été violée et assassinée. La douce, la belle Alana n'était pas rentrée de l'école ce jour-là, et cela resterait à jamais dans le cœur de Tiffany, profondément enfoui, là où personne ne pouvait atteindre la blessure. Une ruelle, un couteau, un homme qui avait déjà violé et qui, pour tout châtiment, allait passer huit mois derrière les barreaux. Tels étaient les souvenirs que faisait surgir ce mot. C'était pour cela qu'elle avait fait du karaté, pour ne jamais être prise au dépourvu. Et elle ne s'était sentie en sécurité qu'après avoir atteint le troisième dan.

Justine appela les deux femmes.

– Liz, Tiffany, je rejoins l'avion. S'il vous plaît, ne lambinez pas. Les conditions de vol sont idéales. Je ne veux pas tenter le diable ni rentrer à Oahu trop tard.

Tiffany prit ses deux sacs.

– Oui, *massa*, tout de suite, *massa*, dit-elle avec une grimace caricaturale.

Justine, qui était déjà au milieu de l'allée, ne l'avait pas entendue ou ne s'en était pas souciée, mais Liz si.

– C'est difficile de ne pas se braquer devant l'attitude impériale de Sa Majesté, n'est-ce pas ? sympathisa-t-elle. Justine est une dure.

– Suis-je susceptible ou me donne-t-elle sans arrêt des ordres, comme si j'étais sa bonne ?

– Pour Justine, ma chère, je crains bien que nous ne soyons toutes des bonnes, fit Liz avec un sourire entendu.

Les deux femmes soulevèrent leurs valises et se dirigèrent vers la piste d'atterrissage. On ne voyait nulle part ni les jitneys ni les deux Mexicains.

– Comment Thoros récupérera-t-il son avion ? lança Liz à Justine, quand elles l'eurent rattrapée.

– Je le laisserai au capitaine de sa flotte, répondit Justine, et je lui dirai de venir chercher les hommes. Je ne crois pas qu'ils resteront toute la semaine sans nous, n'est-ce pas ? A propos, Liz, j'aimerais utiliser ta prodigieuse mémoire, une fois que nous serons dans l'appareil. Il faut vraiment être deux pour atterrir, mais si tu te familiarises avec le manuel, je pourrai te donner des instructions.

– Génial, dit sèchement Liz. J'ai déjà vu ça dans *Airport 79*...

Le G-IV attendait sur la piste, lisse et brillant comme un dauphin ailé dans le soleil matinal, parcouru par des ondes de chaleur. En s'en approchant, Justine observa l'appareil avec l'inquiétude que donne l'expérience. Les portes étaient ouvertes, comme si l'on venait de débarquer. Elle posa ses sacs sur le béton et se mit à courir. Il y avait quelque chose de louche.

Justine pénétra dans le cockpit et s'assit sur le siège de gauche en fixant la console. Elle exécuta les premières manœuvres, mit nerveusement les commandes en marche, puis attendit les bips et les plaintes que produisaient habituellement les systèmes de pilotage électronique et les indicateurs du moteur en s'activant, mais il n'y eut que le silence.

Les sourcils froncés, Justine donna un coup sur la

commande et appuya sur le bouton de la radio. Toujours rien. Pas de courant. Mort.

– Merde ! souffla-t-elle, furieuse d'avoir été devancée par plus malin qu'elle. Sabotage, lança-t-elle par-dessus son épaule à Tiffany qui se tenait juste derrière elle. Ils veulent nous empêcher de partir.

– Qu'est-ce que ça veut dire ? demanda Liz.

– Ça veut dire que ces salopards ont bousillé les systèmes électriques de l'appareil.

Justine sentit monter en elle une fureur qui la surprit. C'était son avion puisqu'elle en était le commandant de bord. Telle était la loi du ciel, tout comme cela avait été celle des mers pendant des millénaires. Personne ne peut se permettre de détraquer un appareil sous votre commandement. Sans payer le prix fort.

– Tu veux dire que nous sommes prisonnières ? demanda Marika, inquiète.

Tiffany décela une peur réelle sur son visage, et comprit. Quand on est complètement impuissant, la captivité prend une tout autre dimension.

– Prisonnière ? lança Christie, la retardataire de la bande. Ils n'auraient pas eu le culot de faire ça !

Liz lui jeta un regard profondément méprisant et ne prêta aucune attention à cette remarque ridicule.

– Et maintenant ? demanda-t-elle à Justine.

La femme qui occupait le siège de pilotage se tourna vers les autres, comprimées dans le cockpit derrière elle.

– J'ai bien peur qu'ils n'aient rendu inutilisables l'avion et la radio, dit-elle avec un calme derrière lequel on sentait poindre la rage. Apparemment, ils ont l'intention de nous garder ici. Pour combien de temps et dans quel but, je l'ignore.

– Mon Dieu ! gémit Marika. Je savais que j'aurais dû accepter cet argent. Regardez ce que vous avez fait !

– Veux-tu la fermer avec ton putain d'argent ! explosa Christie. Tu ne sais même pas si tu aurais pu encaisser le chèque. Tony l'a peut-être fait sans avoir nullement l'intention de l'honorer. Tu as sans doute remarqué que ce n'est pas quelqu'un de très honorable...

– Moi, je préfère dormir dans l'avion que de rapporter ces valises à la maison, déclara Tiffany avec lassitude.

– En fait, lança Chesi, ce n'est pas une si mauvaise idée que ça. A présent, y en a-t-il une qui ait vraiment envie de retourner là-bas, et faire des risettes à ces saligauds pendant le dîner ? Nous sommes parties avec armes et bagages... peut-être devrions-nous rester à l'extérieur.

– Tu veux dire jouer les *Lysistrata* ? demanda Liz, intriguée par l'idée.

– Qu'est-ce que c'est ? fit Tiffany, perplexe.

– Une comédie d'Aristophane. Des Athéniennes qui se rassemblent et organisent la rébellion, expliqua Liz. Pas de sexe, pas de cuisine, pas de ménage jusqu'à la conclusion de la paix avec Sparte.

– Ça a marché ?

– A ton avis ?

– La révolte, ça me plaît par principe, dit Tiffany, mais que faire pour l'intendance ? ajouta-t-elle en riant un peu jaune. Tu nous suggères vraiment de rester en dehors de l'enceinte de la propriété pour organiser notre petit soulèvement en leur laissant toutes les bonnes choses ? Serions-nous stupides à ce point ?

– C'est exactement ce que je propose, répondit Chesi qui se mit à l'avant du cockpit, près du siège du copilote, pour faire face aux autres. Vois-tu, ils ne savent pas faire fonctionner les installations et, si nous le voulions, nous pourrions parfaitement les saboter de l'extérieur. Ils se retrouveraient à l'intérieur, mais sans climatisation, sans eau potable, et ils n'auraient peut-être plus du tout envie d'y être.

Christie hocha la tête, incrédule.

– Réfléchis deux minutes. Rand est là. C'est lui qui a tout conçu. Il réparera tout ce que tu casseras.

– Ce n'est pas Rand qui a conçu Mora Utu, Christie, fit Chesi avec un grand sourire, mais quelqu'un qui se nomme John Mackey. Et je suis la coordinatrice du projet. Je connais par cœur chaque écrou, chaque boulon et chaque fil. Tu peux me faire confiance, quand il n'y aura plus d'électricité, Rand aura de la chance s'il réussit à trouver l'interrupteur. Je leur pourrirai l'existence, et il n'y pourra rien.

Cette perspective semblait l'enchanter.

– Même si c'était vrai, s'entêta Tiffany, nous serions toujours dans la chaleur, au milieu des moustiques et des reptiles... et sans vivres. Ça ne me dit rien de dormir avec les serpents.

– A mon avis, dehors ou dedans, nous dormirions avec des serpents, déclara Liz que l'idée de jouer les Lysistrata commençait à séduire. Quant à moi, j'aimerais bien donner une leçon à ces coqs agressifs et prétentieux. Et puis, je ne sais pas jusqu'où ils ont l'intention d'aller, et ça m'inquiète. Pas vous ? Et si, maintenant que nous sommes prisonnières, ils devenaient vraiment mauvais, comme dans *Le Jeu le plus dangereux* ? Si, tout à coup, ils nous donnaient quarante-cinq minutes avant de lâcher les chiens ?

Hésitante, Christie se tourna vers Chesi.

– Pourrions-nous d'abord voler ce dont nous avons besoin ? Bref, y a-t-il un moyen de pénétrer dans l'enceinte pour y faire une razzia ? Le strict nécessaire. De la pharmacie, de quoi manger, des couvertures, des tampons, et ainsi de suite. Au moins, les chances seraient égales...

A présent, Chesi avançait en terrain connu.

– Absolument. Les conduits CVC sont assez gros pour que nous puissions entrer et emporter ce dont nous avons besoin avant qu'ils ne s'en aperçoivent.

– CVC ? demanda Marika.

– Chauffage, ventilation, climatisation, répondit Chesi d'un air absent, le cerveau en surmultiplié. J'irai jusqu'aux baraques du chantier piquer tous les plans et les outils dont nous aurons besoin. Si vous êtes toutes d'accord, bien entendu.

– Moi, je ne suis pas d'accord ! s'écria Marika. J'ai peur ici, sans les hommes. Je veux retourner là-bas.

– Tu sais, Marika, tu es vraiment casse-pieds, fit Christie d'une voix acide. C'est quand même à cause de toi que nous sommes dans ce pétrin !

– Écoutez, intervint aussitôt Liz, c'est un peu risqué d'y retourner pour l'instant. De plus, si Chesi a raison et que nous parvenons à rétablir l'équilibre des chances, je parie que nous leur en ferons baver.

– S'il y a un domaine où nous devons renverser la situation, dit judicieusement Justine, c'est bien l'avion.

Elle se pencha sous le tableau de bord pour chercher quelque chose.

– Qu'est-ce que tu veux dire ?

– Ils croient nous avoir coupé les ailes ? Arrachons-leur les plumes. Pour l'instant, Thoros pense qu'il peut rétablir l'électricité et s'en aller quand bon lui semblera. Ils ont sans doute retiré la boîte d'allumage. Si j'ôte les jauges, ces salauds ne sortiront jamais d'ici sans avoir conclu un accord avec nous.

– Tu pourrais, toi aussi, prendre une partie de l'avion en otage ?

– Exactement, fit Justine avec un sourire aussi méprisant que satisfait. Qui sait jusqu'où ils mèneront ce piratage ? S'ils deviennent méchants, nous aurons besoin de toutes les forces disponibles. Il y a une boîte à outils quelque part par là. Je ne suis pas mécanicienne, mais je connais la structure de base.

– Moi, je suis mécanicienne, dit Tiffany en proposant ses services. Vraiment. Mon frère possède une station-service. Je démonte des voitures depuis que j'ai douze ans. Et je suis très douée pour les moteurs... un vrai talent. Un don.

Justine éclata de rire.

– Bravo ! s'écria-t-elle en soulevant triomphalement la boîte à outils. Nous allons montrer aux garçons de quel bois nous nous chauffons.

– Attendez une minute ! les interrompit Christie. Nous n'avons pas voté.

Justine la regarda comme si elle était complètement idiote.

– Avons-nous vraiment le choix ? Si nous les laissons pirater l'appareil sans riposter, nous sommes totalement à leur merci.

Elle jeta un regard circulaire, telle une reine balayant du regard la salle du trône emplie de serviteurs.

– Qui n'est pas d'accord avec moi ? demanda-t-elle.

– Qu'on leur tranche la tête ! murmura Liz à Tiffany.

Celle-ci sourit avant de se saisir de la boîte à outils.

– Viens, ma sœur, dit-elle, amusée que la toute-puissante Justine ait besoin de ses services. Nous avons du travail.

– Attendez ! Ne devrions-nous pas trouver d'abord un endroit ? demanda Christie, pragmatique. Si nous ne sommes pas à l'intérieur de la propriété, il faut bien que nous allions quelque part.

– Alex et moi, nous sommes allés nous promener hier... intervint Liz. Nous avons beaucoup marché. Je connais un endroit idéal, si je retrouve le chemin... Ces satanés palmiers se ressemblent tous. Il y avait de l'eau, c'était au milieu de la jungle, et il y avait aussi une clairière.

– C'est loin ? s'enquit Christie d'un air lugubre. Ces valises, Arnold Schwarzenegger lui-même ne les porterait pas.

Liz hocha la tête.

– Avec les bagages, il faudra sûrement faire plusieurs voyages, à moins que nous ne parvenions à piquer un truc avec des roues.

– Mieux vaudrait repérer le campement pour voir s'il nous convient, Liz, fit Chesi. Nous y apporterons nos affaires plus tard. Tiffany et Justine n'ont qu'à s'occuper de l'avion, pendant que je vais chercher les plans. Ensuite, nous aurons le reste de la journée pour nous organiser, avant que les hommes ne s'aperçoivent de ce que nous concoctons. Je ne voudrais pas que Rand s'empare des outils avant moi.

– Pourquoi ne retournons-nous pas simplement au domaine ? gémit Marika avec un accent de plus en plus prononcé.

Liz se tourna vers elle.

– Écoute, Marika, ils nous ont empêchées de nous enfuir. De toute évidence, nous sommes prisonnières sur cette île, à des milliers de kilomètres de tout. (Elle se tourna vers les autres pour chercher du soutien.) Nous a-t-on dit exactement où nous allions ? Je ne savais même pas où se trouvait Mora Utu... Je me suis contentée d'annoncer à tout le monde que je partais pour Hawaï avec mon patron. Qui sait jusqu'où iront ces types pour que l'affaire ne s'ébruite pas ? Nous sommes peut-être en danger et personne ne s'inquiétera de nous avant neuf jours.

– Tu ne crois quand même pas qu'ils nous feraient du mal ? demanda Justine, incrédule. Ils essaient d'étouffer une affaire de viol, pas un meurtre.

– Tu es sûre qu'ils ont saboté cet avion ? rétorqua Liz d'un ton caustique.

Justine pinça les lèvres, mais ne réfuta pas la logique de l'argument.

– Les gens riches font parfois disparaître ceux qui les encombrent, nous avons toutes entendu des rumeurs de ce genre, ajouta Chesi d'un air pensif. Je n'y avais jamais vraiment cru.

– Ils ne peuvent pas nous faire toutes disparaître, dit Liz. Nous sommes beaucoup trop nombreuses.

– Ne sois pas si naïve, fit Christie avec une ironie désabusée. Nous ne sommes pas trop nombreuses pour qu'un quelconque accident soit plausible. Ils pourraient prétendre qu'il y a eu un accident d'avion, de bateau, n'importe quoi... Ils se débarrasseraient de nous d'un seul coup. On dit que les opérateurs clandestins de la Banque du Commerce et de l'Industrie en faisaient autant pour le compte de leurs gros clients.

– Vraiment ! dit Justine d'un ton dédaigneux. Vous n'avez pas l'impression d'être un peu parano...

– Il m'arrive de sortir avec un psychiatre, déclara Liz. Dans son bureau, il y a un grand panneau où il est écrit : *Ce n'est pas parce que vous n'êtes pas paranoïaque qu'on ne vous surveille pas.*

L'hilarité qu'elle déchaîna atténua un peu la tension ambiante.

– Écoutez, insista Liz, nous ne pouvons pas retourner là-bas tant que Tony n'est pas parti et que l'on ne nous traite pas en égales. Nous ne savons pas grand-chose de ces saligauds, à part ce que nous avons lu dans les journaux, non ? Alors je vote pour que nous procédions par étapes. Trouvons un campement, volons ce qu'il nous faut pour leur montrer que nous sommes vraiment furieuses... J'ai l'impression que nous connaîtrons bientôt leurs intentions. D'accord ?

Après quelques murmures, tout le monde acquiesça.

– Alors prenons quelques chevaux, pendant que nous y sommes, ajouta Chesi. Nous nous en servirons comme moyen de transport et pour porter les bagages.

Marika releva brusquement la tête.

– J'ai été élevée dans une ferme des environs de Stockholm, dit-elle, en un premier signe de coopération manifeste. Je pourrais aller chercher les chevaux.

Christie et Liz échangèrent un regard. Personne ne faisait suffisamment confiance à Marika pour la laisser approcher seule des hommes.

– Je t'accompagne, Marika, fit aussitôt Justine. Moi aussi, j'ai grandi au milieu des chevaux.

– Mais pas dans une ferme, je parie, lança Christie d'un ton narquois.

– L'important n'est pas l'endroit où j'ai grandi, répliqua Justine, la bouche en cul de poule, mais le fait que je suis une excellente cavalière. Ça t'ennuie ?

– Tout ce qui s'est passé depuis vingt-quatre heures m'ennuie, rétorqua Christie. Et je me fous que ta mère ait été centaure, si ça doit nous aider à sortir d'ici. Mais avant de camper ou de nous faufiler dans les canalisations pour voler des vivres, je vous propose de retourner à la propriété pour rafler le contenu des placards. Il y a des tonnes de trucs dans ces pavillons qu'on peut piquer avant qu'ils aient eu le temps de dire ouf !

Sans attendre de réponse, elle fit volte-face et se dirigea vers la maison.

Justine plissa le front.

– Évidemment, elle a raison, même si elle est odieuse. Autant en prendre le plus possible avant qu'ils se rendent compte que nous sommes en guerre. Mieux vaut nous diviser pour être plus efficaces. Liz, emmène quelqu'un pour repérer le site du campement. Tiffany et moi, nous trafiquerons l'avion. Les autres retourneront chercher du matériel et deux chevaux. Chesi aura sans doute besoin d'aide pour prendre ce dont elle a besoin dans les baraques.

– Liz, attends-moi, dit Tiffany, modifiant la liste de service de Justine. J'ai fait pas mal de stages de survie, je t'aiderai à choisir le site.

– Entendu, répondit Liz. Je vais jeter un coup d'œil et je reviens te chercher. De toute façon, il me faudra du temps pour trouver mon chemin.

– Retrouvons-nous ici dans trois heures, dit Justine, reprenant le commandement des opérations. Nous devrions toutes avoir le temps d'accomplir notre tâche.

Les femmes abandonnèrent leurs bagages sur la piste et se dispersèrent.

Nelida et Emilio se tenaient dans la cuisine, près de l'évier. Les mains de Nelida retiraient adroitement la peau d'une mangue avant d'en découper la chair en petits croissants de lune.

– Tu as lu les signes, mon petit pigeon ? demanda doucement Emilio.

Les hommes se trouvaient dans la pièce voisine et il ne voulait pas qu'on l'entende.

– Il y a eu transgression, répondit-elle. Et une dette a été contractée.

Il opina du chef et prit le plat de fruits.

– Je vais demander conseil à la montagne dans cette affaire. Elle est vieille et sage, fit-il en se dirigeant vers la salle à manger.

– Et revêche, ajouta Nelida en le fixant de ses yeux sombres et graves.

Le drame allait s'intensifier, et Emilio savait aussi bien qu'elle combien les dieux étaient impersonnels et inexorables. Ce conseil, quel qu'il soit, viendrait du fond de leur être, car ils seraient, eux aussi, mis à l'épreuve. Au cours de sa longue vie, jamais Nelida n'avait connu de dieu clément.

Tiffany était montée sur une échelle sous le capot qui permettait d'accéder au moteur droit du G-IV et fixait du regard l'enchevêtrement de fils et de pièces à l'intérieur du boîtier d'aluminium. Elle aimait l'odeur des moteurs et leur remarquable complexité. Cela l'excitait.

– OK, lança-t-elle à Justine qui, juste en dessous, levait les yeux vers elle. Qu'est-ce que je dois chercher exactement ?

– La jauge est plus petite qu'un grille-pain... elle se trouve à peu près au milieu... Là, je la vois ! En haut à droite, Tiffany. La boîte noire reliée au tuyau d'alimentation...

Le regard de Tiffany suivit celui de Justine et repéra le petit boîtier noir.

– Je l'ai ! Donne-moi une minute pour voir comment il est installé. Y a-t-il des pièges dont il faille se méfier ?

– Pas vraiment. Surveille juste le tuyau d'alimentation. Il ne devrait pas être trop difficile de déloger la boîte, une fois que tu auras dégagé les fils bleus et jaunes à ta main gauche.

Chaque moteur a sa personnalité, songea Tiffany en tendant la main intuitivement, respectueusement. *Tu dois entrer en contact avec l'âme de la machine avant de te mettre à bricoler.* Son frère Harlan se serait moqué d'elle si elle s'était exprimée ainsi, mais il aurait très bien compris ce qu'elle voulait dire. Il avait été son mentor et son professeur, et personne ne comprenait l'âme d'un moteur comme Harlan.

Tiffany dévissa la jauge et dégagea soigneusement le tube rouge et les fils bleus et jaunes attachés au bloc du moteur. Pour ce faire, elle n'avait eu besoin que d'une clé à écrous et d'un tournevis.

– Je l'ai ! cria-t-elle triomphalement. Je te le passe pour revisser le reste.

Elle descendit deux barreaux et tendit la main pour donner les précieuses pièces à Justine. Elles étaient peu volumineuses, mais plus lourdes qu'elle ne l'imaginait.

– Joli travail, Tiffany, déclara la Française avec autorité. Ils vont faire une attaque cardiaque collective quand ils verront ce que nous avons fait.

Tiffany termina le travail, remit fermement le capot en place, s'essuya les mains sur son pantalon et sourit.

– Je sens que je vais m'intéresser aux moteurs d'avion.

– Parfait, répondit Justine, parce qu'il faudra bien quelqu'un pour remettre ce G-IV en état quand nous aurons tous fini de le traficoter. Il est toujours plus difficile de réparer que de saboter, n'est-ce pas ?

– Ne t'inquiète pas, mon chou, répondit Tiffany avec une grande assurance. Ce moteur et moi, nous nous sommes compris.

Elles déplacèrent l'échelle sur l'autre flanc de l'appareil, où Tiffany refit les mêmes gestes.

Quand elle eut terminé, Justine rangea les jauges dans les sacs à dos de toile qu'elle avait apportés, et les deux femmes quittèrent aussitôt la piste. Quand elles arriveraient au camp, leur première tâche serait de trouver une cachette pour leur larcin, un endroit à l'abri des intempéries et des regards indiscrets.

– Nous les cacherons ensemble, dit Justine. Au cas où il arriverait quelque chose à l'une de nous, l'autre pourra les récupérer. Mieux vaudrait peut-être que les autres ne soient pas au courant. Nous ne pouvons pas révéler notre cachette à Marika, et nous ne pouvons pas non plus en parler aux autres en la tenant à l'écart. Ce sera donc notre petit secret.

Tiffany médita cette pensée, tandis qu'elles attendaient le retour de leurs compagnes.

A la fin de l'après-midi, les objets empilés sur la piste formaient un tas imposant et hétéroclite. Des couvertures, des casseroles, des verres, des bouteilles de vin, des sacs poubelles et une myriade d'autres objets cuisaient au soleil, quand Liz et Tiffany émergèrent des palmiers qui entouraient la piste en hélant le groupe qui les attendait.

Elles s'étaient toutes dévêtues pour ne garder qu'une tenue tropicale, la plus légère qu'elles aient en leur possession. Justine portait une grande capeline à bords flottants, Tiffany une casquette de base-ball, et les autres s'étaient fabriqué toutes sortes d'écrans pour se protéger d'un soleil impitoyable. Elles attendaient, assises sur leurs valises.

– Nous avons trouvé l'endroit idéal ! cria Tiffany avec enthousiasme en s'avançant vers les autres. Liz avait raison, il y a une cascade, un cours d'eau, un bassin, et une vaste clairière que nous pourrons ratisser assez facilement pour nous débarrasser des insectes... Nous avons vraiment de la chance qu'elle l'ait repérée hier.

– J'ai toujours rêvé de vacances comme celles-ci, grogna Christie, que la chaleur mettait de mauvaise humeur.

Liz jeta son paquet par terre.

– Il y a vraiment beaucoup de place, Christie. Tu verras, il y a même de l'ombre fraîche au bord de l'eau, et ce n'est qu'à deux ou trois kilomètres de la plage. Nous pourrons y pêcher et y ramasser des crabes.

– Deux ou trois kilomètres ? répéta Chesi comme un écho. Nous ne pêcherons peut-être pas beaucoup.

Elle allait pêcher le crabe avec son grand-père sur les côtes de Jersey quand elle était petite, mais c'était à deux pas.

Liz hocha la tête.

– Le plus dur, ce sera de trimbaler tous ces machins au campement. Le trajet n'est pas trop difficile dans l'ensemble, mais il y a un sacré raidillon et un pont de corde...

– Super ! fit sèchement Christie. Comme dans *L'Homme qui voulait être roi ?* Le genre de pont dont on tombe pour s'écraser sur les rochers en dessous, c'est ça ? J'ai vu le film.

– Qu'allons-nous faire des juments ? Est-ce qu'elles

peuvent faire le voyage ? demanda Marika, qui tenait les rênes des deux chevaux et semblait très à l'aise avec les grands animaux.

– J'ai bien peur que nous ne puissions les utiliser que comme mulets, et uniquement jusqu'au pont, répondit Liz. Là, soit nous les entraverons soit nous les renverrons. Étant donné le matériel que vous avez déjà rassemblé, nous ferions mieux de les charger le plus tôt possible. Nous ne pouvons pas faire la route après la tombée de la nuit. A-t-on pensé à prendre de la corde ?

– Sur le site, acquiesça Chesi. Les poubelles étaient pleines de trucs utiles, des clous, des planches, des cordes, tout ce qu'on voulait. Dans les baraques aussi. J'ai déjà raflé tous les plans dont j'avais besoin et quelques outils. Mais il y a plein de grosses cordes là-bas, si quelqu'un veut bien m'aider à les porter.

Pendant les dernières heures du jour, elles rapportèrent tout ce qu'elles avaient ramassé au campement. Au crépuscule, Thoros et quelques autres vinrent observer leurs efforts avec une curiosité amusée, mais aucun ne s'approcha d'elles ni ne leur posa de questions sur leurs projets.

17

Nelida posa le lourd plateau sur le buffet et observa les hommes qui se trouvaient autour de la table de poker. C'était le dimanche soir. Elle sourit intérieurement de leurs rires satisfaits et de leur conversation légère. Tout cela changerait bientôt.

Les joueurs jetèrent la première mise avant de recevoir leurs cinq cartes. Rand distribua d'un geste lent et fluide, en joueur expérimenté. Jase jeta un coup d'œil au flush qui s'annonçait et vérifia sa mise. Il n'avait pas la paire de valets qui lui aurait permis d'ouvrir.

– Je ne sais pas ce que vous en pensez, vous autres, mais moi, je trouve qu'on est bien plus tranquilles sans les femmes. Alors autant profiter du calme, dit-il en souriant à Nelida. Vous nous apportez des bières par ici ?

– Si, señor, répondit-elle en posant adroitement une Pilsner glacée sur son dessous de verre.

Il hocha la tête pour la remercier, puis s'intéressa à nouveau au jeu qu'il avait en main et qui ne lui déplaisait pas.

Alex ouvrit les enchères en misant cinq cents dollars. Il avait deux paires, des six et des quatre.

– Permets-moi de ne pas être d'accord avec toi. Si c'est bien plus calme, nous sommes condamnés à rester entre hommes. Et les femmes me manquent. J'attendais notre bataille en règle avec impatience.

– Quelle bataille ? demanda Thoros avec curiosité.

Il suivit en espérant une suite ou une paire plus forte.

Les yeux bleus d'Alex pétillaient gaiement.

– La bataille pour voir lequel d'entre nous décrocherait le plus beau trophée et s'il parviendrait à le conserver malgré les assauts des autres, bien entendu.

Thoros se mit à rire bruyamment.

– C'était exactement ça, n'est-ce pas ? confirma-t-il. Ça n'a rien à voir avec le sexe... C'est une question de possession et de stratégie. Qui prend la colline, qui tient la colline...

– Et dans la bande, il y avait quelques très belles collines, dit Capuletti avec un geste obscène.

La tablée éclata de rire, et il suivit avec une maigre paire de sept.

– A ton avis, combien de temps les collines vont-elles tenir dehors ? demanda Jase en mâchonnant un bretzel.

– Quarante-huit heures au maximum, avança Tony. Ensuite, nous serons obligés de redescendre toutes les saletés qu'elles ont emportées. De toute façon, qu'est-ce qu'elles vont faire là-bas ? Construire le pont de la rivière Kwaï ?

Jack leva les yeux de sa paire de trois.

– Elles sont folles furieuses à cause de l'avion et c'est leur manière de nous dire d'aller nous faire foutre.

– Aller nous faire foutre, il ne nous reste guère plus que ça à faire pour le moment, déclara tristement Alex.

– Il faudra parlementer d'une manière ou d'une autre, j'imagine, lança Jase. Écoutons-les jusqu'au bout, voyons si elles se sont calmées... donnons-leur le moyen de rentrer au bercail. Comme on fait avec les gosses qui s'enferment dans un coin.

Jack jeta distraitement quelques jetons dans le pot, sans se laisser démonter par la faiblesse de sa paire.

– A supposer qu'elles veuillent rentrer au bercail. Et si elles ne veulent pas ?

– Nous les laisserons croupir en compagnie des pythons jusqu'à ce que nous en ayons marre du poker, dit Thoros, qui ne décolérait pas. Puis nous rentrerons chez nous.

Dans la jungle, les six femmes ne disposaient pas du même confort. Épuisées, elles s'étaient assises autour du foyer qu'elles avaient réussi à creuser sous les ordres de Tiffany, qui semblait s'y connaître en la matière. Marika avait fait preuve, elle aussi, d'une aisance étonnante. En dépit d'une grande fatigue et malgré les grognements, le travail avait été fait.

Elles n'avaient pas pu dévaliser la cuisine principale, et leur premier dîner consista en amuse-gueule chipés dans les bars des pavillons d'hôtes, cacahuètes, bretzels, fromage et crackers qui atténuèrent leur faim sans leur remonter le moral. C'était une chose de parler de révolution, c'en était une autre d'avoir faim et de dormir à même le sol.

Tiffany avait fait bouillir l'eau dix minutes avant de la boire, bien qu'elle parût claire comme le cristal. Elle s'était aussi débrouillée pour faire du café, qu'avalaient à petites gorgées celles qui ne buvaient pas le vin dérobé.

– Je n'arrive pas à croire que j'en suis réduite à bénir le café en poudre, fit Christie qui fixait le liquide noir d'un air morose, tout en cherchant désespérément une position qui ne lui ferait pas encore plus mal au postérieur.

– Je sais que nous sommes toutes trop exténuées pour décompresser, rétorqua Liz par-dessus sa tasse, mais ça irait mieux si nous avions un plan d'action pour la suite des événements.

Un murmure d'approbation se propagea dans tout le groupe.

Chesi se leva et étira ses jambes pour chasser les fourmis.

– Les filles, j'ai beaucoup gambergé sur les possibilités qui s'offrent à nous, lança-t-elle. Si vous m'écoutez jusqu'au bout, je pense que ça ira mieux.

– C'est sûr, grogna Christie. Ça pourrait difficilement aller plus mal.

– C'est absolument faux ! s'écria Tiffany en riant. Tu pourrais avoir plus froid, plus chaud, avoir été piquée par un serpent ou être morte, ma fille. Ce n'est pas si mal que ça.

Les autres ricanèrent d'un air gêné. Toute vérité n'était pas bonne à entendre.

Chesi s'éclaircit la gorge pour capter leur attention.

– Je ne pourrai peut-être pas résoudre tous vos maux, mesdames, mais je peux au moins vous indiquer le moyen d'en faire baver aux hommes, s'ils ne nous présentent pas d'excuses et ne nous rendent pas l'avion sur-le-champ...

– Est-ce qu'on a un vaporisateur contre les insectes ? demanda Christie en se donnant une claque sur le bras.

– Voilà ! dit Liz en lui lançant le sien. Je déteste les insectes comme le diable l'eau bénite... J'ai de quoi nourrir une armée d'affamés.

Chesi sourit et poursuivit :

– Bon, disons que les chers petits profitent ce soir d'une douillette félicité, parce qu'ils se figurent qu'ils ont tous les conforts, dont la climatisation, et que nous, pauvres idiotes, nous passons un sale quart d'heure au milieu des insectes. Ils nous ont empêchées de prendre l'avion, mais ils ne savent pas que nous avons également marqué un point. On peut donc parier qu'en ce moment même ils sont assis autour d'une table de poker et qu'ils se demandent dans combien de temps, notre tension prémenstruelle s'étant évanouie, nous serons de retour dans leur lit. D'accord ?

On acquiesça d'un murmure.

Chesi fit son sourire à la don Corleone.

– Tout d'abord, nous allons leur couper la climatisation, puis la réfrigération et le système d'assainissement de l'eau. Et nous verrons s'ils sont toujours aussi béats quand ils boiront de l'eau salée dans une obscurité étouffante.

– C'est tout ce qu'ils méritent, dit Christie. Mais on coupe la climatisation avant l'eau ?

– Et comment ! Ça leur servira d'avertissement. Ça ne les paralysera pas, mais ça leur montrera que nous pouvons couler le bateau, s'ils n'y prennent pas garde. Telles que je vois les choses, si nous sabotons peu à peu leur univers, nous leur laissons une chance de traiter avec nous. D'abord, l'électricité, les raids sur les vivres, et enfin, s'ils ne nous prennent toujours pas au sérieux, nous jouerons le tout pour le tout.

– Pourquoi ne pas jouer d'abord le tout pour le tout ? demanda Christie, qui commençait à s'intéresser aux différentes possibilités d'action.

Chesi hocha la tête, faisant danser dans la lumière du feu ses cheveux bruns et brillants, qu'elle repoussa distraitement.

– Parce qu'il me faut un certain temps pour détraquer l'installation. Heureusement, il n'y a pas d'alarme pour m'en empêcher.

– Comment cela se fait-il ? demanda Liz.

– Thoros se figurait que sur une île il serait à l'abri. Qui viendrait l'embêter ?

– Ah ! la douce illusion... dit Liz avec un sourire narquois. L'idée qu'ils sont vulnérables dans leur petite forteresse bien douillette n'est pas pour me déplaire, fit-elle, pensive. Ça fait très Agatha Christie, comme dans *Les Dix Petits Nègres*.

– Alors, comment procédons-nous ? demanda Tiffany, qui eut soudain pitié de Jack.

– Ce qu'il nous faut, ce sont les tableaux de contrôle qui se trouvent, heureusement, à l'extérieur de l'enceinte. On les dissimule toujours derrière les bâtiments pour qu'ils ne soient visibles que des ingénieurs et des gens comme moi.

– On peut donc y accéder sans qu'ils le sachent ? demanda Christie qui, moins grincheuse, commençait à s'animer.

– Absolument. Il y a un petit bâtiment discret loin derrière la maison principale, dissimulé sous une végétation très variée, si bien qu'aucune de vous ne l'a sans doute remarqué. C'est le centre nerveux de tout le domaine.

– Le centre nerveux de quoi ? s'enquit Tiffany.

– Grosso modo, de tout ce qui marche à l'électricité. Les prises de terre, la lumière, les fours, et ainsi de suite. Il contient les gros générateurs et leurs batteries de secours qui ressemblent à des batteries de voiture alignées sur un mur. Je pourrai vous y emmener demain matin en mission de reconnaissance, si vous voulez. Vous voyez donc à quel point tout cela est vulnérable... Le mieux, ajouta Chesi, pleine de zèle, c'est que le poste de contrôle ne se trouve pas où il devait être. Sur le site originel, nous sommes tombés sur du granit qu'il aurait fallu faire sauter, et j'ai donc changé d'emplacement. A moins que Rand ait soigneusement étudié les plans, ce qui est très improbable, il aura un mal de chien à trouver ce satané truc.

– D'accord, Chesi, indique-nous le déroulement des opérations. Que vas-tu faire et combien de temps leur faudra-t-il pour s'en apercevoir ? s'enquit Christie.

Elle tira un bloc et un stylo de son sac à main, s'apprêtant à prendre des notes. Il y avait là de quoi faire un reportage. Mieux valait retrouver ses réflexes de journaliste.

– Ça dépend entièrement de nous... Soit nous coupons d'un seul coup tout le système électrique, soit nous leur rationnons peu à peu l'électricité. Je suis pour la seconde solution, parce que ça les fera tourner en bourrique et surtout parce qu'ils se diront sans doute que ce n'est qu'un défaut de l'installation.

Chesi s'interrompit pour reprendre haleine. Elle regarda autour d'elle pour voir si tout le monde suivait. Tous les visages étaient en éveil.

– Ça ne me déplairait pas d'être un peu diabolique, de laisser tous les plafonniers pour que nous puissions les voir, mais de détraquer toutes les prises murales pour qu'ils ne puissent se servir d'aucun appareil. Ensuite, je m'attaquerai aux fours et à l'équipement de la cuisine, aux réfrigérateurs et ainsi de suite. Comme ça, ils devront se démener comme nous. Puis nous toucherons au transformateur principal... Mon Dieu, comme j'aimerais avoir une arme, ce serait tellement facile.

– Merde ! explosa Justine qui se leva d'un bond. Pourquoi n'ai-je pas pensé à chercher le revolver ?

Tous les regards se tournèrent vers elle.

– Le G-IV ! expliqua-t-elle d'un ton brusque. Thoros n'a pas pu ne pas l'équiper d'une arme à feu...

Elle se redressa et fit les cent pas.

– J'y retourne... S'il y a une arme, je ne veux pas qu'elle leur tombe entre les mains.

– Tu y retournes maintenant ? dit Christie, ébahie. Tu es dingue ? Il fait nuit dans cette jungle, Justine. Dans l'obscurité, tu ne retrouveras jamais le chemin de la piste d'atterrissage.

– Elle a raison, Justine, dit Liz. J'y retournerai avec toi dès l'aube. Ce soir, inutile de tenter le diable. Tu tomberas dans un trou et tu finiras dans le Triangle des Bermudes.

Durant cette première nuit hors de l'enceinte, leur sommeil fut agité. Le moindre bruit les réveillait et même celles qui n'étaient pas du matin virent le soleil se lever avec joie.

Liz et Justine se levèrent avant l'aube et prirent les chevaux pour retourner au plus vite sur la piste d'atterrissage. Elles trouvèrent une boîte vide dans la cabine de l'avion et un paquet de balles creuses, vide lui aussi, dans la corbeille. Quelqu'un avait eu la même idée qu'elles, juste un peu plus tôt.

Lundi 11 avril

On peut tout aussi bien se pencher trop en avant
et se casser la figure
que se pencher trop en arrière.
James Thurber

18

Tiffany et Chesi remirent avec peine la grosse branche en place, en jurant comme des matelots. Les feuilles épaisses et piquantes leur griffaient le visage, tandis qu'elles déplaçaient une branche de trois mètres de long pour la faire glisser sur le cran qu'elles avaient préparé.

– Merde ! dit Chesi, essoufflée par l'effort. C'est beaucoup plus facile à faire sur le papier qu'à construire à partir de rien. Dieu ne m'avait sans doute faite que pour la conception, pas pour la réalisation.

Elle recula, puis s'affala sur un rocher plat pour examiner leur travail. Ce n'était pas si mal, ce qui l'apaisa un peu.

Tiffany essuya une égratignure sur son bras et prit du recul à son tour.

– Ce soir, Chesi, tu seras contente que nous ayons fait ça, je t'assure. Nous n'avons aucun moyen de savoir quelles bêtes sauvages peuvent nous sauter dessus, et les insectes sont féroces.

Chesi hocha la tête et esquissa un pauvre sourire. Tiffany était si inlassablement accommodante qu'elles avaient toutes envie tantôt de s'engager dans sa joyeuse équipe, tantôt de l'envoyer au tapis.

– Je préfère avoir un abri, juste par principe, annonça Chesi. Mais c'est vraiment la barbe d'être obligée de faire ça avec les moyens du bord. Je donnerais cher pour avoir un magasin de bricolage sous la main.

– La première fois que j'ai fait un stage de survie, dit Tiffany avec un sourire indulgent, j'ai ressenti la même chose.

Et puis, la deuxième fois, ils nous en ont vraiment fait voir... Ils nous ont largués seuls dans les bois en nous disant qu'ils reviendraient dans trois jours... Je peux te dire que j'ai appris à me contenter de tout ce qui me tombait sous la main. De l'eau claire quand on a soif, par exemple... ou quelques brins d'herbe fraîche quand on crève de chaleur. Mieux vaut un abri minable dans lequel on est en sécurité que le Taj Mahal. Tu verras, le désespoir remet les choses à leur juste place.

– Espérons que, cette semaine, nous n'en apprendrons pas trop sur le désespoir, répondit Liz d'un air morose. Après *Sa Majesté des mouches* et *Délivrance*, je croyais avoir tout vu en matière de survie en milieu sauvage. Mais on ne parle jamais d'échardes sous les ongles ni de feuilles de palme dans les yeux. Se faire sauter par des imbéciles, ce n'est rien en comparaison.

Tiffany sourit.

– Tu n'as encore rien vu, mon chou. Ce n'est que le deuxième jour.

Christie et Marika dégageaient la végétation du campement avec des balais de feuilles de palme. Les tiques, les araignées et les scorpions étaient friands de broussailles en décomposition, avait dit Tiffany, et elles avaient toutes assez peur des serpents pour se donner la peine de nettoyer tout endroit susceptible d'attirer un mamba noir.

Christie se redressa pour chasser la crampe qu'elle avait dans le dos et essuyer la sueur qui lui coulait sans cesse dans les yeux.

– Liz dit qu'il faut faire un cercle de cendres autour du feu, leur rapporta-t-elle d'un air las. C'est censé éloigner les bestioles.

– En Suède, nous aurions mis une corde de chanvre autour de la porte pour tenir les serpents à distance, suggéra Marika. S'il y en a une assez longue dans les baraques, pourquoi ne pas en faire autant ?

Marika venait tout juste de s'atteler à la tâche, comme si la responsabilité des chevaux l'avait éloignée du reste de la bande, mais Christie ne l'aimait pas et ne lui faisait pas confiance. Les autres pensaient de même, se disait-elle, mais elles étaient trop polies pour le dire.

Justine examina ses mains d'un air dégoûté... ses ongles

sales, cassés, ses mains abîmées... Les gants d'équitation qu'elle avait dénichés à l'écurie ne l'avaient pas suffisamment protégée. Les noix de coco, les branches et le petit bois qu'elle avait ramassés avec Liz avaient massacré ce qui restait de sa dernière séance de manucure.

– J'ai hâte d'en avoir fini avec cette stupide corvée de noix de coco, grogna Liz, et en plus, d'après le général Tiffany, nous sommes censées creuser une tranchée...

– Tu plaisantes ! Trop, c'est trop ! explosa Justine d'un ton impérial. Trouvez-en une autre pour la creuser. Il fait une chaleur abominable pour un travail aussi pénible. Nous serons mortes avant d'y faire pipi.

– Je suis trop déshydratée pour faire pipi, dit Liz en essuyant d'un revers de main la sueur de son visage, avant de rejeter sa crinière en arrière comme un cheval à la saison des mouches. Et c'est pour le drainage de l'abri, pas pour les latrines. Comme je regrette de ne pas avoir lu plus attentivement les manuels de survie de Tom Browne ! Je ne me rappelle que deux ou trois choses. Notamment comment fabriquer un alambic pour extraire de l'eau de l'urine en plein désert... Ça m'avait fait forte impression.

Incapable de dire un mot de plus, Justine roula les yeux. Elle transpirait, elle avait mal partout et ne tenait plus debout. Elle se redressa avec difficulté, puis étira les bras au-dessus de sa tête, comme pour attraper quelque chose. *Dans cette position, elle a la souplesse d'une lionne*, songea Liz avec un petit pincement de jalousie. Ce corps bien équilibré respirait le luxe par tous les pores de la peau, et elle n'avait visiblement jamais effectué de gros travaux. *Non qu'elle se plaigne trop... pas plus que les autres.*

– Justine, dit-elle soudain, en veine de confidences. Tu connais sans doute cette race d'hommes mieux qu'aucune d'entre nous. Quel danger représentent-ils exactement ? Iraient-ils jusqu'à nous tuer pour se protéger ?

Justine fronça pensivement les sourcils.

– J'ai vu des hommes comme eux recourir à la violence contre des ennemis, dit-elle prudemment, comme si la réponse lui venait à l'esprit à mesure qu'elle la formulait. Tu dois comprendre, Liz, que, quoi qu'ils fassent ou presque, ils sont au-dessus des lois. Et il n'y a aucune atrocité qui ne puisse être dissimulée, du moment qu'on y met le prix. Mais je ne crois pas que nous entrions dans la catégorie de leurs ennemis mortels. Nous ne sommes pour eux qu'un petit tracas, non ? Et nous sommes un peu trop nombreuses pour qu'on puisse se débarrasser aisément de nous.

Liz plissa le nez de dégoût.

– Ça m'emmerde de risquer ma peau en vacances ! Une semaine au paradis...

– La route du paradis a la réputation d'être semée d'embûches, remarqua Justine avec un sourire désabusé. Mais la partie ne fait que commencer. Nous devons la jouer avec prudence et mettre toutes les chances de notre côté.

– Crois-tu que l'on puisse faire confiance à Marika ? Qu'elle ne désertera pas ? demanda Liz avec insistance. Les autres semblent bien soudées.

– Elle n'a pas d'opinion, répondit Justine. Ou du moins pas la nôtre. Mais je crois qu'elle restera solidaire. C'est une fille qui, par nature, suit le mouvement, pas un chef.

– Tu crois vraiment ? Elle est tellement habituée à occuper le centre de la scène. Est-ce qu'en soi ça ne la distingue pas du commun des mortels ?

Justine hocha la tête.

– Sa beauté est le seul atout sur lequel Marika compte, pas son intelligence. Et maintenant elle sait que même sa beauté a un pouvoir de manipulation limité.

Liz acquiesça sans paraître très convaincue.

– Nous devrions ouvrir les négociations demain, tu ne crois pas ? J'ai très envie de me tirer de ce Xanadu tropical.

– En fait, j'attendais une délégation des hommes plus tôt... Ils ont sans doute besoin de jubiler un peu plus longtemps.

– J'ai réfléchi à notre stratégie, Justine. Tu sais, j'ai toujours adoré les livres de guerre... c'est un peu ma spécialité. La stratégie, la tactique, les plans de bataille... Je suis comme Patton, j'ai connu jadis tous les champs de bataille, j'en suis sûre. Les Thermopyles, les campagnes napoléoniennes, la bataille de l'Argonne...

Elle regarda Justine pour voir si celle-ci comprenait, mais la Française restait sur la réserve.

– J'ai donc échafaudé une stratégie... Ils veulent jouer au plus malin, nous faire flancher à coups de privations et de piqûres de moustiques. Au bout de quelques jours, ils nous agiteront une carotte sous le nez en se figurant que nous allons sauter sur l'occasion pour prendre un bain moussant.

Justine éclata d'un rire musical, teinté d'un accent étranger. Liz avait du cran, et du plomb dans la cervelle, elle aimait cela. C'était une femme amusante, la plus intéressante de la bande. De loin. S'il y en avait une sur laquelle on pouvait compter, c'était bien elle.

– Quoi qu'ils disent ou fassent, Liz, nous ne devons pas céder d'un pouce. Faisons-leur comprendre que tout ce que nous désirons, c'est que l'avion soit réparé : alors, nous nous quitterons... sinon bons amis... du moins pas ennemis mortels. D'accord ?

– Ils n'en feront rien, répondit solennellement Liz.

– Pourquoi ? Ce serait tellement facile. Et ils seraient débarrassés de nous.

– Ils n'abandonneront pas Tony, fit Liz en hochant la tête, et ils ne nous laisseront pas filer. Ils essaieront de nous amadouer pour nous mettre à nouveau dans leur lit, parce qu'à ce moment-là ils croiront nous avoir neutralisées. C'est très américain.

Justine inclina la tête, et ses cheveux coupés au carré se balancèrent, lui donnant un air de jeune page.

– Tu as peut-être raison. Alors la question est : *comment les neutraliser ?*

Avant que Liz ait pu lui répondre, Chesi apparut à l'autre extrémité du camp.

– Si tu veux m'accompagner, dit-elle à Liz, il est temps de commencer notre opération de sabotage.

Liz leva les yeux, ravie d'avoir une raison légitime de s'échapper.

– Je priais le Ciel que la corvée de tranchée me soit épargnée, fit-elle avec un petit sourire satisfait. Montre-les-moi, ces tableaux de contrôle.

Au poste de contrôle, Chesi examina attentivement les différents tableaux. Elle avait un cutter dans la poche et un tournevis coincé entre les dents, un plan d'une main et un marteau dans l'autre. Elle marmonna quelques mots sans lâcher le tournevis, puis le cracha dans sa main avec un petit rire.

– Je crois que je sais exactement comment procéder, dit-elle à Liz. D'abord le courant alternatif, ensuite les prises murales, les réserves alimentaires, les fours... et bien entendu, le coup d'État : les plafonniers. Je garde l'eau comme pièce de résistance. (Elle jeta un coup d'œil à sa montre.) Mais pour leur en faire baver autant que nous, disons que la climatisation et la réfrigération ne tiendront pas jusqu'au coucher du soleil.

– Comment puis-je t'aider ? demanda Liz avec un grand sourire.

– Surveille la porte du coin de l'œil pendant que je traficote ces tableaux. Je ne devrais en avoir que pour quelques minutes, mais mieux vaut nous garder des regards indiscrets.

19

– Il fait une chaleur étouffante ici aujourd'hui ou je me trompe ? demanda Jase, qui se trouvait dans la cuisine à onze heures. Pendant que j'y suis, pourquoi diable n'y a-t-il pas de téléphone sur cette île, Rand ?

Il n'était jamais très en train le matin, et moins encore dans les circonstances présentes.

– Parce que Mora Utu n'est pas encore terminée, répliqua Rand avec irritation, comme s'il s'adressait à un enfant attardé et désagréable. (Ils étaient tous à cran.) On installera le téléphone en dernier.

– Du calme ! cria Tony à l'autre extrémité de la pièce. Thoros trouvera bien le moyen de faire passer un message à ses gens. Nous ne sommes quand même pas coupés du monde... pas en 1996.

– Vraiment ? fit Jase, incrédule. J'ai laissé des ordres stricts pour qu'on ne me dérange sous aucun prétexte pendant dix jours. Les autres aussi, j'imagine. J'ai l'impression qu'on ne nous cherchera pas avant.

– Le pire qui puisse nous arriver, c'est d'enchaîner les parties de poker, dit Tony.

Il était las de ces ronchonnements pleins de sous-entendus. Ses compagnons lui reprochaient manifestement de leur avoir gâché le plaisir, alors qu'il aurait été si simple d'oublier ces satanées bonnes femmes.

– Tu as raison, approuva Jase d'un ton légèrement agressif. Nous sommes en vacances, non ?

Tony en fut un peu soulagé. Ils étaient tous amis depuis des lustres, riches ou pauvres, puissants ou non. Apparemment, ils formaient une drôle de bande... Il ne se rappelait pas exactement comment ils s'étaient liés. La même soif les avait sans doute conduits au même abreuvoir. Mais c'était Thoros qui leur avait tenu lieu d'entremetteur, lui qui avait choisi et, après une période de mise à l'épreuve, introduit chaque nouveau venu dans leur cercle.

– Que diriez-vous d'une partie de pêche ? lança soudain Tony.

Rand fit non de la tête, toujours préoccupé par le problème du téléphone. L'ambiance avait changé depuis le départ des femmes. On ne savait jamais qui allait se plaindre.

Jack hocha aussi la tête.

– Thoros m'a proposé de faire le tour de l'île. Comme nous sommes là pour quelques jours, j'aimerais bien la voir un peu. Il compte sur toi, Rand. Tu connais Mora Utu mieux que lui.

Rand acquiesça. Hors de l'enceinte de la propriété et loin des petits soucis, ce serait une journée de répit.

– Je vais pêcher avec toi, déclara Jase, ce qui surprit Tony. La mer me paraît particulièrement propice aujourd'hui. Tu as une idée de l'heure des marées ?

Thoros posa sa tasse de café.

– Demande à Emilio. Il est très au fait de ces choses-là. Il te montrera où sont les bateaux et le matériel.

Les hommes se dispersèrent pour vaquer à leurs diverses occupations.

En plongeant dans les eaux calmes de l'océan, les rames faisaient un bruit paisible et cadencé. Les deux pêcheurs avaient préféré le canot à une embarcation plus sophistiquée. Les parfums de la terre s'étaient atténués à mesure qu'ils prenaient le large, et les odeurs de métal, de poisson, de sel, propres et primitives, leur avaient dégagé les narines et éclairci les idées.

Jase était enfin de meilleure humeur. Ses muscles reprenaient vie en ramant et il adorait la pêche. Toute son enfance, il avait pêché dans le lac Michigan et dans les montagnes du Montana, où sa famille possédait un ranch pour les vacances. Il se demanda soudain où Tony avait appris. Il se débrouillait bien avec les appâts et le matériel, et il avait l'assurance de quelqu'un qui n'a pas besoin de conseils.

– Où as-tu appris à pêcher, Tony ? demanda-t-il en plissant les yeux pour se protéger du soleil qui étincelait sur la mer phosphorescente.

Un sourire contraint se dessina sur les lèvres de Tony, tandis que les souvenirs remontaient à la surface.

– Mon père était docker, dit-il. Il a travaillé si longtemps sur les docks qu'il connaissait tous les pêcheurs des quais. Il lui arrivait de bosser sur les chalutiers pour se faire un peu de pognon quand il n'était pas trop saoul et ne risquait pas de tomber par-dessus bord. J'ai commencé à travailler dans les pêcheries quand j'avais environ onze ans... à l'époque où il a plaqué ma mère.

Il observa l'eau tout autour d'eux d'un œil d'expert.

– L'endroit n'est pas plus mauvais qu'un autre pour y jeter une ligne. D'accord ?

Jase acquiesça. Dans la solitude de la pêche, les hommes révélaient un peu d'eux-mêmes. On n'était pas forcé de parler, loin de là, mais la mer incitait à l'honnêteté.

– Comment ta mère a-t-elle fait face ? demanda-t-il en attachant les rames pour prendre son attirail.

– C'était une ivrogne, elle aussi, dit Tony d'une voix où l'on décelait, malgré les années passées, du dégoût, de la colère et de la peine, et autre chose que Jase ne parvint pas à identifier. Il la rouait de coups quand il se saoulait. Quand il s'est tiré, je suppose qu'elle était plutôt contente de se débarrasser de ce bon à rien. Non qu'elle ne l'ait pas mérité... Elle s'envoyait tous les types de la ville qui s'en sentaient capables.

Avec un petit rire, il lança sa ligne qui décrivit un arc de cercle argenté avant de s'enfoncer dans les vagues.

– C'est dur, reconnut Jase en lançant sa ligne de l'autre côté du bateau, ni aussi bien ni aussi loin. Je n'aimais pas beaucoup ma mère non plus, avança-t-il en surveillant soigneusement la direction que prenait la ligne sous la surface de l'eau (il était capital d'évaluer la profondeur, de ne pas se tromper), c'était une calculatrice au cœur sec, issue de l'une des plus grandes familles de Detroit. J'ai compris pourquoi mon père s'envoyait en l'air à droite et à gauche, quand j'ai eu l'âge de réfléchir à ces choses-là. « Je n'aimerais pas être pris dans ses filets », voilà ce que je disais à mes amis. C'était une espèce de machine à mondanités. Il suffisait de la remonter et elle s'occupait des bonnes œuvres, prenait la bonne fourchette, signait les bons chèques. A part ça, il n'y avait pas grand-chose à quoi se raccrocher.

Tony opina du chef et moulina un peu avant de relâcher la ligne. Celle-ci dériva un instant avec le courant.

– Tu sais, dit-il enfin, c'est drôle les sentiments que m'inspirait ma mère. Amour-haine, je suppose que c'est ce que diraient les psys. Je l'aimais vraiment bien, j'avais pitié d'elle, même si je la haïssais de l'avoir laissé faire. Plus tard, quand tout le monde a su que c'était une traînée, j'ai été très gêné... plus que furieux, tu vois ? Une espèce de rage. Comme si je n'étais capable de la détester qu'à mi-temps, même si elle me décevait souvent. Putain ! C'était un vrai salaud quand il était bourré...

Un oiseau tournoya paresseusement dans le ciel au-dessus de leurs têtes, se laissant porter par les courants, avec ses ailes puissantes qui semblaient presque au repos. Puis il plongea soudain. Quand son long corps fendit net la surface, des poissons jaillirent des profondeurs. Mais le banc de poissons était trop gros et trop rapide pour l'oiseau. Frustré, il décrivit des cercles, plongea et replongea. En vain. Les deux hommes le contemplèrent un moment en silence, contents que cette diversion ait mis un terme à une conversation trop intime pour ne pas être dérangeante.

Jack, Rand et Thoros ramenèrent leurs chevaux au pas au sommet de la profonde gorge, où des rochers abrupts descendaient vers une rivière blanche d'écume. La faille n'était pas large, pas plus de soixante-dix mètres à l'endroit le plus étroit, où était installé un pont suspendu.

– Pourquoi ne pas prendre vers le nord, vers la montagne, Thoros ? suggéra Rand. Il y a une vue magnifique sur toute l'île depuis les contreforts du Mauna Laupelia.

Thoros acquiesça et les trois hommes tournèrent leurs montures dans cette direction. Rand et Thoros étaient très à l'aise en selle, nota Jack, qui ne l'était pas du tout. Il savait monter à cheval, et s'était forcé à apprendre, il y avait déjà longtemps de cela, pour ne pas faire pâle figure dans les mondanités dont s'accompagnait sa fortune toute neuve, mais il avait vite compris que ce ne serait jamais un plaisir. Il suivit la trajectoire indiquée par Rand et grimaça. Il y en aurait encore pour au moins quarante minutes avant la pause du déjeuner.

Quand ils ralentirent enfin le pas pour se reposer, les trois cavaliers avaient gravi plus de trois cents mètres sur la pente douce du volcan qui n'était plus en activité depuis longtemps. Rand s'arrêta sur un grand plateau et fit un ample geste du bras pour leur montrer l'incroyable panorama qui s'étendait à leurs pieds. Bien qu'il se sentît endolori, Jack ne put s'empêcher d'être ému par la splendeur du spectacle qui, de tous côtés, s'offrait à leur vue. *Pas étonnant que Thoros aime cet endroit*, se dit-il. *Il eût fallu être complètement insensible pour ne pas être ébloui par tant de beauté.* Les trois hommes descendirent de selle, attachèrent les chevaux et prirent le repas et les boissons qu'ils avaient emportés dans leurs sacoches. Jack était content de ne plus être en selle. Il se dégourdit les jambes, ravi de retrouver la terre ferme.

La randonnée et le paysage avaient dissipé la tension qui les étreignait depuis les révélations du dimanche matin. Thoros ouvrit la petite glacière que leur avait fournie Emilio et en sortit trois bouteilles de bière et un décapsuleur. Les trois hommes s'assirent sur le sol chaud et gardèrent le silence jusqu'à ce qu'ils aient terminé les sandwiches et la première bière. Quand ils ouvrirent la seconde, ils commencèrent à se détendre, devinrent plus loquaces. Ils s'allongèrent confortablement au soleil de l'après-midi qui filtrait à travers le feuillage et bavardèrent.

– Au fait, comment as-tu trouvé cette île, Thoros? demanda Jack, qui avala une gorgée, enfin détendu. Tu ne nous l'as jamais dit.

Thoros changeait d'expression dès qu'il parlait de Mora Utu. Il devenait moins distant, plus gamin, comme si le plaisir pur de posséder un tel endroit comblait l'un de ses rêves les plus fous.

– Ça faisait naturellement des années qu'un agent cherchait pour moi, répondit-il, celui qui a trouvé la résidence de Malcolm Forbes près des îles Fidji. De temps en temps, il me proposait une affaire et je sautais dans un avion pour aller voir. Mais rien ne me plaisait vraiment, rien ne me faisait envie. Je ne savais pas exactement ce que je cherchais et je n'avais pas besoin d'une autre maison...

Il resta un bref instant perdu dans ses souvenirs.

– Et puis, il y a environ cinq ans, j'étais dans un bar à Singapour quand j'ai entendu deux Chinois parler d'un lieu nommé « le Terrain de jeux des dieux ». Il était à vendre, semblait-il. Le nom m'a paru évocateur, et j'ai eu envie d'en savoir plus. Alors je me suis présenté, et voilà, fit-il avec un sourire, ravi de lui-même et de l'issue de l'histoire. Dès l'instant où j'ai posé le pied sur Mora Utu, j'ai compris que j'avais trouvé mon paradis, exactement ce que je cherchais. Il m'a fallu presque deux ans de négociation – les indigènes ne voulaient rien entendre –, mais il en restait si peu qu'ils n'ont pas pu tenir indéfiniment.

Appuyé sur un coude, Rand observait le paysage avec un œil de professionnel.

– T'es-tu jamais demandé pourquoi tu as rêvé de tout ça, Thoros ? demanda-t-il brusquement. Car enfin, tu as gravi les échelons à la force du poignet. Comme Jack et moi, tu n'es pas né avec la chance de pouvoir t'offrir ton univers. T'es-tu jamais demandé d'où te venait cette passion de la grandeur ? Comment savais-tu que tu méritais de tout posséder ?

C'était une question étrange mais qui semblait sérieuse, et Thoros réfléchit avant de répondre.

– Je me souviens que, petit garçon, je me disais : il faut bien qu'il y ait quelqu'un qui possède tout, fit-il, les mots lui venant à mesure qu'il parlait. Il faut bien que quelqu'un soit le roi du monde, et pas seulement ceux qui sont nés riches et puissants, qui sont généralement les moins aptes à conserver le royaume de leur père. En fait, ajouta-t-il, rayonnant, comme s'il venait tout juste d'en prendre conscience, j'ai toujours pensé que j'aurais un royaume mais que, pour une raison ou pour une autre, le destin s'était trompé en me jetant sur un linoléum qui m'était complètement étranger. Il m'a donc fallu lutter pour me retrouver où j'aurais dû être... (Il se moqua gentiment de lui-même et ses traits de pirate s'adoucirent.) La première fois que je suis monté dans un avion, je savais qu'il me ramènerait dans mon royaume.

Les autres sourirent. Ils le comprenaient parfaitement. Sans rêves on n'avançait pas. Il fallait croire que l'on méritait mieux que ce que la destinée vous avait accordé pour trouver le courage de gravir la pente.

Rand parla sans regarder les autres, le regard rivé sur la splendeur tropicale qui s'étendait à leurs pieds, tel un paysage de Cézanne.

– Est-ce que je vous ai déjà parlé de mes humbles débuts ? dit-il d'un air rêveur. J'ai passé ma vie à les réinventer. Il y a donc peu de gens qui connaissent la vérité.

Il s'interrompit, comme s'il se demandait jusqu'où iraient ses révélations.

– Je suis né d'une femme de chambre et d'un palefrenier, dit-il enfin. A l'office, comme on dit en Angleterre. Mon père et ma mère travaillaient chez Sir Henry Dowding, l'industriel britannique, le magnat des chemins de fer. Ils venaient tous les deux de la banlieue sud. Dans la grande demeure où ils étaient employés, il y avait une vingtaine de domestiques... et quand j'ai vu le jour, je me suis trouvé dans une maison idéale pour un petit garçon ayant une prédilection naissante pour l'architecture... Mais ce n'était pas la mienne.

Il regarda les autres droit dans les yeux avec un sourire mélancolique et une expression où se reflétaient des sentiments complexes.

– J'étais une véritable éponge, reprit-il. J'ai appris à parler comme Sa Seigneurie et à me tenir à table comme la famille des maîtres. Je passais mon temps dans la cave avec le majordome qui m'a appris à distinguer les bonnes années des mauvaises... Et le fils du palefrenier, bien entendu, montait à cheval comme un officier de cavalerie... ajouta-t-il d'une voix qui flanchait à l'évocation de ce souvenir. Quand j'ai eu dix ans, ma famille a émigré aux États-Unis et, heureusement pour moi et pour mes ambitions, mon éducation britannique était tellement supérieure à celle du système américain que j'ai obtenu une bourse pour l'université et, plus tard, pour l'école d'architecture de Yale. Mais, voyez-vous, j'ai toujours eu l'impression que j'appartenais à cette demeure georgienne dans laquelle je suis né. J'étais bien placé pour comprendre la psychologie d'un endroit comme celui-là... la marque que les quatre murs de la maison de votre enfance laissent en vous.

Rand vit qu'ils l'écoutaient avec la plus grande attention. Thoros parla le premier.

– Étrange, fit-il, pensif, que nous sachions si peu de choses des détails de nos vies intimes respectives. Je te connais depuis quarante ans, Rand, et je n'ai jamais rien su de tout ça.

– La faim et les rêves sont de puissants aiguillons, répliqua Rand sans transition, mais au fond, mes amis, je crois que le facteur décisif, c'est que nous croyons vraiment que nous méritons plus que les autres. Et c'est pour ça que nous l'obtenons. C'est cette conviction-là qui engendre la réussite, j'en suis convaincu... parce que nous demeurons des personnes déplacées tant que nous n'avons pas nous-mêmes créé ce dont nous avons besoin... l'environnement qui finit par nous convenir.

– Alors tu penses que Thoros avait besoin de cette île ? fit Jack, intrigué par les certitudes de son interlocuteur. La vie me paraît plus simple, dit-il avec un sourire tranquille. On déteste la pauvreté, on travaille dur et on gagne de l'argent... puis, quand on prend conscience des richesses de ce monde, on en prend sa part. Ce n'est pas plus compliqué que ça.

Rand inclina la tête et sourit.

– Voilà, mon vieux, précisément. Un homme comme Thoros considère que sa part, c'est la totalité de ce qui existe.

La journée était si plaisante que Thoros se sentait un homme neuf. Mora Utu comblait tous ses espoirs. La terre et la mer l'emplissaient du sentiment d'avoir accompli son destin. Quand les trois hommes redescendirent de la montagne, il était certain qu'ils résoudraient ce conflit avec les femmes. Jamais il ne s'engageait dans une négociation s'il n'avait pas une solution équitable pour toutes les parties. Ce soir, il y réfléchirait avec Alex et trouverait le moyen d'apaiser les eaux agitées, pour qu'ils puissent de nouveau s'amuser ensemble, comme il l'avait prévu. Il pénétra à cheval dans l'écurie du domaine, fatigué et satisfait comme il ne l'avait pas été depuis plusieurs jours.

Tony accourut vers eux en criant :

– La climatisation est bousillée, Thoros ! Il fait une chaleur infernale dans la maison et la lumière ne marche quasiment plus ! Ça fait des heures qu'on attend votre retour, les gars, pour aller voir ce qui se passe !

Thoros et Jack tirèrent sur les rênes pour arrêter les chevaux, et Thoros se tourna vers Rand pour avoir une explication.

– Il doit y avoir un pépin quelque part, dit calmement l'architecte. Ça arrive dans les immeubles neufs. Je m'en occupe.

Il descendit de cheval et se précipita vers la maison en espérant que ce qu'il venait de dire à Thoros n'était pas aussi mensonger qu'il le redoutait.

20

– Tu as pris mon vaporisateur ! cria Christie à Marika.

L'humidité et l'intense chaleur de la fin d'après-midi s'étaient prolongées jusqu'au soir, et les efforts qu'elles avaient produits pour bâtir l'abri les avaient toutes exténuées. Elles étaient à cran. Les cheveux de Christie, jusque-là parfaitement arrangés, étaient à présent raides et humides, attachés en une terne queue de cheval, et le manque de sommeil lui avait dessiné des cernes sous les yeux. Elle attrapa le grand sac Hermès de Marika pour récupérer son précieux bien.

– Ne sois pas idiote ! rétorqua Marika en s'accrochant fermement à son sac.

Les autres interrompirent leurs travaux pour se regarder, ne sachant trop si elles devaient intervenir.

– Moi, idiote ? Entendre ça d'une poupée de magazine avec un QI de moineau ! Donne-moi mon vaporisateur, Bon Dieu !

Christie tira sur le grand sac en cuir, mais Marika le défendit en repoussant violemment son adversaire, qui s'étala dans la clairière.

– Arrêtez ! cria Justine qui s'interposa entre les deux femmes. Vous vous conduisez comme des imbéciles !

Liz se pencha pour aider Christie à se relever et se planta volontairement devant elle pour la séparer de Marika.

– Allons, les filles, dit-elle, nous sommes toutes lasses et énervées... ça risque de dégénérer. Nous avons envie de cogner, et ça ne donnerait rien de bon.

– Elle m'a pris mon vaporisateur ! insista Christie qui, au bord des larmes, avait perdu son calme habituel.

– Qu'est-ce que c'est que cette histoire de vaporisateur ? demanda Tiffany qui s'avança, une petite bouteille à la main. Tiens, je partage le mien. La chaleur est assez pénible comme ça sans que nous ayons en plus des démangeaisons. Et en installant notre camp, nous avons excité tous les moustiques de la création.

Liz se tourna vers les autres, l'air exaspéré.

– Écoutez-moi, j'ai réfléchi... Rien que d'attendre ici, ça nous tape sur les nerfs. Autant avoir un peu de respect les unes pour les autres...

– Tu parles ! lança Christie en reniflant.

Liz fronça les sourcils d'un air désapprobateur et poursuivit :

– Ce serait sans doute plus facile si nous savions ce que chacune peut apporter à la communauté. Ici, tout le monde a des compétences et des dons particuliers... Le problème, c'est que nous ne nous connaissons pas assez. Je viens de découvrir que Tiffany est ceinture de je ne sais quoi... peut-être pourrait-elle nous enseigner l'autodéfense ? Marika connaît bien les chevaux, c'est important. Qu'avons-nous d'autre à notre actif ? J'aimerais que nous mettions tout à plat pour voir ce qui peut nous être utile. Voyons les choses comme elles sont, nous ignorons combien de temps nous serons coincées ensemble.

– Excellente idée ! dit Chesi avec un enthousiasme sincère. Nous voulons qu'ils nous respectent... Nous nous devons au moins ça, je pense.

Elle jeta un regard à la ronde pour chercher du soutien et se lança :

– Je commence, si vous voulez... juste pour engager la discussion. Ma force, c'est ma connaissance de la propriété, la forteresse de l'ennemi. Je suis votre équipe de démolition. Je suis physiquement costaude et j'aime travailler de mes mains. J'ai aussi la main verte, ajouta-t-elle après un instant de réflexion, je fais des lasagnes fabuleuses, mais j'espère bien que nous ne resterons pas assez longtemps ici pour que ces talents-là nous soient d'une quelconque utilité.

Elle s'assit et attendit qu'une autre prenne la relève.

Marika se leva.

– Je connais les chevaux et d'autres animaux, dit-elle d'un ton quelque peu provocant. Je sais les mettre au monde, les nourrir et presque tout faire dans ce domaine. Je parle sept langues, dont cinq couramment. J'ai un corps sain et très fort... je fais de la randonnée et de l'escalade depuis que je suis petite, et je chasse toutes sortes de gibiers. Je tire remarquablement au pistolet, à la carabine et au fusil, et je sais me servir d'une arbalète.

Elle fouilla un instant dans sa mémoire, puis se rassit. Les talents dont elle venait de dresser la liste n'étaient pas négligeables, et les autres se regardèrent, impressionnées malgré elles.

Ce fut ensuite Tiffany qui se leva, moins chamboulée par les épreuves que ses compagnes.

– Mon expérience des moteurs me permet de m'occuper de l'avion, dit-elle avec empressement. Et je serai ravie de vous donner des cours d'autodéfense, si vous le désirez. J'ai aussi été professeur d'aérobic et, si vous voulez rester en forme dans les jours qui viennent, je peux organiser un groupe ou des jeux. Soyons lucides, nous travaillons durement, mais nous ne nous amusons pas, ce qui nous met toutes de très mauvaise humeur, ajouta-t-elle avec un sourire franc avant de se rasseoir.

Puis ce fut le tour de Liz.

– J'ai un don étrange, une mémoire totale, vous vous souvenez ? fit-elle tout d'abord. Je possède donc quelques connaissances dans de nombreux domaines... Je peux servir de bibliothèque de référence, en quelque sorte. Et je suis une fan des jeux de stratégie, donc douée pour tout ce qui est stratégie ou tactique, ce qui peut se révéler utile dans une négociation...

– Qui t'a nommée négociatrice ? rétorqua Christie d'un ton hostile. Sa Majesté et toi, vous vous êtes autoproclamées porte-parole et vous avez fait chou blanc, sinon nous n'en serions pas là.

– Ce n'est pas juste, dit Chesi, prenant leur défense. Ce sont les hommes qui ont commencé par détraquer l'avion pour nous garder prisonnières... Ce n'était pas la faute des négociatrices.

Christie était debout.

– Écoutez, je gagne ma vie en parlant, fit-elle, et je fais ça très bien, nom d'un chien ! La prochaine fois, j'exige donc de négocier moi-même. Je n'ai nullement l'intention d'y laisser ma peau à cause de vous deux.

Elles se mirent toutes à parler en même temps.

– Personne n'y laissera sa peau, Christie, déclara Justine avec autorité. Et tu es beaucoup trop émotive pour négocier sagement. Laisse faire quelqu'un qui sache garder la tête froide.

– Comme toi, espèce d'enfant gâtée ? lança durement Christie. Ce n'est pas parce que tu as l'habitude de n'en faire qu'à ta tête que tu vas continuer. J'en ai ras-le-bol de ton autoritarisme de grande dame ! (Elle se tourna vers le groupe.) Suis-je la seule ici à avoir les tripes de lui dire en face ce que nous pensons d'elle ?

On se jeta des regards gênés.

– Tu fais une fichue diplomate ! gronda Chesi en se levant nerveusement. Regarde les choses en face, Christie, aucune de nous n'est parfaite, pas plus toi et moi que les autres. Et personne ne s'est porté volontaire pour ces vacances infernales. Alors autant faire contre mauvaise fortune bon cœur, sinon nous sommes foutues. Je sais que là-bas, ces salopards se figurent, un, que nous ne pouvons pas leur nuire, deux, que nous ne nous entendrons pas assez bien pour former une équipe. Moi je dis, plutôt crever que de leur donner raison ! Justine est gâtée, je suis irascible et toi, tu es la reine des enquiquineuses... Et alors ? Il faudra faire avec, tant que nous n'aurons pas quitté l'île du Diable. Alors cesse de monter sur tes grands chevaux et dis-nous ce que tu comptes apporter à la communauté !

La véhémence de Chesi brisa son élan. Christie la fixa un long moment, bouche bée, prête à réagir, puis étonnamment, elle changea de tactique.

– Tu as raison, dit-elle, vaincue. J'ai poussé le bouchon un peu loin. Et comme nous sommes toutes dans la même galère, je vais ramer avec vous. Quant à ce que je peux mettre dans le pot...

Elle s'interrompit pour faire l'inventaire, le temps de se calmer.

– Je suis hargneuse... attaqua-t-elle. Je suppose que vous vous en êtes rendu compte. Quand je veux quelque chose, je m'y accroche comme un chien à son os. Mes talents sont plus utiles dans le métro que dans la jungle, mais j'ai un jugement sûr et de la perspicacité... Dans une réunion, je comprends intuitivement ce qui se passe. Je connais bien les subtilités de la stratégie... je suis fille de militaire... Mon père a été envoyé deux fois en mission, au Vietnam et en Corée. J'ai un frère lieutenant-colonel dans l'armée de l'air et j'ai été nourrie de stratégie militaire dès le biberon. Il se trouve que Norm Schwarzkopf est l'un de mes amis. Et je regrette vraiment qu'il ne soit pas là...

– Tu plaisantes ! intervint Justine. Fille de militaire, je veux bien... tu en as l'assurance. Mais le général de la guerre du Golfe pour confident ? Il ne faut pas exagérer. Comment aurais-tu rencontré un homme pareil ?

– Je l'ai traqué, répliqua Christie avec un orgueil provocant. Je voulais décrocher le genre d'interview pour laquelle Barbara Walters [1] aurait vendu sa mère, mais j'ai été trop modeste la première fois et je n'ai pas fait le poids pour obtenir une introduction par les voies normales. Alors je l'ai traqué.

– Ce n'est pas une blague ? demanda Liz, intriguée. Comment es-tu passée au travers de la garde prétorienne qui le protège ? J'ai essayé de le contacter pour un livre, mais je me suis heurtée à un rempart de cerbères.

Christie sourit et adopta une attitude moins belliqueuse.

– En fait, c'est assez drôle... J'ai fini par le surprendre, le pantalon baissé.

– Oh, non ! grogna Liz. Ne me dis pas que mon héros est un vieux vicieux !...

– Non, non ! Ce n'est pas pour ça qu'il avait baissé son pantalon. Je veux dire, je l'ai cherché partout, je me suis renseignée sur ses habitudes, qui le protégeait et comment, quand il était susceptible d'être seul... Eh bien, le seul moment où il n'était pas suivi par toute une troupe de sous-fifres, c'était aux toilettes. Alors j'ai usé de mes relations pour parvenir jusqu'à lui. Un soir, je me suis glissée dans les toilettes des hommes avant la fermeture de la base et j'ai

1. L'équivalent américain de Christine Ockrent.

monté la garde jusqu'au matin. Il était tellement soufflé de me trouver là qu'il m'a accordé la minute dont j'avais besoin pour faire mon baratin, me présenter comme la fille de Harry Gibbs... Vous voyez, mon père a servi au Vietnam avec Norm... De toute façon, mon culot et l'ingéniosité dont j'avais fait preuve pour déjouer la surveillance de ses gardes, pour trouver une faille dans son filet de sécurité, lui ont plu. Et puis il s'est souvenu que Gibby avait reçu l'Étoile d'argent à Da Nang, et nous avons eu de quoi alimenter la conversation... (Elle reprit son souffle.) Il m'a accordé le plus bel entretien exclusif qui soit sorti de cette stupide guerre.

– Quelle aventure ! s'écria Liz avec un enthousiasme réel.

– Quelle histoire superbe ! ajouta Justine avec une pointe d'admiration. Il fallait une habileté extraordinaire pour mener ça à bien. Pas étonnant qu'il t'ait récompensée.

Christie reçut ces marques d'approbation avec un charmant sourire.

– De toute façon, je sais ce que c'est que la guerre, conclut-elle en se rasseyant.

Il ne restait plus que Justine. Elle ne se leva pas, resta où elle était, les bras serrés autour de ses genoux fléchis.

– Christie n'avait pas entièrement tort en ce qui me concerne, vous savez, dit-elle. Je suis arrogante et je ne me refuse rien... je préfère cela au terme d'enfant gâtée. Je déteste le travail physique et je pense qu'il faut laisser cela aux domestiques. Et je peux vous assurer que je m'en dispenserai chaque fois que ce sera possible. Et pour être d'une franchise un peu brutale, ajouta-t-elle avec un sourire langoureux qui donnait à penser que son assurance n'avait pas été entamée par les circonstances, je n'aurais sans doute choisi aucune de vous comme meilleure amie. Mais ça n'a pas d'importance... Je suis également réaliste. Alors qu'ai-je à proposer à cette inquisition impromptue ? Mes talents de pilote, bien sûr. Mon intellect, qui n'est pas négligeable. Ma connaissance des puissants, de leur langage, de leurs impulsions. Mais, au bout du compte, j'imagine que mon meilleur atout, c'est que j'entends l'emporter... comme tous les riches.

Cette étonnante déclaration fut accueillie par un long silence. Liz se leva enfin. Elle allait prendre la parole, quand un bruit à la lisière de la clairière attira leur attention. Nelida apparut à la périphérie du camp. Elle portait un grand sac sur l'épaule, qu'elle posa lourdement sur le sol tout en observant l'assemblée. Puis elle les salua.

En la regardant, Liz se rendit compte que la Mexicaine avait une grande autorité. Il émanait d'elle une sorte de puissance féminine difficile à qualifier et une assurance à faire pâlir celle de Justine.

– J'ai décidé de vous soutenir dans votre rébellion, annonça la vieille femme sans préambule.

– Pourquoi diable voulez-vous vous joindre à nous ? demanda Christie non sans une certaine méfiance.

Nelida sourit.

– Dans une guerre entre *hombres* et *mujeres*, vous aurez besoin de la sagesse des anciens.

– Nous avons besoin d'un bazooka, déclara Liz avec un ricanement. Mais comment pouvons-nous être sûres que vous n'êtes pas une espionne ?

– Ça, vous l'apprendrez par vous-mêmes. Ce que je vous en dirais n'aurait aucun sens.

– Qu'y a-t-il dans ce grand sac ? demanda Tiffany, qui ne put dominer sa curiosité.

– Du ravitaillement, des herbes, des casseroles. Vous aurez besoin de forces pour la bataille qui vous attend.

– Quelle bataille, Nelida ? s'enquit Liz. Tout ce que nous voulons, c'est quitter cette île.

– Ce que vous voulez a peu de rapport avec ce qui sera, répondit mystérieusement Nelida. Il est difficile de retenir les forces qui ont été mises en marche.

– Vous parlez comme une pythonisse, lança sèchement Justine, agacée. Ferons-nous aussi un long voyage au-dessus des mers ? C'est ce que nous avons en tête.

Nelida ne prêta guère attention à son ton cynique.

– Oui, il y aura un voyage, dit-elle gravement. Pour certaines, il sera plus long que pour d'autres.

Puis elle se tourna vers le paquet qu'elle avait posé sur le sol.

– Et votre mari ? demanda Tiffany, perplexe. Dans quel camp est-il ?

– Il reste avec les hommes, comme il le doit. Il ne fera rien pour me détourner de ma tâche.

– Alors vous allez nous faire la cuisine ? s'enquit Marika.

Nelida leva les yeux et lui sourit comme à une enfant un peu simple.

– Je ferai la cuisine. Vous aurez beaucoup à apprendre et vous serez nourries de bien des manières.

– Vous connaissez les plantes toxiques ? demanda Liz, qui commençait à percevoir l'utilité de Nelida. Il y a de quoi se nourrir autour de nous, mais nous ne sommes pas certaines que ce soit sans danger.

– Je vous enseignerai ces choses-là, répondit gravement Nelida. Ce n'est pas difficile. Ne mangez jamais rien de rouge dans la jungle... il y a des exceptions, mais pour l'instant il est plus sûr de ne pas y toucher. Ne mangez rien qui vous donne des démangeaisons ou vous fait mal quand vous y touchez. Les champignons sont très dangereux, à moins que vous ne les connaissiez bien... Si vous trouvez des aliments avec des fibres, retirez-les à la main et voyez s'il se produit une éruption de boutons. Certaines espèces provoquent des cloques... Mieux vaut ne pas y toucher. Si vous êtes dans le doute, montrez-les-moi. Je vais attraper un singe, que je mettrai en cage... Il nous servira de goûteur.

Liz et Tiffany se lancèrent un regard interrogateur. Si Nelida n'était pas une taupe au service de leurs adversaires, elle serait un atout véritable. Chesi s'avança vers la vieille femme, qui lui rappelait un peu sa grand-mère. Ce qui était d'autant plus étrange qu'elle ne ressemblait pas du tout à la petite Italienne. Mais elle avait dans les yeux quelque chose qui lui était familier.

– Bienvenue dans notre univers, Nelida, dit-elle avec affabilité. Vous avez besoin d'aide pour déballer tout ce que vous avez là ? On dirait le sac de Mary Poppins.

Nelida accepta son aide d'un sourire et tendit une casserole à Chesi.

– *Que revuelva la olla él que tenga hambre*, dit-elle avec un petit rire enjoué.

– Qu'est-ce que ça veut dire ? demanda Chesi.

– Que celui qui a faim remue lui-même la casserole, répliqua Nelida.

Chesi comprit que la phrase avait sans doute un double sens, mais ne put déterminer lequel exactement.

Mardi 12 avril

Personne ne peut vous rabaisser
sans votre consentement.
Eleanor Roosevelt

21

Emilio posa le plat décoré et versa dans une tasse un peu du café que contenait la grande cafetière en argent qui trônait sur le buffet, juste au moment où Thoros pénétrait dans la salle du petit déjeuner.

– Où diable est passée Nelida ce matin ? Ça fait plus d'une heure que je l'appelle. On ne m'avait pas sorti de vêtements propres et...

– Elle est partie, señor.

– Partie ? Mais bon sang, Emilio, qu'est-ce que tu racontes ? Où veux-tu qu'elle soit partie ?

– Avec les femmes, señor. C'est son devoir.

Jase et Alex arrivèrent à la table du petit déjeuner au moment où Thoros explosait :

– Ce n'est pas sérieux, mon vieux ! Pourquoi ferait-elle ça ? Est-elle devenue folle ? Tout le monde est-il devenu fou ?

La rage lui avait fait monter le sang au visage.

– Qui est devenu fou et qui est parti où ? demanda Alex, s'immisçant dans cette discussion animée.

Thoros, furieux, se tourna vers lui.

– Emilio prétend que Nelida est allée rejoindre les femmes.

– Pourquoi diable ? demanda Tony, qui apparut dans l'embrasure de la porte.

– Excellente question, mon ami ! tonitrua Thoros en essayant de se calmer.

Il ne se dominait plus et cela ne lui ressemblait pas, mais ce matin il avait les nerfs à fleur de peau. Quand Nelida n'était plus là pour mettre de l'ordre, rien ne marchait comme prévu.

– Réponds-lui, Emilio ! Qu'est-ce qui lui a pris de rejoindre les femmes ? Est-ce qu'elle tente de les raisonner ?

– Non, señor, répondit Emilio sans se démonter devant la colère de son maître. Elle est partie pour les conseiller.

– Les conseiller ? répéta Rand comme un écho. A quel sujet ?

– Pour qu'elles connaissent bien leur cœur, répondit énigmatiquement Emilio.

Alex s'approcha, intrigué.

– Qu'est-ce que cela signifie exactement, Emilio ? En quoi cela la regarde-t-il ?

– C'est une affaire de femmes, señor, répliqua laconiquement le petit Mexicain, qui fit volte-face.

Les hommes se regardèrent, ne sachant trop s'ils devaient en rire ou le réprimander pour son insolence.

– Mais elle travaille pour moi, Emilio, insista Thoros, réellement abasourdi par le tour que prenaient les événements. Comment a-t-elle pu s'en aller comme ça ?

– Le devoir, señor. Ce n'est pas une affaire simple.

Puis Emilio se retira.

Thoros hocha la tête en songeant que les choses étaient en train de changer en profondeur. Nelida partie, Emilio avait quelque peu évolué : il n'était plus soumis, et semblait même étrangement indépendant.

– Mais nom d'un chien, que veulent ces femmes, Alex ? demanda-t-il, sincèrement ébahi.

Alex rit de bon cœur.

– Freud a posé la même question, mon vieux. Et probablement sur le même ton.

Il donna une tape amicale sur l'épaule de Thoros et piocha dans le buffet pour se composer un petit déjeuner.

Ce matin-là, Thoros était miné par une autre obsession. Il hésita un instant, après sa discussion avec Emilio, se demanda qui mettre dans la confidence, à qui parler de la découverte déplaisante qu'il venait de faire. Puis, décidant d'obéir à son premier instinct, il se dirigea vers la piscine, où se trouvait Jack.

Jack posa les journaux qu'il parcourait et se leva pour le saluer.

– Qu'est-ce qui te tracasse, Thoros ? Tu as l'air bien sévère...

Thoros hocha la tête pour lui faire comprendre que les autres ne devaient pas entendre leur conversation. Perplexe, Jack suivit son ami sur la plage.

Thoros resta muet un moment, les mains dans les poches de son pantalon de coton blanc, à contempler la mer. Il paraissait troublé, solennel.

– Il y avait un P.45 dans l'avion, Jack. Il n'y est plus. Tu ne l'aurais pas vu, par hasard ?

Jack observa attentivement son hôte. A la tension de son regard, on devinait aisément son état d'esprit.

– Non, Thoros... je n'ai pas vu d'arme. Mais je me souviens qu'Emilio en avait une l'autre soir.

– Oui, mais ce n'est pas celle de l'avion.

– Qui d'autre savait qu'il y en avait une à bord ? fit Jack en hochant la tête.

Thoros fit voler du sable du bout de sa chaussure de tennis, distraitement.

– Difficile à dire. Justine en aura peut-être soupçonné l'existence. N'importe lequel d'entre nous aurait pu y avoir accès depuis que nous avons atterri. Je m'en veux de n'avoir pas pensé à l'enlever plus tôt, mais avec cette histoire qui a mal tourné...

Jack dévisagea à nouveau son ami.

– Tu crois que c'est Tony ? C'est ça, le problème ?

– Tony n'est pas méchant, Jack, tu le sais bien. Et c'est un bon ami.

Il se tut, hésitant à en dire davantage. Puis :

– Cette histoire avec Marika a révélé un aspect de son caractère que je ne connaissais pas. Évidemment, il ne ferait pas de bêtises...

– Non, bien sûr que non.

– Mais j'aimerais mieux savoir.

– Le lui as-tu demandé ?

– Il a dit qu'il n'avait pas vu cette arme.

– Eh bien, voilà !

Thoros ramassa un caillou, qu'il garda quelque temps dans la main, comme s'il en examinait les défauts. Puis il le jeta à la mer en lui faisant décrire un grand arc de cercle.

Il ne répondit pas à Jack, mais hocha la tête de manière énigmatique. Il se retourna, et les deux hommes regagnèrent la maison.

Il était encore de bonne heure quand Jase et Alex pénétrèrent dans l'épaisse végétation tropicale, sans quitter des yeux le sanglier qu'ils avaient l'intention de tuer. Aucun des deux n'était un débutant en matière de chasse. Ils auraient préféré tenir un fusil, mais c'était plus sportif ainsi et cette perspective les réjouissait. Ils espéraient trouver un cerf ou d'autres espèces de grands mammifères, mais ils n'avaient rien vu venir. Il y avait des vivres en abondance au domaine, mais la chasse était un excellent moyen de passer la journée.

Ce moment de liberté donna un coup de fouet à Jase. Son univers était un tout autre champ de bataille. Il croisait le fer avec des agents et des auteurs au cours de déjeuners qui n'en finissaient pas, se battait pour tenir les délais, mais il n'avait pas toujours mené cette vie-là. Il y avait eu le temps où les épaisses et sombres forêts du Montana lui avaient permis de sonder les profondeurs de sa jeune virilité en compagnie d'autres hommes. Il éprouvait une certaine exaltation à chasser, une sorte de défi à la fois primitif et viril. Il en gardait encore un souvenir heureux et bien présent.

Jase tenait une lourde pique, Alex une arbalète. Un carquois empli de flèches pendait à l'épaule gauche de l'Anglais. Ils avaient dans les mains d'excellents instruments de mort, mais beaucoup plus difficiles à manier qu'un fusil. Le sanglier était imprévisible et fort comme un taureau. Les deux hommes prenaient donc leur tâche au sérieux. Il eût été plus aisé de tuer à peu près n'importe quel autre animal, mais il n'y a pas de sport sans défi.

« J'ai chassé le sanglier à Bornéo il y a tout juste un an, lui avait dit Alex au début de leur traque, mais l'un de mes porteurs a été gravement encorné lors de la seconde battue. Un mâle abattu, presque mort, a chargé une dernière fois... »

Aucun des deux hommes ne se faisait d'illusions sur le danger que présentait leur proie. Ils étaient sur le qui-vive. Jase n'avait jamais chassé le sanglier, mais il avait chassé le renne en Laponie, l'orignal et l'élan dans le Montana, et se sentait parfaitement à la hauteur.

Les hommes suivaient la piste de l'animal et comprirent à ses mouvements prudents qu'il se savait instinctivement en mauvaise posture. Le cochon sauvage était immobile, à l'écoute des bruits de la forêt et de la nature du danger.

Jase leva la main pour signaler qu'il était prêt. Alex hocha la tête, ajusta la flèche et arma l'engin avec force et précision.

Les muscles tendus, avec une intense concentration, il décocha sa flèche. Jase savait que, si le sanglier n'était pas abattu du premier coup, il devrait l'achever à la pique et qu'un sanglier blessé était un adversaire redoutable.

La flèche atteignit sa cible, provoquant le bruit caractéristique de la chair et de l'os qui se fendent. Dans un hurlement aigu de rage et de douleur, le sanglier tomba en avant. Sa grosse tête plantée de défenses se coucha sur la terre humide, se tordit, agitée d'une angoisse frénétique. Jase et Alex retinrent leur souffle en espérant que la flèche s'était plantée dans un organe vital, le cœur, le poumon ou la rate.

Dans un effort puissant, l'animal se redressa en vacillant, ses petits yeux féroces et désespérés animés d'une lueur sanguinaire. Il connaissait à présent la position de l'ennemi et allait l'entraîner dans la mort. La flèche d'acier fichée dans la poitrine, le sanglier se rua sur Jase.

Tous ses instincts lui criaient de s'enfuir, mais il resta planté là comme un piquet, forçant son esprit et son corps à conserver leur calme, plaçant sa lance pour tuer comme le lui avait enseigné le contremaître de son père au ranch, des années auparavant, et comme il l'avait déjà fait maintes fois. Le sang lui monta à la tête, ses tempes se mirent à battre, il se concentra pour ne plus penser qu'à l'animal qui fonçait sur lui, conscient que la mort s'emparerait bientôt de l'un d'eux.

Le sanglier sortit en trombe des broussailles et fendit l'air matinal en poussant un grognement. Le moment... le moment précis... Jase se força à attendre. Lorsque l'animal fut presque sur lui, il enfonça sa pique dans son flanc et se sentit aussitôt projeté à travers les branchages, les lianes et les buissons. Un sang poisseux coulait sur ses mains qui tenaient encore la hampe de la lance, et l'odeur putride de la bête l'enveloppait comme un nuage toxique. Pourtant, lâcher la lance signifiait la mort, l'encornement. Le sanglier avait encore des réserves de pugnacité et Jase était plaqué au sol, impuissant, sous le poids de l'animal, parcouru par des ondes de peur primitive.

Alex se trouvait derrière le sanglier, un couteau de chasse à la main. Il lui trancha la jugulaire d'un geste brutal, ce qui n'était pas une tâche aisée avec une créature aussi redoutable. Un grand frisson parcourut le corps tourmenté de la bête qui s'immobilisa enfin.

Le souffle coupé, couvert de sang, Jase se dégagea péniblement de sous la carcasse puante.

– Superbe tir, fit-il, haletant. Ce salopard avait un sacré courage.

Alex accepta le compliment d'un hochement de tête.

– Tu es couvert de sang, dit-il en aidant Jase à se relever. Vidons-le, et nous irons nous baigner pour te nettoyer. Il y a quelques siècles, on disait que le sang d'un animal courageux porte chance.

– Alors je vais sûrement avoir une chance de cocu, fit Jase avec un sourire narquois, tout en essuyant les traînées sanguinolentes sur sa poitrine avec une poignée de feuilles.

Dans un mouvement spontané, il tendit sa main sanglante à Alex, qui la fixa un instant du regard, puis la serra, avant qu'ils ne soient saisis tous deux d'un fou rire incoercible. Ce qu'ils venaient de vivre les emplit d'une fierté qui tissa entre eux un lien indéfinissable qu'une vie entière de poker n'avait su créer.

Jase songea que ces quelques jours loin de l'influence amollissante de la civilisation les avaient changés. L'homme n'était pas si éloigné des bêtes de la jungle, se dit-il posément. *Nous faisons ce qu'il faut pour survivre. Maudits soient l'éducation, la culture, l'argent, le scandale. Quand les dés sont jetés, on survit, coûte que coûte. Les plus aptes, du moins.*

22

Nelida chantait doucement en remuant dans la grande casserole une mixture qui exhalait des effluves alléchants. C'était un chant étrange, obsédant et curieusement sensuel. Chesi s'assit sur le sol à côté de la vieille femme et déposa la brassée de branches qu'elle avait ramassée près de la fosse où flambait un feu. Matinale par nature, elle s'était levée avant l'aube.

– Tu as fait ce que tu devais faire ? demanda Nelida à la jeune femme, comme si elle connaissait déjà la réponse.

Chesi hocha la tête et sourit.

– J'ai ramassé du petit bois, mais je ne crois pas qu'il soit assez sec pour que nous puissions l'utiliser. Tout est humide sur cette île.

– Je ne te parle pas du bois, mon enfant, la gronda Nelida, mais de ton travail.

Chesi parut perplexe. Elle n'avait rien dit à Nelida du sabotage du système électrique de la résidence. Il était très étrange que la vieille Mexicaine soit au courant, à moins, bien entendu, qu'elle n'ait entendu les autres en parler. Pour une raison inexplicable, cela plut à Chesi que cette femme sans âge l'ait appelée « mon enfant ». L'attirance qu'elle éprouvait pour Nelida, malgré une nature primitive qu'elle ne parvenait pas à cerner, s'opposait à son tempérament raisonnable et analytique.

– Si vous voulez parler de ma mission de sabotage, répondit-elle, j'ai commencé par bousiller leur système électrique... suffisamment pour les surprendre et les mettre en colère. Je pense en finir aujourd'hui ou demain, s'ils ne capitulent pas.

Nelida sourit mystérieusement. *Il y a tant de choses qui se cachent derrière ces yeux sombres*, songea Chesi en se demandant si l'on pouvait en dire autant des siens. Ces lacs sans fond, brillants, la déconcertaient, mais elle ne pouvait s'en détacher, s'empêcher de les scruter, ce qui était à la fois stupide et grossier. Elle détourna le regard, un peu embarrassée d'avoir eu de pareilles pensées.

– C'est bien, répondit Nelida avec satisfaction. Il faut qu'il en soit ainsi.

– Pourquoi, Nelida ? Pourquoi est-ce bien et pourquoi êtes-vous de notre côté et non avec Gagarian ? Je ne comprends pas.

Le rire de Nelida retentit, sonore comme un carillon agité par le vent, un son plus grave que le plus grave des sons.

– Je suis avec vous parce que je suis une femme. Ce qui est bien, c'est que vous allez apprendre à connaître votre nature sauvage et que je vous conseillerai.

– Ma nature sauvage ? fit Chesi en riant. Personne ne m'a jamais prêté une nature sauvage. Sauf ma mère, peut-être.

– Alors ce sont tous des imbéciles. Sauf votre mère.

Chesi inclina la tête pour voir si l'on se moquait d'elle. Apparemment pas.

– Vous êtes ici parce que vous êtes une femme et que Gagarian est un homme. Qu'en pense votre mari ?

– Emilio ne ferait rien pour m'empêcher d'accomplir ma tâche. Il sait des choses... pour un homme. Ils ne sentent pas, ne voient pas comme nous, bien sûr, dit-elle en riant à nouveau.

– Comment cela ?

– *La Que Sabe Todo*, Celle qui sait tout, a créé la femme d'un pli de la plante de son pied divin, mon enfant. La peau de la plante du pied sent tout, sait tout. Les hommes n'ont pas ce don-là.

– C'est sensationnel ! s'écria Chesi avec ravissement. Si ce n'est que c'est sans doute pour ça qu'on nous marche tant sur les pieds...

Nelida donna une tape sur les baskets de Chesi.

– Peut-être devrez-vous ôter le bandeau que vous avez sur

les yeux, dit-elle d'une voix douce avant de se lever, sans un mot de plus, pour vaquer à ses occupations.

Une heure après le petit déjeuner, Tiffany regarda d'un œil critique les femmes alignées devant elle. Elles étaient toutes jeunes, toutes en bonne santé, mais pas encore mûres pour l'aérobic. Aujourd'hui, tout le monde faisait de l'haltérophilie pour sculpter son corps. Ce n'était pas pour autant la garantie d'une bonne condition physique. Quant à l'autodéfense, c'était une autre histoire. Mais elle leur avait promis de leur apprendre à se défendre en cas d'ennuis, et autant commencer tout de suite.

– Écoutez, mesdames, fit-elle, vous m'avez demandé de vous enseigner les techniques d'autodéfense et vous devez d'abord comprendre une chose capitale : dans un combat, le plus gros handicap que nous ayons, nous les femmes, c'est notre tête, pas nos poings.

Elle leur donna le temps d'assimiler cette information.

– Les petits garçons se bagarrent entre eux... reprit-elle. Ils apprennent à se servir de leurs poings, de leurs coudes et de leurs genoux, pendant que nous minaudons. L'agressivité fait aussi partie de notre nature. L'envie de balancer son poing dans la mâchoire de l'autre est tellement associée à la testostérone que les garçons doivent se réfréner pour être un tant soit peu civilisés.

Elles rirent en chœur.

– Nous sommes faites autrement. Nous sommes biologiquement programmées pour être des mères nourricières et on nous rabâche dès le ventre maternel que nous sommes de gentilles petites filles, qui ne doivent pas frapper.

– Je n'aurais pas le moindre scrupule à me défendre contre un violeur ou un assassin, déclara Chesi avec conviction. Et chacun sait que les mères protègent leurs petits... C'est donc que nous avons cet instinct en nous, quelque part.

Tiffany hocha vigoureusement la tête.

– Absolument. Certaines femmes sont plus naturellement guerrières que d'autres... Vous le découvrirez dans l'arène. Mais chez la plupart d'entre elles, il y a un blocage qui les empêche d'agir au moment crucial.

– Quoi, par exemple ?

– Comme d'être persuadée que n'importe quel homme

nous vaincra... et cette mentalité de victime donne un avantage réel à l'agresseur. Et puis nous ne voulons blesser personne... ce qui nous fait hésiter, alors que nous devrions leur botter les fesses. La seule chose qui vous sauve la vie, c'est parfois la volonté de faire mal ou d'estropier l'adversaire.

– Mais comment désapprendre ce pour quoi on nous a programmées ? demanda Chesi, que cela commençait à intéresser.

– Premièrement, il faut croire que l'on peut gagner... L'entraînement vous y aidera. Deuxièmement, vous devez acquérir une expérience suffisante pour vous sentir à la hauteur. Quand on sait qu'on peut assommer un type, on est davantage à même de le faire. Troisièmement, vous devez apprendre à visualiser une agression imaginaire, vous repasser mentalement le scénario de l'attaque, si bien que, le moment venu, vous aurez déjà pris la décision de jouer le tout pour le tout.

« Voyons les choses ainsi... vous n'allez pas chercher l'occasion de tuer. Vous n'utiliserez ce savoir que si l'on vous veut physiquement du mal. Dans ce cas, il y a de bonnes chances qu'il soit plus grand et plus fort que vous, et il aura décidé de vous blesser ou de vous violer... Alors, mieux vaut y aller carrément, sinon vous êtes cuite.

– J'appartiens à l'Église scientiste, laissa tout à coup échapper Marika. Je ne pourrais pas tuer.

– Oh, mon Dieu ! On en apprend tous les jours, murmura Christie à Liz, qui était sa plus proche voisine.

– Je ne crois pas que notre armée soit assez nombreuse pour que nous puissions nous permettre d'avoir un objecteur de conscience, fit Liz à voix basse.

Tiffany ne se laissa pas démonter par la remarque de Marika.

– Je ne connais aucune religion qui t'interdise de te défendre contre le mal. Mais obéis à ta conscience. J'enseignerai ce que je sais à tout le monde... A toi de décider ce que tu en feras. (Elle jeta un regard circulaire pour apprécier la détermination du groupe.) Bien, supposons que votre adversaire soit en face de vous... Il est plus grand, plus fort et plus méchant. Alors que faites-vous exactement pour vous défendre ? Vous allez être surprise de la manière... et de la vitesse avec laquelle vous allez apprendre.

Elle fit sortir Liz du groupe pour en donner une démonstration.

– Si vous avez les mains libres, reprit-elle, un bon coup du dos de la main sur l'arête du nez peut paralyser ou même tuer un homme en lui enfonçant dans le cerveau l'os qui se trouve entre les sinus.

Elle leur montra la technique, qui paraissait assez simple.

– La pomme d'Adam est aussi incroyablement sensible... Un coup sur la gorge peut l'empêcher de respirer... et s'il ne peut pas respirer, il ne peut pas s'accrocher à vous. Les yeux sont d'excellentes cibles... Quelle que soit votre taille, vous pouvez lui enfoncer les pouces dans les orbites. Ou vous hisser sur la pointe des pieds et lui cogner les oreilles. Croyez-moi, si vous frappez assez fort, il relâchera sa prise et vous pourrez courir vous mettre à l'abri.

Elle fit déplacer Liz.

– Maintenant, disons qu'il vous maintient penchée, comme ceci, dit-elle en s'accroupissant, Liz tenant le rôle de l'agresseur. Serrez le poing droit, attrapez-le fermement avec la main gauche et lancez-lui le coude de toutes vos forces dans le ventre, la poitrine ou la gorge.

Elle en fit la démonstration, à la grande satisfaction de l'assemblée. C'était apparemment très faisable.

– Quoi que vous fassiez, ajouta Tiffany avec énergie, concentrez-vous. Comme vos professeurs de yoga, de tennis ou d'haltérophilie vous l'ont enseigné, c'est la concentration qui fait tout. Si vous vous concentrez sur votre coup de poing, de pied ou de coude, vous pouvez réellement causer de gros dégâts. A propos, ne regardez pas votre agresseur droit dans les yeux, à moins que vous n'ayez l'air plus féroce que lui. Ceux qui pratiquent les arts martiaux, les boxeurs, les athlètes professionnels assurent leur domination grâce au *chi* [1] de l'œil. Donc, à moins que vous en soyez capables, ne prenez pas le risque d'être dominées. Fixez votre cible pour rester concentrées.

« Oh, j'allais oublier... Les lèvres sont également très sensibles. Si un type vous serre dans ses bras jusqu'à vous étouffer, enfoncez vos ongles sans hésiter... Faites-moi confiance, vous capterez son attention.

1. Énergie vitale en médecine chinoise. *(N.d.T.)*

– Et comment cogne-t-on ? demanda Liz, totalement fascinée.

Tout cela semblait à la portée de la première venue.

– Les coups de poing, c'est bien, si l'on n'oublie pas qu'il faut frapper non pas l'adversaire, mais à travers lui. Entraînez-vous à serrer le poing comme ça...

Elle leva la main et serra très fort les doigts en les refermant contre sa paume.

– Gardez le poing bien droit pour que les os longs de l'avant-bras atteignent leur cible avec une puissance maximale, sinon votre coup sera mou et vous risquez de vous casser le poignet. A présent, concentrez-vous sur un point situé derrière ce que vous visez et lancez le poing dedans.

Elle exécuta un direct, un uppercut, un crochet du droit, puis elle sourit.

– Au chapitre des bonnes nouvelles, les filles, dit-elle, les femmes n'ont pas le dynamisme du haut du corps des hommes, mais nous avons un bassin fait pour gouverner le monde ! Vos jambes sont potentiellement plus dangereuses que vos poings et, quand je vous aurai montré comment les utiliser au combat, croyez-moi, vous remettrez n'importe qui à sa place.

En moins d'une heure, chacune avait acquis une nouvelle assurance. Elles étaient capables de se défendre... et rien que de le savoir, cela leur remontait considérablement le moral. Et elles s'amusaient. Tiffany avait divisé son cours entre théorie et pratique. A la fin de la séance, elles étaient lasses et endolories, mais elles en réclamaient encore. Tiffany leva les mains au ciel et rit de son rire en cascade. Elle était la seule qui ne fût pas essoufflée.

– Les filles, ça suffit pour aujourd'hui ! cria-t-elle pour couvrir leurs ahanements. Assez, assez ! Nous reprendrons demain notre séance d'aérobic pour vous remettre en forme.

On grogna autour d'elle, ce qui la fit encore rire.

– Écoutez, vous en avez assez vu aujourd'hui pour connaître la première règle de tout combat : chacun vaut ce que vaut son souffle. Si vous n'arrivez pas à vous régler de manière aérobique, vous vous épuiserez. Et si votre adversaire est plus résistant, peu importe qu'il ne soit ni plus intelligent ni plus fort. Il lui suffira d'être encore debout quand vous serez par terre, hors d'haleine. Pigé ?

On hocha affirmativement la tête à la ronde.

– Vous avez toutes été très bien, ajouta-t-elle d'un ton encourageant. J'espère que vous n'en aurez jamais besoin, mais, si vous devez vous défendre un jour ou l'autre, votre adversaire devra se méfier.

Le groupe se dispersa, et Tiffany demanda à Liz d'attendre une minute.

– Tu es douée, toi, dit-elle avec un grand sérieux. Tu t'en es rendu compte, je crois. Ton instinct, ta précision... Tu fais ça naturellement.

– J'ai une mémoire de guerrier, acquiesça Liz. Les vies antérieures existent certainement, parce que j'ai ce don curieux pour tout ce qui touche au combat. Je jurerais que j'ai été général, fantassin et tout ce qu'il y a entre les deux, même si cela se cache derrière la façade d'une femme civilisée... (Elle se regarda d'un air chagrin et rit.) Autrefois civilisée, devrais-je dire.

– Nous sommes toutes en piteux état, remarqua Tiffany avec un sourire.

– Sauf Justine, rectifia Liz, qui a l'air tout droit sortie d'une couverture de *Vanity Fair*.

– Elle doit avoir des gènes particuliers.

– On envierait volontiers Sa Seigneurie, non ? demanda Liz d'un air rêveur. Belle, intelligente, riche, puissante, tous les privilèges de la terre.

– Oui, dit Tiffany. Et sa morgue ne facilite pas les choses. Je ne suis pas envieuse, c'est un sentiment tellement bas. Mais bon sang, dans le cas de Justine, j'ai du mal à garder le moral. Aujourd'hui, j'espérais bien la voir laminée, je te le dis. Mais non, elle a vraiment ça en elle.

– J'ai remarqué, moi aussi, acquiesça Liz. Elle a sans doute pris des cours de boxe au berceau.

– Oui, acquiesça Tiffany. A moins qu'elle ne se soit envoyé l'équipe olympique.

Elles se remirent toutes deux au travail en riant.

– Rand, qu'est-ce qui cloche dans le système électrique ? demanda Thoros à l'heure du déjeuner, en laissant éclater sa colère. Rien ne marche plus et il fait aussi chaud ici qu'aux enfers !

Rand lui répondit comme on répond à un client irascible :

– Il semble qu'il y ait une panne, Thoros. Rien de grave, j'en suis sûr. N'oublie pas que cet endroit ne devait pas ouvrir avant trois semaines... Sur tous les chantiers, il y a des pépins de dernière minute.

Depuis la veille, Rand cherchait les tableaux de contrôle, sans succès.

– Alors tu vas réparer ce satané machin, rétorqua Thoros, vaguement apaisé. Nous avons assez de sujets de contrariété pour le moment sans crever de chaleur. Et pendant que tu y es, regarde donc ce qu'a la prise de courant de ma salle de bains. J'ai branché mon rasoir électrique ce matin, et ça ne marchait pas.

– Il n'y a plus de lumière dans mon pavillon, se plaignit Jack à son tour. Pour m'habiller ce matin, j'étais comme Stevie Wonder.

La pointe d'humour de Jack n'amusa nullement Thoros. Il fusilla Rand du regard, et celui-ci se contenta de hocher sagement la tête.

– Il faut que je trouve la salle de contrôle pour m'occuper de tout ça, dit-il en quittant la pièce.

Qu'est-ce que Chesi fabriquait ? C'était sûrement elle la coupable. Et où diable était la salle de contrôle ? Il se rappelait parfaitement où elle était censée se trouver. Or elle n'y était pas.

– Trouver la salle de contrôle ? fit Alex d'une voix tendue, caché derrière un magazine, après que Rand eut fermé la porte. Je croyais que c'était lui qui avait conçu cette maudite baraque... Et il ne sait pas où est la salle de contrôle ?

– Les filles seraient-elles en train de tout bousiller ? Qu'en pensez-vous ? demanda Jase. Elles essaient peut-être d'attirer notre attention pour nous amener à négocier.

– C'est tout à fait possible, fit Alex d'un air songeur. Nous aurions dû rester en contact avec elles depuis le début, Thoros. Notre silence est une provocation.

– Rand peut réparer les petites anomalies à l'origine de nos ennuis, Alex, le coupa Thoros, mettant ainsi un terme à toute spéculation. S'il y avait eu sabotage, il nous l'aurait dit. Ne gaspillons pas notre salive, puisqu'un expert a pris les choses en main.

– Excuse-moi, mon vieux, insista Alex avec fermeté, mais tu as tort de ne pas reprendre immédiatement le dialogue.

Les autres levèrent les yeux. La confrontation directe, ce n'était pas le genre d'Alex. D'habitude, il tâtait plutôt le terrain.

Thoros fronça légèrement les sourcils et pinça les lèvres, comme s'il réprimait une réaction explosive.

– Qu'est-ce qui te fait dire ça? demanda-t-il d'une voix contenue.

Alex s'avança, les mains dans les poches, sans agressivité, en s'efforçant d'adopter une attitude de camaraderie décontractée.

– Je crois que ton roi est en échec, Thoros. Il n'y aura pas de vainqueur dans cette partie, déclara gravement Alex. Pourquoi ne pas accepter le match nul et arrêter tout de suite ? Il n'y a pas eu grand mal et, si nous nous conduisons en gentlemen et que nous reconnaissons qu'elles ont joué finement, il y a de grandes chances qu'elles acceptent de se taire. Donne son chèque à Marika, ajouta-t-il en regardant intentionnellement Tony, et honore-le. Présente tes excuses aux autres comme un gentleman et oublions ce pénible épisode.

Thoros fronça les sourcils.

Jack avait les pouces dans la ceinture de son caleçon de bain. Il s'était dépouillé de tous ses vêtements quand la climatisation était tombée en panne.

– Je suis d'accord avec Alex, dit-il d'une voix grave. Les choses sont allées assez loin comme ça. J'ai l'intention de revoir Tiffany et j'aimerais bien me remettre au travail. Si ça vous humilie de faire des excuses, je le ferai. A vrai dire, nous nous sommes comportés comme des cons, et ça ne m'ennuie absolument pas de l'admettre à haute et intelligible voix.

– Concluons correctement cette affaire, Thoros, renchérit Alex. Excusons-nous de notre muflerie... Avouons que nous avons saboté l'avion parce que nous ne pouvions pas supporter l'idée qu'elles nous quittent... Mettons le paquet. C'est comme ça que je gagne ma vie, Thoros... J'ai un certain instinct en matière de négociations, et mon instinct me dit que nous tentons le diable en laissant dégénérer les choses.

– Non ! s'exclama Thoros. Elles nous ont gâché nos

vacances et elles nous font perdre notre temps. Elles ont ruiné tout ce qui aurait pu être beau et mémorable, et je n'ai nullement l'intention de ramper devant elles. C'est à elles de me présenter des excuses.

Thoros fit brutalement volte-face et se dirigea vers la porte, laissant Alex troublé et pensif. Jase s'avança nonchalamment vers lui et lui parla de manière que les autres ne l'entendent pas.

– Nous pourrions essayer de notre côté, Alex, dit-il. A cheval, il ne nous faudrait pas longtemps pour trouver leur campement. Du moment que nous les amenons à rentrer dans le rang, Thoros se fichera que nous ayons pris l'initiative.

Alex réfléchit à sa suggestion.

– Tu as peut-être raison. J'ai le pressentiment que nous courons au désastre, si nous ne désamorçons pas rapidement cette situation explosive.

Jase acquiesça et les deux hommes se dirigèrent vers les écuries.

– Thoros prend ça plus mal que je ne l'aurais cru, dit Jase en cheminant.

Alex opina du chef.

– La ruine de son projet l'a rendu très mélancolique. Un tantinet gêné aussi, j'imagine. C'est pour ça qu'il est d'une humeur exécrable, bien entendu. Nous les hommes, nous ne savons ni accepter nos émotions ni les exprimer.

– J'ai publié je ne sais combien de bouquins sur ce sujet, fit Jase avec un ricanement, et je ne suis même pas sûr qu'il nous soit permis de le faire, Bon Dieu.

Ils tournèrent à l'angle et pénétrèrent dans l'écurie sombre et fraîche.

– En vérité, ajouta Jase, j'ai toujours eu des rapports plus aisés avec les animaux qu'avec les gens. J'étais très solitaire quand j'étais enfant... Je n'avais jamais l'impression d'être intégré. Mais les animaux... vous prennent exactement pour ce que vous êtes. Pas de foutaises, pas de boniments. Juste vous. Je me débrouille mieux avec eux.

Alex leva les yeux vers Jase, sidéré et prudemment interrogateur.

– Révélation surprenante pour quelqu'un que toutes les hôtesses s'arrachent pour ses prouesses de beau parleur !

– Le fruit d'une bonne éducation, c'est tout, répondit Jase en soulevant la bride et la lourde selle. J'ai appris à charmer les oiseaux des buissons parce que cela servait mes desseins, non parce que cela m'était naturel.

Alex lui emboîta le pas et décrocha du mur l'attirail dont il avait besoin.

– Je prends le hongre bai, si tu n'y tiens pas absolument, dit-il en se dirigeant vers la stalle la plus éloignée.

– En fait, j'avais le grand étalon noir en vue, répondit simplement Jase.

Alex haussa un sourcil admiratif et rit.

– Il est à toi, mon ami. C'est un superbe animal, et il n'a pas l'air commode.

– C'est ce qui m'attire, fit Jase avec un grand sourire en pénétrant dans le box de l'étalon. Viens là, mon grand, dit-il doucement, tandis que le cheval le lorgnait d'un œil las et dédaigneux, en lui montrant les dents avec une expression tout aussi méprisante.

Possessivement, Jase posa une main experte sur le garrot noir.

– Doucement, mon vieux, nous allons bien nous entendre, le cajola-t-il en jetant le tapis de selle sur le dos du grand animal.

Puis il s'avança vers la tête, le mors en main, avec une assurance respectueuse.

Alex remarqua avec quelle aisance Jase maniait le turbulent étalon. Le choix d'une monture aussi nerveuse pour se lancer sur un terrain inconnu et peut-être semé d'embûches lui avait paru une inutile bravade. Mais on voyait bien que Jase était de ces cavaliers instinctifs capables de soumettre l'animal le plus récalcitrant.

Les deux chevaux quittèrent l'écurie d'un pas tranquille. Leurs cavaliers se dirigèrent vers les frondaisons en lisière de jungle, et chevauchèrent quelque temps en silence dans la chaleur humide des terres, jusqu'à ce qu'Alex relance la conversation.

– Tu montes à cheval depuis toujours, si j'ai bien compris ? dit-il affablement.

– C'est ce qui m'a rendu le plus heureux dans mon enfance, répondit-il. C'est probablement pourquoi j'aime tant monter... J'ai l'impression de rajeunir. J'ai même fait ma demande en mariage à cheval.

– Voyez-vous ça ! fit Alex avec un grand sourire. Pas aussi amusant que de baiser à cheval, mais assez prodigieux tout de même.

– J'ai aussi essayé de lui faire faire ça, répliqua Jase en riant. Ellie est une cavalière extraordinaire... elle a fait des concours hippiques, comme toutes les jeunes filles de bonne famille, ajouta-t-il avec une ironie désabusée. Elle était stupéfaite, je m'en souviens.

– On ne fait peut-être pas ce genre de choses dans les concours ? Ça doit quand même être très piquant. Il n'est pas trop tard pour essayer, tu sais.

– Pas avec Ellie, fit Jase d'une voix qui, même à lui, parut plus rêveuse qu'il ne l'avait voulu. Les épouses ne font pas ce genre de choses. Il n'y a que les maîtresses.

– Je ne peux pas parler d'expérience, je le crains, répondit Alex. J'ai réussi à éviter les premières assez habilement, bien qu'en vieillissant je commence à me demander si je n'ai pas raté quelque chose. La famille, peut-être. Des fils qui perpétuent le nom. Ce genre de choses, tu vois ?

Jase était sur le point de lui répondre, quand l'immense étalon se mit à ruer sauvagement. Totalement pris au dépourvu, Jase tenta de retrouver la maîtrise de l'animal affolé, sans comprendre l'origine de sa frayeur.

– Un serpent ! hurla Alex, qui se démenait pour calmer sa monture.

Jase parvint à grand-peine à se maintenir en selle, s'efforçant de maîtriser son cheval. Celui-ci s'effondra brusquement sous lui comme un arbre abattu. L'animal, qui pesait neuf cents kilos, heurta le sol au milieu de la végétation touffue de la jungle. Jase se retrouva à terre, le pied gauche pris dans l'étrier.

– Ne bouge pas ! cria Alex en descendant de selle. Ce salopard est encore dans les broussailles.

Jase jeta un rapide coup d'œil à l'endroit où se portait le regard horrifié d'Alex et aperçut une vipère noire, enroulée sur elle-même, qui se balançait à cinquante centimètres de son visage. Il fut saisi d'une nausée brutale, le cœur au bord des lèvres, et serra les dents pour se dominer. Le serpent avait abattu le cheval en quelques secondes.

L'animal agonisant frémit encore une fois, levant ses sabots en une protestation pathétique, et ce mouvement inattendu fit bouger le reptile. Piégé, impuissant, Jase le vit reculer avant de frapper. Il ferma les yeux, certain qu'il allait mourir. Mais le coup ne vint pas. Alex avait fauché le serpent avec un long bâton fourchu et l'avait expédié avec un bruit mat dans les broussailles touffues, à quelques mètres de lui.

– Seigneur ! fit Alex dans un cri étouffé en laissant retomber la branche, avant d'attraper Jase sous les aisselles. C'était un mamba. Nous allons te tirer de là, et vite !

Se plaçant derrière Jase, il repoussa des deux pieds le corps du cheval, juste assez pour le dégager.

Avec beaucoup de difficulté et force jurons, Jase réussit enfin à s'extirper de sous sa monture. Engourdie et contractée par des crampes, sa jambe se déroba quand il voulut tenir debout.

– Putain ! cria-t-il en sautillant pour tenter de rétablir la circulation. Je l'ai échappé belle !

– Essaie simplement de ne pas rester coincé dans cette posture, fit Alex avec un petit sourire inattendu. Sinon, mes nerfs vont lâcher.

– Je te dois une fière chandelle, dit Jase avec sincérité. Deux fois en une seule journée, c'est trop !

– Et la semaine n'est pas encore terminée !

Les deux hommes mirent un certain temps à retrouver un équilibre suffisant pour poursuivre leur chemin. Jase se pencha pour caresser l'encolure et les naseaux du cheval afin de le rassurer. De l'écume coulait de la bouche béante de l'étalon, et son regard était fixe et vitreux.

– Il nous faut le fusil d'Emilio pour abattre cette bête, dit-il. Quel gâchis de le perdre comme ça !

– Il sera mort avant que nous soyons revenus avec l'arme, répondit Alex. Le mamba noir est l'un des serpents les plus venimeux au monde. Je ne crois pas qu'il existe d'antidote.

Jase leva les yeux. Incapable de réagir, il se contenta de hocher la tête. Il avait une énorme boule dans la gorge.

– Nous ferions mieux de rentrer, dit-il enfin d'une voix rauque. Maintenant, je n'ai plus tellement envie d'affronter ces femmes.

– Bonne idée, répondit posément Alex. Cette journée n'est

guère propice à la négociation. Mon cheval nous portera tous les deux.

– Non, dit Jase sans regarder en arrière. J'ai besoin de marcher.

Ils rentrèrent en silence au domaine. Ils étaient tous deux beaucoup plus atteints qu'ils ne pouvaient l'exprimer. La soudaineté du danger les avait fortement impressionnés et abattus. En un instant, tout avait basculé et l'un d'eux avait failli mourir. Mora Utu leur parut tout à coup moins bienveillante, et l'avenir moins certain.

23

Chesi reposa le plan. Sa décision était prise. Elle avait changé d'avis après en avoir discuté avec Liz et Christie, et il n'était plus question d'attendre pour détraquer le reste de l'installation. Ces deux stratèges chevronnées l'avaient convaincue que chaque heure qui passait augmentait les chances de Rand de découvrir son projet et d'intervenir. Elle avait eu beau bricoler la climatisation la veille, les hommes n'avaient nullement entamé de pourparlers.

L'interrupteur général était juste à hauteur du regard sur le mur ouest. Si elle y touchait, toute l'électricité serait coupée, et il leur resterait encore un atout dans la manche, le sabotage du système de dessalement de l'eau. Elle le conserverait jusqu'à la fin, pour donner plus de poids à leurs arguments.

Elle fixa longuement l'interrupteur en faisant mentalement l'inventaire avant d'effectuer l'acte irrévocable. Si elle tirait sur l'interrupteur, les plafonniers qui brûlaient nuit et jour s'éteindraient, et toutes les installations permettant de stocker la nourriture et de faire la cuisine tomberaient en panne, tout comme les systèmes de secours. Son sang de Sicilienne bouillait dans ses veines. Elle inspira profondément, saisit la poignée métallique, la serra fermement et l'abaissa d'un geste brusque. Tous les ronflements cessèrent. Chesi, qui n'était pas encore satisfaite, prit un tournevis cruciforme et retira la plaque qui tenait la poignée, qu'elle descella avant de la glisser dans le sac tressé qu'elle portait sur l'épaule.

Cela ne lui plaisait qu'à moitié de faire de tels ravages dans un endroit qui lui avait coûté tant de sueur et de larmes, mais elle avait frémi de satisfaction d'avoir réussi son coup. Ce serait grâce à son ingéniosité qu'elles auraient peut-être assez de prise sur les hommes pour quitter l'île.

Elle tourna le dos à son œuvre destructrice et referma la porte derrière elle.

Jack et Tony cherchaient un en-cas pour l'après-midi dans la cuisine de la maison principale, où il faisait une chaleur étouffante.

– Il fait vraiment une chaleur à crever, déclara Tony avec un dégoût qui n'était pas feint.

Il avait des auréoles aux aisselles et son polo lui collait au corps.

– Si on remontait cet avion pour se casser d'ici ? J'en ai marre de cet endroit.

– Et qu'est-ce qu'on fait des femmes ? On les laisse là et on leur envoie quelqu'un plus tard ? rétorqua Jack.

La chaleur leur tapait sur les nerfs. En moins d'une journée, sans climatisation, le domaine était devenu un sarcophage hermétiquement scellé.

– Elles n'ont qu'à pourrir sur place, je m'en fiche, dit Tony en contemplant d'un air dégoûté une mayonnaise tournée.

Il prit de la moutarde avec un grognement de mauvaise humeur et l'étala sur le sandwich qu'il s'était préparé.

– Et où est ce petit Latino qui est censé nous faire la cuisine ?

– Emilio est au premier étage, il s'occupe des toilettes bouchées. De toute façon, sans Nelida, il est comme un faux-monnayeur manchot. En plus, tout se détraque.

– Et Rand, qu'est-ce qu'il fout ? Il reste les bras croisés ? ajouta Tony. Je croyais qu'il devait tout réparer. Jusqu'à présent, on n'a rien vu.

– Où est Thoros ? demanda Jack, comme s'il venait de remarquer l'absence de leur hôte.

Tony grogna, la bouche pleine.

– Il est sur la piste en train de réparer l'avion. Avec ou sans femme, on se tire d'ici tard ce soir ou dès demain matin.

– Non ! hurla une voix furibonde.

Ils se tournèrent tous deux vers l'homme dont la silhouette emplissait l'embrasure de la porte.

– Ces garces ont retiré les jauges, lança sèchement Thoros. On ne peut pas piloter cet appareil sans jauges.

– Putain, quelle ingéniosité ! s'écria Jack, vaguement amusé. Elles ont marqué dix points d'un coup.

– Dix points, tu parles ! dit Tony. Maintenant, il faudra demander à ton pilote habituel de venir avec un autre appareil.

– Ce n'est pas si simple, j'en ai peur, fit Thoros en hochant la tête. Tant que le G-IV est immobilisé au sol, nos moyens de communication sont extrêmement limités.

– Et même si nous pouvions lancer un appel radio, intervint Jack, nous devrions expliquer ce qui s'est passé. Il n'y aurait pas moyen de taire cette affaire à la presse. Autant amadouer les filles pour qu'elles coopèrent en échange de leur liberté. A présent, tout ce qu'elles souhaitent probablement, c'est se tirer d'ici.

Thoros semblait sur le point d'éclater.

– J'aimerais les étrangler une par une, lança-t-il d'un air sombre.

– Emilio dit qu'il peut envoyer un message à sa femme pour fixer un rendez-vous, dit aussitôt Tony.

– Comment va-t-il la contacter ? intervint Jack. Elles ont emporté un téléphone portable dans les bois ?

– Comment veux-tu que je sache comment ces Mexicains communiquent entre eux ? aboya Thoros. Pour ce que j'en ai à foutre ! Après tout, ce sont des Indiens Yaqui.

– Des Indiens Yaqui... fit Jack d'un air pensif. Qu'est-ce que je sais déjà... Attendez une minute ! Ce type avec lequel Carlos Castaneda mâchait du peyotl n'était-il pas un sorcier yaqui ? Tu ne crois quand même pas qu'Emilio est en train de nous ensorceler ?

L'humour de Jack tomba à plat. Thoros était d'une humeur noire.

– Je me fiche de ce qu'il est, du moment qu'il nous trouve ces idiotes et qu'on en finisse avec ces bêtises.

Il sortit d'un air digne, entraînant Jack et Tony à sa suite.

– Un peu de magie ne nous ferait pas de mal... dit Jack avec un sourire désabusé.

– Eh bien, moi, fit Tony avec un petit rire, je parie que les insectes, les serpents et la chaleur auront fait presque tout le boulot quand nous arriverons...

Un bruit mécanique suraigu suivi de ce qui ressemblait à une faible explosion ébranla la cuisine.

Emilio se tenait à la porte.

– Le générateur principal, señor. Les señoritas ont fait sauter le générateur principal.

24

Thoros et Rand parcouraient l'île à la recherche de la salle de contrôle. Dans le patio, Jack bourra sa mallette de papiers avec une énergie excessive et se leva du transat où il essayait de se concentrer. Un verre de bière chaude était inutilement posé sur la table à côté de lui. Il était agité, nerveux. Ils étaient tous à cran depuis que le générateur avait sauté.

En passant près de lui, Alex le couvrit de son ombre. Quand il aperçut Jack, l'Anglais avança une chaise.

– A quoi penses-tu ? dit-il en s'asseyant lourdement.

Il était nerveux comme un chat depuis l'incident du serpent et il avait besoin de parler à quelqu'un.

– A rien de bien intéressant, répondit Jack en l'observant attentivement.

Alex était parfois d'une suffisance lassante, mais il avait fait preuve d'une grande solidité depuis que tout avait commencé.

Le nouveau venu opina du chef.

– J'ai déjà vu ça des centaines de fois, tu sais. Un petit conflit local qui dégénère en guerre mondiale grâce à une succession de faux pas stupides. Tu me pousses, je te frappe, tu me frappes plus fort, je fais sauter ta maison... Personne ne sait exactement comment c'est arrivé et personne ne sait comment arrêter les forces meurtrières. Heureusement, ce n'est pas un conflit de grande envergure.

Jack prit sa bière, l'avala à petites gorgées, fronça les sourcils, la trouvant chaude et insipide, et la reposa.

– J'ai beaucoup pensé à Tony. Tu sais, Alex... je me suis

souvenu de certaines choses... des parties de rigolade, des services qu'il m'a rendus ou proposés au fil des ans, du piston qu'il m'a obtenu, ce genre de trucs. On pouvait toujours compter sur lui en cas de coup dur... Maintenant, il a une tête de con et la matière grise en compote. Il me les casse, mais je le plains quand même.

– Je n'aurais pas dit mieux, Jack. Les femmes sont capables de ridiculiser les meilleurs d'entre nous, je le crains.

– Crois-tu encore pouvoir nous tirer de là en négociant ? demanda Jack avec un grand sérieux. Ou faudra-t-il utiliser la force pour réparer l'avion ?

Alex haussa les épaules.

– Si nous arrivons à museler Tony et à contenir la juste colère de Thoros, je crois que nous pouvons encore réussir. Les femmes souhaitent certainement autant que nous que cette histoire se termine.

Emilio apparut, comme sorti de nulle part. Il était d'une discrétion parfois agaçante...

– N'en soyez pas si sûr, señor, répondit le petit Mexicain avec une certaine autorité.

Les deux hommes le regardèrent, ébahis qu'il se soit immiscé dans leur conversation sans y avoir été convié.

Il se comportait bizarrement depuis que Nelida était partie. Jamais auparavant il n'aurait donné son avis sans qu'on le lui ait demandé.

– Pourquoi dis-tu ça ? demanda Jack.

– C'est une question de pouvoir, répondit le Mexicain. A leur arrivée ici, elles n'étaient que des jeunes filles. Ce sont des femmes, à présent.

Jack et Alex échangèrent un regard.

– Qu'entends-tu par là ?

– Quand elles déclarent leur indépendance, señor, elles prennent le pouvoir. Elles font honneur à leur féminité, dit calmement Emilio. Les femmes sont capables... Ne vous méprenez pas là-dessus.

– Capables ? répéta Jase comme un écho sarcastique, se mêlant à la conversation et tirant une chaise pour se rapprocher des autres. De quoi une bande de greluches de vingt ans et quelque peuvent-elles être capables ? Vous avez l'air de penser qu'elles sont aussi dangereuses que le serpent que nous avons rencontré...

– Si, señor ! Elles sont *peligrosas*. Elles sont furieuses de votre manque de respect. Une femme en colère est dangereuse... Six femmes en colère sont *muy peligrosas*.

– Tu dis des âneries, Emilio, fit Jase avec dédain. Chiantes comme la pluie, oui. Dangereuses, non. Nous avons le domaine, l'avion et une longue expérience de la manière dont on traite les sous-fifres récalcitrants... Nous avons tout l'argent, tout le pouvoir et toute l'intelligence... Comment seraient-elles dangereuses ?

Emilio eut un petit rire caverneux.

– Pourquoi diable est-ce si drôle ? aboya Jase, agacé qu'on se moque de lui.

– Vous avez le domaine, señor, qu'elles ont transformé en étuve. Vous avez des *dineros* avec lesquels on ne peut rien acheter ici. Vous parlez d'intelligence, mais elles ont été plus malignes que vous. Vous parlez de *poder*, mais sur cette île le pouvoir n'est pas là où vous l'attendez. Vous êtes vieux, elles sont jeunes...

– Tu es sacrément sûr de toi, Emilio, répondit Alex d'un ton sec. (Il avait les nerfs à fleur de peau, ne s'étant pas encore remis de ses émotions.) Pourquoi crois-tu en savoir plus que nous sur elles ?

Le petit homme le regarda droit dans les yeux avec une expression qui n'avait rien de servile.

– Je suis un guerrier, señor, répondit-il. Et quand je me trouve en face d'autres guerriers, je les respecte. Mieux vaut leur rendre justice que laisser le combat décider de la victoire.

– Tu es un homme à tout faire, Emilio, le contredit brutalement Jase, pas un guerrier. Et s'il doit y avoir de la bagarre, je t'assure que le vainqueur ne fait aucun doute. Cette conversation est ridicule. Tu n'as rien à réparer par ici, puisque plus rien ne semble marcher ?

De toute évidence, Emilio était congédié.

Le Mexicain rit de bon cœur. Il prononça une longue phrase en espagnol et s'en alla.

– Qu'a dit ce vieil emmerdeur ? demanda Jase d'un ton méprisant.

– Ce vieil emmerdeur t'a cité un ancien proverbe espagnol, répliqua Alex. Celui qui sous-estime son adversaire creuse sa propre tombe. Il est culotté, le salaud, mais plutôt amusant.

– Tu as remarqué ses yeux ? demanda Jack en regardant Emilio s'éloigner. Il a des yeux d'assassin.

– Méfie-toi de ce que tu bois ! fit Jase avec un sourire narquois.

– Non, je ne plaisante pas. J'ai déjà vu des hommes avec ces yeux-là. Apparemment il est décontracté, aimable, mais regarde ses yeux rusés et calculateurs, ils n'ont rien d'ordinaire. J'ai vu ça chez des criminels, des mafieux, des boxeurs, parfois même chez des flics. Je ne sais pas exactement ce qu'il est... mais je te garantis que ce n'est pas un simple homme à tout faire.

– Tu es resté au soleil trop longtemps, Jack, fit Jase en hochant la tête. Il faudra remettre ce petit Latino à sa place.

Il s'en alla, mais Jack et Alex restèrent dans le patio.

– Tu as raison, bien sûr, pour Emilio, dit Alex. C'est au moins un garde du corps. Je l'ai vu tirer une fois... il y a des années, un serpent à sonnette, sorti de nulle part, qui nous avait barré la route. Il a sorti son fusil en un éclair et le serpent était mort avant que je me sois vraiment rendu compte de ce qui s'était passé. Je me souviens qu'une pensée étrange m'était venue à l'esprit : s'il s'était trouvé là sans arme, il l'aurait tué à mains nues. Depuis lors, je me suis toujours tenu à distance.

– Cette histoire nous met les nerfs à rude épreuve, renchérit Jack. A vrai dire, je serai content de quitter cette île maudite. Elle a quelque chose d'étrange... comme un fruit qui a l'air parfait, et, quand on mord dedans, on découvre qu'il est véreux. En fait, rien ne va depuis que nous sommes arrivés.

Alex jeta un regard interrogateur à Jack. Il était le dernier que l'on s'attendrait à voir virer au mysticisme. Mais puisqu'il l'avait dit, il y avait effectivement quelque chose de sinistre dans cet endroit... une énergie négative, à peine contenue, prête à jaillir...

H. Douglas Rand se tenait dans l'embrasure de la porte du poste de contrôle et contemplait, ébahi, la dévastation des installations électriques de Mora Utu. Chesi était vraiment futée. Il se maudit d'avoir amené cette fille.

Thoros Gagarian passa sans cérémonie devant Rand pour examiner la salle de contrôle à son tour.

– Qu'ont-elles fait, bon sang ? tonna-t-il. Qu'ont-elles fait à ma maison, ces fichues garces ?

– A peu près tout ce qu'il était possible de faire, répondit Rand, trop dégoûté pour être subtil.

Il aurait beau baratiner, rien ne pourrait plus arranger les choses.

Thoros jeta un regard circulaire dans la pièce pour constater l'ampleur des dégâts. Pendant un bref instant, malgré la fureur qui lui tordait les boyaux, il se laissa presque aller à admirer leur culot.

Il avait à présent deux certitudes. Il allait récupérer les pièces de l'avion et quitter immédiatement Mora Utu. Et il allait le leur faire payer.

– Dis à Emilio de fixer un rendez-vous avec les femmes, dès demain, dit-il à Rand avec insistance.

Puis il fit volte-face et quitta ces lieux témoins de leur volonté destructrice.

25

– Ce soir, mes amies, déclara Nelida avec solennité, nous allons parler de la sauvagerie que vous devez ranimer en vous, si vous décidez de vivre en *mujeres de poder*, en femmes de pouvoir.

Réunies autour du feu de camp, elles étaient toutes lasses, mais la vaillance de la vieille femme leur donnait de l'énergie tout en captant leur attention. Elle semblait avoir quelque chose d'important à leur transmettre.

– La première caractéristique du pouvoir, commença-t-elle en fixant chacune tour à tour de ses yeux sombres, c'est que nous sommes seules. Nous naissons seules, nous mourons seules. Tout le reste est illusion. Nous passons la majeure partie de notre existence à chercher quelqu'un avec qui partager l'imposante responsabilité de vivre... les décisions, les peines de cœur, les conséquences de nos erreurs. Parfois même nous croyons l'avoir trouvé... pour un temps. Mais au bout du compte, nous affronterons seules l'éternité et le jugement. Le guerrier apprend cela avant les autres, mais c'est ce qu'il y a de plus dur pour une femme. Notre nature nous incite à rêver que nous faisons partie d'un tout.

Elle attendit que son auditoire ait assimilé ses propos avant de poursuivre :

– Ici, vous avez tracé une ligne sur le sable. Vous avez déclaré vos intentions à ces hommes en leur disant : « Nous sommes des femmes de pouvoir et nous voulons être reconnues comme telles. » Bientôt, vous commencerez à sentir la solitude de votre condition.

– Mais nous ne sommes pas seules, Nelida ! lança Justine. Nous formons un front uni.

– Tous les soldats qui sont allés au combat faisaient partie d'une force plus grande, ricana Nelida. Mais ceux qui sont morts, sont morts seuls... La vérité, c'est que la vie est *un partido peligroso,* un jeu dangereux. Et toujours mortel. Quand sonneront les douze coups de minuit, Dieu sera vainqueur. De cela, vous pouvez être certaines. Mais dans le temps qui vous est imparti... dans ce temps-là, vous en aurez peut-être appris assez pour que le jeu en vaille la chandelle.

Elle parcourut une nouvelle fois le groupe de son regard magnétique. Puis :

– Ne croyez pas que la solitude que vous devez endurer vous interdise de trouver des alliés, car non seulement il est permis d'avoir des alliés, mais ils sont même indispensables pour le voyage de l'esprit. Avant de quitter cette île, vous aurez trouvé lesquelles d'entre vous sont vos vraies alliées. Chacune d'entre vous est née d'une mère unique, mais si vous avez été bénies par la déesse, vous aurez *todas las madres*, toutes les mères, durant votre existence... car vous aurez toujours besoin de conseils. Si, à quatre-vingt-deux ans, vous rencontrez une femme de quatre-vingt-dix-neuf ans, elle vous enseignera encore des choses capitales...

Elle observa son auditoire d'un œil averti.

– Bientôt, vous apprendrez à être dangereuses ! reprit-elle avec véhémence. Vous aurez besoin de volonté, de courage et de résolution, car vous êtes des créatures sauvages... autant que les hommes, mais vous devez aussi savoir que l'on attend d'eux des qualités différentes. Les semences que vous portez pour fertiliser le monde sont différentes des leurs. Vous avez en vous la connaissance profonde et le don d'amour. Les rêves nocturnes, la guérison de l'âme, la capacité de nourrir et d'apaiser le corps, et l'intuition, qui rendent le monde supportable. En fait, tout ce qui n'est pas mesurable et que l'on écarte aisément dans un univers restreint qui n'accorde de prix qu'à ce que l'on peut voir et mesurer. C'est comme si vous apportiez la vue dans un monde tellement aveugle qu'il ne saurait plus quelle en est l'utilité ! Vous devez donc leur apprendre à voir, mais vous devez avant tout apprendre à bien apprécier cette vision innée. Sinon, vous ne ferez que copier leurs manières et vous ressemblerez au moqueur imitant le corbeau. Vous deviendrez soit un corbeau infirme, soit un moqueur dégénéré !

Devant leurs rires nerveux, Nelida s'interrompit.

– Nelida, si ce que vous dites est vrai, hasarda Liz, Dieu a un méchant sens de l'humour... d'avoir fait les hommes et les femmes si différents qu'ils ne pourront jamais se satisfaire mutuellement...

– Non, mon enfant, fit Nelida, plus doucement. Ce n'est pas exact ! Hommes et femmes ont grandement besoin les uns des autres. Mais ils ont d'abord besoin d'eux-mêmes. Tout comme ils ont besoin d'apprendre à connaître leur valeur véritable d'individus de pouvoir. Nous ne sommes pas obligées de devenir comme eux... Il n'y aurait pas d'électricité pour alimenter la planète si les énergies positives et négatives devenaient une. Ce qui, mes filles, m'amène à vous enseigner la dernière leçon du pouvoir.

– Laquelle ? demanda Justine, fascinée par cette femme, mais ne sachant trop que penser. Si la première caractéristique est la solitude, quelle est la dernière ?

Nelida sourit avec une immense compassion.

– La dernière caractéristique du pouvoir, dit-elle doucement, c'est que nous formons tous un seul être. Mais que cela ne vous embrouille pas l'esprit pour l'instant, mes filles. Bientôt vous verrez et vous apprendrez tout ce que l'on exigera de vous.

Mercredi 13 avril

Faites les choses en grand ou restez au lit.
Larry Kelly

26

Le mercredi matin, l'aube se leva à Mora Utu, sans que les machinations mesquines des hommes et des femmes qui habitaient l'île ne viennent la troubler. Le soleil apparut, les oiseaux pépièrent et gazouillèrent, le peuple des insectes commença sa bruyante symphonie matinale, tandis que les hommes s'agitaient autour de la piscine pour préparer leur entrevue avec les femmes.

– Nous devons les rencontrer dans une heure, dit Thoros à Alex d'une voix tendue. Emilio a fixé le lieu, ajouta-t-il en se tournant vers Doherty. Elles ont insisté pour que tu viennes aussi.

Jack hocha la tête, certain que Tiffany était à l'origine de cette demande, mais il était heureux d'avoir une raison de les accompagner. Ils ne pouvaient plus se permettre le moindre faux pas.

Alex, Thoros et Jack burent rapidement une tasse de café et partirent.

– Thoros, dit Alex, prenant les choses en main. Si contrarié que tu sois, promets-moi de garder ton sang-froid. La situation est explosive... exactement le genre de poudrière qu'une étincelle peut faire sauter. Si nous menons les choses à bien, nous quitterons l'île cet après-midi.

Thoros opina du chef.

– Je n'ai nullement l'intention de favoriser une quelconque escalade, Alex, sois-en sûr. Il faut mettre fin à cette affaire durant cette rencontre.

Les deux hommes suivirent leur hôte dans la jungle. De la

terrasse, Tony les regarda s'éloigner avec une expression énigmatique.

Liz, Christie, Justine et Tiffany attendaient nerveusement à l'endroit que leur avait indiqué Nelida.

– A votre avis, comment diable Nelida et Emilio ont-ils organisé cette entrevue ? demanda Liz.

Justine haussa les épaules d'un air désinvolte.

– Ils en avaient peut-être fait le projet avant que Nelida ne quitte la propriété. Nous ignorons toujours si elle n'est pas une sorte d'agent double. Sa présence me met mal à l'aise... Elle dépend de Gagarian pour gagner sa croûte.

– J'adore Nelida ! claironna Tiffany. Ce n'est pas une espionne ! Et toutes ces merveilles qu'elle dit devant la chute d'une palme ? Quant à cette histoire de pouvoir féminin, j'y crois tout à fait. Elle nous a révélé, à Chesi et à moi, que nous devions trouver notre nature sauvage et que les femmes appartenaient à la famille animale. Nous sommes donc chez nous dans les bois... De toute façon, elle est formidable. Et vous admettrez qu'on mange mieux depuis qu'elle est là.

Liz acquiesça avec une telle vigueur que sa longue queue de cheval se balança.

– Tu as raison sur ce point ! La simple idée de manger notre tambouille me donnait envie de capituler. Maintenant que les Robinson Crusoé ont un Vendredi, ils peuvent tenir jusqu'au Jugement dernier.

– Les voilà ! cria Tiffany qui venait d'apercevoir les hommes qui s'avançaient à travers les arbres. Merci de m'avoir laissée vous suivre, les filles, j'aimerais contribuer à arranger les choses.

– Oui, oui, répliqua Liz avec un petit sourire entendu. Nous savons que tu meurs d'envie de voir Jack, même à l'autre extrémité d'une clairière. Je trouve que c'est une excellente idée de l'avoir fait venir... Il garde son sang-froid et, apparemment, c'est un type sympathique.

Justine se leva, souveraine malgré son short et son haut à dos nu. Il lui suffisait d'un peu de rouge à lèvres et de mascara pour être superbe, songea Liz en passant en revue ses préparatifs. Cheveux tirés en arrière, blush, ombre à paupières de circonstance, rouge à lèvres, un short et un débardeur qui mettaient sa silhouette en valeur... Pas mal dans l'ensemble.

Ils étaient face à face à présent. L'attirance sexuelle qui flottait dans l'air entre Jack et Tiffany était si palpable que Liz faillit éclater de rire.

– Pour l'amour du Ciel, Jack, va donc embrasser cette femme, lui murmura Alex, que nous puissions continuer.

Tiffany regarda Jack et rougit. Il semblait aussi gêné qu'elle. Elle lui sourit pour le rassurer, puis fit non de la tête.

– Allez, au travail, dit-elle d'un air contraint.

Jack lui fit un clin d'œil et sourit, mais ne pipa mot.

Thoros prit la parole le premier.

– Nous aimerions mettre un terme à cette folle... commença-t-il. (Se souvenant des instructions d'Alex, il changea de tactique.) Mesdames, reprit-il, d'une voix rendue rauque par une émotion contenue, ce fâcheux événement nous a causé à tous beaucoup... d'irritation. (Plutôt crever que de reconnaître les ravages qu'elles avaient causés dans la résidence.) Nous tenons à ce que vous sachiez que nous comprenons tout à fait votre colère. Il était malhonnête et totalement stupide de notre part de saboter l'avion. Nous pensions sauver nos vacances en vous gardant ici... et peut-être vous faire comprendre que nous pouvions encore passer un séjour merveilleux.

Il hocha la tête, conscient de la futilité de ses propos.

– Nous nous sommes comportés comme des imbéciles, je m'en rends compte..., poursuivit-il. Mais soyez sûres que nous ne vous voulions aucun mal. Nous pensions simplement vous amener à changer d'avis, si nous prenions le temps de discuter... et quand vous vous êtes mises à détruire les installations, la situation nous a échappé.

Un bruit dans les buissons déconcentra Thoros. Aux veines palpitantes de son cou, Jack vit ce qu'il lui en coûtait de garder son calme et admira sa retenue. Tony émergea des broussailles en repoussant brutalement le lourd feuillage.

– Ces maudites lianes sont aussi collantes que du ruban adhésif. On ne peut pas passer sans machette, déclara-t-il en s'approchant du groupe.

Les sourcils froncés, Thoros fit une grimace qui lui assombrit la face.

– Tony ! fit-il d'un ton abrupt. Que fais-tu ici ? Je t'avais dit de nous laisser nous occuper d'elles.

Calamité ! Pourquoi n'avait-il pas dit « nous occuper de ça », comme il en avait l'intention. Maintenant que le mot était lâché, il ne pouvait plus le retirer. Que Tony et son stupide entêtement aillent au diable ! C'était comme s'il cherchait la mort, dès qu'il était en présence de ces femmes...

– C'est moi qui règle mes problèmes, Thoros, rétorqua Tony avec une grande agressivité. C'est ma faute, d'accord ? Tout le monde accuse le vieux Tony, alors écartez-vous et laissez Tony arranger les choses.

Il sortit son chéquier et son stylo d'un geste ostentatoire.

– Bien, les filles, combien voulez-vous pour mettre un terme à cette affaire ? Quel est exactement votre prix pour que chacune retourne gentiment au pieu ?

– Vraiment, Thoros ! s'écria Justine d'un ton sec et méprisant. C'est trop absurde. Nous avions pourtant l'impression que tu avais décidé de te conduire de manière civilisée...

Tony s'avança vers Justine.

– Vous ne me trouvez pas civilisé, espèce de sale arrogante ? Et vous, vous seriez civilisée sans tout l'argent de votre père ? Civilisé, c'est exactement ça... rien qu'un autre terme pour dire riche, hein ? Et je suis plus riche que vous ne l'imaginez !

Justine lui tourna délibérément le dos pour le congédier, avec un air d'extrême répulsion sur son visage autoritaire.

– Ne me tourne pas le dos, espèce de garce ! grogna-t-il en la prenant par les épaules.

Il l'avait à moitié retournée quand Justine lui envoya son poing dans la figure avec une force étonnante.

Les autres femmes accoururent à la rescousse, lorsque Jack tenta d'écarter Tony, et tout se passa très vite. Des cris, des coups, les jurons des hommes, Tiffany partout à la fois, pieds et poings en avant, Liz déchaînée... un direct du droit dans la mâchoire de Thoros, abasourdi. Quand ce fut fini, elles regagnèrent la jungle au pas de course pour y trouver refuge.

Arrivée à la lisière de la clairière, Tiffany se tourna à demi vers les hommes et cria « Au revoir Jack ! » par-dessus son épaule, avant de rattraper les autres.

Les quatre hommes restèrent cloués sur place, encore étourdis par la violence de ces dernières minutes.

– Dieu te maudisse, Tony ! tonna Thoros en se frottant la mâchoire. Je t'avais dit de ne pas t'approcher de ces femmes ! Regarde ce que tu as fait !

– Connard ! cria Alex qui n'avait plus l'intention de contenir sa colère. Elles nous auraient mangé dans la main dans les trente secondes, si tu n'avais pas tout fichu en l'air !

– Mais qu'est-ce qui te prend, Tony ? demanda Jack, furieux. Tu voulais tout gâcher ou tu es trop bête pour savoir ce que tu fais ?

– Reculez, vous deux ! rugit Thoros. J'ai deux mots à dire à Tony et je veux le faire en tête à tête.

Jack et Alex échangèrent un regard. C'était inattendu, mais compréhensible. Dans cette galère, c'était Thoros qui avait le plus à perdre.

– Tu as raison, fit sèchement Alex, répondant pour Jack et pour lui-même. Nous nous reverrons au domaine.

Les deux hommes s'engouffrèrent dans la jungle qui les engloutit au bout d'une vingtaine de pas.

Tony et Thoros se retrouvèrent face à face, étourdis de colère. Comme deux vieux taureaux dans l'arène, ils n'avaient ni l'un ni l'autre l'intention de céder d'un pouce.

– Je ne sais pas à quoi tu joues, Tony, lança Thoros, mais tu vas arrêter tout de suite, nom d'un chien ! Je t'en ai voulu de ton incartade avec Marika et de ton manque de respect à mon égard, en agissant ainsi sous mon propre toit...

Il s'interrompit pour reprendre haleine et pour se dominer.

– Puis je me suis souvenu que tu étais mon ami et j'ai pris ton parti contre ces femmes. Mais aujourd'hui... cette bêtise et cette invraisemblable arrogance... Il m'est difficile de ne pas en tenir compte. Je veux le revolver, Tony, conclut Thoros d'une voix dure. Et j'exige que tu ne t'approches pas de ces femmes tant qu'elles n'auront pas quitté mon île.

– Je n'ai pas ton revolver, je te l'ai déjà dit, Thoros ! hurla Tony. Quant aux femmes, je me contrefous de ce que tu veux !

La bouche de Thoros n'était plus qu'une ligne rageuse.

– Mon instinct me dit que c'est toi qui l'as, Tony. Mon instinct. Ça fait trente ans que nous sommes amis. Nous avons connu la pauvreté, la chance et le danger. Je t'en ai voulu de t'être comporté comme un imbécile avec Marika...

mais j'ai moi-même été bête assez souvent pour savoir qu'il ne reste plus qu'à espérer que les dieux se laissent fléchir et ne cassent pas la baraque.

Il se tut. La veine de sa tempe palpitait, et il avait l'air prêt à bondir.

– Nos vacances sont gâchées, reprit-il, mais il n'est encore rien arrivé d'irréparable... Mais pour l'amour du Ciel, Tony... S'il y a mort d'homme parce que tu es incapable de te contrôler ou à cause d'une vendetta imaginaire... débrouille-toi seul, c'en sera fini de notre amitié.

Tony avait le regard dur, la mâchoire comme du granit.

– Tu me menacerais, Thoros, mon ami ? fit-il d'une voix aigre. Quand tu es allé à Vegas et que tu as eu besoin de piston pour qu'on ne ferme pas ton casino, qui s'est porté garant pour toi ? Quand ta seconde femme a cru qu'elle te tenait et qu'elle menaçait de te plumer comme une oie, qui a envoyé l'oncle Vinny pour l'aider à y voir plus clair ? Quand cet abruti aux yeux bridés qui venait de Makashimayo a voulu vous fermer les portes de Tokyo, qui a arrangé le coup avec les Yakusa ? Et c'est toi qui me menaces ?

Il avait l'air sincèrement peiné.

Une émotion émanait de Thoros, mais il était difficile d'en déceler la nature. Culpabilité, fureur, chagrin, ou les trois à la fois.

– Tu as été mon ami, Tony, et j'ai été le tien tout autant, dit-il d'une voix grave. Mais mon amitié n'ira pas jusqu'à laisser commettre un meurtre sur mon île. C'est toi qui as l'arme. Veille à ce que, dans un accès de colère, elle ne devienne pas l'instrument de ta propre destruction.

Thoros n'attendit pas de réponse, il tourna les talons et prit la direction de la propriété. Il fallait en finir avec cette folie. Que cela sonne le glas de son amitié avec Tony serait déplorable, mais si c'était inévitable, tant pis. Ce qui était sûr, c'était qu'il fallait faire partir ces femmes, et vite.

Une demi-heure plus tard, Thoros tenta d'ouvrir la grande fenêtre de son bureau inondé de soleil, et se rendit compte qu'elle était inexplicablement bloquée. Résistant à l'envie d'y lancer un quelconque projectile, il se mit à insulter la fenêtre, Rand, qui était censé superviser ce genre de choses, et Tony, qui était la cause de tout. Jase entra dans la pièce derrière lui.

– Ne t'acharne pas sur les fenêtres, Thoros, dit calmement Shindler. De toute façon, mieux vaut nous réunir sur la terrasse. Il y a de la brise, et nous avons tous le sang assez échauffé.

Thoros se retourna et hocha la tête. Il avait concocté un plan précis en rentrant de leur entrevue avortée et il se sentait mieux. Il n'y avait rien de pire que de ne pas maîtriser une situation. Il suivit Jase sur la terrasse, sachant enfin ce qu'il fallait faire.

Les hommes prirent place, la mine décomposée. Une colère sourde s'était insinuée dans le groupe, comme s'ils attendaient l'arrivée de Thoros par pure politesse et non dans l'espoir que celui-ci leur apporte une solution.

– Jusqu'à présent, messieurs, déclara Thoros avec autorité, en raison du tour extraordinaire qu'ont pris les événements qui ont gâché nos vacances, nous avons été sur la défensive, à moitié par remords, je suppose, à moitié par courtoisie. A mon avis, c'est une grave erreur.

Ils répondirent tous en même temps, mais Thoros leur coupa la parole en levant la main, la mine sombre.

– Je n'ai pas l'intention de revenir en arrière pour trouver des coupables... Inutile de chercher qui a tiré la queue du chat, ça ne résoudra pas le problème. Mieux vaut agir.

« Il faut d'abord éclaircir certains points. Plusieurs d'entre vous m'ont interrogé sur les communications avec l'extérieur. J'ai, tout comme vous, laissé des ordres stricts pour qu'on ne me dérange pas. Je ne pense donc pas qu'un de nos employés se souciera de notre sécurité avant dimanche soir, si nous ne rentrons pas à l'heure. Et, comme certains le savent, la radio du G-IV a un très faible rayon d'action, tant que l'appareil reste au sol.

« Bref, nous avons besoin des jauges que les femmes ont volées. Quand nous les aurons récupérées, l'appareil sera opérationnel et il n'y aura plus d'obstacles à notre départ.

Il se tut quelques secondes pour les laisser méditer ses paroles. Puis :

– A cette fin, je crains que nous ne devions changer de tactique envers cette bande de récalcitrantes. Plus d'entrevues courtoises, plus question de ménager la chèvre et le chou. Il est grand temps d'agir en hommes.

– Que veux-tu dire exactement, Thoros ?

Jack venait de poser la question que tous avaient sur les lèvres.

Thoros arrêta son regard sur chacun d'eux, comme pour les jauger.

– Nous leur barrons l'accès à la propriété, nous gardons nos flancs, nous montons la garde, nous passons leur campement au peigne fin, nous trouvons où elles cachent les jauges... et nous nous en emparons.

– Nous les récupérons en douce, c'est ça que tu veux dire ? demanda Jack avec un ton plein de sous-entendus.

– Exactement.

– Et si elles gardent leurs flancs elles aussi ? fit Alex, désemparé. Jusqu'où irons-nous pour obtenir ce que nous voulons ?

– Une fois que nous aurons trouvé où se cachent ces jauges, nous n'aurons plus à recourir à la force pour parvenir à nos fins, répondit Thoros sans ciller. Ce sont des femmes et nous sommes des hommes, ne l'oublions pas.

– A voir la mâchoire de Tony, lança Jack avec un petit rire, je dirais qu'elles ont un bon direct. J'envisage d'engager Justine comme garde du corps.

Les autres rirent, mais Thoros n'avait nullement l'intention de perdre le contrôle de la réunion. Il les rappela à l'ordre. Jase l'interrompit.

– Écoute, dit-il sérieusement, nous voulons tous sortir d'ici. Trouvons d'abord ces satanées jauges, ensuite nous verrons bien quel sera le meilleur moyen de s'en saisir. En attendant, nous aurons l'air d'une sacrée bande de cons si ces bonnes femmes nous volaient ou nous bousillaient encore autre chose. Et avec tout le respect que je dois à notre ami et très estimé architecte, je donnerai vingt sur vingt à Rand pour le choix de son personnel, et zéro pour sa capacité à réparer tout ce que ledit personnel démolit.

– Ta remarque est tout à fait déplacée, rétorqua Rand avec la dernière vigueur. Si notre brillante équipe de négociateurs n'avait pas royalement échoué, les femmes n'auraient pas fait sauter le générateur.

– Notre brillante équipe de négociateurs faisait du bon travail, lança Alex avec aigreur, jusqu'à ce que Tony fasse des siennes. Si vous l'aviez gardé au chaud pendant une demi-heure, comme nous vous l'avions demandé...

– Ça suffit ! cria Thoros en tapant du poing sur la table avec une force telle que le verre se brisa. Il ne sert à rien de nous chamailler comme des enfants. Nous sommes tous furieux, frustrés et échauffés. Ça ne donnerait rien de bon de nous insulter les uns les autres. Merde, quoi ! Nous n'allons pas nous diviser. Nous avons cinq jours pour résoudre cette énigme avant d'appeler à l'aide et de nous ridiculiser aux yeux du monde. Y a-t-il ici quelqu'un qui pense que c'est impossible ? Dans ce cas, c'est le moment de donner votre avis.

Thoros lança des regards noirs autour de lui en attendant une réponse. Ce fut finalement Jack qui prit la parole :

– Je prendrai le premier tour de garde, si tu veux, Thoros... ensuite, nous tirerons au sort. Nous nous connaissons tous très bien... ça devrait faciliter le partage des responsabilités.

– Écoutez, les gars, intervint Tony, je sais que tout le monde m'en veut à mort en ce moment, mais laissez-moi parler, vous me devez bien ça. Thoros a tout à fait raison, mais il faut nous unir pour que ça marche. Rand est architecte, mais il ne comprend rien à la construction... Je peux peut-être lui donner un coup de main. Le bâtiment, c'est mon métier, et la démolition, j'ai connu ça dans les Marines. Nous devrions piéger les zones où nous ne voulons pas que les femmes s'introduisent... creuser des tranchées pour nous assurer qu'elles ne bousilleront rien d'autre...

– C'est dingue ! gronda Jase. Il ne faut pas que quelqu'un se blesse gravement. Ici, il n'y a pas de médecins...

– Laissons donc tomber les pièges pour l'instant, le coupa Tony. Nous devons quand même récupérer les pièces de l'avion. Tu étais dans l'armée, Jase, et tu es toujours malin comme un singe. Tu es chargé de dénicher les jauges. Du moins serons-nous à nouveau mobiles... (Il s'interrompit pour reprendre son souffle.) Laissons Rand réparer ce qu'il pourra, confions la stratégie et les négociations à Alex et à Thoros, la sécurité à Jack et à Jase, et à moi la construction et la démolition... enfin, répartissez les tâches comme vous voudrez. Mais utilisez les compétences de chacun. Allez, bougeons-nous le popotin !

« Écoutez, insista-t-il avec un grand sérieux, j'ai quelque chose à vous dire et je crois que le moment est venu. Je suis navré de ce qui s'est passé. Je n'avais vraiment pas l'intention de vous gâcher vos vacances. C'est vrai, j'ai du mal à me maîtriser, mais je ferai tout mon possible pour me racheter. Peut-être arriverons-nous à nous en tirer. Je ne sais pas ce que vous en pensez, mais ça m'embêterait que nous appelions au secours comme des petites vieilles. Si nous ne sommes pas capables de nous en sortir par nous-mêmes, nous ne sommes pas des hommes. Et ça, je n'en crois rien.

« Ça fait plusieurs jours que je vous entends râler parce que nous n'avons ni climatisation, ni bière fraîche, ni repas fins... et ça me fait rigoler, vous savez.

« J'ai passé mon enfance dans une masure, Thoros dans une HLM, Jack aussi. Et qui sait pour les autres, Bon Dieu ? Nous avons été malins et nous nous sommes bougé le cul pour améliorer notre existence. Vous n'allez pas me dire que nous ne sommes pas capables de nous y remettre pour quelques jours ? Nous avons tellement de gens sous nos ordres que nous avons oublié comment on remonte ses manches. Si nous nous serrons les coudes et que nous sortons de ce merdier, peut-être même que nous retrouverons notre jeunesse.

Tony s'assit et ils se regardèrent. Ils comprirent pourquoi il était des leurs, pourquoi il était leur ami. C'était une tête brûlée, mais c'était aussi un homme bien, et ce qu'il avait dit là était sensé.

Ragaillardis par leur nouveau plan, les hommes se partagèrent les tâches.

Pendant que, sur la terrasse, les hommes échafaudaient des plans avec animation, Chesi, Christie et Tiffany étaient cachées dans l'épais feuillage à la limite de l'enceinte en attendant leur heure. Après leur entrevue désastreuse avec les hommes, il ne leur avait pas fallu longtemps pour décider de jouer la carte des représailles. Cela atténuerait un peu leur rage de terminer le sabotage qu'elles avaient commencé et elles se sentiraient moins impuissantes. De plus, les hommes en seraient réduits à mener une vie aussi précaire que la leur. Chesi espérait qu'ils n'avaient pas déjà posté quelqu'un près de la citerne. Si elles n'y entraient pas les premières, ils finiraient par le faire, cela ne faisait aucun doute dans son esprit.

La proximité de l'ennemi n'était guère rassurante, mais, sur la terrasse, les hommes semblaient absorbés par leur conversation. Heureusement qu'ils étaient réunis à cet endroit et qu'ils ne se baladaient pas en ordre dispersé tout autour de la propriété. Ainsi l'équipe de démolition pourrait-elle entrer et sortir de la maison sans se faire remarquer.

Chesi désigna en silence l'escalier de pierre qui disparaissait presque sous les buissons et les arbustes qui le surplombaient. Les autres acquiescèrent d'un hochement de tête et parcoururent à pas de loup la courte distance à découvert avant de s'abriter sous la végétation.

– Et si c'est fermé à clé ? murmura Tiffany en fixant la lourde porte dressée devant elles.

– Non, répondit Chesi, à moins que Rand n'ait découvert notre plan.

Elle ouvrit la porte de la citerne et avança pour que les autres puissent la suivre à l'intérieur de la vaste cave qui se trouvait sous la résidence et qui abritait les réservoirs de Mora Utu.

– Après que tu auras bousillé le système de dessalement, ne faudra-t-il pas vider à fond ces cuves gigantesques ? demanda Christie, ébahie par la taille des bacs qui approvisionnaient la maison principale et ses dépendances.

Chesi hocha la tête avec vigueur.

– Christie, l'eau de ces cuves est sale, salée et pleine de bactéries. Si elle ne subit pas de cycle de purification, cette eau ne leur sera d'aucune utilité, à moins qu'ils ne tiennent à attraper la dysenterie.

– Le mépris d'une femme est plus redoutable que toutes les fureurs de l'enfer... entonna Christie avec un sourire narquois. Qu'est-ce qu'on fait pendant que tu te tapes le sale boulot ?

Chesi désigna une passerelle en hauteur, qui surplombait les cuves.

– Cette passerelle vous donnera accès au rez-de-chaussée de la grande maison. La plupart des conduits d'aération qui passent dans les sols font six mètres sur quatre, ce qui est largement assez grand pour que, Tiffany et toi, vous puissiez vous y glisser. Si vous vous faites petites souris en atteignant les conduits, vous verrez ce qu'ils manigancent à l'intérieur de la maison. Quand vous trouverez une pièce vide, allez-y et sortez vite avec votre butin.

– Comment sont attachées les grilles ? demanda Tiffany.

– Juste fixées dans le sol. Il suffit d'un tournevis pour les ôter.

Tiffany caressa avec un sourire les outils qui sortaient de la poche arrière de son jean, puis elle se dirigea avec Christie vers l'échelle d'acier qui menait à la passerelle.

– Faites attention à Emilio, leur lança Chesi à voix basse. Nelida dit qu'il a les sens plus développés qu'un médium.

Après avoir marqué leur accord, les deux femmes poursuivirent leur mission. Pendant que Chesi rendrait l'installation hydraulique inutilisable, elles feraient une descente dans la maison.

– Nous couvririons davantage de terrain si nous nous séparions, murmura Tiffany quand elles atteignirent le haut de l'échelle. Ça ne marchera qu'une fois, ce truc-là, alors autant prendre tout ce dont nous avons besoin, et le plus vite possible.

Christie hocha la tête et se dirigea vers la partie ouest de la maison.

Quel lieu sombre et humide, songea Tiffany en s'enfonçant à pas de loup dans l'obscurité, percée de temps à autre par des rais de lumière échappés des grilles installées dans les plafonniers.

On doit ressentir la même chose en prison, se dit-elle en frissonnant, *on voit le monde extérieur par petites touches, on cherche désespérément la lumière, la chaleur et le contact humain...* Elle secoua la tête pour chasser ces pensées morbides et se concentrer sur ce qu'elle allait faire.

La première grille se souleva sans difficulté. Tiffany se hissa dans la pièce jouxtant la cuisine et remercia le Ciel d'avoir un corps agile qui lui obéissait parfaitement. Il faisait une chaleur étouffante dans la maison, et elle faillit reculer devant la puanteur que dégageaient les aliments pourris et l'air stagnant. Le garde-manger était vide et elle entendit des voix sur la terrasse au loin, si bien qu'elle dévalisa les étagères de la cuisine en un rien de temps. Elle déposa ensuite les deux sacs qu'elle avait remplis sur la passerelle et replaça la grille. La seconde grille lui donna beaucoup plus de fil à retordre, mais elle réussit à la desceller au bout de deux minutes, et elle se retrouva dans la petite galerie à côté de la salle à manger déserte.

Elle vit par la fenêtre que Thoros et les autres étaient toujours réunis à l'extérieur... *Probablement en train d'échafauder une stratégie*, songea-t-elle avec un sourire lugubre, *tout comme nous*. Elle retint son souffle en se demandant si elle parviendrait au premier étage sans se faire prendre. L'entrevue qui avait eu lieu une heure plus tôt les avait contrariées. Son pouls battait encore très fort, et ce n'était pas d'épuisement. Tiffany respira profondément, fit une petite prière et courut vers l'escalier. Elle monta quatre à quatre en grimaçant chaque fois que les marches craquaient sous ses pas.

Dieu soit loué ! Elle atteignit le palier, jeta un coup d'œil à droite et à gauche pour s'orienter sur le plan que lui avait fourni Chesi et tira de sa poche la liste des provisions. La pharmacie se trouvait dans un placard à côté de la penderie de Thoros, leur avait confié Nelida... Des pansements, de la gaze, des antiseptiques, et même du sérum antivenin et de la morphine. C'était sa priorité. Tiffany arriva à la porte de la chambre et poussa un soupir de soulagement. Elle regarda de nouveau autour d'elle et faillit heurter Jack qui venait de contourner la penderie. Il parut aussi étonné qu'elle de cette rencontre.

– Que fais-tu... ? dirent-ils à l'unisson.

Jack allait poursuivre, mais Tiffany mit aussitôt un doigt sur ses lèvres.

– S'il te plaît... murmura-t-elle, encore ébranlée de s'être fait surprendre.

Son regard le suppliait de ne pas la trahir.

Jack écarquilla les yeux pour détailler ce qui émanait d'elle... sa beauté, sa peur, sa déception d'avoir été prise sur le fait, son amour, ou quelque chose qui y ressemblait. Il mit aussi un doigt sur ses lèvres en un geste de conspirateur et ne put s'empêcher de lui ouvrir les bras. Elle se laissa étreindre, et il s'étonna de trouver si bon de la tenir serrée contre lui, malgré le pétrin dans lequel ils s'étaient tous fourrés, et aussi de la confiance extraordinaire qu'elle lui témoignait. Il inclina la tête pour l'embrasser. Elle avait autant envie de lui que lui d'elle, et lorsqu'elle se libéra en tentant de retrouver l'équilibre, il sentit la force de son amour.

– Oh, Jack, que fais-tu dans la chambre de Thoros ? murmura-t-elle. Je vous croyais tous sur la terrasse...

– Pansement, dit-il en montrant sa main couverte de sang. On s'échauffe un peu là-bas... Il y a eu un verre brisé... Thoros a dit qu'il avait des pansements.

– C'est aussi ce que je cherche, chuchota-t-elle en souriant de l'ironie de la situation. Des réserves de médicaments pour les troupes, au cas où nous en aurions besoin. Il y en a quelque part là-haut.

– Après ce qui s'est passé tout à l'heure, je suppose que je ne pourrai pas te convaincre de me revenir ? fit-il avec un rire triste. Tiff, tout cela me désole plus que je ne pourrais le dire.

– J'aimerais que ce soit possible, Jack, répondit-elle avec mélancolie. Mais je ne peux pas les laisser tomber... Nous formons une équipe, à présent. Nous devons décider ensemble de notre action. Tout ce que nous désirons, c'est réparer l'avion et partir d'ici, mais tout est fichu après ce qui s'est passé avec Tony, ajouta-t-elle avant de reprendre son souffle. Tu ne pourrais pas persuader Thoros de faire la paix ? Tout cela est assez effrayant et... tu me manques.

Avec un regard attendri, il tendit la main pour relever une mèche de cheveux qui lui tombait sur la joue.

– Je vais essayer, ma belle, dit-il sincèrement, mais il est furibard à cause des dégâts. Et ils sont tous inquiets du scandale que pourrait soulever cette histoire... Plusieurs d'entre eux sont mariés.

Tiffany leva brusquement les yeux.

– Tu as une femme, Jack ? demanda-t-elle. J'aurais dû te le demander plus tôt... Je ne l'ai pas fait... mais j'aimerais bien le savoir.

Jack plissa légèrement les yeux pour mieux lire en elle. Il aurait voulu la rassurer, émotion qu'il n'avait pas éprouvée depuis des siècles.

– Je ne suis pas marié, Tiff, répondit-il d'une voix douce. Si je l'avais été, je te l'aurais dit.

Elle souffla, soulagée, puis hocha brièvement la tête, comme pour dire « je le savais ». Elle se tendit brusquement vers lui et l'embrassa à nouveau.

– J'espère que cette pagaille ne durera pas trop longtemps, lui souffla-t-elle quand ils se séparèrent. Tu me manques vraiment, Jack, et je ne veux pas que ça nous gâche la vie.

Il acquiesça en esquissant un sourire, mais il avait l'air grave qu'ont les enfants dans les moments solennels.

– Je ne le permettrai pas, dit-il avec conviction. Je vais te montrer où sont les pansements.

Il la conduisit à l'armoire à pharmacie et attendit qu'elle ait rempli son sac.

– Je ferais mieux de sortir d'ici, dit-elle nerveusement en vidant la dernière étagère.

– Laisse-moi jeter d'abord un coup d'œil dans l'escalier, mon chou, fit-il d'un ton de conspirateur. Si le champ est libre, je sifflerai l'air de Dixie en m'en allant. D'accord ?

Elle rit et il se dit que c'était le bruit le plus doux qu'il ait entendu depuis très, très longtemps.

27

– Passe-moi le marteau et le burin, s'il te plaît, cria Tony à Jase du haut de l'échelle.

Il se sentait beaucoup mieux depuis qu'il avait vidé son sac. Il faudrait ouvrir les fenêtres scellées. Les lucarnes, de l'autre côté, permettaient à l'air de circuler et, une fois que ce côté serait dégagé, la maison paraîtrait moins hostile. Ils avaient du pain sur la planche et le simple fait de se mettre au travail leur remontait le moral.

Jase tendit les outils à Tony et continua de creuser le trou qu'il avait commencé une heure plus tôt. L'idée de poser des pièges contre les femmes ne lui plaisait qu'à moitié, mais le raid qu'elles avaient si bien réussi ne lui plaisait pas davantage. Il doutait qu'elles s'aventurent à nouveau aussi près, mais, au cas où elles le feraient, elles trouveraient des tranchées tout autour de la maison. Ils n'avaient pas su établir une stratégie qui aurait pu obliger les filles à capituler. Jase en était irrité. Cette histoire ressemblait trop à un mauvais feuilleton.

Mais il était bon de faire quelque chose, de ne plus rester les bras croisés à se lamenter en suant à grosses gouttes. Pour sa part, Jase attendait le dimanche avec impatience. Si l'avion était toujours inutilisable, la flotte aérienne de Thoros, enfin alarmée, enverrait du renfort. Mieux valait raconter ce qui leur était arrivé, si embarrassant que ce fût, que de prolonger une telle farce.

A l'intérieur de la maison, Jack et Alex remettaient la dernière grille de la salle à manger en place et s'apprêtaient à passer au salon. Encore deux pièces, et l'accès à tous les conduits serait bouché. Jack regarda tristement l'issue bloquée en pensant à Tiffany. Il n'y aurait plus de visite surprise.

Thoros et Rand terminèrent leurs vérifications et bouclèrent les portes de l'appareil.

– Qu'au moins elles ne volent plus rien, dit Thoros en mettant les clés dans sa poche.

Les deux hommes descendirent l'échelle et jetèrent un regard alentour. Tout était calme dans la chaleur. La brise qui soufflait continuellement sur l'île était temporairement retombée, et des vagues de chaleur irradiaient de la piste et du fuselage.

Thoros tourna vers son ami un regard lointain, troublé.

– Je n'aurais jamais cru que cette semaine tournerait au cauchemar, Rand, fit-il d'un air pensif. Mora Utu me convient si bien, tout y est comme je l'avais prévu.

Il hésita un instant avant d'ajouter calmement :

– Tu ne penses pas que cette malédiction dont est parlé les marins qui ont évacué les indigènes y est pour quelque chose, n'est-ce pas ? On m'a rapporté que le sorcier avait fait un geste rituel très particulier.

Rand leva brusquement les yeux au ciel.

– Complètement idiot, dit-il d'un ton catégorique. Je doute même que ça se soit passé ainsi. Enfin, un vieil homme et une poignée d'indigènes superstitieux... Personne n'a jamais dit qu'il s'agissait d'une malédiction en soi... Ce vieux crétin a simplement fait un geste bizarrc auquel les autres ont donné un sens... Tu sais comment se répandent ces stupides rumeurs, Thoros. Ça n'a aucun sens. Aucun.

Cette histoire ridicule n'aurait jamais dû revenir aux oreilles de Gagarian. Qui diable lui en avait parlé ? Qui que ce soit, il pouvait dire adieu au dernier versement.

Thoros regarda de nouveau la mer avec une expression déconcertante peinte sur le visage.

– Tu as sans doute raison... dit-il enfin. (Il ne semblait pas convaincu.) Ces choses-là existent, Rand, tu sais, ajouta-t-il d'un ton étrangement songeur. Les malédictions, je veux dire. Dans mon pays, il s'est produit des choses bizarres, et tout le monde respectait ceux qui possédaient certains pouvoirs. Je me souviens que, lorsque j'étais petit garçon, j'ai vu un homme tué par un sort... du moins ma grand-mère disait-elle que c'était ce qui l'avait tué. En Amérique, on se sent loin de ce savoir primitif, paysan... on se croit hors d'atteinte, et on oublie les forces qui peuvent se déchaîner.

Il se tut un instant.

– Ma grand-mère avait le don, poursuivit-il avec le plus grand sérieux. Tout le monde au village savait qu'elle pouvait influer sur les événements... guérir, jeter des sorts, les lever...

– Dommage qu'elle ne soit pas là, Thoros, répliqua Rand avec un dédain évident. Peut-être qu'elle arrangerait les choses en un tournemain.

Au ton de sa voix, on devinait qu'il n'était pas seulement sceptique, mais qu'il avait le plus profond mépris pour ce genre de chose.

– Je vois que tu n'y connais rien, Rand, dit Thoros avec un petit rire. Restons-en là. Ce qui s'est passé m'a sans doute rendu un peu morbide... mais on ne sait jamais.

Ils regagnèrent le domaine sans soulever à nouveau la question. Thoros était perdu dans de déprimantes pensées. Il était choqué et il éprouvait une tristesse profonde devant la ruine de sa semaine, de ses projets, de son île, de son paradis. Il avait simplement souhaité que tout le monde fût content, et à présent... Il hocha la tête pour chasser ces émotions indésirables et tenta d'y voir plus clair, mais une tristesse infinie continuait de jaillir d'une source cachée. Et derrière cette tristesse, il y avait une solitude terrible, indicible.

28

Quand Tiffany eut terminé son cours d'autodéfense, elles s'écroulèrent sur le sol pour reprendre leur souffle. En quelques jours seulement, elles avaient beaucoup appris et commençaient à prendre de l'assurance. L'incident qui les avait opposées à Tony leur avait fait comprendre l'importance de cet entraînement.

Tiffany contempla le groupe. Ça marchait bien. Elle essuya la sueur de ses bras et de ses épaules avec un bout de serviette.

– Bon travail, mesdames, dit-elle avec conviction. Laissez-moi vous dire que Liz, Christie et Justine se sont fantastiquement battues aujourd'hui. Un ban pour nos championnes !

Les jeunes femmes applaudirent et hurlèrent leur contentement.

Tiffany leva les mains pour obtenir le silence.

– Avant de nous séparer, je voudrais passer à la seconde partie de notre cours.

Elles grognèrent à l'idée de poursuivre leur effort, et Tiffany rit doucement.

– Du calme. Vous pouvez rester assises où vous êtes. Christie et Liz vont nous dire comment monter notre petite armée.

Christie se leva d'emblée.

– Nous devons nous organiser en unité militaire pour avoir une efficacité maximale. Liz et moi, nous avons dressé la liste des questions à régler avant de nous répartir les tâches et de faire un tableau de service. Voici comment nous voyons les choses : il nous faut un abri de sécurité et des lits protégés des insectes... Chesi et Nelida sont les plus aptes à remplir cette fonction.

« Nous devons organiser des gardes de quatre heures, un système de réveille-matin et nous entraîner à manier les armes pour dissuader l'adversaire. Après l'incident que nous avons eu tout à l'heure avec les hommes, nous savons qu'ils exerceront des représailles, mais nous ignorons quand et comment. Mieux vaut nous tenir prêtes. Ce sont Justine et Marika, nos grandes chasseresses, qui connaissent le mieux les armes... Nous suggérons donc qu'elles entraînent les autres comme le fait Tiffany, mais avec des lances, des couteaux et des arcs, pour que celle qui monte la garde sache se protéger et nous protéger.

« Il faut améliorer nos installations sanitaires, creuser des tranchées qui évacuent les saletés loin de notre source d'eau... La conception en revient à Chesi, ensuite, tout le monde mettra la main à la pâte. Nelida et Chesi sont de loin les meilleures cuisinières... Elles se partagent déjà la tâche, mais elles ont besoin de sous-chefs pour les basses besognes. Partageons-nous donc ces corvées. Même chose pour la vaisselle. Nous avons établi un emploi du temps.

Elle se tut pour laisser la parole à d'éventuelles opposantes, puis, voyant que nulle ne protestait, elle poursuivit :

– Quant aux négociations, je continue à penser que je suis la meilleure, mais Liz et Justine tiennent absolument à y participer, donc... je vous propose de discuter des éventualités qui s'offrent à nous, de la manière la plus démocratique possible, sans nous arracher les yeux, et de voter pour savoir qui transmettra la nouvelle à l'autre camp. Tout le monde est d'accord ?

On acquiesça d'un bout à l'autre du cercle. L'efficacité mordante de Christie était rassurante, et ses qualités de stratège avaient apparemment tempéré son irritabilité. A moins qu'elle n'aimât simplement donner des ordres.

– Entendu, dit-elle, ne décelant aucune désapprobation autour d'elle. Restent les dangers autres que les hommes, que nous devons éviter tant que nous sommes ici. Les pièges de la jungle, les risques d'empoisonnement et les questions de sécurité en zone tropicale. Nelida traitera ces questions ultérieurement, nous établirons un tableau de service et nous entendrons les questions et les suggestions de chacune.

Elle s'assit comme si elle venait de convoquer une réunion de conseil d'administration. Liz fit un geste pour signifier qu'elle n'avait rien à ajouter pour le moment. Tous les yeux se tournèrent vers Nelida.

– J'ai observé les serpents et les insectes qui vivent ici et j'ai interrogé les sources naturelles, fit la Mexicaine. (On ne la questionnait plus sur ses étranges déclarations.) Vous devez marcher avec une grande prudence dans une jungle ou dans une forêt tropicale aussi dense que celle-ci. Portez des baskets, et non des sandales.

– Mais vous portez des sandales, Nelida, fit remarquer Liz.

La vieille femme sourit.

– Les femmes de mon lignage ont signé un pacte avec le royaume des serpents... C'est une question de respect entre alliés, poursuivit-elle. Vous n'avez pas cette protection.

« Les insectes peuvent également se révéler dangereux. Il y a des scorpions et les moustiques sont porteurs de malaria et d'une forme bénigne de maladie du sommeil. Il y a de nombreuses espèces de fourmis, qui paraissent sans doute moins effrayantes, mais qui peuvent elles aussi être mortelles. Les fourmis rouges arrachent la chair des os et nettoient entièrement un cadavre en une seule journée, comme les scarabées. Faites attention où vous marchez, où vous vous asseyez et où vous vous allongez. Les piqûres de fourmi et de scarabée peuvent provoquer des infections et des ulcères. Chaque petite égratignure risque de se transformer en plaie gangreneuse.

– Que faire si cela se produit ? demanda Chesi.

– Des vers, répondirent en chœur Liz et Christie.

Nelida sourit de la rapidité de ses élèves.

– Mes petits généraux ont raison. Les vers ne mangent que la chair morte... En cas de coup dur, on peut nettoyer une plaie avec une poignée de vers.

– Dans les zones de combat, les soldats utilisent cette technique, ajouta Christie. Ensuite, ils nettoient la plaie avec leur propre urine.

Un chœur de grognements et de « berk ! » accueillit cette information. Justine marmonna quelques mots de français qu'il était inutile de comprendre.

– Certaines plantes comme la papaye rendent aveugle et provoquent des douleurs intenses, poursuivit Nelida. C'est vert avec une sève laiteuse délicieuse, mais redoutable pour les yeux, si vous les frottez.

« Dans la mer, il y a, bien entendu, des oursins, des requins, des barracudas, des raies-léopards, un certain nombre de coquillages prédateurs et du corail. Celles qui parmi vous sont des plongeuses expérimentées vous emmèneront à la plage pour vous montrer les espèces les moins connues.

Elle interrompit un instant son soliloque.

– Dans ce lieu, conclut-elle, vous ne devez jamais baisser la garde. Il y a des sables mouvants dans les marais, et l'ordre de la Nature a été perturbé. On lui a manqué de respect.

– Qu'est-ce que vous voulez dire ? demanda Marika.

– Cette île est un *sitio sagrado*, un lieu sacré, un lieu de pouvoir.

– Qu'est-ce que ça signifie exactement ? demanda Christie, retrouvant son instinct de reporter.

– La terre est vivante, répondit la Mexicaine. Elle vit, respire, bouge, pense, choisit... mais à une échelle que nous les humains avons du mal à imaginer.

« Tout comme il y a des centres d'énergie dans le corps, il existe des centres d'énergie particuliers sur le corps de notre Mère la Terre, qui vibrent à des fréquences différentes. Dans votre culture, vous avez des tas d'endroits comme ça... Vous construisez des cathédrales, des sanctuaires ou des monastères, et vous les appelez terres consacrées. On y sent la présence d'une Puissance sans en connaître l'origine. On sait seulement qu'elle dépasse notre entendement, qu'on ne peut ni la brider ni l'altérer... Ces lieux-là, vous les dites sacrés. Mora Utu est l'un d'eux.

Elle se tut pour voir si son auditoire la suivait. Puis :

– Des esprits gardent les lieux sacrés. On peut les considérer comme les guerriers et les protecteurs de la Nature. Sur Mora Utu, on a déblayé le terrain de manière stupide, désinvolte et arrogante. Les indigènes qui servaient ces forces de la Nature ont été déplacés... cette terre sacrée a été violée, fauchée par des gens qui ne songent ni à en préserver l'équilibre ni à présenter les offrandes aux esprits offensés. Emilio, qui a conversé avec les Anciens avant leur évacuation, a été très troublé de ce qu'il a entendu.

– Vous voulez dire que nous sommes victimes d'une malédiction ? demanda Chesi avec insistance.

– Jusqu'ici, nous n'avons eu que des broutilles, mon enfant... le tribut n'a pas encore été payé. C'est cela que nous devons craindre.

– Une éruption volcanique ou un raz de marée, par exemple ? fit Christie.

Nelida haussa les épaules.

– A supposer que vous ayez raison, Nelida, dit Justine d'un ton sceptique, il semble que nous ne puissions pas faire grand-chose contre les transgressions de Thoros. Nous ne pouvons pas nous prémunir contre leurs répercussions.

– Restons en alerte, répondit Nelida. Nous recevrons des avertissements. Nous saurons si nous faisons partie du règlement.

– Pourquoi serions-nous impliquées dans cette histoire, Nelida ? demanda Justine. C'est Thoros qui a décidé de tout ici, pas nous. Après lui, on pourrait éventuellement tenir Rand et Chesi pour responsables. Mais les autres ne sont que d'innocents spectateurs.

Nelida rejeta la tête en arrière et éclata de rire.

– Il y a peu d'innocence dans l'univers, Justine, répliqua-t-elle. Tous ceux qui sont réunis ici ont un karma à épuiser. Avec cette île, avec la Nature, avec les autres membres du groupe. Et n'oubliez pas que vous ne voyez que cette vie-là... que dire de toutes les autres ?

– Une me suffit, déclara Liz, qui se leva pour mettre un terme à cette conversation dérangeante. Peut-être ferions-nous mieux de nous répartir les tâches avant d'avoir perdu la journée entière à bavarder, Nelida. Si une catastrophe naturelle se prépare, autant nous occuper du ravitaillement, d'un refuge et des installations sanitaires.

– Elle a raison, renchérit Christie. Nous avons du pain sur la planche.

Elle tira une liste de la poche de son short et ses compagnes, refroidies par ce que venait de leur dire Nelida, l'écoutèrent lire le tableau de service.

– Un instant, dit Justine, alors que chacune s'apprêtait à vaquer à ses occupations. Nous devrions établir une stratégie. Le combat, pour peu qu'il y en ait un, exige une discipline tout à fait particulière et de la détermination. La négociation est une forme d'art. Nous n'avons évoqué jusque-là que la défense, ce qui ne nous avance pas à grand-chose.

– La défense est la meilleure forme de combat, a dit Clausewitz, lança Liz.

– Un défenseur avec des forces trop faibles ne peut contenir toute une armée... que pendant un bref laps de temps, argumenta Christie. Ensuite, il se fait balayer. Justine a raison, Liz... Nous ne voulons pas avoir notre nom dans les livres d'Histoire, nous voulons juste nous barrer de Mora Utu. Alors, écoutons ce qu'elle a à nous dire.

Encouragée par cette déclaration, Justine s'avança.

– A mon avis, ce qui s'est passé ici est tout à fait classique. Je te frappe, tu me frappes. Je te frappe plus fort, tu me lances une bombe sur la tête. C'est ainsi que se déroulent les conflits... émotionnellement. La négociation relève de la pensée rationnelle, pas de l'émotion ou de la peur. Il faut reprendre les pourparlers avec les hommes pour parvenir à un accord sur le partage des pièces de l'avion.

– Là tu te trompes ! s'écria aussitôt Christie. Ces jauges sont notre seul atout de poids. S'ils parviennent à nous convaincre de les leur laisser, nous sommes fichues.

– Nous ignorons s'ils nous veulent du mal.

– Non. Ils nous retiennent prisonnières.

– Nous les retenons prisonniers, eux aussi.

Liz fit un pas en avant.

– Écoute, nous avons toutes deux exposé nos arguments... Réfléchissons-y pendant la journée et reparlons-en ce soir. Pour l'instant, nous avons des tâches très précises à accomplir et nous perdons notre temps à discuter. Justine et Marika vont chasser, nous autres, nous allons bâtir un abri plus solide. Nous verrons ça après le dîner, d'accord ?

Dans la mesure où personne n'avait de solution, elles suivirent la suggestion de Liz.

– Regardez, Nelida ! cria Chesi en tendant le doigt vers l'autre extrémité du camp où elles travaillaient. Ça recommence ! Tiffany attire étrangement les papillons, je vous l'avais bien dit.

Tout le monde leva les yeux pour voir ce qui avait provoqué l'exclamation de Chesi, d'ordinaire si maîtresse d'elle-même.

– Mon Dieu ! C'est un Reine Alexandra ! s'écria Liz avec enthousiasme. C'est extrêmement rare.

Un énorme papillon couleur pourpre, presque de la largeur d'une main, s'était posé sur l'épaule de Tiffany, et deux petits papillons jaunes voletaient autour de sa tête comme des planeurs. Tiffany rit de les voir venir à elle et leva le bras pour leur faire un perchoir. Elle était aussi surprise que ses compagnes. Ayant grandi à la ville, elle avait une expérience très limitée de ces splendeurs volantes et délicates.

Nelida lui fit un signe de la main en souriant.

– Vous êtes une *Mariposa*, Tiffany ! s'exclama-t-elle gaiement. C'est on ne peut plus sacré, ce don des papillons.

Tiffany s'avança vers Nelida avec un sourire, tandis que l'insecte quittait son épaule et voletait autour d'elle avant de disparaître dans la jungle en exécutant une danse magique avec ses ailes géantes et colorées, dont la beauté les laissa bouche bée.

– Que se passe-t-il, Nelida ? demanda la fille à la peau noire en riant. J'ignore pourquoi ils viennent sur moi. Ils doivent aimer mon parfum. Il y a des gens qui attirent les moustiques, moi, ce sont les papillons.

Son rire en cascade, contagieux, retentit, d'autant plus agréable qu'elles étaient déprimées à l'idée de ce qui les attendait.

– Non ! répondit Nelida d'un ton catégorique. Ne sous-estimez pas ce don, Tiffany. Vous êtes une femme *mariposa*... une élue. Le papillon est l'esprit de la pollinisation. C'est ainsi dans le monde entier. Il est l'être fertile qui répand la vie... Il en prend un peu ici pour le mettre là, et la vie apparaît.

Nelida réfléchit un instant, comme si elle se demandait jusqu'où elle les initierait.

– La Mariposa enseigne la transformation parce qu'elle est elle-même transformée... de la chenille rampante à la glorieuse *criatura* ailée... et elle le fait par sa force propre.

– C'est beau ! dit Tiffany, songeuse. (Toutes celles qui étaient à portée de voix murmurèrent leur approbation.) Mais ça n'explique pas pourquoi ils viennent à moi.

Nelida posa les mains sur ses hanches pleines et se cambra.

– Parce que vous êtes élue ! dit-elle joyeusement. Vous êtes proche de la nature des choses... Votre esprit est pur et elles s'en réjouissent ! Chez mon peuple, il existe une danse sacrée de la Mariposa, très sensuelle parce que très puissante. Le moment venu, je la danserai pour vous, et vous vous reconnaîtrez dans sa liberté sauvage.

– Quand le moment sera-t-il venu ? lança Liz.

Quand elle écoutait Nelida, elle avait toujours envie de prendre des notes, telle une anthropologue saisissant une culture ancienne avant qu'elle ne tombe en poussière.

La gaieté disparut des yeux de Nelida, qui lui répondit avec gravité :

– Au moment où chacune d'entre vous devra intégrer son pouvoir propre.

Les femmes se regardèrent avec curiosité.

– Vous dites ça comme si vous saviez ce qui va nous arriver, fit Christie, anxieuse.

– Ne pouvez-vous pas tout simplement nous dire ce qu'il faut faire pour que ça tourne bien ? demanda Liz.

– Et vous priver du voyage ? répliqua Nelida avec dédain. La seule chose qui compte, c'est le voyage ! La destination est *une illusion*, une illusion... seul le chemin est réel.

Elles eurent beau essayer de lui tirer les vers du nez, Nelida garda son secret, mais elle leur promit de leur raconter une histoire après le dîner.

Sur la plage, Emilio observait attentivement les rouleaux. Deux des hommes étaient venus s'y baigner et il les avait suivis. La mer était agitée ce jour-là, et l'on devinait une colère sourde parmi les créatures qui peuplaient les profondeurs. La surface semblait calme, mais, en dessous, il y avait comme un bouillonnement. Il en informerait les autres, tel était son devoir en dépit de leur obstination.

Il n'y avait plus qu'Alex et Jase sur la plage. Les autres étaient retournés au domaine remplir les tâches qu'ils s'étaient mutuellement confiées au sein de leur petite armée.

Emilio sourit intérieurement en songeant au déroulement du jeu. Ils ne savaient pas entre quelles griffes ils étaient tombés. Les dieux se montraient implacables quand on leur manquait de respect, comme à Mora Utu. On ne pouvait pas se permettre la moindre négligence.

Il jeta un coup d'œil aux deux hommes pour mieux les jauger. Malgré son teint clair, Alex aimait le soleil et la mer. Emilio l'avait souvent vu sur le sable ou dans l'eau. Jase nageait comme un dauphin. Il avait été élevé au bord de la mer et il y était à l'aise. Emilio marcha vers les deux hommes étendus au soleil.

– Mieux vaut ne pas entrer dans l'eau aujourd'hui, señores, leur dit-il respectueusement en s'approchant d'eux. L'océan est traître.

Jase parut amusé. Emilio était un sale petit arrogant, mais pittoresque. Il aurait fait un bon personnage de roman.

– Plus que les autres jours, Emilio ? demanda-t-il avec scepticisme.

– Oh, sí, señor, ajouta sagement le Mexicain. Il est capricieux. Aujourd'hui, il traitera les intrus avec insolence.

– Et comment le sais-tu, Emilio ? demanda Alex avec un sourire condescendant qui eût paru suffisant chez quelqu'un de moins bien élevé.

– C'est la pleine lune, répondit Emilio. *Como una mujer.* Comme une femme, la mer est capricieuse quand la lune est pleine. J'ignore ce qui la trouble, mais elle est troublée.

– Et c'est parce qu'elle est capricieuse qu'elle est dangereuse ? fit Alex en riant. Eh bien, pour être franc, j'en ai assez des femelles capricieuses et je n'ai pas l'intention d'en laisser une de plus gâcher mon après-midi. J'ai travaillé dur aujourd'hui, un travail manuel qui me consterne rien que d'y penser, et j'ai besoin d'un bain.

Il se leva et s'étira.

– N'allez pas vous baigner, señor, fit Emilio d'un ton abrupt. (Il ne plaisantait plus cette fois.) Aujourd'hui, elle cherche un sacrifice.

Les yeux plissés, agacé par ses prétentions, Alex contempla le petit paysan.

– Tu veux savoir une chose, Emilio ? dit-il. Depuis le début, tu nous casses les couilles. Tu es tellement occupé à donner des conseils que tu n'as plus le temps de faire ton travail, de remplir, si j'ai bien compris, ton rôle de monsieur Répare-tout. Or il y a pas mal de choses à réparer dans cette maison. Et si je suis certain que tu es pétri de bonnes intentions, je ne pense pas avoir besoin de tes conseils.

Emilio observa l'arrogant gringo avec intérêt. Il n'avait plus l'obligation de lui enseigner quoi que ce fût. Il laisserait faire la mer. Il hocha la tête de dégoût en se retournant, mais il vit que Jase Schindler, moins obtus, le regardait avec curiosité. Il se laissa un peu fléchir.

– Face au courant, señor, dit-il mystérieusement. En diagonale par rapport au rivage, contre le courant.

Puis il partit.

– Qu'est-ce qu'il a dit ? demanda Alex.

Jase regarda la silhouette s'éloigner sur le sable en se demandant ce que signifiaient ces mots.

– Quelque chose à propos du courant que je n'ai pas très bien compris...

Alex ne semblait pas le moins du monde impressionné.

– L'eau a l'air très tentante, en dépit de notre sépulcral ami. Je vais me tremper.

Il posa ses lunettes de soleil et son chapeau blanc froissé sur sa chaise de plage, et se dirigea vers la mer.

La marée était montante, les rouleaux gagnaient peu à peu du terrain, chaque nouvelle vague montait un peu plus haut que la précédente. Alex affronta les flots peu profonds, se tournant à demi à chaque nouvelle attaque. La mer était plus mauvaise qu'elle ne le paraissait de la plage, mais l'agacement que lui avait causé Emilio l'incita à l'intrépidité plutôt qu'à admettre que le petit homme avait raison. De plus, toute cette affaire l'avait contrarié, forcé à se dominer, et la natation le libérerait de ces tensions. Il nagea la brasse avec force et assurance en abandonnant sa frustration sur le rivage.

A une vingtaine de mètres, la profondeur s'accentua brutalement. Le banc de sable devait s'arrêter à cet endroit précis, car Alex se retrouva soudain ballotté par de fortes vagues. Il fit de longues brasses vers le large pour passer la zone houleuse proche du rivage.

C'est alors qu'il fut saisi. Aspiré vers le fond si vite qu'il n'eut le temps ni de penser, ni de souffler, ni de s'échapper.

Un violent tourbillon en forme d'entonnoir l'engloutit, l'aspira comme un drain géant, contrecarrant les efforts qu'il faisait pour se dégager. Alex tenta de garder la tête hors de l'eau assez longtemps pour prendre une bouffée d'air avant d'être à nouveau avalé par la spirale.

Jase avait l'intention de faire la sieste sur la plage. Était-ce l'avertissement du Mexicain ou bien un heureux hasard, mais, avant de fermer les yeux, il releva la tête et chercha Alex du regard. Que faisait-il là-bas ? Il battait l'air et... disparaissait. Mon Dieu... un contre-courant.

Jase se leva d'un bond et courut. Il criait tout en courant, au cas où l'on aurait pu l'entendre. Il n'avait pas le temps d'aller chercher du secours. Le temps de regagner la maison et de revenir, Alex serait englouti. *Espèce d'idiot*, songea-t-il en plongeant dans les rouleaux, *il aurait dû écouter Emilio.* Jase n'était pas un héros par nature, ni le plus altruiste des hommes, mais c'était un bon nageur et il était sûr de lui dans l'eau. Il plongea sous la vague en se dirigeant instinctivement vers son ami. *Nous risquons d'y laisser tous deux notre peau,* pensa-t-il alors. *Comment diable sort-on quelqu'un d'un tourbillon ?* Il y avait trente ans de cela, il avait été sauveteur. Aurait-il encore la force physique pour effectuer un sauvetage par gros temps ?

« Face au courant, señor. » Les mots du Mexicain lui revinrent en mémoire, tandis qu'il luttait contre la houle. « En diagonale par rapport au rivage, contre le courant. » Ce petit Latino savait exactement ce qui allait se produire. Ses brasses longues, puissantes, amenèrent Jase à hauteur des remous, quand Alex coula une dernière fois. Il hésita le temps de remplir ses poumons d'air, puis plongea dans le chaudron tourbillonnant pour partir à sa recherche. Il n'était plus certain de réussir. Il aurait aimé savoir prier.

Face au courant. Ces mots crépitaient dans sa tête comme des grêlons, effaçant tout le reste, pendant qu'il plongeait, à la merci du courant. S'il se laissait envahir par la peur, ils étaient morts. Jase saisit brutalement le caleçon de bain rouge, bien visible, puis le corps d'Alex. *Je l'ai !* songea-t-il triomphalement. Maintenant, il fallait s'accrocher et sortir de la lame de fond qui ne désarmait pas.

Face au courant. Il se répéta silencieusement ces instructions pour chasser la peur. *Face au courant. Plus facile à dire qu'à faire. En diagonale par rapport au rivage, contre le courant. Seigneur! J'espère que j'ai bien compris.* Jase agrippa Alex sous l'aisselle et se débattit désespérément pour suivre les consignes du Mexicain. Il sentit toute la puissance du courant, quand leurs corps furent inexorablement emportés comme deux poupées de chiffon. Ses forces s'épuisaient rapidement, mais Jase refusa d'y penser et tenta de se dégager. Alex lui avait sauvé la vie. Il ne pouvait pas, ne devait pas faillir maintenant. Centimètre par centimètre, il se rapprocha péniblement du bord de l'entonnoir, en priant le ciel d'avoir l'énergie suffisante pour leur sauver la vie. Enfin, en puisant dans ses dernières réserves, il se libéra. Ils retrouvèrent un courant normal sur la crête d'une vague, qui les souleva et les propulsa vers le rivage comme une planche de surf géante.

Il y avait du monde dans l'eau, à présent. Des hurlements transpercèrent la semi-conscience d'un Jase totalement exténué. Des mains arrachèrent le corps d'Alex de sa poigne rigide comme celle d'un cadavre. Des voix, le bord de l'eau, des vagues, des hommes qui criaient en les portant sur le sable...

On s'activait autour d'Alex. Les voix devenaient audibles. Massage cardiaque. Respire, bon sang ! Mille et un. Mille deux. Quelqu'un respirait, haletait, toussait, crachouillait.

Jase ouvrit les yeux et tenta péniblement de se redresser, mais on l'étendit à nouveau sur le sable. C'était Emilio, le regard grave. Jase essaya de lui murmurer un merci, mais les mots ne voulaient pas sortir. Le petit Mexicain inclina légèrement la tête pour remercier le ciel du don qu'il avait reçu, et Jase se laissa glisser dans l'inconscience, tandis que des mains invisibles le soulevaient et le ramenaient au domaine.

29

Le ciel était constellé de pointes lumineuses qui trouaient le velours sombre de la voûte céleste. Désormais, le ciel était pour les femmes une réalité bien évidente, comme la jungle ou la mer.

Ce soir-là, Nelida avait accepté de leur conter une histoire et elles l'attendaient avec une impatience d'enfant privé de divertissement. Après le dîner, elles avaient achevé à la hâte leurs travaux dans l'attente de ce moment. Nelida les intriguait, chacune à sa manière.

Nelida observa le groupe et les visages tendus. Les jeunes femmes n'étaient déjà plus les mêmes. Elle sourit en choisissant le conte qu'elle allait leur narrer... Il y avait tant à enseigner et si peu de temps pour le faire.

– Je suis *Contadora*, commença-t-elle. Une conteuse. Une gardienne des anciens récits de mon peuple.

Elle se tenait dans la lumière du feu de camp, dressée dans une pose hiératique, comme la messagère des temps anciens. Sa ceinture d'argent mexicaine, qui devait valoir la rançon d'un roi, s'enroulait comme un reptile autour de sa taille et de ses hanches.

– Les histoires nous instruisent sur la complexité de la vie, fit Nelida. Elles surgissent des profondeurs de notre savoir intime.

Elle jeta sur le groupe son regard magnétique et prit une voix de conspiratrice, comme si elle allait leur faire part d'un secret important :

– Je vous supplie de m'écouter avec les oreilles de l'âme,

car il est des choses que ne saisit pas notre entendement limité. Le savoir dont nous avons besoin est infini.

Elle se tut pour leur laisser le temps de méditer ses paroles, puis elle commença son récit :

– Il y a bien longtemps, ou peut-être hier, je ne sais plus... dans un monde évanoui à jamais, ou peut-être pas, allez savoir... un pêcheur solitaire traversait la grande mer du Nord.

« Toute la journée et toute la nuit, il pêchait dans les détroits glacés en écoutant le chant profond des baleines. Un soir, le hasard voulut qu'il trouve un grand rocher dans la mer, et sur ce rocher dansaient les femmes les plus gracieuses qu'il eût jamais vues. Leur peau était lumineuse au clair de lune et leurs cheveux d'argent scintillaient comme des étoiles. C'étaient les femmes-phoques qui avaient enlevé leur peau pour une nuit de délicieuse nudité. Pendant qu'elles dansaient, il s'approcha à pas furtifs pour voler l'une des peaux.

« Quand l'aube eut voilé de rose le ciel du Nord, les femmes-phoques remirent leur peau et plongèrent dans la grande mer, mais l'une d'elles, la plus jeune et la plus belle, ne trouva pas la sienne. Le pêcheur sortit de sa cachette derrière un rocher et se montra, brandissant la peau dont il s'était saisi.

" Viens avec moi et sois ma femme ! cria-t-il. Et dans sept ans, je te rendrai ta peau. – Je ne suis pas de ta race, sanglota-t-elle, très inquiète. Sans ma peau, je ne saurais vivre. "

« Mais il était si seul et si désespéré qu'il se persuada que ce qu'il lui donnerait la dédommagerait de sa peine. La femme-phoque regarda longtemps le pêcheur, les yeux dans les yeux, et se laissa fléchir par le désir intense qu'elle lut dans son regard, car les phoques sont bons par nature. Elle oublia son tourment et accepta sa proposition, comme toutes les femmes quand elles sont prises au piège de l'amour.

« Un enfant leur naquit bientôt, une petite fille qui n'était ni humaine ni phoque. Elle respirait dans l'air et dans l'eau, fendait la mer glacée comme un enfant-phoque ou marchait sur la terre, mais, où qu'elle aille, elle avait toujours envie d'être ailleurs.

« Le pêcheur aimait sa femme-phoque, car elle l'avait guéri de la solitude de son univers, et il aimait l'enfant sauvage, bien que leur férocité l'effrayât et qu'il ne comprît pas leur nostalgie.

« A mesure que le temps passait, la femme-phoque se mit à dépérir. Sa peau perdit son aspect satiné, se flétrit et se craquela. Elle perdit ses cheveux et ses yeux s'aveuglèrent à force de contempler la mer, son domaine. Au soir du premier jour de la huitième année, elle se tint devant son mari, affaiblie, flétrie, et le supplia de lui rendre sa peau, comme il le lui avait promis. " Jamais ! tonna-t-il, la frayeur l'incitant à une méchanceté qui n'était pas sa vraie nature. Si je te la donne, tu me quitteras et je resterai seul. – Tu as conclu un marché et j'en ai rempli ma part, pleura-t-elle. Pour vivre, il faut que je redevienne encore une fois moi-même. – Si je te la rends, tu nous quitteras, notre enfant et moi. Je ne puis te permettre un tel geste. " Sur ce, il franchit le seuil en courant et la laissa à l'agonie et au désespoir.

« A ce moment-là, la petite fille se leva et entreprit un grand voyage en mer pour implorer le roi des phoques de sauver sa mère, car le vieux phoque, qui était sage, savait où se trouvaient toutes les peaux de phoque du monde. Quand l'enfant eut achevé son voyage, le sort de sa mère était entre ses mains.

« Celle-ci la remercia, poussa un cri étouffé quand elle lui remit la peau tant attendue et, saisissant l'enfant sous son bras, fonça sauvagement vers la mer. " Non, Mère, non ! " cria la petite fille, comprenant que la nature sauvage de sa mère avait repris possession d'elle et qu'elle s'en irait pour toujours.

« La mère serra contre son cœur l'enfant à demi humaine et souffla trois fois entre ses lèvres. L'enfant fut dès lors emplie des chansons et des contes surgis des vents et des flots. " J'ai fait du mal à ton père, bien que je l'aime tendrement, dit la mère, une larme d'argent sur sa joue brune et lisse. Mais je suis une créature sauvage et je dois retourner dans mon univers. Réjouis-toi avec moi, mon enfant, car j'ai retrouvé ma vraie nature. " L'enfant fut immortalisée pour son courage et devint la plus grande chanteuse et la plus grande conteuse que le monde ait jamais connue, car elle avait en elle le souffle de deux univers.

« Cette histoire m'a été racontée par quelqu'un qui l'avait entendue maintes et maintes fois, et qui savait qu'elle était vraie comme Dieu est vrai.

A la fin du récit, la voix de Nelida avait la douceur d'un murmure. Autour du feu, son auditoire regretta qu'elle eût terminé.

– Quelle histoire merveilleuse ! s'écria Liz. Et si brillamment racontée. Où l'avez-vous entendue, Nelida ?

La vieille femme sourit.

– Je suis la *Narradora*, je capture les histoires dans ma toile et je leur prête ma voix quand c'est nécessaire.

– Nécessaire ? Vous voulez dire pour distraire ? demanda Chesi.

– Non, mon enfant, pour l'acquisition de connaissances. Ce que l'on entend accède au cerveau par un chemin particulier... L'âme écoute et reçoit conseil et savoir.

– Quel enseignement devons-nous tirer de cette histoire, Nelida ? demanda Christie, qui sentit qu'elle devait noter la réponse.

Liz se pencha brusquement en avant comme, à l'école primaire, un enfant qui connaît la réponse.

– Il s'agit de comprendre notre vraie nature, n'est-ce pas ? demanda-t-elle. Et que rien ne nous écarte de notre vérité.

– Il s'agit aussi de la perte de l'âme, n'est-ce pas, Nelida ? ajouta Chesi. Et de la façon dont nous nous laissons voler notre âme.

– Il est question d'amour, intervint Justine d'un air songeur. C'est ainsi que nous nous perdons, au sens propre comme au sens figuré. Les femmes se donnent à un homme, corps et âme, puis l'homme s'ennuie et passe son chemin. La femme se flétrit et meurt de douleur. Vous me trouvez cynique, je le sais, mais le seul véritable moyen de conserver l'attention des hommes, c'est de leur donner très peu de soi-même. Ce qu'ils peuvent prendre, ils n'en veulent pas. Les hommes détestent que ce soit gagné d'avance.

– C'est peut-être vrai, mais c'est horriblement injuste ! dit Christie.

– La Nature tout entière est injuste envers les femmes, répondit Nelida avec sérénité. Maintenant, je vais vous dire une chose très importante, que vous ne croirez pas, ajouta-t-elle avec un grand sérieux. En fait, c'est un secret que seules connaissent les femmes de mon lignage, mais j'ai décidé de vous en faire part. Chaque fois qu'une femme fait l'amour avec un homme, il laisse en elle des fibres énergétiques, comme des petits vers, chargées de son énergie propre...

– Quoi !

Des exclamations et des protestations s'élevèrent autour du feu.

– C'est dégoûtant ! s'indigna Liz.

– Écoutez-moi jusqu'au bout ! dit sévèrement Nelida. La Nature tout entière est *injusta* envers les femmes. Il n'y a qu'un imbécile pour penser le contraire. Ces fibres lumineuses que laisse l'homme à l'intérieur de la femme forment un lien énergétique subtil par lequel il peut puiser en chaque femme qu'il a connue et lui subtiliser son énergie.

– Pour toujours ?

– Pendant sept ans, ces liens vivent à l'intérieur de nous, puis ils s'effilochent et meurent. Mais nous ne pouvons rompre notre servitude que par sept ans de célibat, car chaque nouveau rapport sexuel ranime ces fibres.

– Comment savez-vous une chose pareille ?

– On m'a appris à voir cette énergie. Je la vois en chacune de vous, là. Et en moi-même. Je vois comment les hommes de cette île et tous ceux avec lesquels vous avez couché drainent votre énergie.

– Mais personne ne peut se passer de sexe pendant sept ans ! dit Tiffany sans dissimuler son incrédulité.

– Je l'ai fait, répondit implacablement Nelida. J'ai choisi de rompre le cycle pour retrouver mon énergie propre. Maintenant, il n'y a qu'Emilio qui laisse son énergie en moi. Alors mieux vaut choisir sagement vos partenaires, distinguer ceux qui utiliseront ce pouvoir moins cruellement que d'autres. Je vous le dis pour que vous connaissiez votre vulnérabilité. Ce qui, bien entendu, nous ramène à notre histoire de femme-phoque...

– Comment cela ?

– Parce que les femmes perdent aussi leur peau en s'occupant généreusement de tous ceux qu'elles croisent... n'est-ce pas, Nelida ? dit Liz, qui venait d'en prendre conscience.

– Bien vu ! s'esclaffa joyeusement Nelida. Très bien ! Le monde aspire au don de l'âme autant qu'aux plaisirs du corps. Cent voix nous appellent à l'aide. Il est très féminin d'écouter et de s'efforcer d'aider... mais si nous donnons à tous, il ne restera rien pour nous. Notre pouvoir se dissipera.

– Quelle perspective peu réjouissante ! déclara Liz.

– Et ô combien exacte ! ajouta Chesi d'un ton catégorique.

– Alors comment nous sauver, Nelida ? demanda Justine, parlant au nom de toutes.

– Tout d'abord, vous devez être conscientes ! Le mariage, la maternité, si tels sont vos choix, exigeront beaucoup de vous et vous devez vous y soumettre de votre mieux. Mais ce ne seront peut-être pas vos seuls choix, et ils ne seront pas forcément éternels.

Elle attendit que cette pensée forte les imprègne, avant de poursuivre :

– Vous devez avoir confiance en votre propre valeur. Toujours. Répétez-vous sans cesse : mon travail est important. Ma destinée, ma peinture, mon livre, mon âme valent que je leur consacre du temps. Tout de suite. Pas plus tard. Tout de suite. Vous ne pourrez pas faire votre travail après avoir épuisé toute votre énergie pour quelqu'un de votre entourage. Vous valez mieux que ça. Dansez ! Chantez ! Pensez ! Créez ! Vivez ! Posez des limites. Reprenez votre peau de phoque. Ne vous laissez plus voler votre énergie !

– Nom d'une pipe, Nelida ! Vous auriez dû faire de la vente !

– Ou prêcher ! ajouta Tiffany. Si ça ne vous ennuie pas, Nelida, il y a une chose que j'aimerais vous demander. Pourquoi diable êtes-vous domestique ?

– Même les sages doivent manger, répondit-elle avec un petit rire. Ce n'est qu'un moyen d'arriver à mes fins, pas mon véritable travail.

– Alors, quel est votre travail ?

– Vous n'êtes pas encore prêtes pour que je vous le dise, fit Nelida on ne peut plus sérieusement. Plus tard, peut-être. Nous verrons. Pour l'instant, je suis une conteuse.

30

Emilio observa les hommes réunis autour de la table de poker. Il l'avait déplacée sur la terrasse en raison de la chaleur étouffante et, si près de la piscine, elle ne semblait pas dans son élément. Les six joueurs se sentaient à l'aise. Déterminés, dans la force de l'âge, un ennemi commun leur donnait une raison d'exister. Leur agressivité leur avait rendu le sentiment d'être des hommes et, ce soir, ils buvaient non par ennui, mais pour se détendre après un labeur et repousser l'idée de la mort qui les avait frôlés dans la jungle et sur le rivage.

– Hé, Emilio ! appela soudain Tony, juste assez ivre pour devenir expansif. Au Mexique, est-ce que vous jouez au poker, tes compadres et toi ?

Il ne lui était jamais encore venu à l'idée d'engager la conversation avec lui, mais qu'importait.

– Non, señor, répondit Emilio avec un sourire sournois. C'est un jeu pour les gringos.

Ce n'était pas tout à fait vrai, mais cela servait les desseins d'Emilio.

– Les gringos, hein ? répliqua Tony. Tu n'aimes pas beaucoup les gringos, Emilio... Je me trompe ?

Emilio sourit à nouveau. Voilà que cet imbécile le tourmentait à présent, pour faire une démonstration de virilité devant ses amis.

– C'est une question d'individualité, señor, dit-il gravement. Au Mexique, nous jugeons un homme à ses *cojones*. Gringo ou pas, c'est la mesure.

Tony rit de bon cœur.

– Et comment les mesurez-vous, mon ami ? insista-t-il en agitant la main dans un geste circulaire. Par exemple, comment mesureriez-vous les *cojones* de ceux qui sont assis autour de cette table ?

Emilio pinça pensivement les lèvres.

– Ça ne se mesure pas à une table de poker, señor. Ici, on ne peut juger que du portefeuille et de l'habileté. Mais pour les *cojones*, señor...

Il haussa les épaules, comme si le sujet était trop vaste pour qu'on en discute.

– Allez, Emilio, insista Thoros, qu'intriguait ce genre de question. Je t'ai déjà vu beaucoup plus éloquent que ça. Tu peux sûrement nous dire comment on mesure les couilles au Mexique.

La noble assemblée rit avec condescendance et l'on échangea quelques regards. Ils se trouvaient généreux de partager ainsi leur intimité avec un domestique. Ils avaient tous bu plus que de raison.

Emilio pinça à nouveau les lèvres.

– Il faut examiner la question du *corazón*, du cœur, dit-il enfin.

– Le cœur ? (Tony éclata de rire.) Je croyais qu'on parlait de couilles.

– Sí, señor, acquiesça Emilio, qui contrôlait la situation avec affabilité. Mais au combat, voudriez-vous du soutien d'un camarade qui ait des couilles et pas de cœur ? Non ! Le courage est une affaire de cœur et de *cojones*.

Il fit une pause et regarda les visages les uns après les autres.

– Et puis il faut tenir compte de la *fuerza*, la force, ajouta-t-il.

Sans ciller, il les observa tour à tour, comme s'il cherchait en eux les vertus qu'il était en train de décrire, et que celles-ci leur faisaient défaut.

– De quel genre de force s'agit-il, Emilio ? hasarda Alex. Physique, mentale... ?

– De toutes, señor. Quant à la mesure dont nous parlons... nous devons considérer d'autres qualités.

– Comme ?

– L'endurance, l'habileté, la persévérance, l'intelligence d'utiliser le monde avec modération.

– Qu'est-ce que ça signifie ?

Le regard d'Emilio scintilla étrangement à la lueur du feu.

– Ça signifie qu'un homme qui a des *cojones* ne presse pas les autres comme des citrons jusqu'à ce qu'ils se ratatinent, señor. Ça signifie qu'il ne détruit pas la forêt pour construire un centre commercial. Ça signifie qu'il ne tue pas quatre cerfs, quand un seul suffirait à le nourrir.

– Arrête tes conneries, Emilio, dit Jase. Un homme prend ce qu'il peut tenir... C'est une question de pouvoir.

Emilio eut l'expression d'un loup qui aperçoit sa proie.

– Il faut aussi prendre le pouvoir en considération, fit-il d'un ton neutre.

– Nous en savons long là-dessus, ricana Tony.

– Vraiment, señor ? C'est bien. Car il faut un certain pouvoir, ne serait-ce que pour reconnaître ce qu'est le pouvoir et savoir le rechercher. Un homme qui a vraiment des *cojones* doit le savoir pour être un guerrier... C'est également une question de décision, reprit-il après une pause. Un homme qui a des *cojones* doit prendre ses décisions avec grand soin, pour que rien ne puisse ni le surprendre ni drainer son énergie.

Il fit une nouvelle pause et les regarda tour à tour.

– Enfin, dit-il prudemment, c'est une question d'humilité.

– Pourquoi d'humilité ? demanda Thoros.

– Parce que chaque jour est un jour où l'on peut mourir, señor. Quand on y est prêt, aucune surprise désagréable ne saurait vous perdre. Mais, face à la mort, nous devons nous montrer humbles.

– Cette affaire de *cojones* est bien compliquée, me semble-t-il, Emilio, dit Jase, intrigué.

– Oh, sí, señor. Il y a beaucoup d'éléments à considérer.

– Emilio, fit Alex, fasciné par les explications de l'homme et par son assurance, croyez-vous que nous soyons égaux ?

Emilio sourit.

– Dites-moi d'abord, señor, croyez-vous, vous, que nous soyons égaux ?

– Eh bien, oui, je suppose, d'une certaine manière, répondit Alex, un peu déconcerté, alors qu'il pensait manifestement le contraire.

– Alors vous vous trompez, señor, dit le Mexicain avec sérénité. Nous ne sommes pas égaux. Je suis un guerrier et un chasseur. Et vous n'êtes pas mon égal.

– Fichtre ! s'écria Thoros, sidéré. Tu t'oublies, Emilio. Ce sont mes hôtes.

Cette rebuffade ne troubla nullement Emilio.

– Ils auront besoin de connaître certaines choses, señor Thoros. Ils demandent, je dois leur répondre. C'est une question de respect.

– Laisse-le tranquille, Thoros, dit gentiment Jase. Ce n'est pas bête, ce qu'il dit. Quand on y réfléchit, il est même très subtil. Je doute qu'aucun d'entre nous trouve une meilleure définition.

– Va-t-on enfin jouer au poker ? demanda Rand, qui prit le paquet et battit les cartes avec dextérité. J'ai des envies de stud poker ce soir.

– On ne t'a jamais dit que tu battais comme un forban, Rand ? fit Jase avec un rire admiratif, tirant profit de cette digression pour changer de sujet.

Il aimait le poker, mais c'était un joueur occasionnel. Il bluffait aussi bien que les autres, mais il admirait les vrais fêlés comme Rand et Gagarian, capables de risquer leur peau avec une véritable délectation.

– J'ai eu un excellent professeur quand j'étais petit, répondit tranquillement Rand en distribuant les premières mains. Un vieux palefrenier, un dénommé Mick, qui était l'ami de mon père...

La conversation prit doucement une autre direction et on lança les enchères. Au stud poker, le pot atteignait parfois des sommes considérables, si bien que la partie accapara l'attention des joueurs. Emilio s'effaça et les laissa poursuivre leurs jeux de gringos.

Jeudi 14 avril

En amour, il y a deux grands maux :
la guerre et la paix.
Horace

31

Justine retira sa ligne d'un air dégoûté et rangea son matériel. Elle devrait trouver un autre endroit. D'habitude, le lagon était un réservoir à poissons, mais ce jour-là, pour une raison ou pour une autre, ça ne mordait pas. Instinctivement, elle chercha dans le ciel des signes de gros temps, mais le dais bleu était dégagé, lumineux. Elle hocha la tête de contrariété et s'apprêta à changer de lieu. Peut-être Marika avait-elle eu plus de chance à la chasse.

La veille au soir, pour écouter le récit de Nelida, les femmes avaient renoncé à débattre de la réouverture des négociations. Il n'y avait pas eu d'autres contacts entre les deux factions, et Justine en était troublée. Et ce n'était pas la seule chose qui la tracassait.

Toute la matinée, en attendant que le poisson morde, elle avait songé à Thoros. C'était lui la clé d'une évasion rapide, cela ne faisait aucun doute dans son esprit, mais elle ne pensait pas à la seule stratégie. Elle avait envie de lui et il lui manquait plus qu'elle ne voulait l'admettre. Elle ne parvenait pas à le chasser de son esprit comme tant d'hommes avant lui, et cela la déconcertait d'avoir si complètement baissé la garde.

Ce vagabondage mental l'avait occupée toute la matinée. Justine se reprocha d'avoir perdu tant de temps et rangea son attirail avant de partir. Elle sonda la mer du regard, si bienveillante avec ses teintes exquises de pierre précieuse. Si le poisson continuait de l'éviter, il serait peut-être nécessaire de plonger pour trouver de quoi se nourrir. En d'autres circonstances, l'idée lui aurait plu, mais là, en ce lieu étrangement hostile, loin de toute assistance médicale et même de tout autre plongeur expérimenté, il serait sans doute téméraire de prendre un tel risque. Elle, qui plongeait avec ou sans tuba depuis l'âge de dix ans, connaissait si bien la faune des fonds marins, où l'on risquait de se faire piquer, mordre ou empoisonner, qu'elle s'y aventurait toujours avec le plus grand respect.

Où diable était passée Marika ? Celle-ci était une chasseresse-née, si bien que, ce jour-là, elles avaient décidé de se séparer pour couvrir davantage de terrain. L'idée n'était peut-être pas si bonne que cela.

Soudain mal à l'aise, Justine ramassa sa boîte, sa canne et son moulinet et, au lieu de chercher un autre endroit au bord de l'eau, elle se tourna vers l'épais feuillage de la jungle où Marika avait disparu quelques heures auparavant. Elle prit une des pistes que Marika aurait pu suivre mais, au bout de dix minutes, il fut évident qu'elle perdait son temps. La Suédoise avait pu emprunter des milliers de pistes secondaires et, si elle suivait un animal à la trace, elle pouvait être n'importe où, à présent.

Justine regarda sa montre et constata avec étonnement qu'il était déjà deux heures. Marika était peut-être rentrée à toute vitesse au camp avec sa prise. Non, c'était insensé. Même si elle avait tué du gros gibier, elle serait revenue prévenir Justine. Il était inutile d'errer davantage. Mieux valait regagner le camp pour trouver de l'aide. Justine partit donc dans cette direction.

Quand elle parvint au camp, on n'y avait pas vu Marika de la journée. Justine confia son inquiétude à Nelida, qui ferma soudainement les yeux et se balança d'avant en arrière comme pour communiquer avec un être invisible. Elle resta ainsi pendant plusieurs minutes. Apercevant Nelida dans cet état de transe, Liz vint aux nouvelles. Justine raconta à nouveau son histoire en attendant que la Mexicaine revienne parmi elles.

– Je n'ai jamais suivi personne à la trace, dit Liz qui voulait les aider, mais je me souviens de la série des *Indiana Jones*. Si vous voulez que je vous aide à la chercher, je saurai quoi faire.

– C'est sans doute idiot, répondit Justine, mais j'ai un mauvais pressentiment. Nous risquons de revenir bredouilles...

Nelida poussa un petit cri en reprenant conscience.

– Marika se trouve au nord-ouest, fit-elle d'un ton abrupt. Nous devrons la porter.

– Quoi ? intervint Christie en se joignant au groupe. Porter qui ? Pourquoi ? Qu'est-ce qui ne va pas, Nelida ?

– Marika est blessée, répondit Nelida sans donner d'autres explications. Elle ne peut pas marcher. Il faut se dépêcher... Elle est mal en point.

Liz, Justine et Christie échangèrent un regard. Apparemment, Nelida savait de quoi elle parlait.

– Que devons-nous emporter ? demanda Christie. Aurons-nous besoin d'une civière ?

– Prenez mon sac d'herbes... il est à côté de ma couverture. Emportez aussi celle de Marika et de quoi passer la nuit... Nous ne la ramènerons peut-être pas avant la tombée du jour.

Perplexes, elles obtempérèrent. Dix minutes plus tard, elles étaient prêtes à partir. Nelida et les cinq filles prirent la direction du nord-ouest.

Marika était étendue à quelques mètres de l'endroit où elle était tombée. Elle avait péniblement réussi à s'appuyer à un grand talus rocheux avant de s'évanouir. Elle ignorait ce qui l'avait blessée.

Elle suivait la trace d'une espèce de raton-laveur qui lui était inconnue et sc dirigeait vers la rive, se rapprochant de plus en plus. L'animal semblait bien gras, comestible et facile à tuer, et elle l'avait traqué au-delà du territoire qu'elle s'était d'abord fixé. C'est au moment où elle s'était dissimulée derrière des broussailles qu'une douleur aiguë s'était insinuée le long de sa jambe au point de la paralyser.

Marika avait instinctivement essayé de s'éloigner, mais sa jambe ne la soutenait plus et elle s'était écroulée dans la végétation épineuse qui tapissait le sol. Sonnée, prise de nausée, elle avait baissé les yeux vers sa jambe qui, à sa grande surprise, noircissait rapidement. Paniquée, Marika avait tenté de réfléchir, mais déjà son cerveau ne répondait plus et, dans un réflexe purement animal, elle s'était laborieusement traînée vers le talus où elle serait plus visible que dans l'épaisseur du feuillage. La douleur, le désespoir menaçaient de l'engloutir en un lieu où, vraisemblablement, nul ne songerait à venir la chercher.

Nelida reniflait comme un chien de meute. En la regardant, Christie levait les yeux au ciel et Liz faillit hurler de rire. Elle avait, chaque jour, le sentiment grandissant de vivre dans un film de Fellini.

– Nous aurons des histoires à raconter dans les cocktails pour la vie entière, dit-elle à Justine qui, elle devait le reconnaître, ne se comportait plus tellement en enfant gâtée.

– A condition que nous remettions les pieds dans un cocktail, répliqua Justine, non sans une certaine nostalgie. Et la main sur Marika.

Nelida se redressait et pointait le doigt dans une autre direction.

– Elle est mieux que l'Automobile Club pour vous tracer un itinéraire, fit Christie avec un sourire narquois en ramassant le balluchon qu'elle avait posé à terre et qu'elle balança sur son épaule.

On entendait un léger clapotis un peu plus loin, sur la droite. Nelida les conduisait dans cette direction.

Ce furent d'abord les cheveux platine de Marika qui attirèrent leur attention, étalés sur le rocher qui lui maintenait le corps dans une position semi-couchée.

– Là-bas ! hurla Christie. Je la vois !

Elles descendirent le talus en hâte pour rejoindre la jeune femme. Liz repoussa les cheveux qui lui cachaient le visage et poussa un cri étouffé. Couvert de piqûres d'insectes, celui-ci avait doublé de volume, et des fourmis couraient en tous sens. Malgré sa répugnance, Liz les repoussa du mieux qu'elle put et se tourna vers Nelida. La vieille femme était absorbée par la jambe de Marika, enflée, noire et monstrueusement déformée.

– Un scorpion, déclara brusquement Nelida en mettant le corps de Marika en position horizontale. Apportez-moi mon sac d'herbes, aboya-t-elle avec une voix d'infirmière en chef qu'on ne lui connaissait pas. Elle est restée trop longtemps sans soins.

Liz alla chercher le sac et Nelida en tira une longue tige végétale à laquelle étaient encore attachées des fleurs séchées. Elle la tendit à Chesi.

– Fais-la bouillir ! Vite. Trois tasses d'eau, pas plus. Christie, prépare un lit avec les couvertures que nous avons apportées. Justine, aide-la à enfoncer quatre piquets. Il faudra attacher Marika quand elle commencera à délirer.

Chacune se hâta d'obéir aux ordres, sans plus se poser de questions. La jambe ressemblait à une aubergine trop mûre, bizarrement tachetée.

– Ne devrions-nous pas sucer le poison ? demanda Christie avec inquiétude, tout en étalant les couvertures.

– Ça ne marche que dans les films, déclara Liz d'un ton catégorique. Il nous faut une sorte d'antidote. Les morsures de scorpion attaquent le système nerveux central, si ma mémoire est bonne... comme le venin du cobra, mais pas aussi mortellement. C'est ça, Nelida ?

Nelida avait les paupières closes et ses mains, comme un étau, enveloppaient la jambe enflée. Elle était de nouveau en transe, à genoux, et son corps se balançait, tandis qu'un murmure s'échappait de ses lèvres. Elle semblait communiquer avec la jambe. Quand elle rouvrit enfin les yeux, elle se remit à lancer des ordres :

– Mettez-la sur la couverture. Allez chercher de l'eau fraîche à la rivière pour faire des compresses. Il faudra lui lier les mains et les pieds aux poteaux pour l'empêcher de donner des coups quand la crise viendra. Retirez tout vêtement trop moulant.

Elle sortit un onguent noir et puant de son sac et confectionna un cataplasme qu'elle appliqua directement sur les plaies. Elle introduisit ensuite une petite fiole entre les dents serrées de Marika pendant que la décoction de plantes infusait sur le feu.

Nelida apaisa, fredonna, épongea et donna des cuillerées de médicament à la malade pendant près d'une heure, puis elle passa le relais à Liz. Comme Nelida l'avait prédit, Marika se déchaîna sauvagement. Elle grogna, griffa l'air, interpella des inconnus. Il avait fallu lui lier les bras et les jambes afin d'éviter qu'elle ne se blesse et frappe celles qui la soignaient. Elles la veilleraient tour à tour, dit Nelida, jusqu'à la fin de la crise, et il n'était pas question de regagner le camp avant l'aube. Marika ne mourrait pas, affirma Nelida.

– C'est drôle, non ? murmura Christie à Justine en observant l'infatigable concentration de Nelida. Jamais je n'aurais cru que nous pourrions nous blesser sur cette île.

Dans la réponse de Justine, il n'y avait, cette fois, aucune provocation.

– Nous pourrions nous blesser ici, dit-elle solennellement. Nous pourrions même y mourir.

32

L'épisode du serpent venimeux et celui de la quasi-noyade de l'un d'eux avaient sérieusement ébranlé les hommes. Les jeux de stratégie les amusaient, pas la mort. La menace qui planait sur Mora Utu s'était rapprochée, et ils avaient passé une grande partie de la journée à la repousser par tous les moyens. A la tombée du jour, ils décidèrent de se redonner du cœur. Et pour cela rien ne valait les spaghettis de Tony et une partie de poker sur la plage, loin de la chaleur suffocante de la maison.

– Je n'ai pas de conseils à vous donner dans ce domaine, les gars, dit Tony, debout sur le sable près du trou qu'ils avaient creusé pour le feu en fin d'après-midi. Mais ça fait un certain temps que la plupart d'entre vous ont quitté l'armée, alors récapitulons, ça ne peut pas nous faire de mal.

La soirée était douce, et la perspective d'un bon dîner ne pouvait qu'améliorer l'humeur de chacun. Deux marmites étaient suspendues au-dessus du feu. L'une contenait de l'eau, l'autre une variante de la fameuse sauce que Tony avait préparée avec ce qui restait du garde-manger et du potager.

– Tu ressembles à mon vieux commandant avec ce tablier, Capuletti, cria Jack avec un grand sourire. Un vrai militaire.

– Une armée, ça marche à l'estomac, Doherty, rétorqua Tony en riant. Tous ceux qui te diront le contraire n'ont rien pigé.

Il n'était jamais de meilleure humeur que lorsqu'il faisait la cuisine.

Les hommes avaient apporté la table et les chaises sur la

plage pour ce festin impromptu. Les soirées pasta de Tony, qui demandaient toujours des heures de préparation, étaient parmi les meilleures qu'ils avaient passées ensemble. Tony était très fier de sa sauce, qui se composait de la pulpe des tomates de son jardin, d'une huile d'olive extraordinaire qu'il faisait venir d'un petit village de son pays et d'un mélange d'herbes et d'épices qu'il cultivait lui-même.

La cuisine faisait ressortir ce qu'il y avait de meilleur en lui, son caractère ouvert, sa gaieté, son désir de bien nourrir ses amis et sa convivialité. Dans l'adversité, on pouvait compter sur lui, quoi qu'il lui en coûte. Il tenait ce trait de caractère de son oncle Vito, qui possédait un restaurant près des docks et qui, de grand cœur et dans la chaleur de la cuisine, avait aidé Tony à surmonter les vicissitudes de son enfance.

Tony prit dans la marmite une cuillerée de sauce épaisse et rouge, la porta à sa bouche et souffla dessus. Il pinça les lèvres en goûtant, fronça les sourcils et hocha la tête.

– Pas si mal, étant donné les circonstances, dit-il enfin en ajoutant un mélange d'herbes hachées menu.

Sur la nappe à côté de lui étaient soigneusement disposés les ingrédients et les couteaux, selon un ordre qu'il avait lui-même établi. Il opina de nouveau du chef, satisfait, et se tourna vers ses compagnons rassemblés autour de la table, où ils buvaient de la bière. Ils avaient posé des filets dans l'eau pour y plonger la bière et le vin. Ce n'était pas idéal, mais ils n'avaient pas trouvé mieux depuis que la réfrigération était en panne.

– N'oubliez pas qu'il y a six points à respecter pour qu'une patrouille soit efficace. Premièrement, ne prenez jamais le même chemin à l'aller et au retour. Deuxièmement, ne fatiguez pas vos hommes, si vous pouvez l'éviter. C'est comme ça que l'on commet des erreurs. Troisièmement, faites une halte de temps en temps pour écouter les bruits trahissant une activité. Quatrièmement, connaissez votre territoire. Les lieux, les bruits, les odeurs. Cinquièmement, assurez-vous que votre équipement est bien empaqueté pour qu'il n'y ait ni craquement ni grincement...

– Hé, Tony ! lança Jase, qui était de nouveau lui-même. Nous n'avons pas d'équipement.

Les hommes rirent. Avec quelques bières, les effluves de la sauce et la fraîcheur de la brise sur la plage, la vie était redevenue plus belle. Alex se remettait d'avoir frôlé la mort, et dimanche approchait.

Tony écarta d'un geste cette remarque et poursuivit :

– Sixièmement, regardez toujours à travers les buissons et la végétation, ne vous contentez pas d'y jeter un coup d'œil. Un chef de patrouille doit savoir certaines choses. Recueillez tous les renseignements concernant les positions des forces amies et ennemies...

– C'est facile, dit Thoros avec un rire rauque. Nous sommes ici, elles là-bas.

Ce qui déchaîna les ricanements.

– Nous sortirons demain pour les localiser avec certitude, rétorqua Tony en prenant ces sarcasmes avec bonne humeur. Nous devons connaître les moindres détails de l'itinéraire...

– Du moins, dans cette guerre, n'aurons-nous pas à nous soucier des champs de mines, lança Jack. Je déteste ces saletés.

– Les heures de sortie et de retour sont importantes, poursuivit Tony.

– Il faut aussi convenir des mesures à prendre si l'on rencontre l'ennemi, ajouta Jase, citant mot à mot le manuel de commandement.

– Oui, dit Tony. Parlons-en. Est-ce que nous voulons faire des prisonniers ?

– Merde alors ! s'écria Jack. Que ferions-nous de prisonnières ?

– J'espère bien que nous allons les violer, dit Alex. Croyez-moi, c'est la seule chose qui vaille le coup, à la guerre.

– Messieurs, réfléchissons-y, fit Rand plus sérieusement, assis dans un fauteuil de plage près du feu. Pas de viol, bien entendu, si séduisant que cela puisse paraître en ce temps de célibat, mais certaines formes de persuasion... Si nous en tenions une ou deux, seules, nous pourrions les amener à traiter...

– C'est ça, bonne idée, dit Jack avec une ironie désabusée. Arrachez-leur donc les ongles, ça bousillera leur vernis.

– Nous ne voulons pas de prisonnières, déclara Thoros

avec une autorité qui ne souffrait aucune réplique. Nous voulons les jauges. Si notre patrouille de reconnaissance est efficace, nous les trouverons. Elles ont planqué les pièces quelque part près de leur camp et elles ne les surveillent sans doute pas très discrètement. Ces filles n'ont aucune technique militaire, elles vont forcément se trahir. Je n'ai jamais connu une femme capable de garder un secret, et vous ?

– Ne crois pas ça, s'esclaffa Jase. Ma première femme a tenu tous ses amants secrets. Son compte en Suisse aussi.

– Je reconnais mon erreur sur ce point, fit Thoros avec un sourire forcé. Néanmoins, nous n'aurons pas de problème, si nous faisons bien notre boulot. Toute plaisanterie mise à part, Tony a raison, il est prudent d'observer les procédures militaires de base dans tout ce que nous entreprendrons. Nous aurons moins d'imprévus.

– Qui se souvient des signaux manuels ? demanda Tony.

La main de Jack se leva, les doigts tendus, le pouce tourné vers le sol.

– Cessez le feu ! annonça-t-il. C'est mon préféré.

Jase leva les mains au-dessus de la tête, les paumes en avant.

– Ne tenez pas compte de l'ordre précédent. Ça, c'était le mien.

On éclata de rire autour de la table. La plupart d'entre eux n'avaient pas gardé que des mauvais souvenirs de la guerre. Il y en avait aussi de bons. C'était le temps de la camaraderie, un peu comme maintenant. Quand tout allait mal, il était bon d'avoir des amis comme ceux-là.

– Dans cinq minutes, le repas est prêt, dit Tony en surveillant la marmite frémissante d'un œil d'expert.

– Quelqu'un veut bien aller chercher le vin ? Une partie de poker tout ce qu'il y a de plus sérieuse nous attend et j'aimerais que vous soyez le plus saouls possible.

Mucho ruido y pocas nueces, pensa Emilio, qui les observait au bord de la plage. *Beaucoup de bruit, mais pas beaucoup de couilles.* Tony lui avait déclaré d'un ton cassant que, ce soir, il n'aurait pas besoin de ses services et il avait bien l'intention de mettre ce congé à profit. Il devait voir Nelida d'urgence.

Marika était calme à présent. Sa jambe avait considérablement désenflé, et les taches noires inquiétantes avaient pris un ton violacé.

Justine, Christie et Liz avaient dressé le camp, pendant que Nelida s'occupait de la blessée. Fières de leurs nouveaux talents, elles ramassèrent du bois, firent un feu et préparèrent un repas avec beaucoup moins de difficulté qu'auparavant. Elles avaient l'impression d'avoir quitté le domaine depuis très longtemps.

Après avoir mangé, les femmes se rassemblèrent autour du feu. Elles étaient fatiguées, mais elles n'avaient pas sommeil. Les événements de la journée les avaient surexcitées, et les rendaient volubiles.

– Vous savez, Nelida, dit Liz, j'ai beaucoup réfléchi à ce que vous nous avez dit sur l'énergie... Je crois que nous en sommes toutes dotées.

Elles approuvèrent dans un murmure.

– Ce que je ne saisis pas, continua Liz, c'est pourquoi il nous est si difficile, à nous les femmes, de rassembler cette énergie et de nous y accrocher. Les hommes nous la volent-ils vraiment ou la leur donnons-nous sans y penser ? A moins que nous ne sachions pas la dénicher avant qu'il ne soit trop tard ?

Nelida ne montrait aucun signe de la fatigue qui marquait les autres de son empreinte.

– Tout cela est vrai, à différents degrés, répondit-elle, le regard luisant. Le vol d'énergie est une affaire de tromperie, mes filles, et les hommes sont particulièrement habiles dans ce domaine. Mais nous avons tendance à les aider. Il y a, dans les bois de l'amour, des pièges qui nous séduisent, des pièges qui exercent sur nous un curieux attrait. Ce qui nous trompe, c'est que nous voulons être *la reina*, la reine... celle que l'on aimera toujours, celle que l'on protégera toujours. Mais nous deviendrons indésirables, nous renoncerons à notre pouvoir pour vivre dans la peine, comme tout le monde, et apprendre à survivre avec une âme assoiffée qui nous mettra au supplice, si toutefois nous ne sommes pas déjà spirituellement mortes.

– Voyons, Nelida, c'est un peu excessif, se plaignit Liz. Les hommes n'ont pas un tel pouvoir sur nous !

– Non, pas sans notre consentement, répondit Nelida en riant, mais autrement si, et en amour nous le leur donnons souvent.

Elles se mirent toutes à parler en même temps et Nelida leva la main pour obtenir le silence.

– Les hommes ne nous dupent pas par méchanceté, pas plus que nous ne nous dupons nous-mêmes pour avoir mal. C'est simple : l'espèce tend à se perpétuer. Nous, porteuses de l'espèce, avons donc été psychologiquement programmées pour être fécondées. Et nous, comme eux, agissons le plus souvent selon cette programmation. Si cela vous suffit d'accomplir ce destin biologique, c'est le cas pour certaines, ne vous inquiétez pas. Mais si vous aspirez à une destinée plus haute – si vous voulez être une femme de pouvoir –, vous devez aller au-delà de la biologie. Vous comprenez ? Condamnée à une existence trop étriquée, on peut en mourir.

Liz, le comprit, de manière viscérale.

– Ma mère en est morte, dit-elle doucement.

– Mais vous, les femmes, vous vous laissez faire, déclara malicieusement Justine. Si vous exigiez plus des hommes et de la vie, vous l'obtiendriez.

– Ce n'est pas la peine de prendre cet air supérieur, Justine, répliqua Christie, agacée. Regarde les choses en face. Tu es programmée comme nous, mais tu es simplement plus chère. Tu as fait tout ce que font les filles riches... tu épouseras quelqu'un de ton milieu et tu feras deux ou trois enfants qui iront dans des écoles privées de luxe. Et qui sait, quand tu auras des cheveux blancs et que ton mari prendra une maîtresse au berceau, peut-être regretteras-tu tes rêves perdus, tout comme nous, pauvres mortelles.

Justine resta un instant interloquée mais, de toute évidence, Christie avait touché une corde sensible.

– Tu sais, Christie, répondit-elle enfin, tu as souvent des choses importantes à dire, mais tu le fais d'une façon si blessante que l'on n'a pas envie de t'écouter.

Cette fois, ce fut Christie qui fut prise de court.

– Merci de t'associer à cette brillante analyse, fit-elle aigrement, indiquant que Justine avait visé juste.

– Basta ! intervint Nelida avec autorité. Quand nous retournerons au camp, nous ne parlerons plus de pouvoir. Et vous verrez clairement ce qui demeure encore caché.

– Pourquoi ne pas nous le dire tout de suite ? demanda Christie.

– Parce que nous devons nous occuper de cette femme, pour qu'elle aille bien demain. Et parce que le moment viendra bientôt, où vous devrez apprendre à vivre comme des flèches, non comme des cibles.

Sur ces paroles, elle sortit du cercle et retourna auprès de Marika.

Une heure plus tard, Nelida donna un coup de coude à Liz qui était presque endormie.

– Je dois vous laisser quelque temps, dit-elle solennellement, ce qui acheva de réveiller Liz.

– Nous laisser ? Où allez-vous ? Et Marika ?

– Marika dormira paisiblement jusqu'au matin. Le danger est passé et la nuit commence tout juste. J'ai une affaire à régler. Cette nuit, vous serez toutes en sécurité ici. Je reviendrai aux premières lueurs du jour pour vous ramener au camp.

Liz voulut savoir pourquoi elle devait les quitter, mais Nelida s'éloignait déjà du campement.

33

Emilio avançait à travers la jungle avec la rapidité et la souplesse d'un cobra. L'obscurité l'enveloppait, le protégeant des regards indiscrets. Les imbéciles qui étaient restés dans l'enceinte de la résidence ne s'étaient même pas aperçus de son départ. Il les avait habitués à se passer de ses services, et ce que le destin exigeait désormais de lui, ce n'était plus un rôle de domestique.

Emilio était un homme de pouvoir. Bien sûr, les gringos ne le savaient pas encore, ils ne voyaient que leurs désirs et leurs besoins personnels. Il avait commencé à leur insuffler sa sagesse, mais leur esprit obtus avait encore du mal à l'assimiler. « Quand la coupe est pleine, il est difficile d'y verser de la tequila », aurait dit son maître, don Javier, avec son sourire édenté. Ces hommes étaient suffisants, pénétrés de leur importance de gringos, machistes, avec en eux le souvenir du temps où ils étaient de jeunes guerriers, des combattants de rue avec des couilles en acier.

Mais ces temps-là étaient révolus. Jadis, ces vieux taureaux possédaient de quoi conquérir des mondes, mais cela faisait des années qu'aucun d'eux n'avait travaillé, ni avec ses mains ni avec ses tripes. Gâtés par des subalternes, amollis par le luxe, ils ne se servaient plus que de leur cerveau. Il serait intéressant de voir lesquels, parmi eux, relèveraient le défi qui leur serait bientôt lancé. L'accident de la lame de fond avait été le premier avertissement de la Nature. Maintenant, tout allait se précipiter. Les dangers se succéderaient et la spirale les engloutirait.

Il fredonnait en traversant à grands pas la végétation malveillante. De temps à autre, un oiseau ou un petit animal s'adressait à lui, ou lui à eux. Une fois, il se pencha pour parler à une plante noueuse et feuillue. C'était une espèce cousine du peyotl, son allié. Par respect, il resta un peu en sa compagnie. Le soleil ne se lèverait pas avant longtemps, et Nelida comprendrait les raisons de son retard.

Nelida fit un petit feu dans la clairière qu'elle avait choisie comme lieu de rendez-vous. Elle y avait jeté une herbe qui avait la propriété de chasser les insectes, et contemplait le feu qui crépitait, les sens en éveil pour sentir ce qui retardait son mari. Elle ne perçut aucun danger. Il s'était simplement arrêté pour bavarder. Quand l'occasion de montrer son amitié se présentait, il prenait le temps de flâner.

Ils étaient mariés depuis longtemps, se respectaient mutuellement, et il y avait très, très longtemps de cela, ils avaient été élèves des Naquals et s'étaient rencontrés au cours de leur initiation à la magie. Naturellement, ils remplissaient chacun des tâches différentes. La sorcellerie des femmes différait grandement de celle des hommes, mais leur connaissance du monde invisible était suffisamment proche pour qu'ils s'entendent. En raison de leurs talents et de leur connaissance des anciens rites, ils avaient eu des rapports sexuels excellents, qui les avaient étroitement liés l'un à l'autre.

Nelida chanta doucement en détachant ses longs cheveux luisants et les étala sur ses épaules. Elle desserra sa jupe à volants qui fit à ses pieds un petit tas coloré et s'en extirpa doucement. Puis elle retira son corsage de batiste blanche, exposant ses seins volumineux à la chaleur du feu. Pendant un long moment, elle resta nue, immobile, s'imprégnant de sa lumière parfumée, tandis que se contractait la pointe de ses seins, caressés par la fraîcheur du soir. Elle glissa ses mains sur son corps, prenant plaisir à sa féminité. Il était bon d'être nue, bon d'être dégagée des contraintes. Bon d'éveiller son corps en attendant son compagnon. Le danger rôdait autour d'elle, se rapprochait furtivement, mais, ce soir, ils avaient pour la dernière fois l'occasion d'être seuls. Avant quelque temps, du moins.

Nelida avait un corps de sorcière, souple et exubérant, très lisse en dépit de son âge. Cette maîtrise de la nature qui permettait de suspendre le temps était l'un des bons côtés de la sorcellerie.

Elle avait les seins ronds et les hanches pleines, comme la déesse de la Terre qu'elle servait. Elle avait été féconde en son temps et elle avait donné la vie, mais son corps était peu marqué. Non que cela importât à Emilio, qui voyait en elle la part lumineuse que d'autres appellent l'âme.

Nelida étendit près du feu la couverture qu'elle avait apportée et se ceignit les reins d'un paréo rouge et jaune avant de s'allonger pour attendre Emilio. C'étaient les couleurs qui activaient le premier et le second centre d'énergie, ceux qui intervenaient dans l'acte sexuel. Elle n'avait aucun scrupule à prendre du plaisir. Elle était une femme, il était un homme. Leurs énergies confondues iraient nourrir la danse de fécondité qui faisait tourner le monde.

Quelques instants plus tard, Emilio entra dans la petite clairière. Il sourit en voyant que Nelida était prête et s'avança avidement vers elle. Quand il l'embrassa, il lui prit les seins dans ses mains et taquina les grandes aréoles sombres.

– J'ai eu faim de toi, mon petit aigle, dit-il tendrement, tandis qu'elle l'aidait à se défaire de ses vêtements. C'est bien beau de remplir la mission pour laquelle nous avons été appelés, mais je suis vidé. Ces gringos ont la tête dure.

– Moi aussi, *mi amor*, j'ai envie d'être comblée, murmura-t-elle en guidant son pénis dans son sexe chaud et humide.

Emilio était plus petit que Nelida, mais il était solidement bâti, et les vieux amants n'avaient nul besoin de se poser de questions pour connaître leurs désirs intimes.

Ce soir-là, Emilio fut sensuel et généreux. Il incita sa femme à sortir d'elle-même de manière tout à fait inattendue, se réjouissant de sa surprise et de la joie que lui causait son habileté. Bien sûr, il n'était pas aisé de surprendre une sorcière de sa trempe, pensa-t-il, amusé, mais il n'avait pas encore joué tous les atouts qu'il avait dans sa manche. Ce défi avait bien des avantages, la dureté de son membre l'attestait. Emilio se pencha sur la poitrine de Nelida et saisit entre ses dents la pointe de son sein en se retirant, juste un instant.

Nelida riait doucement, car elle savait instinctivement où il allait l'emmener... haut, très haut, au-delà de la lune et des étoiles de la voie lactée, au bout de la galaxie de l'amour que seuls connaissent les hommes et les femmes de pouvoir, ceux qui ont payé très cher la faculté de transcender les petites extases que ressent le commun des mortels. Elle s'étendit, et son rire pétilla dans sa gorge, là où naissent les cris primitifs.

Le jeu auquel les avaient conviés les dieux n'était pas sans intérêt, et chacun y tiendrait son rôle. L'univers les avait armés pour affronter autre chose qu'une poignée d'imbéciles, persuadés que le pouvoir n'était qu'une question d'argent. Mais ce soir, rien de tout cela ne comptait désormais. Ce soir, ils étaient homme et femme, et même les dieux respectaient l'énergie qu'ils partageraient dans cette clairière, au cœur de la jungle, sur un terrain de jeux dont ils étaient les seuls, sur cette île, à avoir acquitté le droit d'entrée.

Vendredi 15 avril

Les hommes sont nés avec deux yeux,
mais avec une seule langue,
pour voir deux fois plus de choses
qu'ils n'en disent.
Charles Caleb Colton

34

– J'ai l'impression de travailler à la chaîne depuis un mois, dit Jack en s'écroulant sur le sol avec un grognement. Il n'y a pas un seul de mes muscles qui n'ait crié grâce.

Quelques minutes plus tôt, ils avaient fini de construire une nouvelle fosse pour le feu, près de la maison, car Emilio leur avait annoncé que la cuisine était désormais définitivement inutilisable. Le premier trou était trop petit, et ils avaient mis des heures à creuser et à ramasser le bois.

Jase acquiesça d'un hochement de tête.

– A qui le dis-tu ! Ma petite baignade avec Alex n'a pas seulement calmé mes ardeurs, elle m'a littéralement assommé. J'ai encore les bras et les jambes durs comme du ciment. Des muscles dont je ne connaissais même pas l'existence me font mal.

– J'en suis désolé, mais nous sommes peut-être trop vieux pour faire la guerre dans la jungle, dit Jack d'un ton désabusé. Creuser des tranchées et poser des pièges, ce n'était déjà pas marrant quand j'étais jeune, mais, je peux vous le dire, se battre avec des femmes, c'est vraiment éprouvant. On ne veut pas les blesser, on ne veut pas se blesser... tout le monde est perdant...

Jase rit d'un rire sans joie.

– Si nous partons en reconnaissance dès aujourd'hui, nous nous tirerons d'ici avant dimanche. Mais, à vrai dire, Jack, je prends mon pied... Cette affaire me stimule. Grattez un peu, nous sommes tous des primitifs.

– Oui ? Eh bien, le primitif que je suis espère que la

patrouille de reconnaissance dénichera ces jauges avant la tombée de la nuit pour que nous puissions nous barrer entiers de ce paradis.

– D'accord, Jack, tu feras la première patrouille avec Alex, et j'espère bien que vous trouverez le camp des femmes.

En quittant le domaine, Jack et Alex aperçurent Tony et Rand qui tiraient des branches et des lianes pour recouvrir une tranchée fraîchement creusée. Les deux hommes, nus jusqu'à la taille, transpiraient à côté de leur ouvrage.

– J'ai du mal à croire que vous avez vraiment creusé ces fosses, dit Jack en s'approchant pour voir ce qui se passait. Vous croyez avoir affaire aux Viets ? Vous êtes dingues, les gars. Qu'est-ce que vous ferez si vous en attrapez une ? Vous allez l'attacher à un arbre ?

Il hocha la tête de dégoût.

– Il faut qu'elles comprennent que nous ne plaisantons pas, répliqua sèchement Tony. Et qu'elles ont intérêt à nous lâcher la grappe pendant que nous cherchons les jauges.

– Personnellement, dit Alex en ricanant, je préférerais qu'elles ne me la lâchent pas, mais c'est une question de goût, je suppose.

– Et si l'on se blesse dans ces tranchées ? insista Jack. Une fracture, ça peut être grave quand on est aussi loin de tout secours. Vous cherchez vraiment les ennuis, les gars.

– Non. Les tranchées sont peu profondes, répondit Tony. S'il y en a une qui tombe dedans, elle sera juste un peu secouée. Mais s'il y en avait vraiment une de blessée, ça ramènerait peut-être plus vite ces maudites idiotes à la raison.

Jack se contenta de hocher la tête et fit un geste de la main pour dire « assez ». Alex et lui se dirigèrent vers la lisière de la jungle.

Les hommes s'étaient réparti les tâches quotidiennes le plus équitablement possible. Le travail faisait passer le temps, ils ne s'ennuyaient plus. Jase et Tony étaient les meilleurs pêcheurs, Thoros, Jase et Alex les chasseurs les plus expérimentés, tout comme Emilio. Ils n'avaient donc aucun mal à trouver de quoi se nourrir, mais ils croulaient sous les tracas et devaient se livrer à une multitude de travaux pénibles pour que leur existence à l'intérieur de la résidence demeure décente.

Il fallait faire bouillir l'eau avant de la boire ou de l'utiliser pour la cuisine, c'était évident. Ce qui l'était moins avant que Rand ne les mette en garde, c'était qu'il pouvait être tout aussi dangereux de prendre un bain. On absorbait des bactéries en se douchant. Les infections de l'œil et de l'oreille étaient monnaie courante. Mieux valait aussi se prémunir contre la dysenterie.

L'eau des citernes était salée et contaminée, donc inutilisable sans système de dessalement. Soir et matin, une équipe se rendait à la source la plus proche avec des récipients. Tant qu'il y eut de l'essence pour les jitneys, l'épreuve ne fut pas trop rude, bien que les véhicules à quatre roues motrices ne puissent les conduire qu'à sept cents mètres de la rivière. Ils devaient ensuite parcourir le reste du chemin à pied. Il y avait des sources le long de l'autre route, celle qui menait à la montagne, mais il fallait plus d'une heure dans chaque sens, aussi optaient-ils généralement pour la rivière.

– Ces deux-là aiment un peu trop jouer à la guerre pour mon goût, dit Jack à Alex, tandis qu'ils passaient devant la ferme de Nelida.

– Comme la plupart des hommes, répondit Alex, pensif.

Selon lui, les rapports des hommes et de la guerre n'étaient qu'une subdivision de l'économie générale.

– Historiquement, un mélange équilibré de testostérone et d'amour-propre fait de la guerre un passe-temps très prisé.

– Il doit me manquer quelque chose, fit Jack avec un sourire. Quand j'ai dû la faire, je n'étais déjà pas tellement chaud.

– Tu es allé au Vietnam, Jack, si ma mémoire est bonne ?

– Oui, j'y étais. Chef d'un régiment de tirailleurs, le 25e d'infanterie. Je n'étais qu'un gosse, mais j'étais doué pour le tir – une sorte d'aptitude naturelle grâce à laquelle je m'en suis sorti. Je n'ai rien vu de bon là-bas. J'ai connu des types qui rempilaient deux ou trois fois... qui croyaient vivre une apothéose. Pas moi. Pour moi, le meilleur moment, c'est quand j'ai quitté l'enfer de Saïgon.

– Il nous arrive des choses étranges, à nous les hommes, en temps de guerre, dit Alex, qui le comprenait parfaitement.

Un instinct de domination primaire. J'ai souvent vu ça autour des tables de conférence. Quand ils entendent le son du clairon, des hommes cultivés et brillants réagissent comme des chiens de Pavlov.

– Eh bien, Tony, Rand et Jase ont entendu l'appel. Et même Thoros, bien qu'il soit trop intelligent et trop cartésien pour agir bêtement.

– Quand on voit rouge, répondit Alex, le jugement est malheureusement défaillant... les actes irrationnels deviennent rationnels, voire justifiés. En fait, Jack, nous aurons beaucoup de chance si nous sortons tous d'ici sans qu'il y ait de blessé grave.

Jack suivit Alex dans les entrelacs de la végétation. Les grands tentacules verts et humides lui rappelèrent la jungle d'autrefois. Pour Jack, la jungle était viscéralement synonyme de danger, d'imprévu et d'intolérable. Même cette jungle-ci.

– On dirait que tu sais où tu vas, dit-il.

C'était une tâche lente et minutieuse que de reconnaître le terrain : on notait les chemins, on dressait des croquis qui serviraient plus tard de référence, mais Alex avançait vite.

L'Anglais ralentit.

– Je me rappelle un endroit qui a plu à Liz lors de notre randonnée, dit-il. Je n'en ai pas parlé là-bas pour plusieurs raisons. D'abord, je ne suis pas certain de le retrouver. J'ai un bon sens de l'orientation en terrain boisé, mais la jungle, c'est une autre affaire. Et puis, si c'est vraiment le camp des femmes, ça m'ennuie que les autres en aient connaissance pour toutes les raisons que nous venons d'évoquer. J'aimerais mieux que nous les surveillions et que nous retrouvions ces sacrées jauges nous-mêmes. Ils sont trop excités, et je ne tiens pas à voir le camp des femmes transformé en lieu de combat.

Jack était du même avis. Il allait le lui dire, quand les arbres se raréfièrent brusquement, cédant la place à un terrain plus rocailleux où l'on entendait un bruit de torrent.

– Il y a un pont de corde quelque part par là, dit Alex en parcourant le sentier du regard. Je pense qu'elles sont de l'autre côté. J'aimerais que tu jettes un coup d'œil à la passerelle, Jack, s'il te plaît. Quand je l'ai traversé, l'autre jour, elle ne m'a pas semblé très sûre. Tu connais mieux la jungle que moi, et les lianes, les cordes, tout ce qui soutient ce genre de truc est pourri par endroits.

Il s'arrêta brusquement et pointa le doigt.

– Le voilà ! A droite, à travers les arbres.

Ils avancèrent d'un bon pas. Le plateau s'arrêta brutalement devant eux, comme si un cataclysme ancien avait fendu la terre et en avait écarté les bords d'environ quinze mètres. Jack et Alex franchirent les derniers mètres qui les séparaient de la gorge et regardèrent en bas. Une pente raide et rocailleuse descendait jusqu'au fond de la faille. Un torrent coulait en dessous et heurtait violemment les rochers qui marquaient son cours. Une sorte de chaussée des géants.

– J'espère que le pont est plus solide que tu ne le dis, Alex, fit Jack. Sinon, il est pratiquement impossible de traverser ici, et je ne vois aucun gué à des kilomètres. Tu es sûr que les filles sont de l'autre côté ?

Alex opina du chef.

– Je suis prêt à le parier. A environ deux kilomètres, il y a un endroit assez idyllique, dégagé et habitable... avec une cascade et un bassin au bord de l'un des affluents de cette rivière. Liz a dit que c'était un endroit charmant pour un pique-nique, je m'en souviens, boisé et hospitalier. Nous nous y sommes reposés un moment, et Liz est allée repérer les alentours. Aucun autre endroit n'est susceptible de faire un aussi bon campement.

Le pont de corde était fait de lianes fibreuses, tissées entre elles jusqu'à ce qu'elles aient atteint la taille d'un bras. Il avait visiblement bien supporté les outrages du temps, mais avait pris quelques coups.

Jack examina les piliers qui soutenaient la structure et la fixaient au flanc de la falaise et, en tâtonnant, il s'avança doucement sur le pont. Les ondulations de l'ouvrage rendaient chaque pas périlleux.

– A mon avis, ça va ! cria-t-il à Alex du milieu de la passerelle. Ce n'est jamais très stable, mais celui-ci a l'air solide. Je ne m'y fierais quand même pas dans la tempête... Il y a pas mal d'érosion à l'endroit où il est fixé au contrefort.

Alex s'avança, dans les mêmes conditions précaires, traversa le pont pour rejoindre l'autre rive de la gorge. De son côté, Jack jetait un regard circulaire, à la recherche d'une solution de rechange.

– Dans quelle direction allons-nous ? demanda-t-il, n'en voyant aucune.

– L'endroit que je cherche n'est pas à plus de deux kilomètres au nord-est, fit Alex en plissant les yeux. A partir de maintenant, mieux vaut avancer prudemment... Elles ont peut-être piégé la piste.

Jack, qui trouvait cela ridicule, fronça les sourcils. Puis il se souvint des pièges posés autour de la résidence et regarda où il mettait le pied. Au moins, dans la jungle, on ne se demandait pas si on allait servir d'appât aux busards.

Quelque chose de métallique fouetta l'air près de l'oreille de Jack. D'instinct, il se jeta au sol.

– Nous y voilà ! hurla-t-il. Baisse-toi ! Pour l'amour du Ciel, baisse-toi !

– N'approchez pas, cria une voix de femme devant eux, sur la droite.

Elle avait un léger accent.

– Vous êtes complètement dingue ! cria Jack, d'autant plus furieux qu'il se sentait ridicule. Vous auriez pu tuer quelqu'un !

Une flèche d'acier était plantée dans le sol à moins de cinquante centimètres de lui.

– Ce n'était pas vous que je visais ! cria Marika. Sinon vous seriez mort. C'était un avertissement. Ce territoire est privé. Retournez d'où vous venez.

Alex se hissa sur les coudes.

– Nous sommes simplement venus pour parler. Nous essayons de sortir de cette histoire de fous. Ne peut-on...

– Nous savons pourquoi vous êtes là ! cria Liz. Si vous voulez parlementer, passez par Emilio et Nelida. Pour l'instant, nous ne sommes pas certaines que vous parliez au nom de tous et il est dangereux de fouiner par ici sans y avoir été invité. Nos sentinelles ne vous laisseront pas passer.

– Pas d'entraînement militaire, disait Tony, murmura Alex en ricanant. Liz se rappelle probablement les journaux de guerre de Patton mot à mot.

– En tout cas, il y a quelqu'un qui sait tirer à l'arbalète, répliqua Jack. Barrons-nous. Au moins, nous avons trouvé leur camp.

– On s'en va ! cria Alex en direction des voix désincarnées, tout en reculant. Ne tirez pas !

Les deux hommes déguerpirent à travers les hautes herbes en marchant comme des crabes, puis accroupis, avant de courir s'abriter sous les arbres. Quand ils furent en sûreté, ils s'arrêtèrent pour reprendre haleine et repérer les lieux.

– Merde alors ! explosa Jack. Elles sont aussi dingues que nous. Nous creusons des tranchées, elles tirent à l'arbalète. Il va y avoir des morts. On doit pouvoir faire quelque chose pour mettre fin à tout ça, Alex. N'est-ce pas ton métier ?

– Écoute, Jack, l'expérience montre que le mieux à faire, c'est d'observer toutes les factions en lice avec attention... pour déterminer avec précision l'esprit du conflit. Moins ce qui est dit que ce qui ne l'est pas. C'est pour une question d'amour-propre que nous en sommes arrivés à une telle pagaille... comme dans la plupart des guerres, en fait. Une fois que chacun s'est frappé la poitrine, a fait sa petite déclaration, dit au camp adverse d'aller se faire foutre, il arrive généralement un moment où personne ne sait plus que faire. C'est le meilleur moment pour négocier. Si on trouve, à cet instant précis, une proposition qui permette à chacun de sauver la face, la raison finit par l'emporter.

– Et tu crois le moment venu ?

– Ça vaut le coup d'essayer, insista Alex, avant qu'un autre incident ravageur ne fasse monter les enchères.

– Alors retournons au camp et tentons de convaincre les autres pendant qu'il est encore temps, dit sombrement Jack.

Les deux hommes rebroussèrent chemin, avec un mauvais pressentiment. Les deux camps possédaient des armes et chacun semblait avoir la ferme volonté de s'en servir.

35

Christie fit le tour de l'enceinte de la résidence au pas de course. D'habitude, elle faisait cinq ou six kilomètres sur la plage, mais, ce jour-là, elle avait décidé de changer d'itinéraire. Elle aurait préféré courir plus tôt, à cause de la chaleur, mais elle avait dû travailler une grande partie de la matinée. Chesi et Nelida leur avaient parlé des cavernes ancestrales des plages volcaniques sur la côte ouest de l'île, et ces récits avaient éveillé son imagination. Elle s'était donc détournée de sa route habituelle. Cela ne lui plaisait guère de passer si près du territoire ennemi, mais, jusque-là, il n'y avait personne en vue, et elle avançait sans problème sur le sentier.

Il faisait chaud et lourd. Elle détestait cette chaleur, mais après cinq ans d'entraînement au rythme de quatre séances par semaine et cinq ans d'athlétisme à l'université, elle savait avec quelle rapidité la condition physique se dégradait. Un mois de perdu pour une semaine de grippe ou de finales. Une semaine de soirées prolongées, et l'on ratait une ou deux séances. Ensuite, il était horriblement difficile de retrouver le rythme. De plus, la course à pied était un bon moyen pour ne pas grossir, et le poids était la terreur de tous les journalistes de télévision. On prenait facilement dix kilos à l'écran, et Christie avait déjà un visage et un corps plutôt ronds.

Elle longea la dernière courbe, qui dissimulait la propriété, et aperçut devant elle la structure en crabe de la grande maison, qui scintillait sous le soleil. Le chemin semblait relativement dégagé, en comparaison de la végétation entremêlée qu'elle venait de traverser. Christie se sentait bien, l'adrénaline faisait son effet, et son corps s'accoutumait à l'humidité à mesure que ses foulées régulières l'emportaient vers la mer.

Le terrain céda de manière tellement inattendue que Christie était déjà suspendue dans les airs quand elle prit pleinement conscience de ce qui lui arrivait. Des feuilles, des brindilles et des débris de toutes sortes l'accompagnèrent dans sa longue chute. Elle heurta le sol, dur comme du granit et couvert de pierres et de branches qui lui lacérèrent la peau. Christie hurla en tombant, mais la violence du choc lui coupa le souffle. Assommée et désorientée, elle se demanda si elle n'avait pas perdu connaissance. Elle était en train de courir et, en moins de temps qu'il n'en faut pour le dire, elle n'était plus que plaies et bosses au fond d'un trou. Sa jambe la faisait souffrir et ses poignets s'étaient retournés quand elle avait vainement tenté de se retenir. Elle avait mal à la tête, une douleur lancinante dans le dos, elle respirait difficilement, mais elle était moins blessée que traumatisée.

Comme mue par un pilote automatique, Christie tenta de bouger la jambe. Une violente douleur au bassin l'incita à la prudence. Elle déplia soigneusement sa jambe avec les deux mains. Quand elle l'eut tendue au maximum, elle la tâta pour déceler une fracture. Elle n'en était pas tout à fait certaine, mais sa jambe semblait plus contusionnée que cassée. Elle se releva et essaya de tenir debout, mais une douleur terrible la fit aussitôt retomber.

Que vais-je faire maintenant ? se dit-elle.

Le front plissé, Christie observa ce qui l'entourait.

– Merde ! jura-t-elle sur le sol humide. Ces abrutis ont creusé un trou !

La paroi présentait des traces trop symétriques pour être naturelles. Des traces de pelles.

Quand elle s'en rendit compte, Christie fut saisie de panique. Si c'était un piège, les hommes reviendraient bientôt chercher leur proie. Il fallait sortir d'ici. Et vite.

Christie s'efforça à nouveau de tenir debout. Cette fois, elle prit appui sur l'une des branches qui étaient tombées avec elle. En maudissant la douleur, elle se rapprocha en boitillant de la paroi et leva les yeux. Deux mètres cinquante, trois mètres environ. Pas trop difficile avec une jambe valide, mais étant donné les circonstances...

En pestant contre l'impudence des hommes, elle inspira profondément, attrapa un caillou pointu au milieu des débris qu'elle avait sous les pieds et racla la terre péniblement pour avoir une prise. Un tapis de lianes et de racines s'étirait sous la surface du sol, et il était plus facile de trouver un appui que de creuser. Des vers et des insectes velus sortirent de terre, dont elle ignora la présence à force de volonté.

Centimètre par centimètre, Christie se hissa péniblement au sommet du trou en jurant à haute voix. Les larmes ruisselaient sur ses joues et son nez coulait. Elle glissa plusieurs fois et dut regagner le terrain perdu, mais, aiguillonnée par la colère et la peur, elle parvint jusqu'en haut.

Juste en dessous du niveau du sol, elle fit une pause pour reprendre haleine. Elle attendit, le cœur battant, l'oreille tendue pour surprendre des pas, mais elle n'entendit rien et se hissa au bord de la fosse avec ses doigts sales, écorchés, couverts de sang. Christie resta longuement prostrée, abattue, au bord de la tranchée, s'efforçant de retrouver son souffle et son équilibre.

Elle se jura de se venger des salauds qui avaient creusé cette fosse.

Puis elle s'engagea sur le chemin long et ardu qui la ramènerait au camp.

Les femmes se blottirent les unes contre les autres autour du feu. L'humeur était sombre, il y avait de la rage et de la peur dans l'air. C'était bien de clamer que l'on voulait être prises au sérieux et de jouer à la guerre, mais cela devenait dangereux.

– Un piège ? explosa Chesi, quand Christie eut terminé son récit.

Les autres femmes formaient un cercle autour d'elle, tandis que Nelida examinait ses blessures avec de petits ricanements.

– Il n'y a pas de fracture, annonça la Mexicaine. Une multitude de coupures et d'éraflures... un ligament froissé à la jambe. Rien qui ne guérisse en quelques jours. La chance est avec toi.

– La terre brûlée, dit rageusement Liz. Il faut exercer des représailles massives. D'après Sun-tze, il faut démoraliser l'ennemi, mais aussi le mettre en déroute. L'adversaire doit être persuadé que l'on a la capacité de lui faire mordre la poussière et de faire de sa vie un enfer.

– N'est-ce pas ce que nous avons fait ? demanda Chesi, agacée.

– Vous croyez encore qu'ils n'auront pas recours à la violence ? aboya Christie en se tournant vers Justine d'un air dégoûté.

– Je crois que nous avons blessé leur amour-propre, répondit calmement celle-ci. Évidemment, nous avons frappé là où ça fait mal et c'est pour ça qu'ils sont vindicatifs et dangereux. Mais n'oubliez pas que nous ne sommes pas sans reproches... Nous avons intensifié les hostilités en sabotant le domaine. Je suis toujours d'avis de négocier.

– Négocier ? fit durement Christie. Comment veux-tu négocier avec des mecs qui posent des pièges ? Liz a raison. Il faut répliquer.

– Et comment ? l'interrompit Marika. Surenchérir jusqu'à la catastrophe totale ? Pourquoi ne pas attendre que l'avion de secours vienne nous chercher dimanche ?

– Tout d'abord, personne ne viendra dimanche, lança sèchement Christie. Ils ne s'apercevront pas de notre absence avant lundi ou mardi. Et s'ils n'avaient pas l'intention de nous garder en vie jusqu'à l'arrivée des sauveteurs ? Ils possèdent une arme. Nous pas. Ils ont creusé des pièges. Nous pas. Nous savons qu'ils peuvent être violents et ils se foutent que nous soyons blessées gravement. Et, Bon Dieu, qui sait ce qu'ils m'auraient fait si je n'étais pas sortie de ce trou. Notre vie est en danger, moi, je vous le dis !

– Nos conditions de vie sont plus dangereuses que les hommes, si vous voulez mon avis, déclara Tiffany pour calmer les esprits.

Il n'était que trop facile de se monter la tête collectivement et de faire des folies, surtout sous l'emprise de la peur.

– Je vais faire parvenir un message à Thoros, dit soudain Justine. C'est un homme raisonnable, même s'il a une tête de cochon ! Il faut absolument mettre un terme à cette folie.

– Arrête tes âneries ! aboya Chesi. C'est un homme raisonnable mais nous venons de lui bousiller un joujou qui valait des centaines de millions de dollars. As-tu idée de ce que vont lui coûter les réparations, Justine ? Peut-être un million de dollars... Il n'y a que l'argent qui fait courir ces types-là. Ils sont élitistes, machos, et nous les avons frappés là où ça fait mal... l'amour-propre et le porte-monnaie.

– Regarde les choses en face, Justine, gronda Christie. Tu en pinces pour lui, et tout le reste, ce ne sont que des foutaises pour te justifier.

– Alors que voulez-vous ? répondit Justine, furieuse et blessée. Que nous présentions des excuses comme de bonnes petites Américaines, que nous demandions gentiment pardon ? C'est absurde. Il faut négocier une trêve et c'est ce que j'ai l'intention de faire.

– Comment ? demanda Liz. En leur rendant les jauges et tout ce qui fait notre force ? Et puis cette pique contre les femmes américaines m'indigne. Tout le monde sait que les Français sont les rois de la capitulation et personne ne leur jette la pierre.

Justine plissa les yeux sous l'insulte et on put croire un instant qu'elle allait rétorquer. Mais elle fit volte-face et quitta le cercle.

Nelida fit un pas en avant.

– Basta ! ordonna-t-elle. Nous n'avons pas le droit d'être divisées. Vous les femmes, vous avez beaucoup à apprendre de l'exercice du pouvoir. Ce soir, je vous raconterai une histoire qui vous fera comprendre que c'est vous, et non eux, qui êtes reliées à la grande source, la Terre Mère.

– Soyez lucide, Nelida, les hommes gouvernent le monde, la contredit violemment Chesi.

– C'est vrai, Chesi. C'est pourquoi nous sommes contraintes de nous battre pour retrouver notre vérité. Vous a-t-on dit que ce serait facile ? Nous sommes venues sur Terre pour apprendre cela... à reprendre possession de notre pouvoir dans l'adversité. Les hommes ont autre chose à apprendre, qui concerne le moi et le maternage. C'est aussi dur pour eux que pour nous. Pour l'instant, cessez de vous engueuler, et ce soir je vous conterai une histoire « d'entre les jambes ».

– Ça a l'air tout à fait obscène, dit Liz, toujours en colère.

– C'est ce qui en fait la grande beauté, répondit Nelida avec un sourire satisfait. *Habla por entre las piernas.* Il n'y a pas de plus grand compliment pour une femme que de lui dire qu'elle parle « d'entre les jambes », car c'est là que se trouve la vérité.

Avant que quiconque ait pu l'interroger sur les propos qu'elle venait de tenir, Nelida se leva à son tour et s'en alla.

– Écoutez, les filles, dit Tiffany après son départ. Vous ne croyez pas que nous avons été un peu dures avec Sa Majesté ?

– Tu veux parler de Justine ? répliqua Christie. Elle avait besoin qu'on lui botte les fesses. Elle nous toise, comme si elle nous était supérieure.

– Regarde les choses en face, déclara pensivement Liz. Elle est supérieure. Elle est superbe, riche comme Crésus, cultivée, parfaitement bien élevée et vive comme l'éclair. Qui peut lui être supérieure ?

– Tu sais ce qui nous embête ? fit Tiffany, manifestement troublée. C'est que nous sommes jalouses. Elle considère comme acquis tout ce que nous avons obtenu en trimant comme des forçats, et ça nous agace. Mais ce n'est pas juste de la traiter comme nous venons de le faire. Elle travaille aussi dur que nous pour nous sortir de là, et nous cognons parce que nous sommes envieuses et mauvaises. J'ai honte de nous.

Démontées et troublées par ce qui s'était dit, elles se dispersèrent.

Justine avançait comme une tornade à travers la jungle en écrasant délibérément des racines et des entrelacs végétaux sous ses pas. Elle était furieuse d'avoir été agressée ainsi, furieuse de sa propre impuissance dans cette situation démente. Et elle était plus atteinte qu'elle ne voulait l'admettre. Les autres étaient des moutons de Panurge. Des demeurées. Des idiotes. Maudite soit la démocratie... Elle n'avait jamais compris qu'on laisse des masses ignorantes décider de questions importantes. C'était vraiment le clou de cet irréparable désastre. Si elle remettait tout simplement les jauges à Thoros et l'aidait à quitter l'île, ces chipies ne l'auraient pas volé. Tout le monde en profiterait. Elle n'avait jamais eu l'intention de revoir aucune de ces femmes, sauf Liz peut-être. Alors peu importait qu'elles se sentent trahies.

Justine avait besoin de réfléchir dans un endroit tranquille. La compagnie permanente de ces bécasses la rendait folle.

36

– Tu as une mine épouvantable, Rand, dit Jase en le dévisageant.

Au coucher du soleil, les hommes étaient réunis dans le patio, près de la piscine.

– Ça va ?

Rand avait le teint gris et des perles de sueur ruisselaient sur son visage et son cou, lui d'habitude si soigné.

– Je dois couver une grippe, répondit Rand avec hésitation. J'ai mal au cœur, des frissons. Je ne suis pas du tout dans mon assiette.

Jase hocha la tête. Il avait déjà vu ce genre de symptômes à l'armée, et ce n'était pas la grippe.

– Pourquoi n'en parles-tu pas à Emilio, Rand ? Il connaît bien les remèdes traditionnels. Il saurait peut-être te guérir. C'est sans doute une fièvre, tu sais. Nous sommes sous les tropiques et il est possible que ce soit la malaria. Sans parler des parasites qu'il y a dans l'eau.

La tête basse, Rand examina ces différentes éventualités.

– Ça ira mieux, si je m'allonge un peu.

Il se dirigea en tremblant vers une chaise longue. Il se refusait à l'avouer, mais il n'était pas certain d'arriver jusqu'à Emilio.

– Il fait trop chaud à l'intérieur pour dormir... Je crois que je vais rester dehors.

Jase regarda cet homme, d'ordinaire si maître de lui, se pelotonner sur le transat près de la piscine, les jambes repliées en position fœtale. Il résolut d'aller chercher Emilio ou Thoros. Quel que soit le mal dont il était atteint, il fallait s'occuper de Rand.

H. Douglas Rand frissonnait dans le lit sur lequel Thoros, Jase et Emilio l'avaient porté à grand-peine. Les symptômes s'étaient aggravés et il claquait des dents. La sueur avait plaqué sur son front ses boucles de cheveux auburn qui commençaient à grisonner. Emilio leur avait conseillé de lui ôter ses vêtements qui dégageaient une âcre odeur de transpiration. Si Rand s'était soumis à leurs soins maladroits, c'est qu'il était trop malade pour protester efficacement.

– Il faut lui tamponner le visage et le corps avec de l'eau froide, ordonna Emilio aux deux hommes sans quitter Rand des yeux.

– Est-ce que j'ai une tête d'infirmière de choc, Emilio ? rétorqua Jase avec irritation.

Il détestait la maladie. Il détestait même s'en approcher.

– Je dois aller chercher des plantes contre la fièvre, répondit Emilio en ignorant son agressivité. Si la fièvre monte trop, c'est dangereux pour le cerveau.

– Je m'occuperai de lui, dit Thoros, qui se trouvait dans un coin de la pièce. Enfant, j'ai vu faire l'infirmière qui soignait ma grand-mère. Je saurai me débrouiller, je crois.

Il s'avança vers le lit.

– Est-ce contagieux, Emilio ? demanda-t-il en prenant l'éponge dans le seau d'eau que le Mexicain avait apporté.

S'il était le seul en danger, il ne reculerait pas, mais il y avait sans doute quelques précautions à prendre pour la sécurité des autres.

– Non, señor, répondit Emilio en s'apprêtant à partir. Il a sans doute été piqué par un insecte. Nous devons faire tomber la fièvre pour préserver son cerveau. Il faut que je trouve certaines écorces avant qu'elle ne cause des dégâts irréparables.

– Peut-on prendre quelque chose pour se protéger ? demanda anxieusement Jase.

– Peut-être, señor. La nature donne toujours le remède là où se trouve le mal. Espérons que ceux qui ont détruit la jungle pour construire ici n'ont pas supprimé ce dont nous avons maintenant besoin.

– Ce serait un sacré coup de pied au cul, non ? répliqua Jase d'un ton sec.

Il aurait aimé quitter la pièce, mais c'eût été inconvenant. Thoros aurait peut-être besoin d'aide.

Emilio s'éclipsa aussi discrètement que d'habitude, sans bruit.

– Va prévenir les autres, dit Thoros à Jase en épongeant la sueur du torse frissonnant de Rand, avant de lui remonter les couvertures jusqu'au menton.

La vulnérabilité du corps dénudé de son ami troubla profondément Thoros, sans qu'il sache exactement pourquoi.

– Nous ignorons combien de temps Emilio sera parti... Il me faut quelqu'un pour me relayer auprès de Rand.

– Je vais te donner un coup de main, fit Tony dans l'embrasure de la porte. Je viens de croiser Emilio dans la cuisine. Il m'a prévenu.

Tony pénétra dans la pièce d'un pas assuré. Il ne se souciait manifestement pas de la contagion.

– J'ai acquis une grande expérience des fièvres à l'armée. J'ai soigné des tas de copains qui passaient un mauvais quart d'heure... D'après eux, j'étais à moitié toubib, à moitié grand-mère. Ni la merde ni le sang ne me rebutaient. Et j'en ai vu !

– Tu feras mieux l'affaire que moi, déclara Jase, soulagé d'être dispensé de cette corvée. De quoi avez-vous besoin ? J'irai vous le chercher.

Tony avait une main sur le front de Rand, l'autre lui soulevait une paupière d'un geste de professionnel pour voir où il en était.

– Il nous faudra plein d'eau froide, pas la saleté qu'il y a dans les citernes... Envoie quelqu'un en puiser dans l'océan ou à la rivière. Va chercher un tas de couvertures, pendant que tu y es. Il est brûlant pour l'instant, ensuite il sera glacé. Apporte-nous des vêtements propres pour le changer et une pile de serviettes. Peut-être un seau, au cas où Rand aurait des haut-le-cœur. Va voir s'il y a de la quinine dans l'armoire à pharmacie de l'un des pavillons. Tu peux aussi prendre une corde, des ceintures ou des cravates, au cas où il se jetterait sur nous dans son délire. Il faudra l'attacher. Oh ! Et si tu peux demander à quelqu'un de faire du café et des sandwiches, ce serait bien, Jase. La nuit risque d'être longue et nous n'avons pas dîné.

Thoros observa l'asurance avec laquelle Tony avait pris les

choses en main. Il était bourré de contradictions détestables, mais, en des moments comme celui-ci, on se souvenait pourquoi Tony était un ami. C'était lui qui se retroussait le plus facilement les manches, qui s'attelait à la tâche... lui qui trouvait toujours le moyen de vous aider. Lui qui ne rouspétait pas, ne gémissait pas non plus, quand on faisait appel à lui.

Jase jeta un coup d'œil à la pendule de la commode. Dix heures et demie. Incroyable... Cela faisait des heures qu'ils étaient là. Il s'étonnait lui-même d'être resté, mais il les écoutait parler avec un intérêt professionnel. Il aurait dû prendre des notes, pendant que les cinq hommes en bonne santé étaient au chevet du sixième. Ils étaient venus un à un. Il se demanda pourquoi chacun d'entre eux avait cru bon d'être là. Thoros et Tony s'occupaient de Rand. Mis à part les deux crises de délire, où ils avaient dû le remettre de force sur son lit, aucune autre présence ne s'imposait. Pourtant, un à un, ils étaient venus et ils étaient restés.

On avait ingurgité des litres de café.

« On dirait une putain de réunion des Alcooliques Anonymes », avait plaisanté Tony, et les autres s'étaient demandé s'il en avait fait personnellement l'expérience.

On avait mangé des sandwiches. Tony interdisait à quiconque de fumer dans la pièce, bien que ce fût sans doute lui qui eût le plus envie d'un cigare. C'était une de ces rares occasions où les hommes avaient le droit de parler, de se lier intimement, Jase le comprit instinctivement. C'était peut-être ça la guerre, et non une simple question d'hormones et de volonté de puissance. Peut-être la guerre leur donnait-elle une chance de partager des choses intimes, ce qui eût été impensable dans d'autres circonstances. Peut-être y avait-il de quoi faire un livre. Il sortit son bloc, prit quelques notes, puis revint à la conversation.

– Khe Sanh était une véritable ordure, disait Jack. J'étais encore un gosse des rues et je pensais avoir compris le truc. Le meilleur moyen de rester en vie était de ne jamais se porter volontaire, de ne jamais en faire plus que ce qu'on vous imposait. Mais c'était impossible là-bas... vous comprenez ? Il fallait aider les copains à tout prix.

« Je me souviens d'une patrouille en embuscade qui s'est

retrouvée dans la merde parce que le Vietcong avait eu vent de notre itinéraire. Nous étions coincés dans ce putain de cratère et les Viets nous tombaient sur le poil de tous les côtés. Les avions bombardaient les bois alentour. Bang ! bang ! Le sol grondait, tremblait, et ça a duré de minuit à l'aube. Nos munitions s'épuisaient, on avait la trouille au ventre et notre officier en chef qui lève les yeux vers nous et qui nous dit, comme un général tout droit sorti de West Point, très digne, sérieux comme un pape : « Il faut aller chercher des munitions ou nous sommes fichus. » Alors mon pote Jackson s'est levé et il a dit : « J'y vais. » Bordel ! Il allait traverser le no man's land pour trouver de quoi recharger nos mitrailleuses. Et tout à coup je me suis entendu dire : « Je l'accompagne. » Je n'en croyais pas mes oreilles. Vraiment pas, vous savez.

Les autres rirent, compatissants. Ils s'étaient tous plus ou moins trouvés dans des situations similaires.

– Et vous les avez eues, ces munitions ? demanda Tony.

Jack hocha affirmativement la tête, le regard soudain empli de tristesse.

– Nous avons traversé cinq fois avant qu'ils aient Jackson. Il n'arrêtait pas de me dire : « Tu vas y arriver, petit. » Il se moquait des Viets et pointait son doigt en l'air. Je revois ses grandes dents blanches, éclatantes dans ce visage noir à la lueur des mortiers. « Pourquoi diable t'es-tu porté volontaire, Jackson ? » lui ai-je demandé, en claquant des dents de peur. « Sans munitions, on n'a aucune chance, Jack, m'a-t-il répondu. Il faut toujours donner aux hommes une chance de se battre. »

Jack fit une pause pour s'éclaircir la voix, submergé par l'émotion.

– Quand je pense qu'ils m'ont donné une médaille pour ça. La vérité, c'est que sans Jackson, je n'y serais jamais allé. Au Vietnam, il y a eu des tas de héros dont personne n'a jamais entendu parler.

– Pour sûr, acquiesça Tony. Le type le plus courageux que j'aie vu était toubib. On l'appelait Sparadrap. Jamais tiré un coup de feu, mais je jure devant Dieu qu'il serait allé en enfer en faisant un pied-de-nez à ce bon vieux Satan, pour aller chercher un blessé.

De l'autre côté du lit, Thoros parla de sa voix grave, ému par le souvenir.

– J'ai passé quelque temps à Koje-do, dans un endroit appelé la base 76, comme hôte des soldats nord-coréens...

Tous les regards se tournèrent vers lui. Jamais Thoros ne leur avait dit qu'il avait été prisonnier de guerre en Corée.

– Le pays était brun, désolé, il y faisait un froid de canard. Alors, pour vous démoraliser, on vous retirait vos vêtements et on vous mettait dehors, devant la montagne glacée, pendant des heures, avec le vent glacial qui vous transperçait... Seigneur, il y a un vent là-bas qui donne à Chicago des allures de Kenya.

Il hocha la tête avec vigueur, comme pour chasser l'angoisse qu'engendrait ce froid, et inspira profondément.

– Ensuite, reprit-il, on vous jetait dans une cellule humide, claquant des dents, les pieds et les mains bleus et complètement engourdis. Ça vous ôtait tout courage. On ne pouvait pas lutter contre ça, mais endurer ou mourir. Pourtant, il y avait là un officier qui nous a aidés à passer l'hiver. Peut-être y en a-t-il un dans chaque camp de prisonniers...

« Il avait conçu un code que nous avions tous appris et il envoyait des messages en tapant des pieds aux gars qui se gelaient dans leur cellule. Il tapait des prières, des poèmes et des versets de la Bible... Il avait un répertoire invraisemblable. Mais, en tapant comme ça, il avait aussi le pouvoir de nous garder en vie... je ne sais pas exactement ce qu'il nous donnait... l'espoir, peut-être ? Le souvenir de temps meilleurs... ou simplement le fait de savoir que l'on n'était pas seul avec sa souffrance, que quelqu'un se souciait de nous.

Il se tut et se souvint.

– Est-ce que les bridés s'en sont aperçus ? demanda Tony.

Thoros hocha sombrement la tête.

– Jim n'est jamais sorti de Koje-do, mais beaucoup d'autres si, et ils lui doivent une fière chandelle.

Rand se remit à grogner et donna des coups sur les couvertures. Tony lui saisit aussitôt les pieds, Thoros aussi.

– C'est une fièvre intermittente, dit-il. Sans doute la malaria. Où est passé le Mexicain, nom d'un chien ?

– Je suis là, señor, fit une voix derrière lui. (Personne n'avait entendu l'homme entrer.) J'ai trouvé l'écorce pour soigner le señor Rand. Je la fais bouillir, elle sera bientôt prête.

Il s'avança vers le lit, vérifia qu'il y avait encore des signes de vie et grogna de satisfaction.

– Vous avez déjà fait ça, señor ? demanda-t-il à Tony. Vous avez très bien soigné votre ami. Ne vous inquiétez pas.

– Est-ce que nous risquons tous d'en mourir ? demanda Jase en se dirigeant vers la porte, content de quitter cette chambre de malade.

– Dès qu'on naît, on risque de mourir, señor, répondit Emilio. De ça ou d'autre chose.

Pris de court, Jase éclata de rire.

– Tu sais, Emilio, dit-il, tu commences à me plaire. Ça m'ennuie de le reconnaître, mais tu commences vraiment à me plaire.

37

Nelida parcourut le cercle du regard, observant chaque visage un à un. Ces femmes étaient en train de changer, songea-t-elle avec satisfaction, elles évoluaient, devenaient plus profondes. Elles attendaient ses histoires avec impatience, à présent. La Mexicaine s'assit en tailleur en remontant sa jupe colorée.

– Ce soir, je vous ai promis de vous raconter des histoires friponnes, dit-elle avec un petit rire sensuel. Ce soir, nous ne serons pas des dames bien élevées. (Elle posa les mains sur ses genoux et cambra magnifiquement le dos.) Ce soir, nous allons relâcher ce qui est serré... libérer ce qui est caché... couper les chaînes et rire comme des folles. Nous allons détacher la déesse du Ventre et parler des choses obscènes.

– On se croirait dans mon ancien club d'étudiantes, ricana Liz.

– Dans ma culture, on protège les déesses du Ventre, celles qui font le rire abdominal, qui remonte des parties génitales comme monte la vérité. Des reins et des tripes, elles amènent le rire et la force de vie là où on en a besoin. Ces déesses n'ont pas de tête, mais elles ont des vulves qui leur servent de bouche et elles voient par les seins. Leurs histoires guérissent la dépression et la maladie, redonnent la vie, ravivent le désir sexuel grâce au rire sacré qu'elles jettent sur tout ce qui est obscène en ce monde imbécile. Parler d'entre les jambes, c'est dire la vérité.

« Alors, commençons. Je veux que chacune d'entre vous me raconte quelque chose d'obscène, quelque chose que vous ne diriez jamais à un homme, mais qui nous fera rire, nous les femmes.

– Tu veux que nous racontions des blagues salées? demanda Christie avec incrédulité.

– Une blague, ou une histoire, vraie ou non... Ou encore une réflexion. Mais il faut qu'il soit question de sexe et que ça nous fasse rire.

– Tant pis, allons-y! J'en ai une, dit Liz. Qui connaît la différence entre sexy et vicieuse?

Elles se regardèrent, hésitant entre le rire et la gêne.

– On est sexy quand on chatouille les couilles d'un homme avec une plume, lança Liz. On est vicieuse quand on prend le plumeau tout entier.

Justine éclata de rire. C'était un aspect de Liz qu'elle ne connaissait pas.

– Un jour, j'ai couché avec un membre de la famille royale anglaise, renchérit-elle. Il ne pouvait pas bander si son berger allemand ne le léchait pas. Si j'avais connu l'histoire du plumeau, j'aurais essayé. Le chien prenait beaucoup de place dans le lit.

Sa colère n'était pas encore retombée, mais elle serait de meilleure humeur si elle participait aux jeux gaillards de Nelida. Et puis, elle ne pouvait pas aller ailleurs.

Christie se pencha en avant.

– Je ne sais pas si c'est exactement ce que nous cherchons, les filles, mais j'ai une petite théorie dont je n'ai jamais parlé à personne, fit-elle, hésitante.

– Vas-y, vas-y, insista Nelida. Fais-nous rire.

– Vous savez ce qu'on dit? fit Christie avec un sourire narquois. Qu'on peut deviner la taille du sexe d'un homme à celle de ses mains?

Elles opinèrent du chef.

– Eh bien, moi, je devine celle d'un sexe de femme.

– Comment? firent-elles en chœur.

– A la taille de son carnet d'adresses! s'écria triomphalement Christie.

On hurla de rire autour d'elle.

– Oh! mon Dieu! hoquetait Chesi entre deux éclats de rire. Et celles qui ont des classeurs?

– Attendez une minute, les filles, s'écria Christie, qui riait si fort qu'elle avait du mal à articuler. J'en ai une bien bonne. Pour impressionner sa petite amie, un jeune homme lui achète douze roses. Quand il arrive avec son gros bouquet, elle arrache ses vêtements, se précipite sur le lit et écarte les jambes. « Ça, dit-elle avec exubérance, c'est pour les roses ! » Et lui de répondre : « Tu n'as pas de vase ? »

Elles riaient de plus en plus fort, et tout le monde participait à la fête.

– Attendez, j'en ai une autre, lança joyeusement Christie. C'est un vieux Juif qui s'appelle Abie et qui tombe amoureux d'une paire de chaussures en crocodile rouge qui valent cent dollars. Il est persuadé qu'avec des chaussures pareilles il deviendra irrésistible. Pendant deux mois, il économise sou à sou et finit par les acheter. En rentrant chez lui, il demande à sa femme Becky : « Tu ne remarques rien ? – Rien », répondit Becky. Alors il va dans la chambre, ôte son manteau et sa chemise, mais pas les chaussures, et revient. « Et maintenant, tu ne remarques rien ? – Rien. » Il retourne en courant dans la chambre, retire son pantalon et son caleçon à la hâte et, quand il revient, il n'a plus que les chaussures. « Et maintenant, qu'est-ce que tu vois ? » Becky répond : « Toujours la même vieille quéquette. » « Oui, dit Abie, mais la même vieille quéquette pointe vers une paire de chaussures en crocodile qui valent cent dollars ! » Alors Becky lui réplique : « Tu aurais mieux fait d'acheter un chapeau à cent dollars. »

Le petit groupe était déchaîné. Elles pleuraient toutes de rire et demandaient une autre histoire à grands cris. Nelida leur sourit avec indulgence et Liz parla à son tour :

– Ça me rappelle vraiment mon club de filles. Nous passions des nuits entières à raconter des histoires et à rire comme des folles.

– Je sais où tu veux en venir, Nelida, fit Chesi avec un ricanement de conspiratrice. C'est une sorte de rituel d'union entre femmes, n'est-ce pas ?

– La sexualité est le privilège des femmes, acquiesça Nelida, rayonnante. Une sexualité terre à terre, gaillarde, que l'on partage avec celles de son espèce... pour relâcher les contraintes qu'impose la civilisation. La sexualité, mes enfants, est la force vitale qui perpétue l'espèce. Qu'y a-t-il de plus puissant que ça ? Tout le monde veut mettre en coupe réglée la sexualité féminine... Les Églises, les hommes, ceux qui font la mode. Tous ceux qui vous disent à quoi doit ressembler votre corps et ce qu'il a le droit de faire.

« Nous devons nous faire part de ce que nous sommes. Franchement. En riant. Voilà comment nous honorerons la déesse du Ventre et nos âmes.

Nelida se leva et s'étira.

– Pour vous remercier de vos histoires, reprit-elle, je vais vous dire un secret des femmes de mon lignage. Ça s'appelle le souffle du pouvoir.

– J'ai trop ri pour apprendre quoi que ce soit, dit Liz en s'écroulant sur le sol.

– Heureusement, répondit Nelida avec un sourire espiègle, pour cette leçon, vous pouvez rester allongées.

Elle s'avança au centre du cercle.

– Tournez la tête vers le feu, ordonna-t-elle. (Ce qu'elles firent, en se demandant ce que Nelida avait en tête, cette fois.) Je vais vous donner un moyen d'accroître votre énergie sexuelle, mais pas seulement sexuelle.

La Mexicaine observa les six femmes étendues sur le dos. Elles étaient plus fortes depuis qu'elle les avait prises en charge. Leur esprit et leur cœur s'étaient ouverts.

– Pour trouver l'énergie, il faut être en union avec l'univers, dit-elle. La Terre Mère vous nourrira, tout comme l'immense univers des étoiles, de la Lune et des planètes, si vous apprenez à capter leur énergie.

« Remuez les bras et les jambes... Agitez-les le plus fort possible pour chasser tous les blocages.

Nelida les regarda se balancer et rire de plus belle.

– Arrêtez ! dit-elle. Levez les genoux pour avoir les pieds à plat sur le sol et le bassin assez souple pour sentir passer votre souffle, comme s'il était lui-même capable de respirer. Ne soyez pas pudiques, sinon vous n'y arriverez pas. Ouvrez-vous à toutes les énergies, comme à un homme. Essayez d'imaginer un conduit bien dégagé qui irait du sommet de la tête au vagin... un cylindre à travers lequel l'énergie circule librement... C'est ça ! fit-elle en les observant une à une, tandis que leurs jambes se détendaient et qu'elles ouvraient les genoux. Comme ça. Inspirez profondément et sentez l'air qui descend vers votre sexe, qui emplit au passage votre ventre comme un ballon. Nous ne sommes pas là pour être maigres comme le veut la mode, mais pour imiter Baudo, la déesse du Ventre, qui parle par la vulve et voit par la pointe des seins.

Elles obéirent en riant aux instructions de Nelida.

– Arrête, Nelida ! souffla Liz. Je ne peux pas rire et respirer en même temps !

Nelida fit le tour du cercle, allant de l'une à l'autre, aidant, observant, conseillant. Elle leur demanda enfin de respirer normalement.

– Chaque fois que vous en aurez besoin, respirez comme ça et vous en serez fortifiées. Avec le temps, ça deviendra une seconde nature.

Les jeunes femmes se redressèrent et comparèrent leurs expériences.

– C'était comme si une rivière d'énergie claire et fraîche coulait en moi, puis jaillissait en moi comme une fontaine, déclara Liz avec enthousiasme. Et toi, Justine, qu'est-ce que tu as vu ? demanda-t-elle gaiement.

Elle éprouvait un léger vertige, comme après une cinquième flûte de champagne.

– Je crois avoir vu ce qui se passe vraiment entre l'homme et la femme, quand ils font l'amour, répondit Justine, pensive et visiblement émue par ce qu'elle venait de vivre. En fait, nous partageons beaucoup plus de choses que nous le croyons.

– Très bien, approuva Nelida. Tu commences à comprendre le programme d'échanges que l'univers a conçu. Vois-tu maintenant les dons extraordinaires que peuvent partager les hommes et les femmes ? Et le pouvoir que chacune de nous peut atteindre ?

– Peut-être, répondit Justine, qui se souvint que Thoros lui avait fait l'amour avec un désir violent et viscéral. Mais si c'est si profond et si effarant, qu'est-ce que tout cela signifie ?

– C'est une question que nous réglerons un autre soir, dit Nelida. Pour l'instant, méditez sur ce que vous avez ressenti et vu. Et puis n'oubliez pas les rêves que vous ferez quand vous aurez fermé les yeux. Vous y apprendrez peut-être des choses importantes. Nous verrons.

Nelida les laissa à leurs conversations et s'apprêta à dormir. La tâche qu'on lui avait confiée lui plaisait de plus en plus. Il y avait tant de choses à transmettre et il restait si peu de temps.

DEUXIÈME PARTIE

Turbulences

La nature ne viole jamais ses propres lois.
Léonard de Vinci

Dans la nature,
il n'y a ni récompenses ni châtiments.
Il y a des conséquences.
Ingersoli

Vendredi 15 et samedi 16 avril

Celui qui hésite est un imbécile.
Mae West

38

New York, le vendredi

Marcos Gagarian était en train de se raser, quand il entendit le bulletin météo. Le rasoir s'arrêta au milieu de sa joue. On parlait d'un cyclone... mais où ? Il n'écoutait que d'une oreille. Ce matin-là, l'affaire Aston-Harwich lui occupait presque entièrement l'esprit.

Il n'était pas inquiet de ne pas avoir reçu de nouvelles de son père. C'était tout de même bizarre... D'habitude, où qu'il se trouve, il restait en contact. Mais cette fois, c'était différent. Thoros avait pris des vacances dans son paradis privé et, jusqu'à présent, Marcos s'enorgueillissait qu'il ne se soit rien passé de fâcheux dans l'empire de son père, rien qui ait exigé son intervention. Il n'était pas aisé de prendre la place de Thoros, même pour dix jours, et Marcos était fier de l'avoir fait sans un seul coup de fil de Mora Utu.

Il ne savait plus que faire.

L'île était parfaitement équipée, et la radio de l'avion permettait d'établir des communications avec l'extérieur. Si Thoros avait eu des inquiétudes pour la sécurité de ses hôtes, il aurait certainement appelé.

A moins qu'ils n'aient pas fait attention.

Non. Cela ne ressemblait pas à son père. Thoros, qui était minutieux, sentait le danger à un kilomètre. Dimanche, c'est-à-dire lundi de ce côté-ci de l'équateur, ils auraient sans doute quitté les lieux, avant l'arrivée de la tempête.

Marcos termina de se raser à la hâte. Il appellerait le service de l'aviation civile de son bureau. Peut-être sauraient-ils si cette tempête présentait un danger réel.

Marcos s'arrêta d'abord devant le bureau de Margaret.

– Avez-vous eu des nouvelles de Papa ? demanda-t-il en laissant tomber dans son casier une pile de courrier qu'il avait prise à la réception.

Margaret hocha la tête et retira les lunettes demi-lunes qu'elle utilisait pour taper à la machine.

– Pas un mot, dit-elle en fronçant les sourcils. Au début, c'était reposant, maintenant c'est curieux, vous ne trouvez pas ?

Marcos sourit.

– Il s'amuse sans doute trop pour s'occuper de nous, Marge, répondit-il d'un ton un peu trop enjoué. Mais on ne sait jamais. Appelez-moi Harry Schenck au service de l'aviation et passez-le-moi dans mon bureau.

– C'est ce typhon, au nord d'Hawaï, qui vous inquiète, vous aussi ? fit-elle avec un sourire entendu.

Margaret était fine mouche, pensa Marcos en se dirigeant vers son bureau. Elle était sans doute un peu amoureuse de Thoros. Sinon, pourquoi aurait-elle travaillé douze heures par jour depuis tant d'années ? Surtout qu'elle n'était pas tellement bien payée.

Quelques instants plus tard, Margaret lui annonça que Schenck était en ligne. Marcos décrocha.

– Harry ? dit-il. Je t'appelle au sujet de la tempête dont on a parlé à la radio ce matin. Y a-t-il un risque qu'elle passe dans les environs de Mora Utu ?

Harry Schenck était un homme immense, presque chauve et, malgré une certaine rudesse, d'un naturel accommodant. Il était depuis toujours le pilote principal de Thoros. A présent, il dirigeait sa flotte privée depuis son bureau du service aérien.

– J'allais t'appeler, petit, répondit-il de sa belle voix grave. (Il ne semblait pas trop inquiet.) Je ne sais pas encore ce qu'il en est. Pas assez de renseignements de la météo. Ils sont là-bas jusqu'à dimanche midi, de toute façon. Mais je m'en occupe. Je te tiens au courant dès que possible.

– Harry ?

– Oui, petit ?

Il l'appelait « petit » depuis qu'il était né, et le fils de Gagarian savait que c'était une marque d'affection, non un manque d'égards.

– Que fait-on si le typhon se dirige par là ?

– Thoros se servira du système de protection, il n'y a aucune inquiétude à avoir. Si c'est trop risqué, il partira avant la tempête. Le rayon d'action des transmissions du G-IV au sol est limité. Il n'y a donc aucune raison qu'il nous informe de ses projets. Et puis tu n'as pas oublié la première règle de Schenck ? Ne jamais s'inquiéter à l'avance, on aura tout le temps quand on sera dans la merde.

Marcos aurait bien voulu en rire, mais son rire lui resta dans la gorge. Il eut soudain un mauvais pressentiment. Harry Schenck aussi, mais il décida de le garder pour lui, tant qu'il n'en saurait pas davantage sur le trajet du typhon.

39

Le samedi, juste avant le lever du jour, Thoros contemplait la mer par la fenêtre. Il avait peu dormi après avoir quitté la chambre de Rand, et avait beaucoup pensé à leur conversation entre hommes. Il n'avait jamais eu besoin de beaucoup de sommeil, moins encore depuis qu'il avait vieilli. Il était surtout anxieux, agité et mal à l'aise. Il pensait sans cesse à Justine. Elle lui manquait. C'était agaçant, étonnant même, mais il aurait aimé qu'elle soit tout près pour lui parler.

S'il avait d'abord éprouvé de la colère quand ce conflit avait dégénéré, s'il s'était senti frustré, ridiculisé devant ses amis, à cet instant même... c'était un tout autre sentiment qui surgissait en lui. Une vulnérabilité, une solitude.

Il aimait bien Justine. Non. Plus que cela... Il l'avait prise en affection, un sentiment qui lui était étranger. Elle avait des appétits aussi gargantuesques que les siens... et d'immenses espérances. Elle attendait beaucoup du monde, d'elle-même, de lui. Elle l'avait surpris par son charisme et ne l'avait jamais déçu, même quand il était furieux contre elle. Elle ne le redoutait pas, ne le flattait pas bassement, ne cherchait pas à l'amadouer, ne manigançait pas. Elle oserait vivre comme lui. C'était là une pensée séduisante, enivrante même. *Bon sang !* pensa-t-il soudain. *Je parie que je peux encore lui faire entendre raison.*

Un essaim de papillons multicolores voletaient au-dessus de la tête de Tiffany, la faisant ressembler à un personnage de Walt Disney. Elle ne se posait plus de questions sur cet étrange phénomène et se réjouissait de leur apparition inopinée. En riant, elle balança ses cheveux pour repousser cet arc-en-ciel ailé de son champ de vision. Celles qui se trouvaient près d'elle s'arrêtèrent pour contempler cet étrange spectacle.

Nelida la regardait aussi.

– Pour mon peuple, ces papillons migrateurs sont d'anciens esprits qui recherchent les sources d'énergie des grandes civilisations aujourd'hui disparues. Ils nous honorent de leur présence.

– Pourquoi les papillons sont-ils sacrés pour ton peuple, Nelida ? demanda Justine par curiosité.

Elle commençait à aimer Nelida, plus qu'elle ne voulait bien l'admettre devant les autres.

– On dit que le Grand Esprit a donné un arbre à papillons au monde pour lui apprendre les couleurs de la vie, répondit gaiement Nelida. On dit aussi que les papillons forment des arcs-en-ciel où ont été accrochés les étoiles, la Lune, le Soleil et toutes les planètes de notre galaxie.

« Les anciens connaissent l'existence de l'arbre sacré de notre destinée. Il porte un nom différent selon les peuples, mais les légendes sont toujours les mêmes. Nous en sommes tous les feuilles, mais nous ne sommes pas que cela. Nous sommes l'arbre lui-même, si bien que tout ce qui est vivant possède la force vitale du papillon. Beaucoup croient que le Grand Esprit a façonné le papillon pour nous apprendre à évoluer dans la joie. Toute vie est une transition... de la chenille à la chrysalide, et à l'animal ailé... Nous subissons tous des métamorphoses, et celle du papillon est d'une grâce infinie.

– C'est très poétique, répondit Justine en méditant sur cette métaphore.

La Mexicaine scruta les visages pour savoir si elle devait en dire davantage.

– Je crois qu'avec le papillon nous ne faisons qu'un, et que cet être-là ne fait qu'un avec Dieu, poursuivit-elle en souriant. Ce soir, je danserai pour vous la Mariposa, et peut-être verrez-vous les choses différemment.

Justine ne prolongea pas ce badinage matinal et se dirigea vers le domaine. Elle était encore profondément troublée par un sentiment mal défini. Elle s'était efforcée de rester à l'écart, et la nuit précédente, elle avait réfléchi à ce qu'elle devait faire, se retournant sans cesse, perturbée par les événements de la veille. L'histoire de Nelida... sa dispute avec Liz... la conviction qu'elles s'y prenaient mal... tout l'incitait à reprendre contact avec Thoros.

Celui-ci l'obsédait de bien des manières. Le souvenir de sa main sur sa peau, son rire, son étreinte après l'amour, tout cela était en elle, sans qu'elle puisse y changer quoi que ce soit. Pourtant, contrairement à d'autres hommes, il ne correspondait pas à son idéal masculin. Il était plus fort, admirable à bien des égards, redoutable même, et la laissait sur sa faim, comme aucun homme avant lui. Comme elle ne pouvait le manipuler, elle ne maîtrisait rien, ce qui la déconcertait, la perturbait. Elle se sentait vulnérable, jeune, incertaine. Mais jamais elle n'avait ressenti une telle joie. Elle en était comme étourdie. Cela lui donnait enfin l'espoir qu'il existait autre chose que ce qu'elle avait connu jusque-là. L'amour que chantaient les poètes et auquel elle avait renoncé existait vraiment dans ce monde sordide.

Justine ne savait pas exactement ce qu'elle ferait si elle parvenait jusqu'à Thoros, mais elle prit la direction du domaine. Peut-être le destin la guiderait-il. Et si elle rencontrait Thoros, ce ne serait pas tout à fait par hasard.

L'aube teintait déjà le paysage d'une lumière rouge et dorée, quand elle franchit le pont. A cinquante mètres de l'endroit recouvert de lianes, de l'autre côté du pont, elle aperçut Thoros qui venait vers elle. Ils se regardèrent longuement avant de s'adresser la parole. Son expression hagarde le rendait beaucoup plus humain qu'une semaine auparavant.

– Tu sembles différente, Justine, dit-il comme s'il avait lu dans ses pensées.

Il avait dans la voix une émotion qu'elle ne sut pas identifier.

– Nous avons sans doute tous changé, Thoros, fit-elle d'une voix nostalgique.

Elle résista à une brusque envie de le toucher et s'efforça de rester maîtresse de ses émotions. Pourquoi était-il devenu tellement important pour elle ?

– J'allais te chercher, Justine, dit-il simplement.

Ni récriminations, ni hostilité.

– Tu m'as manqué.

Elle lui sourit, sincèrement touchée.

– J'allais aussi te chercher.

– Pourquoi ? demanda-t-il, visiblement sidéré.

Elle inclina légèrement la tête et le regarda droit dans les yeux avant de lui répondre.

– Je ne sais pas exactement. Je me suis dit que nous pourrions peut-être dénouer le nœud gordien avant que des étrangers n'arrivent ici... Je n'aimerais pas que nous nous quittions ennemis.

Il l'observa attentivement. Elle n'était ni très élégante ni très nette. Elle n'était pas maquillée, avait les cheveux ébouriffés, les ongles abîmés, le visage et les bras écorchés. Elle ne portait visiblement pas de soutien-gorge sous son T-shirt et son short avait besoin d'un bon coup de fer. Il la trouva superbe, bronzée, jeune, vraie. Telle quelle, elle était merveilleuse. L'excitation qu'il sentit monter en lui allait au-delà du simple désir sexuel.

– Tu m'as manqué, Justine, répéta-t-il en lui tendant la main. Acceptes-tu de bavarder un peu avec moi ?

Elle acquiesça en lui tendant la main à son tour. La sienne était chaude et agréablement ferme. Elle se laissa entraîner dans l'épais feuillage qui les dissimulait aux regards, envahie par un désir qui en disait long sur une solitude dont elle n'avait pas jusque-là éprouvé l'ampleur. Elle sentit l'intense émotion de Thoros, quand son corps se plaqua contre le sien, et fut sidérée de sa propre réaction, de sa maîtrise immédiate des choses, comme si ni le temps ni les événements passés ne les avaient séparés. Justine leva la tête, et le baiser qu'il lui donna résonna dans tout son corps. Elle se sentit embrasée au plus profond d'elle-même et ouvrit ses sens au plaisir. Elle se sentit fondre, impatiente et vivante.

La peau imparfaitement rasée de Thoros lui érafla la joue. Ses mains rudes, habituées à créer à partir de rien, la conduisaient à présent là où elle n'avait pas eu l'intention d'aller. A moins que ? Ses seins se durcirent dans l'air chaud et moite, quand il retira son T-shirt et qu'il les caressa légèrement, du dos de ses mains rugueuses.

Je n'aurais jamais fait ça sans cette dispute au camp, songea-t-elle brusquement avec méfiance. *Fais attention, Jus-*

tine. Mais la prudence n'était plus de mise. Les dés étaient jetés, et ils savaient tous deux qu'ils allaient vers une intimité inconnue, unique.

– Je n'avais pas l'intention de... dit-elle avec une vulnérabilité et une sincérité qu'il ne lui connaissait pas.

Thoros fouilla dans son passé pour savoir comment se comporter dans cette étrange rencontre. *Pas d'erreur*, se dit-il. *Avance prudemment.* Il n'en était plus au b.a.- ba de la sexualité, et pourtant il avait étrangement l'impression d'être un néophyte.

Dans sa jeunesse, il avait multiplié les expériences, sans y penser, pour satisfaire un prodigieux appétit, mais ses excès avaient fini par lui sembler dérisoires. En tout il détestait la médiocrité et il avait compris que ses amours n'étaient que le début d'une longue étude. Il avait ensuite recherché des putains de toutes sortes. Simple question d'apprentissage, se disait-il, l'occasion de connaître des femmes fascinantes. Certes, les amateurs doués ne manquaient pas, mais Thoros aimait à se rappeler qu'il avait acquis ses galons auprès des « aficionadas » les plus inventives de la planète.

Malgré cela, il n'avait plus aucune certitude, mais cette rencontre, il savait qu'il ne devait pas la manquer. Après avoir passé en revue ses expériences passées, il comprit soudain qu'il devait oublier tout ce qu'il avait appris, laisser la nature prendre son dû et tout donner en échange. En souriant de sa propre bêtise, il se tourna vers cette femme qui l'avait si profondément touché. *Pense à elle*, lui soufflait son instinct, *ne pense qu'à elle.*

Thoros posa les lèvres contre l'oreille de Justine et lui murmura :

– On te demandera compte de tous les plaisirs permis dont tu n'auras pas profité pendant que tu étais sur Terre, dit le Coran.

Elle lui sourit, tandis qu'il lui caressait le cou tendrement, doucement, et qu'il traçait lentement, langoureusement, une ligne jusqu'à la pointe de son sein, qui durcit sous ses doigts. Il pinça la pointe brune entre le pouce et l'index pour découvrir de nouvelles sensations, puis l'effleura de sa bouche en laissant descendre sa main le long de son corps.

Justine gémit, ou peut-être soupira. Il ne savait pas exactement de quelle nature était le son qui s'échappait de ses lèvres. Quand il caressa l'intérieur de ses cuisses, elle s'ouvrit à lui, et à son désir ne se mêlait aucun défi. Elle était parfaitement consentante. Il la berça entre ses bras et posa ses lèvres à la limite des poils noirs et soyeux de son bas-ventre.

– On ne joue plus, murmura-t-il tendrement.

– On ne joue plus, répondit-elle, le souffle court.

Il lui caressa les lèvres et les écarta avec délicatesse, puis sa langue fit doucement mais impitoyablement vibrer les points les plus sensibles. Elle n'était plus capable de penser. Il prit dans sa bouche le bouton de chair palpitant, et lui arracha un gémissement de plaisir, au bord de la douleur.

– S'il te plaît... sanglota Justine d'une voix douce et vulnérable. Oh ! oui, je t'en prie...

Jamais elle ne l'avait imploré. Alors il continua, longtemps, malgré ses tentatives pour échapper à tant de plaisir, fermement arrimé à ses hanches, attentif à ses désirs et à son besoin d'apaisement. Puis il pénétra en elle avec plus de vigueur que jamais. Sa jouissance fut d'une telle intensité qu'elle envoya des ondes de plaisir dans leurs deux corps, et ils sombrèrent, soudés l'un à l'autre, toujours enlacés.

Justine reposa longuement sur l'épaule de Thoros, sans dire un mot, blottie contre son corps.

– C'est si beau d'être étendue là avec toi dans ce paradis, dit-elle enfin d'une voix rêveuse et rauque, comme si elle se parlait à elle-même. Et comme nous sommes loin des dangers et des bêtises de ces derniers jours. Comment avons-nous laissé les choses aller aussi loin ?

Elle savait à présent qu'elle ne devait pas trahir les autres femmes en livrant à Thoros les pièces de l'avion, mais il y avait peut-être un moyen de trouver entre leurs esprits la même harmonie qu'entre leurs corps.

– Il nous faut les jauges, Justine, répondit Thoros sans réfléchir aux conséquences de sa demande. C'est le seul moyen de tout arranger.

Elle sortit brusquement de sa rêverie, se redressa et tendit la main vers son T-shirt.

– Thoros, il aurait été plus courtois d'attendre que nous ayons retrouvé un rythme cardiaque normal avant d'entamer les négociations, déclara-t-elle, agacée de s'être laissé prendre au piège aussi facilement.

– Mais ne vois-tu pas, Justine, poursuivit-il sans détours, que si je veux mettre fin à cette histoire, c'est justement pour que nous soyons ensemble ! Non seulement cette folie me coûte cher, mais elle m'éloigne de toi. L'autre soir, il s'est passé une chose qui m'a fait clairement comprendre que je ne voulais pas de ça.

Il se retourna et s'appuya sur un coude.

Justine fronça les sourcils, le dévisagea en essayant de trier le bon grain de l'ivraie. Essayait-il de réparer son faux pas ou était-il sincère ? Pourquoi n'avait-elle plus d'antennes, dès qu'il s'agissait de cet homme ? Elle s'éloigna, mais Thoros la retint. Comme elle hésitait, sa main remonta le long de sa cuisse et s'insinua avec insistance entre ses jambes.

– Il y a entre nous quelque chose qui sort de l'ordinaire, Justine, dit-il pour lui rappeler leur récente intimité. Tu le sais aussi bien que moi.

– J'aimerais aussi savoir si nous pouvons aller plus loin, répondit-elle, agacée qu'il tente de la manipuler, mais excitée par sa caresse.

Elle serra les cuisses pour lui rendre la tâche plus difficile.

– Il faut d'abord que nous réglions ça, n'est-ce pas ? fit-elle, surprise de la tension qu'elle décela dans sa voix, surprise de ne pas être partie.

– Justine, tu sais certainement où se trouvent les jauges, murmura-t-il en lui écartant les jambes avec sa cuisse, les lèvres pressées contre son oreille. Avec un peu de bonne volonté, nous trouverons une solution. Après ce qui s'est passé entre nous, Justine, ne pouvons-nous enfin nous montrer civilisés ?

– Après ce qui vient de se passer entre nous, Thoros, dit-elle tristement en le repoussant à contrecœur, tu ne devrais pas me demander de trahir mes amies.

– Tes amies ! s'écria-t-il d'un ton méprisant. Ce ne sont pas tes amies... Moi, je le suis.

– Vraiment ? rétorqua-t-elle en s'efforçant d'éloigner leurs corps l'un de l'autre. Les amis n'abusent pas l'un de l'autre... pas comme ça. Ce n'est pas parce que nous avons fait l'amour que je vais changer d'avis. Pas davantage si tu me menaces. Je t'aurais cru plus avisé.

– Tu es obstinée, dit-il, exaspéré autant par son manque d'habileté que par l'entêtement de Justine.

– Pas plus que toi, Thoros. J'ai eu tort de croire que nous pourrions nous mettre d'accord. Je n'aurais pas dû venir.

– Là, tu te trompes, ma chère, dit-il avec un sourire espiègle qui rappela à Justine le Thoros d'avant la guerre. Tu dois venir, venir et venir encore.

Il lui pressa affectueusement le pubis, puis retira brusquement sa main brûlante. Elle en fut à la fois soulagée et frustrée.

Justine ramassa ses vêtements, furieuse du tour qu'avait pris leur entrevue.

– Nous pouvons toujours attendre dimanche, dit-elle froidement. Quand on s'apercevra que nous ne sommes pas rentrés, on viendra sûrement nous chercher.

Thoros hocha la tête, mais ne dit rien. Il n'était pas satisfait de la tournure des événements. Il était frustrant de tout perdre pour une gaffe, un geste stupide, mais la vie était ainsi faite. Cette fille était un oiseau rare et il n'allait pas la laisser filer une fois de plus. Mais il ne pouvait pas non plus la poursuivre de ses ardeurs, comme n'importe qui. Il s'habilla sans dire un mot, tout comme elle, et il y eut soudain entre eux un malaise palpable, étouffant.

– Tu vas dans la même direction que moi ? demanda-t-il enfin.

– Non. Je retourne au camp.

– Je t'accompagne jusqu'au pont. Je ne suis pas d'humeur à regagner le domaine.

Il avait dans la voix une nostalgie qui la toucha. Ce n'était pas elle qu'il regrettait mais quelque chose de plus profond.

– Volontiers, dit-elle en se demandant si, dans toutes les guerres, il y avait ainsi des moments où généraux et soldats avaient envie de rentrer chez eux et de parler de choses humaines.

40

Il était trois heures, le vendredi après-midi, quand la grande carcasse d'Harry Schenck apparut dans l'embrasure de la porte du bureau de Marcos. *Un ours*, songea ce dernier en levant les yeux vers l'homme qui entrait pesamment. *On dirait un grand ours chauve.*

– Écoute, petit, dit Harry, tandis que Marcos lui indiquait le canapé de cuir, aucun fauteuil n'étant assez grand pour lui. Il faut que je te parle...

Marcos s'approcha à son tour du canapé.

– J'ai demandé aux gens de la météo de surveiller cette saleté de typhon toute la journée, reprit Harry. Au début, il n'avait pas l'air trop méchant, mais il gagne en puissance à mesure qu'il progresse, et il se dirige par là. Il s'agit d'une tempête de force trois, peut-être même de force quatre, bien que ce soit improbable.

– Un ouragan de force quatre? Comme Andrew? demanda Marcos, le regard aiguisé.

Harry hocha vigoureusement sa grosse tête.

– Oui, mais dans le Pacifique Sud on appelle ça un typhon. Ça se déplace dans le sens inverse des aiguilles d'une montre. Mais tu sais tout ça...

En entendant la nouvelle, Marcos plissa le front davantage.

– Ils ne sont pas sur le même fuseau horaire, Harry. Là-bas, c'est déjà samedi... Ils avaient l'intention de partir dimanche. Ont-ils une chance d'éviter le typhon?

– Nous avons essayé de contacter la radio du G-IV par relais satellite, en vain pour l'instant. Cela dit, il n'y a rien de bizarre. N'oublie pas qu'il n'y a pas de téléphone à Mora Utu, ils n'ont aucune raison de se trouver dans l'appareil, à moins qu'ils ne soient déjà sur le départ. De toute façon, je parie que Thoros est en train de faire ses valises, même si je n'en ai pas la certitude. Sur l'île, les informations météo sont restreintes. Ils l'apprendront peut-être trop tard pour se mettre à l'abri.

Marcos se cala dans son fauteuil et médita ce que venait de lui dire Harry.

– Prévois d'y passer le week-end, Harry, répondit-il avec une autorité qui n'avait rien à envier à celle de son père. J'ai comme un pressentiment... Ça ne se passera pas comme nous le souhaitons. De quoi avons-nous besoin pour les tirer de là, si ça se gâte vraiment ?

Harry Schenck se pencha, les genoux écartés et les pieds bien à plat sur le sol, ses grandes mains jointes pendantes, les coudes sur les cuisses. Il se tenait toujours ainsi pour résoudre les problèmes. Marcos l'avait déjà remarqué.

– Ça dépend de la force et de la rapidité de ce typhon.

Quand la situation était critique, Harry ne tournait pas autour du pot. « Ni manières ni salades », avait dit un jour Thoros.

– Si nous devons leur porter secours, il nous faudra des mercenaires.

– Des mercenaires ? répondit Marcos, ébahi. Pourquoi pas nos hommes ?

– Trop risqué. Nos gars ne sont pas entraînés pour ce genre d'opération. Il nous faut des baroudeurs. Et leur équipement.

– Où les trouver ? On appelle le Pentagone ?

– Possible, fit Harry d'un air songeur. Nous avons des relations. Mais on va crouler sous les tracasseries administratives.

– Et la mafia ? Tony est aussi sur l'île.

– De toute façon, petit, il faudra payer rubis sur l'ongle. Il s'agit de grosses sommes.

– Il s'agit de mon père, Harry.

Celui-ci hocha de nouveau lourdement la tête et, dans le regard du vieil homme, Marcos vit qu'il était inutile de le lui rappeler. Il se demanda quels souvenirs Harry Schenck et

Thoros pouvaient bien avoir en commun. Schenck avait dix ans de plus que Thoros, mais il était le seul qui pouvait se permettre de le rembarrer sans craindre de représailles.

Margaret apparut dans l'embrasure de la porte, un sac de voyage à la main. Marcos écarquilla les yeux. Il ne l'avait jamais vue porter que des tailleurs et des chemisiers stricts. Elle était en caleçon noir et en bottes, avec un pull de cachemire, un autre noué autour du cou. Les lunettes relevées sur le front, elle regarda Harry.

– Contente de te voir, Hank, lui dit-elle comme à un vieil ami. Je voulais juste que tu saches que je reprends du service. Ça fait un bail, non ? Je suppose que, sauf contrordre, nous suivons le code bleu.

Harry lui adressa un sourire chaleureux.

– Ne t'inquiète pas, Mags, dit-il. Nous l'en sortirons.

Elle leva les pouces et disparut.

– Hank ? mima Marcos avec un sourire entendu. Mags ? Mais nom de Dieu, de quoi s'agit-il ? Le code bleu... On dirait un vieux film.

– Laisse-moi te dire une chose, petit. Des femmes comme Margaret, on n'en fait plus, répondit sèchement Harry. Elle traverserait ce typhon pour sauver Thoros. Savais-tu que c'est un pilote du tonnerre ?

Marcos hocha la tête, vexé d'ignorer tant de choses.

– Y a-t-il quelque chose entre vous ? demanda-t-il.

– Oui. Elle est mon amie. La tienne aussi.

Marcos acquiesça en se demandant s'il devait poursuivre son interrogatoire. Il y avait des choses plus pressantes. Mais il se posait un certain nombre de questions sur cette étonnante camaraderie. On verrait plus tard.

– Dis-moi tout ce que tu sais de cette tempête, Harry... ou Hank ?

Harry leva vers lui un visage grave.

– Il n'y a que Maggie qui m'appelle Hank.

Marcos se le tint pour dit. Il se tourna vers la carte météorologique posée sur la table.

41

H. Douglas Rand se leva en chancelant pour voir s'il tenait debout. Ses pieds semblaient taillés dans une substance inconnue. Il s'assit un instant pour retrouver l'équilibre puis, sentant qu'il en était capable, il quitta son lit et se rendit dans la salle de bains. Il se demanda combien de temps il avait été malade et constata avec étonnement qu'il se déplaçait lentement, mais plutôt bien.

Quand il se regarda dans le grand miroir au-dessus du lavabo, il eut un choc. Émacié, une barbe grise sur le menton, il paraissait plus vieux, négligé. Mais il tenait sur ses jambes, comme un convalescent après une longue maladie. Après s'être brossé les dents, il retrouverait sa vitalité. Il regretta un instant de ne pas avoir de journal pour vérifier la date, conscient qu'il serait sans doute surpris par le temps qui s'était écoulé depuis qu'il avait été terrassé.

Rand retira son pyjama froissé et taché de sueur, et ouvrit les robinets de la douche. Le bruit de l'eau lui parut agréable, mais il se souvint brusquement qu'il n'y avait pas d'eau chaude. Et que l'eau froide était contaminée.

– Flûte ! s'écria-t-il, furieux d'avoir été pris de vitesse par Chesi.

Il y avait peut-être encore un moyen de renverser la vapeur et de se racheter, songea-t-il soudain. Il ne pouvait pas se permettre de perdre la clientèle de Thoros et, dans son délire sans doute, il avait eu une idée pour rafistoler une partie de l'installation électrique. Il lui suffirait d'un peu de chance pour regagner la confiance de Thoros.

Tony était dans la cuisine quand Rand y pénétra.

– Tu es levé ! s'écria Tony, qui s'avança vers son patient en l'observant avec un œil de médecin. Tu tiens debout, mon vieux ?

Rand fit un signe de tête et se dirigea vers une chaise. Tony remarqua qu'il se déplaçait difficilement. Il était d'une extrême pâleur.

– Que m'est-il arrivé, bon sang ? demanda Rand, apparemment satisfait d'être parvenu jusqu'à la chaise.

– La malaria, je suppose. Ou quelque chose comme ça. Très forte fièvre, spasmes, délire, dysenterie... et tout le tremblement. Tu devras te faire examiner à ton retour. Les fièvres tropicales ont la mauvaise habitude de récidiver.

– J'ai bien cru que j'allais mourir.

– Oui, s'esclaffa Tony. Eh bien, tu nous as donné du boulot cette nuit, mais, tout bien considéré, tu ne m'as pas l'air mal en point. Emilio a fait bouillir une écorce. Ça a fait l'affaire. Probablement de la famille de la quinine. Tu veux manger ?

Rand hocha distraitement la tête.

– Pour reprendre des forces. Ensuite, j'aimerais bien remettre l'installation électrique en service.

– Oh là là ! fit Tony en riant de bon cœur. Doucement. Ménage-toi. Demain, tu pourras peut-être travailler, mais pas aujourd'hui.

Rand reprenait des couleurs. L'accès de fièvre était définitivement passé.

– J'ai eu une idée au fond de mon lit. Je pourrais rebrancher au moins l'un des tableaux, mais il faut d'abord que je retourne voir.

– Alors demain. Jusque-là, nous avons vécu sans électricité. Un jour de plus ou de moins n'y changera pas grand-chose. Mange, retrouve tes jambes de marin et repose-toi. Demain, le monde sera à toi. Entre-temps, je vais te préparer à manger.

Rand attendit que Tony ait quitté ses appartements, puis il se dirigea vers le baraquement le plus proche pour y chercher des outils et des plans.

L'incendie se déclara environ une heure après qu'il se fut

mis à l'ouvrage. De la fumée s'échappa des panneaux, quelques volutes d'abord, puis un véritable nuage. Rand chercha frénétiquement l'extincteur, mais l'endroit où il aurait dû se trouver était vide. Il ignorait ce qui s'était passé. Peu importait. Des flammes crépitantes grimpaient le long du tableau et la fumée devenait noire. Il fallait chercher du secours.

Rand quitta le petit bâtiment en courant.

– Au feu ! cria-t-il. Apportez des extincteurs !

Mais dans son état, il mit longtemps à regagner la maison. Son cœur battait si fort qu'il dut ralentir pour ne pas tomber.

Les hommes accoururent vers lui en criant, eux aussi. Les flammes et la fumée étaient à présent visibles de la grande maison. Grâce à Dieu, la jungle était humide. Contrairement à la forêt, il était difficile d'y mettre le feu, se dit-il juste avant de perdre connaissance.

– De l'eau ! cria Thoros aux hommes qui se trouvaient derrière lui. Apportez des seaux à la citerne ! Prenez tout ce qui peut contenir de l'eau !

– C'est un court-circuit, Thoros, dit Tony d'une voix forte. L'eau ne fera qu'aggraver les choses. Où sont les extincteurs ?

– Ce sont ces sacrées bonnes femmes qui les ont. Les supports sont vides.

Thoros leur hurla de former une brigade de porteurs de seaux. Emilio apparut dans une des petites voitures du golf. Il s'avança pour que les hommes puissent y monter et regagna la maison.

– Il y a des jerrycans et des seaux près des citernes, señor, dit-il. Nous les chargerons dans la voiture. Il y a aussi des sacs de sable près des remorques du chantier. Ça peut nous être utile.

Les hommes obéirent aux instructions d'Emilio.

Le petit bâtiment extérieur qui abritait les installations de Mora Utu n'était plus qu'une ruine fumante, dont il ne restait que quatre murs. La fumée s'ajoutait à l'insupportable chaleur de la jungle, mais l'incendie était éteint.

Six hommes exténués et un malade contemplaient ce qui restait du bâtiment qui, une heure plus tôt, était encore debout.

– C'est la goutte d'eau qui fait déborder le vase, dit calmement Thoros. En nous volant les extincteurs, ces femmes auraient pu causer la mort de l'un d'entre nous.

– J'en ai assez, Thoros, fit Jase qui soufflait comme un phoque. Récupérons ces jauges immédiatement, coûte que coûte.

– Je suis d'accord, déclara Tony. Nous avons essayé de les raisonner. Maintenant, il faut agir.

– Ce n'est pas la faute des femmes, leur fit judicieusement remarquer Alex. C'est Rand qui a mis le feu en tripatouillant le tableau. Vous ne pouvez pas leur reprocher ça.

– J'essayais de les réparer, ces tableaux, rétorqua Rand. Si les femmes n'avaient pas tout foutu en l'air, rien de tout cela ne serait arrivé.

– Foutaises, Rand, dit Jack, très énervé. Qu'est-ce que tu fichais là ? Tu n'es pas électricien. D'après ce que j'ai pu constater, tu n'es même pas tellement architecte. Chesi t'a damé le pion à chaque fois.

– Tu charries, Jack, répliqua Jase, furibond. Rand a voulu se rendre utile.

– Vraiment, je charrie ? Rand est con et incompétent, tout le monde le sait, rétorqua Jack.

Tony s'avança, la mâchoire contractée.

– Nous sommes tous des cons, si nous ne poursuivons pas ces nanas pour récupérer les jauges. Qu'est-ce que vous allez faire ? Attendre que l'un de nous se fasse tuer ? Il faut y aller maintenant.

– Écoutez, écoutez ! cria Jase. On prend les jauges et on règle ça à notre retour aux États-Unis.

– Ces femmes sont incontrôlables, déclara Thoros. Cette fois, elles ont fait plus que nous gêner. Elles nous ont mis en danger. Il ne faut pas que cela se reproduise.

– C'est Rand qui nous a mis en danger, pas les femmes, le contredit Jack avec véhémence.

– Tu es de leur côté depuis le début, répliqua Thoros. C'est mon île et mon G-IV. Et je ne les laisserai plus m'empoisonner l'existence. C'est comme ça et pas autrement.

– Donne-moi quelques heures, Thoros, c'est tout ce que je te demande, insista Jack. Laisse-moi dire deux mots à Tiffany et je verrai bien si je peux lui faire entendre raison.

Thoros inspira profondément.

– Tu as deux heures, aboya-t-il avant de faire volte-face.

Furieux et frustré, Jack resta planté là quelques instants, puis il décida de partir à son tour.

Saloperie de guerre, pensa-t-il. *Maudites soient la vendetta de Thoros et la stupidité de Tony, et de toute la bande !* Il irait voir Tiffany. Peut-être parviendrait-il à la convaincre de renoncer aux pièces de l'avion, peut-être pas, mais du moins saurait-elle qu'il n'était pour rien dans cette escalade de la violence.

Sa décision prise, Jack se sentit empli d'une énergie nouvelle. Il retourna dans son pavillon et monta les escaliers quatre à quatre, malgré la chaleur étouffante. Il allait voir Tiffany. Peut-être la prendre dans ses bras, l'embrasser, entendre sa voix. Aiguillonné par cet espoir, il s'étonna de ne pas avoir eu plus tôt une idée aussi sensée.

Tony était un abruti, peut-être pire encore. A l'égard des femmes, il était animé d'étranges pulsions psychotiques. Sinon, c'était un type très sympathique. Même Thoros, qui était on ne peut plus stable, se laissait piéger par son ego et par l'amour aussi démesuré qu'irrationnel qu'il portait à cette maudite propriété. En fait, ils étaient tous devenus un peu bizarres... si bien que le plus sensé de la bande, c'était Emilio. Et personne ne lui adressait la parole. C'était exactement comme au Vietnam. Les circonstances exceptionnelles changeaient les êtres, faisaient ressortir ce qu'il y avait de meilleur ou de pire en eux. Tout était sens dessus dessous... mais il allait voir Tiffany et ce ne serait pas inutile. Il n'aurait su dire comment, mais tout cela avait un sens.

Jack se débarrassa des baskets qu'il n'avait pas quittées depuis longtemps et laça ses chaussures de randonnée. Il attrapa le produit contre les insectes et s'en vaporisa le corps. L'odeur de citronnelle lui fit froncer le nez. Puis il s'aspergea d'after-shave.

Des lunettes de soleil. Un canif muni d'une boussole, un souvenir de guerre qu'il conservait dans son portefeuille. Il fit mentalement l'inventaire de ce qu'il mettait dans ses poches. La jungle était imprévisible, il le savait depuis longtemps. Puis il quitta rapidement le domaine et se dirigea vers la rangée d'arbres qui marquait les limites de la végétation tropicale.

L'eau glacée du bassin de la cascade apaisait merveilleusement les coups de soleil et les piqûres de moustiques. Tiffany, Chesi, Liz et Christie s'éclaboussaient. Elles nageaient pour oublier quelques instants la chaleur et le travail. Il ne se passait pas une minute sans que Nelida leur trouve une occupation. Et, sous un tel climat, les cours d'autodéfense de Tiffany et le maniement des armes auquel les entraînaient Justine et Marika les épuisaient. Comme tout ce qui faisait leur vie ici.

Justine était allongée sur la rive, le torse nu. La première fois qu'elle était apparue simplement vêtue du bas de son bikini, elle avait provoqué des réactions d'agacement et de jalousie. « Pourquoi diable étale-t-elle sa marchandise devant nous ? avait dit Christie, que la vue des seins splendides de Justine mettait de mauvaise humeur. A votre avis, elle ne serait pas un peu lesbienne ? – Probablement, avait répliqué Chesi avec pragmatisme. Quand on a des seins pareils, pourquoi les garder pour soi ? »

A présent, tout le monde avait compris que, pour une Européenne comme Justine, il était tout à fait banal de se promener les seins nus. Il n'y avait pas de quoi en faire une histoire.

Chesi faisait des longueurs, Tiffany, Christie et Liz étaient assises sur les rochers près de la cascade et parlaient fort pour couvrir le bruit de l'eau. Marika barbotait près de la rive en guettant les serpents et autres créatures mortellement dangereuses qui n'attendaient, lui semblait-il, qu'un instant de distraction de sa part pour lui sauter dessus. L'eau glacée apaisait sa jambe, que le traitement de Nelida avait fait désenfler, mais elle souffrait toujours le martyre au moindre mouvement un peu brusque. Le muscle n'avait pas encore retrouvé sa vigueur.

Jack contemplait cette scène derrière les arbres, ne sachant trop que faire. Après avoir franchi le pont, il s'était avancé prudemment, redoutant l'attaque d'une sentinelle, mais personne n'était venu l'accueillir. Maintenant, il comprenait pourquoi. Il se sentait un peu voyeur. Ces femmes semblaient heureuses comme des nymphes, et il eut un pincement au cœur en pensant à toutes les occasions perdues.

Il attendit, patiemment, désireux d'attirer l'attention de Tiffany sans alerter les autres. S'il s'y prenait bien, elle entendrait raison, il en était convaincu. Alors peut-être pourraient-ils mettre les autres femmes de leur côté. Tiffany, cependant, ne s'écarterait pas du groupe tant que les naïades fatiguées ne sortiraient pas de l'eau.

Jack attendit donc qu'une occasion se présente.

42

Thoros faisait les cent pas devant la piscine de la grande maison, et les autres s'étaient regroupés autour de lui. Ils étaient tous d'une humeur maussade.

– Écoute, Thoros, dit Tony en regardant sa montre. Les deux heures sont presque écoulées. Je n'ai pas d'ordres à te donner, mais ne devrions-nous pas aller chercher ces jauges immédiatement ? Les femmes ne se défendront pas, si nous nous contentons de prendre ces sacrés machins. L'affaire sera close.

Tony avait raison. Ces pièces de moteur étaient la clé de tout. Il suffisait de les récupérer pour mettre fin à ce cauchemar. Mais Thoros détestait recourir à la force.

– Où est Jack ? L'a-t-on vu quelque part ? demanda-t-il avec nervosité.

– Il n'est pas rentré. Mais s'il a réussi à les persuader de nous remettre les jauges, nous le saurons en arrivant au camp.

– Tony a raison, Thoros, dit Jase. Finissons-en tout de suite. J'en ai plus que marre de tout ça.

– Je suis d'accord avec Jase, lança Rand. Allons-y. Tu nous suis, Alex ?

Alex se leva en plissant le front. Les mains dans les poches, il fit face à son hôte.

– Je viens avec vous, Thoros, mais je ne suis absolument pas partisan de la force. Si vous vous obstinez dans cette voie, il faut quelqu'un qui garde la tête froide. A supposer que nous passions leur archer...

– Nous passerons, dit Tony. Ne t'en fais pas pour ça.

Thoros regarda Tony droit dans les yeux. Il éprouvait des sentiments ambigus à son égard, et il lui était difficile de prendre des décisions le concernant.

– Tony, tu nous accompagnes, mais à une condition. Tu te domines. Je ne veux pas que l'une d'elles soit blessée... Il s'agit simplement de les neutraliser, compris ?

– Oui, je comprends. Je me maîtriserai.

– Bien. Alors, allons-y.

Tiffany s'approcha de la rive, où elle resta immobile, fraîche et reposée. Elle secoua la tête comme un petit chien, en éclaboussant dans tous les sens, puis elle prit sa serviette pour se sécher. *Elle est si belle*, pensa Jack avec un pincement au cœur. *Si jeune, si robuste et si libre.* Il attendit quelques minutes qu'elle regarde vers lui, avant de s'approcher pour l'appeler à voix basse. Tiffany leva les yeux, troublée par ce qu'elle avait entendu, mais, ne voyant personne, elle se détourna. Il l'appela à nouveau, d'un ton plus pressant, cette fois, et lui fit un signe de la main. Elle le repéra, à moitié caché dans la jungle. Jack posa un doigt sur ses lèvres et fit de grands gestes en direction des autres pour lui demander d'être discrète.

Tiffany se renfrogna, ébahie de sa présence et ne sachant trop que faire. Comment l'avait-il trouvée ? Était-il seul ? Il lui fit signe de venir vers lui. Elle hésita encore un instant, s'enveloppa dans sa serviette comme dans un paréo, et tourna le dos aux autres.

– Je m'en vais... cria-t-elle à la cantonade, d'un ton qui se voulait nonchalant. Je vous retrouve au camp.

– Je t'accompagne, lui proposa Justine qui se redressa tout à coup. Je n'ai plus vraiment envie de rester au soleil.

– Non ! fit aussitôt Tiffany. J'ai besoin d'être un peu seule, si ça t'ennuie pas, Justine. J'aimerais bien réfléchir sur le chemin du retour.

Justine haussa les épaules. Cette rebuffade, si c'en était une, ne l'avait pas offensée. De toute façon, elle n'était pas pressée de rentrer au camp. Elle fit un geste pour lui montrer que cela n'avait pas d'importance, puis s'étendit sur sa couverture.

Soulagée mais anxieuse, Tiffany s'enfonça dans les entrelacs de la végétation pour rejoindre Jack, en espérant qu'il serait seul. Il lui prit la main et s'éloigna pour trouver un endroit relativement à l'abri des regards indiscrets. Il s'arrêta enfin, se tourna vers elle, les bras grands ouverts, et Tiffany s'y jeta, heureuse de retrouver son odeur et sa force rassurante. Ils s'agrippèrent longuement l'un à l'autre, Jack chercha sa bouche et ils se perdirent l'un dans l'autre. Le désir monta en eux avec une urgence qui rendit le reste sans importance.

– Y a-t-il un lieu plus intime, Tiff ? lui murmura-t-il quand il l'eut relâchée.

Elle le regarda en souriant et le conduisit par la main dans une petite clairière au-delà de la cascade.

C'était un endroit paisible et discret, où l'eau clapotait en glissant sur les rochers sans faire un bruit assourdissant comme au pied de la cascade. Tiffany s'y rendait quand elle avait envie d'être seule ou qu'elle voulait faire des exercices, loin des questions et des regards indiscrets. Elle aimait donner des cours d'autodéfense, mais elle avait parfois besoin de solitude pour se concentrer, puiser dans la plénitude de l'univers et se charger d'énergie. Elle avait aussi besoin d'un endroit où réfléchir, loin des autres.

Jack examina les lieux d'un œil averti. Elle avait bien choisi l'endroit, intime et sûr, pour autant que l'on puisse être en sécurité en pleine jungle.

– Il faut que je te parle, Tiff, dit-il d'un ton pressant.

– Il me faut des tas de choses... répondit-elle.

Il la regarda dans les yeux, mais elle baissa la tête et n'en dit pas davantage.

– Il s'est passé des choses là-bas, fit-il en se demandant comment amener ce qu'il avait à lui dire. Ils ont les nerfs à fleur de peau et nous avons pris des coups... Bref, Tiffany, nous devons mettre fin à tout ça, sinon nous finirons par avoir des blessés. Certains ont un caractère très emporté, et la situation dégénère.

Elle le regarda, l'écouta, les sourcils froncés, en cherchant ce qui se cachait derrière les mots.

– Je ne peux pas te remettre les jauges sans l'accord du groupe, Jack, si c'est pour ça que tu es venu, dit-elle posément. J'aimerais t'aider, vraiment, mais nous avons eu aussi des blessées. Christie est tombée dans l'une des tranchées que vous avez creusées.

– Merde ! s'exclama-t-il. Je savais bien qu'on se blesserait dans ces satanés pièges !

– N'est-ce pas justement pour ça que vous les avez creusés ?

– Ce n'est pas moi, Tiff. Et ceux qui l'ont fait jouaient aux machos sans voir plus loin que le bout de leur nez. (Il était très agité et avait du mal à tenir en place.) Nom de Dieu, je ne sais vraiment pas comment nous sommes arrivés en si peu de temps à une situation aussi dingue. C'est comme si ce putain d'endroit était maudit... Nous n'aurions pas dû y venir.

Elle releva brusquement la tête et lui jeta un regard noir.

– Ne dis pas ça ! Si nous n'étions pas venus ici, je ne t'aurais pas rencontré. Et quoi qu'il arrive, je serai toujours contente de t'avoir connu... même pour un court laps de temps.

Il n'y avait là ni subterfuge, ni manipulation. Ce n'était que la vérité.

Jack tendit la main pour lui caresser la joue, mais, une fois qu'il l'eut caressée, cela ne lui suffit pas. Il l'attira à nouveau dans ses bras et la serra contre lui, l'embrassa, tendrement d'abord, puis passionnément.

– Tu m'as tellement manqué...

– Toi aussi...

– Je te désire si fort...

Il lui baisa les lèvres, le visage, la gorge. Il avait envie de la caresser, de lui dire son amour, de faire ce qu'elle attendait de lui. Et les mots devinrent inutiles.

Jack et Tiffany s'effondrèrent sur le sol chaud sans que leurs corps ne se désunissent. Il fit glisser les bretelles de son maillot de bain sur ses épaules nues. Ses mains cherchaient ses seins, la cherchaient tout entière. Tiffany. Sa vraie nature, son ouverture d'esprit, sa générosité l'attiraient. Ses lèvres quittèrent ses lèvres, s'attardèrent sur sa gorge, sur ses seins. Tiffany lui arracha ses vêtements, déboutonnant, poussant, tirant, dénudant ce corps qu'elle avait tant désiré et dont elle avait tant rêvé. Il était en elle, tout au fond d'elle, il bougeait, s'enfonçait très loin, et elle cambrait les reins pour se joindre à lui avec toute la fougue d'un désir qui la poussait à l'engloutir en elle. Alors il n'y eut plus rien ni personne d'autre sur terre, et il n'y aurait plus jamais rien ni personne. Elle se mit à trembler, prise dans un tourbillon de sensations. Son cœur battait à tout rompre et la pointe de ses seins se durcissait, tandis qu'il allait et venait en elle de plus en plus rapidement, de plus en plus profondément, jusqu'à ce qu'elle atteigne une plénitude totale, qui irradia tout son corps et qui les laissa tous deux las et heureux.

– Tu es merveilleuse, Tiff, lui murmura-t-il à l'oreille, content de la sentir blottie contre lui, ému de cet épanouissement qu'elle lui apportait toujours.

– Nous ne risquons rien pour l'instant, Jack... répondit-elle d'une voix amoureuse.

Jack se demanda si elle voulait dire ici et maintenant, ou plus tard, dans le monde réel.

Ils s'étirèrent côte à côte, ressentant encore le besoin de se toucher, de connaître tout simplement l'autre qui était si proche.

– J'ai essayé d'arrondir les angles, Tiff, fit-il. C'est devenu tellement dément qu'il est difficile de remettre de l'ordre. En fin de compte, il faut réparer l'avion et quitter cette île avant qu'une catastrophe ne se produise.

Elle s'appuya sur un coude et hocha vigoureusement la tête.

– Je le sais, Jack, acquiesça-t-elle calmement. Tout ce que nous voulons, nous les femmes, c'est être traitées en égales et être assurées de notre sécurité, une fois que nous vous aurons remis ces pièces. C'est notre seul moyen de pression... Nous n'avons rien d'autre pour nous protéger.

Sincèrement étonné de ses craintes, il s'appuya sur un coude pour l'observer plus attentivement.

– Vous protéger ? répéta-t-il. Vous croyez que nous allons vous faire du mal quand vous nous aurez rendu les jauges ?

Cela ne l'avait pas effleuré. Décidément, on ne savait jamais ce qu'il y avait dans la tête d'autrui, et des femmes encore moins.

Tiffany se redressa, prit la chemise qu'il avait jetée à terre et l'enfila sur ses épaules nues.

– Écoute, Jack, dit-elle très sérieusement. Toi, tu ne nous feras aucun mal, je le sais. Mais les autres... Je ne les connais pas et, étant donné ce qui s'est passé lors de notre dernière entrevue, il est évident que Tony nous hait et que Thoros n'en est pas loin. Nous voulons partir d'ici, nous aussi... Mais nous voulons en partir vivantes.

– Ça, je peux te le garantir, ma chérie, dit-il avec conviction. Si c'est la peur qui fiche tout en l'air, je m'assurerai que tout le monde est assez calme pour que nous partions tous d'ici sains et saufs, et vite.

Tiffany ne semblait pas convaincue. Il ne l'avait jamais appelée « ma chérie », mais il y avait peut-être des tas de filles qu'il appelait ainsi.

– Je le leur dirai, Jack, répondit-elle, hésitante. Nous arriverons peut-être à un arrangement... qui permette à tout le monde de sauver la face.

Sa gravité le fit sourire. Le viol et ses conséquences avaient sans doute effrayé ces femmes. Il était d'ailleurs beaucoup plus logique qu'elles se soient comportées ainsi par frayeur que par pure méchanceté. C'était par bêtise que l'on en était arrivé à une telle pagaille. Jack caressa sa peau chaude, lisse et tentante.

– J'aimerais te faire l'amour, Tiff, dit-il en effleurant son ventre nu, émerveillé de la voir frémir sous ses doigts. Lentement, cette fois, ajouta-t-il en descendant un peu plus bas, pour que nous ayons le temps de nous découvrir.

Sans rien dire, Tiffany se débarrassa de la chemise qu'elle venait de remettre et se laissa étendre sur la mousse qui tapissait le sol. Quand elle leva le genou pour changer de position, Jack aperçut son sexe encore humide, gonflé de plaisir et d'impatience. Le désir qui le tenaillait le poussait vers ce sexe. Mais, en se rappelant sa promesse, il résista à la violence de son impulsion et tourna son regard vers Tiffany. Dans ses yeux, il vit de l'amour et du désir. Comment la bousculer? Comment se montrer égoïste? Elle avait confiance en lui, en sa délicatesse, et il ne pouvait pas la décevoir.

Jack l'explora de ses doigts, la taquina avec amour jusqu'à ce que ses mouvements lui fassent comprendre que seules sa bouche et sa langue pourraient la faire vibrer, avant que son sexe ne vienne en elle pour qu'elle l'enveloppe d'un univers plus rassurant. A présent, il était sûr de son amour, ce qui l'émerveillait, l'inquiétait et l'emplissait d'émotions qu'il avait peine à qualifier. Il ne se hâta pas, l'aima aussi avec les yeux. Elle le laissa mener la danse, sans se battre pour reprendre la maîtrise des choses. Elle le laissa jouer, donner et aimer sans restrictions. Ensuite, elle posa la tête sur son épaule en lui enlaçant les jambes.

Jack contempla le visage endormi de Tiffany et tenta de comprendre. Elle était si particulière, si drôle et si douce que même la violence de sa passion lui paraissait plus tendre. Si différente de cette ribambelle de croqueuses de diamants qui l'avait ennuyé, blasé. Que serait-elle pour lui quand ils auraient quitté cet endroit ensorcelé et maudit des dieux ? A Chicago ou à New York, la couleur de sa peau poserait un problème, sans doute pas insurmontable, mais un problème tout de même. Que la presse exploiterait, sans parler de ses amis. Et puis il fallait aussi penser à leur différence d'âge. Personne ne s'en offusquerait. Ne voyait-on pas un peu partout des hommes d'âge mûr accompagnés de très jeunes femmes ? Mais dans la réalité, dans son monde à lui, qu'est-ce que cela signifierait ? Combien de temps serait-il à la hauteur, sexuellement et dans d'autres domaines ? Il avait deux fois son âge et, au fil du temps, cela ne finirait-il pas par leur peser ?

Sa respiration paisible lui gonflait régulièrement le ventre, sans que rien ne vienne la troubler. Il se pencha pour baiser ses cheveux doux et humides après l'amour. Un papillon se posa sur la main tendue de Tiffany, et ses ailes délicates, jaune et noir, s'agitèrent avec grâce dans la lumière. Étrangement, il semblait heureux de se trouver là, minuscule protecteur ou anneau magique à son doigt.

Comme une alliance, pensa-t-il, *un présage en quelque sorte.* Il s'étendit à ses côtés dans la chaleur de son corps et de la terre qui les portait. Même s'ils n'étaient heureux qu'un instant, cela n'avait pas de prix. De toute façon, on ne l'était pas éternellement. Alors, pourquoi se soucier de ce que l'on ne maîtrisait pas ? Comblé, Jack se laissa gagner par le sommeil. Il se déciderait à New York, pas ici. Ici, il n'y avait que Tiffany et la chance d'aimer et d'être aimé.

Marika, Liz et Chesi venaient de sortir de l'eau pour se sécher. Christie et Justine, qui s'étaient rhabillées, étaient assises sur la rive, à trois mètres de là, quand le commando émergea lourdement du feuillage. C'est Justine qui les vit la première. Elle poussa un cri pour avertir ses compagnes qui, sous l'effet de la surprise, coururent se mettre à l'abri.

Les hommes voulurent les intercepter, chacun tentant de saisir celle qu'il avait à portée de la main. Mais, avec leurs pieds et leurs poings, les femmes terrifiées se débattirent comme des furies pour leur échapper.

– Attendez ! hurla Thoros. Nous voulons juste vous parler !

Mais les cris couvrirent sa voix.

Jase saisit Liz et celle-ci lui décocha un uppercut qui le prit au dépourvu et le jeta sur le sol. Rand se jeta sur Chesi avec toute sa rage refoulée, mais celle-ci se servit de ses jambes pour balancer contre un arbre ce corps qui ne tenait pas debout. Thoros tenta de maintenir Justine à bout de bras pour éviter toute blessure.

– Arrêtez ! hurlait-il, tandis qu'elle le bourrait de coups de pied. Il faut arrêter ! Nous voulons juste vous parler !

En jurant, il relâcha sa prise. Elle se jeta sur lui, lui griffa le visage et les bras qu'il avait levés pour se protéger.

Tiffany et Jack, tirés de leur rêverie par les cris, jaillirent de la végétation et contemplèrent, horrifiés, l'incroyable tableau. A ce moment-là, Tony attrapa Marika et roula sur le sol avec elle. Jase hurla de douleur lorsque Christie lui planta son canif dans l'épaule.

– Ça suffit ! lança Tiffany en se jetant dans la mêlée.

Les deux nouveaux venus se frayèrent un passage jusqu'au cœur de la bataille.

– Arrêtez ! Mais arrêtez donc !

Miraculeusement, Alex et Thoros criaient la même chose tout en s'efforçant de séparer ceux qui se battaient encore à terre.

A bout de souffle, blessés, las, hommes et femmes se redressèrent et formèrent, haletants, un cercle pitoyable.

– Eh bien ! s'écria Tiffany en contemplant ses élèves, les yeux écarquillés. Génial, les filles !

Le souffle court, Thoros observait la scène. Il était sur le point d'exploser.

– Je n'ai jamais eu l'intention de vous faire du mal, mais il semble que nous soyons maudits, dit-il avec une férocité qui n'incitait pas à lui répondre. Nous nous retrouverons demain matin à huit heures et nous mettrons un terme à cette folie, avant qu'il y ait des morts.

Les femmes regardèrent les hommes partir en trombe et se demandèrent s'il s'agissait là d'une prémonition ou d'une menace. Puis elles regagnèrent leur camp.

La tension était à son comble dans le camp des femmes, mais l'ordre régnait. Elles s'étaient protégées et, à présent, il leur fallait une stratégie. Liz et Christie convoquèrent l'assemblée, mais ce fut Justine qui prit la parole.

– Je suis choquée de ce qui vient de se passer, fit-elle. On comprend aisément comment on en vient à lyncher et même à faire la guerre. Alors je tiens à vous présenter des excuses. J'ai cru que vous exagériez le danger et que vous preniez des décisions insensées, fondées sur des craintes ridicules. Maintenant, je sais que vous étiez plus près que moi de la vérité. Il arrive que des gens raisonnables accomplissent des actes déments...

Elle marqua une pause pour reprendre son souffle. Puis :

– Quand ils viendront demain matin, je vous propose donc de ne pas leur donner les jauges, parce que nous serions entièrement à leur merci... et je ne pense pas que nous puissions encore leur faire confiance. Nous ne devons nous fier qu'à nous-mêmes tant que nous n'avons pas quitté cette île, saines et sauves.

« Demain, c'est dimanche. Si nous ne retournons pas à Oahu, on se posera des questions. Dans les quarante-huit heures qui suivront, d'autres viendront faire leur petite enquête à Mora Utu pour comprendre les raisons de notre silence. Nous n'avons plus que deux jours à nous protéger et, à mon avis, nous avons prouvé que nous en étions capables.

Elle hésita, comme si elle avait autre chose à dire mais n'arrivait pas à le formuler, et se rassit.

Christie se leva.

– Je suis d'accord avec Justine, fit-elle simplement. Pour une fois. Nous sommes trop près de la ligne d'arrivée pour modifier l'équilibre des forces. Si personne n'a d'objection, passons au vote.

Il n'y eut aucune opposition.

Liz s'éclaircit la voix et se leva.

– Je suis peut-être un oiseau de malheur, dit-elle en regardant Nelida, mais j'ai un mauvais pressentiment. Je sais qu'ils nous ont donné rendez-vous demain matin, mais ce ne serait pas la première fois qu'on lancerait une attaque pendant le sommeil de l'adversaire. Pourquoi ne pas leur envoyer un espion, juste pour nous en assurer ?

On entendit des murmures d'assentiment tout autour du cercle. On tira à la courte paille et le sort désigna Marika. Nelida regarda la belle jeune femme disparaître en direction du domaine. Son visage n'exprimait plus qu'une immense compassion.

La nuit tomba tranquillement et l'ambiance du dîner fut plus sombre encore.

– Ce soir, je ne vous raconterai pas d'histoire, dit Nelida en remplissant les assiettes du ragoût qu'elle avait préparé avec ce qui leur restait de viande.

Elle leva la main pour refouler le flot de leurs supplications et ajouta :

– Je vous ai promis la danse du papillon. Ce soir, la Mariposa vous montrera l'âme du Monde.

Quand tout fut débarrassé et qu'elles furent toutes assises autour du feu, attentives, Nelida disparut un moment avant de ressortir de la jungle dans un costume qu'elle avait manifestement confectionné pour cette occasion.

Son corsage lui dégageait les épaules et, visiblement, elle n'avait pas de soutien-gorge. Ses cheveux épais, détachés, lui tombaient en une cascade noire et argentée presque jusqu'à la taille. Elle portait, accrochés à sa jupe, deux grands éventails multicolores, et des perles de turquoise et d'argent tintaient sur son corps. Elle portait deux tambours de peau qu'elle tendit à Liz et Chesi, en leur indiquant le rythme. Son expression était solennelle, fiévreuse, comme si un courant lui parcourait les veines, prêt à se libérer.

– J'ai toujours voulu jouer du tambour, déclara Chesi avec un sourire ravi, avant de saisir les baguettes. Mais c'est mon frère qui a appris.

Liz sourit en prenant les longues baguettes à tête de cuir, qu'elle fit résonner sur le gros tambour plat installé entre ses jambes. Cela leur ferait une distraction. Elles étaient toutes si tendues que personne ne dormirait. Ce genre de divertissement, c'était exactement ce qu'il leur fallait.

Nelida sautilla jusqu'au centre du cercle. Elle n'était plus tout à fait humaine, déjà baignée par l'aura de la *criatura* dont elle allait mimer la danse. Elle agita ses grands éventails de plumes, comme si elle cherchait quelque chose d'invisible pour le ramener dans son champ énergétique. Ces éventails étaient des ailes et ces ailes étaient magiques. Ses bracelets s'entrechoquaient et d'invisibles clochettes tintaient à chacun de ses mouvements. Sans prévenir, elle fit un bond et retomba sur le sol avec un bruit mat. Elle martelait puissamment la terre qu'elle faisait vibrer. Cela ne ressemblait pas au papillon qu'elles avaient imaginé. C'était la Mariposa, la Mère des Papillons, la grande fécondatrice de la planète.

Perdue dans sa danse, ouverte à l'esprit de la Mariposa, Nelida sentit la terre monter en elle, s'insinuant par la plante des pieds, remontant entre ses jambes, ses hanches, puis le long de sa colonne vertébrale. Avec une intensité grandissante, l'énergie vibratoire se répandait dans chacune de ses artères. Tout son corps vibrait. Un feu l'embrasait, avant de s'étendre en tourbillonnant au cercle des femmes qui la contemplaient.

Le corps de Nelida se mit à tournoyer et se tordit en suivant un rythme de plus en plus frénétique, qui hypnotisa le groupe. Soudain, Tiffany se leva et dansa à son tour. Une danse primitive, magnifique, comme celle de ses ancêtres. Dans la jungle familière, la lumière du feu qui vacillait sur sa peau brune lui donnait une texture de teck poli, tandis qu'elle martelait le sol, tournoyait et sautait en suivant le rythme qu'elle avait dans le cœur. Justine se leva à son tour et se mit à exécuter des mouvements compliqués qu'elle ne connaissait pas auparavant. Presque à contrecœur, Christie entra dans le cercle vibrant. Comme des enfants entraînés contre leur volonté par Till l'Espiègle, elles ne pouvaient ni résister ni demeurer passives. Une espèce de fluide les avait englouties, emplissait l'espace au-delà de leurs corps qu'il soulevait, palpitants, et emportait en un lieu où le temps n'existait pas.

En faisant une boucle, Tiffany se dirigea vers Chesi, qui jouait du tambour, et se laissa tomber à genoux à côté d'elle.

– Viens danser ! dit-elle d'une voix râpeuse en arrachant les baguettes des mains de Chesi pour qu'elle puisse se joindre au mouvement.

Il n'y avait plus de place, ni pour la réflexion, ni pour la peur, ni pour aucune réticence, dans ce rite féminin primitif. Elles formaient une tribu à présent, une confrérie. Chesi plaignait Liz, qui était restée en plan, mais elle s'aperçut que Justine l'avait remplacée, et qu'elle dansait, tourbillonnait, glissait près des flammes, comme le papillon qui les habitait et les appelait à partager son rythme éternel.

Combien de temps dura leur ballet ? Elles ne le surent jamais. Le temps ne comptait plus. Elles étaient unies au cœur de l'univers qui battait en elles, et, quand elles réintégrèrent leur corps, elles s'effondrèrent, épuisées, et restèrent étendues sur le sol, vidées et pourtant comblées.

L'éventail de Nelida passa au-dessus de chaque corps pour balayer l'énergie, les rééquilibrer, les aider à reprendre racine en elles-mêmes.

– Vous êtes une tribu à présent, dit-elle doucement en se déplaçant parmi elles. Quoi qu'il arrive, vous conserverez le souvenir que vous avez été sœurs dans le Grand Voyage. La bénédiction de la Mariposa vous accompagne... à jamais.

Une par une, elles glissèrent dans un univers de rêves plus vivant et plus étrange encore.

Avant de quitter la clairière, Nelida étendit des couvertures sur ses élèves endormies.

Cette nuit, elle avait avec son époux un rendez-vous qu'elle ne devait pas manquer.

43

Emilio arriva au lieu du rendez-vous. Nelida lui tournait le dos et contemplait le feu qu'elle avait allumé.

– Bienvenue, mon époux, dit-elle sans se retourner, bien qu'aucun bruit n'ait trahi sa présence.

Elle se tourna sans hâte et vit que c'était bien lui qui approchait. Cette fois, il n'était pas question entre eux d'un rendez-vous amoureux, mais plutôt d'une conférence entre collègues.

– La mort est proche, dit-elle calmement.

– Sí, répondit-il gravement. Elle n'est jamais loin, mon petit faucon.

– As-tu parlé de l'avenir avec les dauphins ? fit-elle avec inquiétude.

– Ils n'ont pas voulu me donner ce que je leur demandais.

– Redemande ! fit-elle d'un ton implacable. Ils sont toujours les premiers avertis des événements importants.

Il haussa les épaules comme pour lui dire que cela n'avait pas d'importance.

– As-tu préparé les femmes ?

– Celles qui étaient capables d'entendre ont entendu. Il y a des guerrières parmi elles. Mais elles ignorent à quel point la nature est froide, abstraite et impersonnelle... Elles vont avoir un choc. Et toi ? Où en sont les hommes ?

Emilio sourit du sourire las d'un professeur qui en a trop vu pour se faire des illusions.

– Ces hommes furent des guerriers, autrefois. Certains le redeviendront. Leur arrogance leur sera plus utile que la naïveté des femmes.

– Peut-être. Peut-être pas. L'arrogance incite souvent à sous-estimer l'adversaire... tout comme toi, mon cher époux, tu es en train de me sous-estimer en essayant de me soutirer davantage de renseignements sur ma petite armée. *No hagas el ridículo!* Ne sois pas stupide, Emilio. Ta bêtise mérite réprimande.

– C'est toujours un plaisir de traiter d'égal à égal, n'est-ce pas, mon faucon? fit-il en riant de bon cœur.

– Je serai ton vautour, si tu n'y prends pas garde, répliqua Nelida plus sèchement que d'ordinaire, sous le regard d'Emilio, qui observa que son champ énergétique était constellé de points sensibles.

– Ça suffit! dit-il avec un sourire sincère. J'en ai plus qu'assez de leur enseigner ce qui est. Assez de leurs têtes dures et de leur ignorance de gringos. Je dois vieillir pour me lasser du jeu si vite.

Nelida se radoucit.

– Nous aussi, nous pourrions mourir ici, Emilio. Nous n'échappons pas à la volonté de la nature. Ça sent de plus en plus la mort, sur cette île. Nous aussi, nous sommes traqués.

– C'est vrai, femme. Mais du moins engagerons-nous un beau combat contre la mort, même si elle doit nous pendre à son tableau de chasse. Et que nous devions être annihilés ou non, aimons-nous tendrement cette nuit, puisque ensuite nous n'en aurons plus le temps. Si c'est la dernière fois, que ce soit magnifique, à la hauteur de notre talent...

– Tu forniquerais avec la mort à tes trousses, répondit Nelida, excitée par ce qu'il venait de dire. Peut-être même au fond de ta tombe, Emilio. C'est une chose que j'ai toujours admirée en toi.

Elle tendit la main vers son visage qu'elle caressa. Elle sut à cet instant qu'il avait déjà parlé aux dauphins, mais qu'il avait décidé de ne rien divulguer de leur message. Peu importait. Demain, il en irait selon la volonté de la Nature. Ce soir, ils pouvaient servir un autre de ses aspects qui, pour être plus délicat, n'en était pas moins puissant.

Tout au bord de la mer, Emilio appela les dauphins. Il avait laissé Nelida endormie, et il n'y avait aucune raison de gâcher leur rencontre en lui confiant leur oracle. C'était pour cela qu'il n'avait pas insisté pour obtenir des détails. Les nouvelles ne seraient pas bonnes.

La mort rôdait partout. Dans les arbres, dans le vent, dans la mer. Il repoussa la peur, réaction naturelle face à un tel danger, et envoya son message aux créatures des profondeurs.

Selon la tradition de son lignage, les dauphins avaient été placés sur cette planète, il y avait des millénaires, par des hommes de l'espace qui surveillaient les progrès de l'espèce humaine. Il ne savait pas trop dans quel but, mais ils étaient censés servir de messagers et d'intermédiaires avec les profondeurs. Mais ils aimaient les hommes et leur donnaient volontiers des renseignements.

Un missile argenté fendit la surface noire de l'eau dans son champ de vision, puis un autre et un autre encore. Emilio chassa de son esprit les dernières traces d'amour pour établir le contact avec eux. Les dauphins étaient par nature polis et méthodiques. Il était important de s'enquérir d'abord de leur santé et de les remercier de leur aide. Il fit ce qu'exigeait le protocole, et leur posa une question. La tempête. Serait-ce un typhon ? Dans ce cas, de quelle magnitude ? Quand arriverait-il sur eux ? Avaient-ils une chance de survivre ?

Patiemment, il attendit de recevoir leur message, la réplique polie à ses civilités. Et leur réponse.

Il fallut un long moment à Emilio pour assimiler ces informations complexes. Tout télépathe devait passer au crible les anomalies de perception ou les erreurs de transcription.

Il soupira et s'attarda un peu pour prendre une décision. Une telle information devait être intégralement transmise à Nelida. Mais cela l'ennuyait de la réveiller pour lui annoncer une nouvelle aussi terrible. Bien qu'elle ait déjà perçu le danger, cela la contraindrait, tout comme lui, à agir.

Quand il se retourna pour regagner la clairière, il constata avec étonnement qu'elle se tenait derrière lui, les bras croisés sur la poitrine, comme pour se protéger du vent.

– Tu as entendu, ma petite chouette ? demanda-t-il bien qu'il sût déjà la réponse.

Nelida hocha la tête et se jeta dans ses bras. Au clair de lune ne brilla qu'une seule larme, qui coula sur son visage impassible.

44

Harry, Margaret et Marcos regardaient CNN et l'atmosphère était tendue. La tempête qui se déchaînait progressait avec rapidité. Margaret se leva sans qu'on le lui eût demandé et baissa le son quand la présentatrice passa à un sujet moins important.

– Ça m'ennuie qu'ils ne nous aient pas appelés de l'avion, dit gravement Harry. Qui avons-nous dans notre poche à Washington, Mags ?

– J'ai fait une liste, Hank, répondit-elle en déchirant une feuille de son bloc-notes pour la lui passer.

– Il nous faut quelqu'un de suffisamment haut placé au Pentagone pour connaître les ficelles, mais pas trop haut quand même. Sinon, il ne pensera qu'à se couvrir.

– J'ai deux généraux à vous proposer, fit Marcos, et le chef de la commission de la Défense, auprès de qui nous avons une certaine influence. Et puis ce type de la Marine que Papa aime bien... l'amiral Johnson.

– N'oubliez pas qu'Alex Barclay-Fontaine est sur l'île... Nous pourrions jouer cette carte pour remonter jusqu'à la Maison-Blanche.

– Nous n'avons pas de temps à perdre avec la bureaucratie, dit posément Marcos. Où en sommes-nous du côté des mercenaires ?

– Un type qui travaille pour nous m'a donné quelques noms, répondit Margaret en sortant un papier. D'après lui, il nous faut un dénommé Darkman. C'est un copain de Marcinko, le gars qui dirigeait le 6e commando de marines et qui s'est fait coffrer par les poulets. Gordon Liddy est toujours sous contrat... On pourrait faire appel à lui en cas de coup dur, mais mieux vaut trouver Darkman.

– J'ai un numéro de téléphone, dit Harry. Et la liste de ce dont nous avons besoin. D'abord un C-130. Nous n'en avons pas, mais eux en auront un. Il leur faudra aussi un paquet de fric pour agir vite. Tu as une idée du prix, petit ?

– Ce qu'ils demanderont, répondit Marcos d'un ton neutre. Je dispose d'un million huit cent cinquante ce soir. Pour le reste, ils devront attendre lundi l'ouverture de la banque.

Margaret et Harry échangèrent un regard. Leur décision était prise.

– Nous avons davantage, fit Harry. Thoros ne laisse rien au hasard.

Marcos était déçu de ne pas avoir été mis dans la confidence, mais il refoula ce sentiment. Il griffonna quelques mots sur son bloc jaune pour mieux cacher sa peine.

– Il appelait ça la réserve en cas de kidnapping, dit Margaret, voyant sa gêne. Quand vous étiez petit, il craignait que vous ne soyez enlevé. Plus tard, le monde ayant changé, il s'est dit que ce pouvait être lui ou un cadre important qui risquait d'être kidnappé. Thoros n'aurait jamais confié les négociations à des étrangers. C'est Harry et moi qui nous en serions occupés.

Marcos opina du chef en s'efforçant de faire taire son amour-propre.

– De combien disposons-nous et comment l'obtenir ? demanda-t-il.

Les deux plus anciens échangèrent à nouveau un regard.

– Dix millions, fit Harry. Il y en a la moitié dans l'immeuble et l'autre à dix minutes d'ici. Mags et moi, nous avons les codes.

Marcos en prit bonne note, puis tendit à Margaret le papier qu'il tenait.

– Appelez-moi ces messieurs, Margaret, dans cet ordre. Et faites-nous apporter quelque chose à manger. (Il se tourna vers Harry.) Explique-moi pourquoi nous faisons appel à eux et reste auprès de moi pendant que j'appelle tous ces gens. Washington ne bougera pas assez vite, mais ça ne peut pas faire de mal de chercher des appuis, au cas où nous serions contraints d'enfreindre la légalité. Je suppose que tu as installé un poste de commandement au service de l'aviation pour surveiller la météo et déplacer des montagnes, si nécessaire...

– J'ai huit personnes dans le bâtiment, du personnel volant et rampant que je peux contacter à tout moment. Il y a aussi une équipe de renfort, répondit sereinement Harry.

Il aimait bien ce petit.

Marcos hocha la tête pour exprimer son assentiment.

– Alors appelons-les.

Margaret s'était déjà levée.

45

Une heure plus tard, Marcos et Harry s'installèrent dans les fauteuils de vinyle rouge d'un petit restaurant de bord de mer presque vide. Ils jetèrent un regard circulaire dans la salle. Un homme brun, barbu, d'environ un mètre soixante-quinze, très baraqué, se laissa glisser d'un tabouret près du comptoir et s'avança vers Harry.

– On ne reste pas là, grogna-t-il d'une voix basse altérée par l'alcool.

Il se retourna, jeta de l'argent à la caisse et se dirigea vers la porte.

Harry croisa le regard de Marcos, où il décela un certain embarras que le jeune homme s'efforçait de contenir. Ils se levèrent et suivirent l'étranger sur une longue jetée à demi effondrée. Au bout de la jetée, l'homme s'arrêta, les observa attentivement et vérifia qu'il n'y avait personne derrière eux avant de leur adresser la parole.

– Il paraît que vous avez du boulot pour moi, dit-il calmement.

Marcos examina son visage basané. Une queue de cheval grisonnante lui balayait le dos, et une barbe noire et râpeuse lui recouvrait le bas du visage. Ses traits étaient durs, ses yeux plus durs encore. Il y avait en lui quelque chose de tendu comme un ressort, comme si un mot de travers pouvait déchaîner une force sauvage mal contenue.

– Vous avez d'excellentes recommandations, dit Marcos, qui ne savait pas trop par où commencer.

– Pour sûr, petit.

Marcos se raidit ostensiblement.

– Personne ne m'appelle « petit », excepté l'homme qui se trouve à ma droite, répliqua-t-il posément. (Harry esquissa un sourire.) C'est moi qui vous paierai, pour un travail qui ne supporte pas le moindre raté. Avez-vous quelque chose de concret à me dire ou essayez-vous de m'impressionner ?

– Comment je vous appelle ?

– Marcos. Et lui, c'est Harry.

– D'accord, Marcos. Voilà comment nous allons procéder. Vous me donnez les détails de l'affaire. Je vous écoute. Si c'est faisable, je vous le dirai. Je vous dirai aussi si j'ai les hommes et le matériel. Vous nous payez la moitié d'avance. Comptant. Je ne négocie pas, mais le prix sera juste.

– Jusque-là, d'accord, répondit Marcos. Nous savons déjà que vous êtes de bonne foi et nous n'avons pas de temps à perdre. Alors, écoutez bien. Mon père et onze de ses amis, des gens très influents, ainsi que deux domestiques, se trouvent sur son île privée dans le Pacifique Sud, à peu près à mi-chemin entre la Nouvelle-Guinée et Pitcairn. Ils devaient rentrer dimanche à midi, dans le G-IV de mon père. Nous n'avons pas réussi à les contacter par radio et il n'y a pas de matériel météo sophistiqué sur l'île.

– Laissez-moi deviner, dit l'homme aux cheveux bruns. Ils sont sur le passage du typhon qui se dirige vers Hawaï ?

– Exactement. Je veux qu'ils quittent cette île, et vite.

– Qui êtes-vous ? demanda le mercenaire en inclinant la tête vers Harry.

– Je dirige la flotte aérienne de l'entreprise.

– La flotte aérienne ? C'est le grand luxe. Vous avec un C-130 ?

– Non. On m'a dit que vous en fourniriez un.

– Oui, mais ça va vous coûter cher.

Marcos et Harry acquiescèrent d'un mouvement de tête.

– En quoi pouvez-vous m'être utile ? demanda le mercenaire.

Harry avait déjà fait mentalement l'inventaire.

– Des renseignements détaillés. Une installation météo de pointe. Du personnel aéronautique de haut niveau. De l'argent comptant.

– Cela signifie-t-il que vous acceptez de le faire ? fit Marcos d'un ton pressant.

– Ça signifie que je vais constituer une équipe pour tenter le coup. Je ne sais pas encore si ce sera possible. Nous n'avons pas beaucoup de temps devant nous. D'après ce que j'ai entendu, c'est au moins une tempête de force trois, si ce n'est plus. Ces saletés laissent des traces. Et il nous faut une vingtaine d'heures pour atteindre les mers du Sud. Il me faudra peut-être une équipe et du matériel à Oahu ou en Asie. Mais c'est mon problème. Donnez-moi une heure et je vous informerai de nos possibilités. On peut s'attendre au pire et je ne veux pas de ratés.

– Vous pouvez téléphoner de mon bureau, lui proposa Harry.

– Pas question. Il y a trop d'oreilles qui traînent dans mon métier. Vous aurez de mes nouvelles dans une heure.

– Il s'agit de mon père, lui rappela Marcos, tandis que Darkman s'apprêtait à partir.

– J'entends bien, p... (Il faillit dire « petit ».) Marcos. Il n'y a pas tellement de gens qui se casseraient le cul pour sauver leur père, s'ils héritaient de trois milliards à sa mort. Je vous contacte.

Il se fondit dans l'ombre d'un hangar abandonné et disparut.

– Qu'en penses-tu, Harry ?

– Je pense qu'il a posé les bonnes questions. Allons-y. Nous avons nos oiseaux en ligne dans une heure.

46

Alex faisait les cent pas, ce qui n'était pas dans ses habitudes. Mais il était au comble de la frustration. Il préférait toujours attendre, observer, établir une stratégie, afin d'agir rationnellement. Et le moment était venu d'utiliser ses compétences.

Tony s'agitait pour lancer une attaque surprise dans la nuit, au lieu d'attendre le lendemain matin. A cette heure tardive, ils étaient tous en ébullition et ils s'étaient rassemblés devant la maison pour fuir une chaleur de plus en plus oppressante.

– Il fait un temps bizarre, disait Tony.

C'était vrai. Un silence inquiétant, humide, s'était abattu sur eux, mais, dans l'agitation générale, personne n'y prêtait attention.

– Si nous patientons jusqu'au matin, elles nous attendront et nous serons de retour à la case départ, poursuivit Tony. On les surprend pendant la nuit, on se saisit des jauges et on se tire d'ici, au cas où une tempête se préparerait. Si nous leur sauvons la peau, il nous faudra encore les calmer à New York, et ce ne sera pas du gâteau.

– Ce n'est pas idiot, intervint Rand. Nous avons vu à quel point elles sont récalcitrantes. Je vote comme Tony.

Depuis sa maladie, Rand avait une mine épouvantable, le teint jaune et les yeux larmoyants.

– Jusqu'à présent, nous avons foiré toutes les négociations, dit Jack. A mon avis, elles marcheront si nous respectons notre parole. Attendez le matin, comportez-vous en adultes et servez-vous du risque de tempête pour donner du poids à vos arguments. Il n'y a plus que quelques heures à attendre.

– Mais qu'est-ce qu'il y a, Thoros ? demanda Jase. Tu as l'air inquiet.

– Je ne sais pas très bien ce qui se passe, fit Thoros en agitant la tête. Si je m'inquiète, c'est plutôt par instinct. Ce n'est peut-être qu'une dépression, mais ce calme et cette chaleur sont les signes précurseurs d'une tempête. J'ai surveillé le système de protection, mais une grande partie de l'équipement n'est pas encore raccordée... Nous n'avons ni relais satellitaire ni télécopie. Je n'ai donc pas toutes les données en main. Bien sûr, ce n'est pas parce qu'il y a de la tempête dans le coin qu'elle nous tombera dessus... Mais je ne voudrais pas non plus être pris au dépourvu.

– Ne peut-on simplement réparer la radio et capter une quelconque transmission météorologique ? avança nerveusement Jase.

– Ce n'est pas aussi simple que ça, fit Thoros, le front plissé. Quand le G-IV est au sol, la portée de la radio est très limitée. Pour nous entendre, il faudrait qu'on nous survole, et nous sommes complètement à l'écart des routes maritimes et aériennes.

Il marqua une pause et se frotta distraitement la mâchoire.

– Évidemment, nous avons un ELT, reprit-il. C'est un émetteur-récepteur portable qui envoie un signal régulier, surveillé par satellite par une base aérienne de l'Illinois... au cas où l'on aurait besoin de nous joindre. Mais nous ne pouvons pas appeler.

– En fin de compte, où en est-on, Thoros ? intervint Jase. Il y a une tempête qui couve ? Comme nous ignorons si elle est dangereuse, ne devrions-nous pas nous tirer d'ici avant qu'elle arrive ? Et pour ce faire, il nous faut les jauges, d'accord ? Je vais vous dire une bonne chose : je suis de l'avis de Rand et de Tony. Nous ne pouvons pas nous permettre d'attendre demain matin.

– Non ! cria Thoros avec une nuance de dureté dans la voix. Nous pouvons raisonner Justine. Elle est pilote. Si les prévisions empirent, elle comprendra le danger. Nous agirons dans les règles de l'art, sans recourir à la force. Et nous le ferons demain matin, à moins que les indications du système ne changent brutalement.

Tony s'avança.

– Avec tout le respect que je te dois, Thoros, tu es en train de jouer avec ma vie. Bon nombre de ces hommes sont d'accord avec moi : mieux vaut ce soir que demain. Et le seul moyen de récupérer les pièces du moteur, c'est de durcir le ton. Nous allons les chercher maintenant !

Thoros se rapprocha encore.

– Et moi, je te dis que nous respecterons notre parole.

Il y avait entre les deux hommes une tension de la force d'un champ magnétique.

– Qui t'a fait roi, bon sang ? fit Tony avec dédain.

– C'est mon île et ici ma parole a force de loi. Et vous la respecterez, répliqua Thoros d'une voix menaçante.

– Merde ! aboya Tony. Je ne vais pas attendre les bras croisés qu'un ouragan me tombe dessus pour ménager ton amour-propre. Je vais les chercher ce soir.

Il fit volte-face, et Thoros lui saisit l'épaule de sa grande main. Au grand étonnement de ceux qui assistaient à cette scène, Tony se retourna violemment et lança son poing droit dans la mâchoire de Thoros. Celui-ci accusa le coup, répliqua par un direct du gauche, suivi d'un uppercut du droit qui fit reculer Tony et le déséquilibra. Tête baissée, il se rua sur Thoros avec un grondement de taureau. Les deux hommes roulèrent sur le sol en laissant exploser toutes les émotions qu'ils refoulaient depuis une semaine.

Ils avaient tous deux l'expérience des combats de rue, et ils s'étaient battus pour sauver leur vie, il y avait longtemps de cela. Jack et Alex s'avancèrent vers les deux combattants, mais Emilio leur cria brusquement :

– No, señores ! C'est une querelle honorable. Ne vous interposez pas. Le temps viendra à bout de leur résistance, ajouta-t-il doucement pour n'être entendu que de Jack.

Ce dernier hocha la tête. Il avait vu cela des milliers de fois dans les combats de boxe. Les vieux taureaux avaient la même agressivité qu'à vingt ans, mais pas la même force physique. Thoros et Tony auraient de la chance si la violence de leur hostilité ne provoquait pas de crise cardiaque. Mais Emilio avait raison, leur énergie s'épuiserait vite.

A bout de souffle, les deux vieux renards étaient de nouveau debout. Ils tournèrent, fléchirent les genoux pour se mettre en position de combat.

– C'est toi qui as l'arme, Tony, fit Thoros d'une voix rauque. Ne va pas les attaquer.

– Je n'ai pas cette putain d'arme, ahana Tony, qui se jeta à nouveau en avant.

Mais Thoros esquiva le coup et frappa Tony au ventre. Les deux hommes, qui commençaient à ressentir la fatigue, roulèrent à nouveau à terre. Thoros avait plus d'allonge que Tony, mais ils se battaient aussi bien l'un que l'autre. La droite de Tony atteignait quasi automatiquement Thoros à la face, mais Tony, qui se protégeait mal, prenait beaucoup de mauvais coups.

Thoros semblait préférer se laisser frapper à la tête pour préserver son grand corps. Il saignait sous l'œil droit et un léger filet de sang coulait de l'arcade sourcilière gauche. Mais chaque fois que Tony cognait à la tête, il prenait un coup dans les côtes. Thoros avait dans les mains et dans les bras une puissance mortelle. Dès que Tony levait le poing droit, il lui décochait un uppercut.

Ils cognaient dur, haletants, épuisés, conscients que seule une erreur ou la nature pouvait faire pencher le plateau de la balance dans un sens ou dans l'autre. Ceux qui avaient formé un cercle autour d'eux virent dans les yeux de Thoros la fureur, dans ceux de Tony la haine, qui faisaient oublier leur souffrance aux deux combattants.

Jack croisa le regard d'Emilio au-dessus de la mêlée. Le moment est venu, disait ce regard, de leur épargner l'humiliation de se voir trahis par leur corps.

– Ils ont dit ce qu'ils avaient à dire, murmura-t-il en s'approchant du Mexicain. Nous n'avons pas besoin d'un vainqueur.

– La prochaine fois, ils tomberont, señor, murmura Emilio, qui n'ignorait rien des corridas.

Tony, qui perdait ses forces, comprit qu'il ne vaincrait pas Thoros à la loyale. Il avait encore la force de lancer une dernière attaque. Ensuite, ce serait fini. Il respirait par à-coups, le cœur battant la chamade.

Thoros sentit la fatigue de son adversaire avec ce sixième sens que possèdent les boxeurs et qui leur désigne le point faible de la défense, la côte blessée ou la fraction de seconde où il suffit d'un coup pour mettre fin au combat. Cela lui donna un second souffle. Il se lança en avant et martela la tête et les épaules de Tony. Puis il ramena son coude droit en arrière pour lui frapper le maxillaire, mais le coup ne partit pas.

Un coup puissant l'atteignit au rein droit, qui l'étourdit, tandis que le genou de Tony lui heurtait le bas-ventre. Une douleur électrique, atroce, lui remonta le long de la colonne vertébrale. Il tomba à genoux en cherchant l'équilibre.

– Coup bas ! cria-t-on autour de lui.

Alex, Jack et Jase se précipitèrent et séparèrent brutalement les deux hommes.

Le brouillard se dissipa dans l'esprit de Thoros, qui fixa le visage rageur de Tony. Les deux combattants s'efforçaient de retrouver leur souffle et leur dignité. Les autres les relâchèrent et reculèrent pour les laisser respirer. Ils parlaient, criaient, mais ni Thoros ni Tony ne les entendaient. Ils se regardaient droit dans les yeux.

Tony se retourna et fonça vers la jungle en écrasant tout sur son passage.

Inconfortablement perchée à l'angle d'une branche près du lieu où les deux hommes s'étaient battus, Marika s'en alla, choquée. Elle avait tout vu, tout entendu. Son cœur battait si fort que ses oreilles résonnaient. Une peur terrible l'avait saisie devant leurs cris et cette violence sous-jacente qui était sur le point d'exploser. Heureusement que Liz l'avait envoyée les espionner pour connaître leur stratégie. Non ! Il ne s'agissait pas de stratégie, mais de trahison. Elle glissa avec prudence le long du tronc et étira ses longues jambes pour chasser les crampes. Si Tony et ses partisans atteignaient le camp pendant leur sommeil, elles seraient doublement vulnérables. Désarmées, elles n'en seraient que plus facilement violées. Marika n'attendit donc pas la suite des événements, et entreprit de rejoindre au plus vite le pont et le camp des femmes.

Le domaine était déjà loin derrière Tony quand la soif de sang qui l'avait animé pendant le combat le quitta. C'était fini, entre Thoros et lui. Une amitié de trente ans fichue à cause de ces garces. Il fit une pause, le temps de prendre le .45 dans sa cachette. Heureusement, il avait eu la présence d'esprit de le cacher loin du domaine et des regards indiscrets. Près de l'endroit où il en aurait besoin. Comme sur pilote automatique, Tony referma d'un coup sec le magasin chargé sur la crosse, remit la lourde glissière en place et la laissa retomber. *Sacré vieux Colt*, songea-t-il en vérifiant qu'il avait bien mis la sécurité, avant de le glisser dans la ceinture de son pantalon de coton.

Tony avançait vite sur ce terrain-là, vite et d'un pas assuré. Une poussée d'adrénaline lui redonna de l'énergie au moment où il atteignait le pont.

47

– L'Hercule C-130 est le cheval de guerre le plus robuste du marché, déclara Harry en pénétrant avec Marcos dans l'immense hangar.

Ils contemplèrent l'activité que l'on déployait autour du grand appareil recouvert d'une peinture de camouflage.

– C'est l'une des grandes réussites de l'histoire de l'aviation militaire. Il a été lancé en 1954. Il figure aujourd'hui à l'inventaire de cinquante ou soixante armées étrangères, et il a participé à des milliers d'opérations légales et illégales. Il a servi de moyen de transport, d'arme de guerre, pour des missions de sauvetage, etc.

« Grâce à une pénétration très basse, cette carlingue-là peut balancer des chars, des voitures, des hommes et du matériel sur des terrains où les autres appareils ne pourraient pas se poser. Il a plus de spécialités qu'une putain de Singapour. Du matériel de sauvetage pour récupérer les colis parachutés en plein ciel, un radar de détection terrestre et tous les engins imaginables pour les parachutages de précision... On utilise même ces oiseaux-là pour établir des liaisons aéroportées entre le commandement et les sous-marins balistiques. Ils traversent les ouragans et les typhons mieux que n'importe quelle machine volante. S'il y a un appareil qui peut s'en tirer, c'est bien celui-là, surtout quand il est équipé comme ça.

Dès son arrivée, Harry avait inspecté le C-130 depuis le nez jusqu'aux feux arrière, Marcos le savait. Il avait déclaré l'appareil et son équipage bons pour cette mission particulièrement difficile.

Darkman et onze hommes en tenue de camouflage, munis de sacs à dos, bavardaient tout en vérifiant le matériel qui se trouvait sous la carlingue du C-130. Ils paraissaient durs et résolus. On sentait une excitation contenue jusque dans leur maîtrise, comme s'ils avaient hâte de décoller.

– Celui-là a servi de ravitailleur, entre autres, poursuivit Harry, tandis qu'ils s'approchaient du groupe. Il est conçu pour les parachutages.

On était en train d'y charger des civières, des parachutes pour les colis, une jeep et du matériel médical.

– Où se ravitaillent-ils ? demanda Marcos.

La seule branche de l'entreprise familiale dont il ne connaissait que les aspects financiers était la division aéronautique. Thoros s'en occupait en personne.

– La portée maximale de l'Hercule est généralement de cinq mille kilomètres, répondit Harry. Mais celui-ci a des réservoirs d'appoint. Ils devront refaire le plein à Los Angeles et à Oahu. En tout, il leur faudra vingt-deux heures.

Darkman, qui venait de les apercevoir, se dirigea vers eux.

– Nous pensons pouvoir contacter Greywing à deux heures du matin, dimanche, dit-il. Si nous pouvons toujours passer, nous irons les chercher. Sinon, nous nous détournerons vers les îles Salomon et nous les tirerons de là après le passage de l'ouragan.

– Je veux qu'ils soient partis avant l'arrivée de la tempête, dit Marcos.

– J'aimerais bien jouer les sauveurs à la Redford, mais ça risque de ne pas se passer comme ça. Je ferai tout ce qui sera en mon pouvoir, Marcos. S'il est possible d'y aller et de s'en sortir, nous le ferons. J'ai le meilleur pilote, les meilleurs navigateurs du métier et neuf hommes de fer. C'est mon équipe, pas une bande de mercenaires venus de Taipei. On n'achète pas des mecs comme ça n'importe où.

Marcos opina du chef. Son instinct lui disait que Darkman tiendrait parole, si c'était possible. Les deux hommes se serrèrent la main, puis Marcos et Harry regardèrent en silence les mercenaires terminer le chargement avant de disparaître dans le ventre de l'appareil.

Harry plia impassiblement le papier que Darkman lui avait donné et le mit dans la poche de son coupe-vent.

– Qu'y a-t-il sur ce papier? demanda Marcos.

– L'endroit où nous devons envoyer l'argent, s'ils ne rentrent pas, lui répondit Harry d'une voix enrouée qui lui fit comprendre qu'il n'écartait pas cette hypothèse.

Obnubilée par une peur viscérale, Marika cherchait le chemin du camp. L'obscurité lui faisait perdre le sens de l'orientation, à moins que ce ne soit cette frayeur soudaine. Tout s'embrouillait dans son esprit. Elle se trompa, retrouva sa route, se força à ralentir, ce qui était d'autant plus pénible qu'elle avait hâte d'être de retour.

On se perd aisément dans la jungle, surtout la nuit, s'admonesta-t-elle. *Fais attention.* Si elle se laissait troubler, elle courait au-devant de gros ennuis. Marika essaya d'y voir plus clair. Elle rentrerait au camp, préviendrait les autres, se préparerait à l'assaut. Elle tourna une dernière fois et aperçut enfin la clairière qui marquait l'emplacement du pont. En exultant de joie, elle fonça vers la clairière. Elle touchait enfin au but.

Tony la frappa par-derrière et l'envoya à terre avec un grognement de triomphe. Il l'avait repérée quelques instants auparavant et l'avait suivie en sachant qu'elle devait traverser le pont pour se mettre à l'abri. Elle était seule, à sa merci.

– Tu m'as causé des tas d'ennuis, espèce de garce, lui souffla-t-il dans les cheveux en plaquant au sol son corps qui se débattait, face contre terre.

Jamais Marika n'avait connu une telle panique. Son poids, son haleine, le ton de sa voix ranimèrent les horreurs qui avaient peuplé ses cauchemars. Il avait l'intention de la tuer. Son instinct l'avertit qu'il ne s'agissait plus de sexe, mais d'une lutte à mort. Elle sentit l'arme en acier au bas de sa colonne vertébrale et tenta désespérément de trouver une parade. Il ignorait qu'elle connaissait les armes à feu... Cela lui donnerait peut-être un avantage.

– Ne fais pas de bêtises, Tony, supplia-t-elle.

Elle avait du mal à parler comme à respirer. Elle sentit son sexe dur contre elle, mais refusa d'y prêter attention.

– Je vais terminer ce que j'ai commencé, dit-il en soufflant fort.

Il lui mit la main sur les fesses et les pinça. *S'il a l'inten-*

tion de me violer, il devra changer de position, pensa-t-elle. Un puissant instinct de survie lui avait rendu sa lucidité.

Il se déplaça légèrement pour avoir une meilleure prise, et elle saisit l'occasion. De toute la force de sa terreur, Marika se tordit pour se dégager, puis elle le repoussa et tenta de se relever. La main de Tony se referma sur sa jambe comme un étau, au moment où elle cherchait à s'enfuir. Elle tenta de se libérer à coups de pied, mais il était déjà debout et s'était remis à cogner. Une violente douleur aux côtes la jeta à nouveau sur le côté. En titubant, elle essaya de se rappeler ce que leur avait enseigné Tiffany. Les jambes. Elle devait se servir de ses jambes, longues et puissantes. Il venait vers elle avec un air vengeur. Marika lança une jambe et le frappa au plexus. Quand elle se mit à courir, il la talonna. Elle sentit ses mains s'accrocher à ses épaules. Une peur terrible, paralysante, monta en elle. Elle était piégée. Elle n'arriverait jamais jusqu'au pont. Elle hurla quand il la força à se retourner. Il riait et, quand il déchira sa chemise, il lui jeta un regard mauvais, triomphant.

– Non ! cria-t-elle quand il l'attira contre lui en lui serrant le bras comme un garrot, avant de le tordre pour la contraindre à s'agenouiller devant lui.

– Ouvre ma braguette, salope, dit-il d'une voix grave, menaçante. Tu vas t'amuser avant de mourir.

Marika leva les yeux avec une expression d'animal blessé et elle aperçut l'arme semi-automatique calée dans sa ceinture. Tony suivit son regard et posa la main sur le pistolet.

Marika réfléchissait à toute vitesse. Il lui fallait cette arme à tout prix... *Le cran de sûreté est certainement mis. Réfléchis, Marika, réfléchis !*

– Je ferai ce que tu voudras, Tony, murmura-t-elle. Mais ne me tue pas !

– Tu feras ce que je voudrai, ne t'en fais pas, mais pas ici. Ils vont nous chercher.

Il sortit son arme et ôta le cran de sûreté.

– Avance... vers le feuillage.

Il pointa le doigt à gauche du pont et elle avança, les jambes flageolantes. La jungle, dense à cet endroit, constituait un abri sûr. Là où il s'arrêta, on ne voyait plus le pont.

– A genoux ! lui ordonna-t-il en ouvrant sa braguette d'une

main, son arme toujours dans l'autre. Ça me rappelle l'armée, tu vois, ricana-t-il tandis qu'elle s'agenouillait lentement devant lui. On disait toujours : voilà mon pénis, voilà mon arme. L'un pour le plaisir, l'autre pour tirer. Maintenant, on va se faire plaisir.

Des larmes ruisselaient des grands yeux de Marika où se reflétait une sombre terreur animale. Elle savait qu'il allait la tuer. Il était fou et, s'il la violait à nouveau, il ne l'épargnerait pas. Elle n'aurait qu'une chance de s'en tirer. Peut-être...

Marika courba les épaules dans une posture d'extrême soumission.

– Ne me fais pas de mal, Tony, supplia-t-elle en approchant sa bouche de son sexe.

Une chance... une seule.

Marika planta les dents dans le sexe qu'elle avait pris dans sa bouche, puis repoussa Tony de toutes ses forces. Elle heurta le pistolet en se relevant et entendit la balle siffler à son oreille quand le coup partit. A présent, elle le dominait, elle cherchait à se saisir de l'arme, et ils roulèrent tous deux sur le sol humide de la jungle.

Elle sentit le métal froid contre son ventre, et leurs deux mains sur l'arme. Celles de Tony étaient plus grandes, plus fortes, mais c'était sa peau qu'elle défendait. Leurs doigts luttaient pour trouver la détente. Il y eut une explosion terrible, un bruit de chair et d'os, et le sang gicla.

Marika comprit enfin que l'un d'eux avait été touché quand il s'effondra mollement sur elle. Elle repoussa ce corps qui lui répugnait, se redressa en chancelant, et resta pétrifiée devant la masse prostrée à ses pieds, incapable de faire le moindre mouvement. Il fallait faire quelque chose, le toucher, bouger, courir, cacher le corps, quelque chose, mais elle ne savait pas quoi. Elle tenait toujours le P.45 dans sa main sanglante.

Elle fixa la plaie béante qu'il avait à la poitrine, la mare de sang près de sa tête, les yeux écarquillés. Elle devait s'en aller, courir, fuir le plus loin possible.

Sans réfléchir, aveuglée par la panique, Marika se dirigea vers le pont pour aller chercher de l'aide.

Le temps se dégradait. Le vent faisait plier les palmiers et la pluie commençait à tomber. Thoros et Jack passaient en revue les diverses éventualités qui s'offraient à eux, quand ils entendirent un coup de feu à travers le ronflement du vent.

Jack redressa brutalement la tête.

– C'était un coup de feu ! annonça Thoros.

Ils se levèrent tous comme un seul homme et se dirigèrent vers l'endroit d'où venait le bruit.

– Il faut trouver Tony ! cria Thoros en courant.

Les ecchymoses et les courbatures que lui avait values son combat avec Tony lui raidissaient les muscles. Tout mouvement lui était pénible.

– Attendez ! cria Rand. Nous ne savons pas qui a tiré sur qui. On ne peut pas débouler comme ça.

Comme personne ne prit la peine de lui répondre, il hésita un instant, avant de suivre les autres à contrecœur.

Dix minutes plus tard, ils atteignirent la clairière près du pont. Il ne leur fallut que quelques instants de plus pour trouver le corps. Tony était étendu là, éclairé par la lune, au milieu d'un essaim d'insectes minuscules, volant et rampant. Ce furent Jack et Emilio qui arrivèrent les premiers.

– Merde ! fit Jack en posant la main sur la carotide de Tony.

Il comprit à la taille de la plaie qu'il était mort depuis un bon moment, mais il tenait quand même à s'en assurer.

– Il est mort.

Instinctivement, il se pencha pour remonter le pantalon de Tony et couvrir sa nudité.

– C'étaient les femmes qui avaient l'arme, dit Thoros avec dégoût.

– No, señor, le contredit aussitôt Emilio. Regardez le sol. Ce n'était pas une embuscade, mais un combat à mort.

Thoros acquiesça et s'approcha du corps de Tony. Il se pencha pour lui fermer les yeux, tandis que montaient en lui un chagrin et un sentiment de culpabilité tels qu'il dut refouler ses larmes.

– Il ne méritait pas ça, dit-il d'une voix rauque.

– Nous n'en savons rien, rectifia Alex d'un ton plus calme. Je ne vois pas l'arme, et vous ? Comme nous ne savons pas s'il y a eu ou non provocation, mieux vaut y aller prudemment.

– Nous devons d'abord mettre le corps de Tony à l'abri, fit Jack d'un ton catégorique. Si nous ne l'enterrons pas ou si nous ne le recouvrons pas, il sera dévoré avant l'aube. Regardez, les fourmis rouges sont déjà à l'œuvre.

– Tout à fait, répondit Thoros. Mieux vaut le ramener au domaine.

– Thoros, dit Jack avec une grande compassion, cette maison est une étuve. Si nous l'y mettons, il se décomposera dans la nuit. Il serait plus intelligent de trouver quelque chose pour l'envelopper et de l'enterrer sous un rocher, jusqu'à ce que les secours arrivent.

Thoros scruta le visage de son ami et n'y décela que du bon sens.

– Très juste, répondit-il, marqué par les émotions diverses qu'il éprouvait depuis une heure. Le plus tôt sera le mieux.

La petite phalange regagna l'enceinte de la propriété. Thoros devenait violent. Il avait envie de rendre coup pour coup. Aux femmes, au destin, à ceux qui avaient jeté un sort à cette île. A lui-même pour s'être battu contre Tony, sombre souvenir qui ne le quitterait plus. A lui-même pour n'avoir pas su sortir de cette spirale infernale qui continuait de les engloutir.

Cela faisait plusieurs jours qu'il sentait la mort rôder autour d'eux. C'était pour cela qu'il avait si violemment cherché à récupérer l'arme. C'était dans l'air, suspendu au-dessus de leurs têtes comme une épée de Damoclès. Pourquoi ne l'avait-il pas senti avant ? Pourquoi tout lui avait-il semblé si idyllique ? Comme si le mal avait été voilé jusqu'à ce qu'une sinistre étincelle le libère.

48

Quand Justine se tourna vers les autres, son corps reflétait une agitation tout à fait inhabituelle. Chesi et elle étaient trempées jusqu'aux os.

– Une grosse tempête approche, dit-elle gravement. Chesi et moi, nous sommes allées à la station météo... Le baromètre descend à toute allure. Il me semble que nous devrions reconsidérer notre décision. Il serait plus sûr de conclure immédiatement une trêve et de réparer l'avion.

– Après ce que ces salopards ont fait à la rivière, cet après-midi ? Je croyais que tu étais de notre côté, Justine ! lança Christie d'une voix furibonde. J'aurais dû prévoir que tu te rétracterais. Ils nous tueront dès qu'ils auront les jauges.

– Foutaises ! s'écria Liz. Nous n'en savons rien... Essayons simplement de prendre la meilleure décision possible, étant donné les circonstances. Tony est le seul qui soit dingue. Laisse Justine dire ce qu'elle a à dire.

Elle fit signe à Justine de poursuivre.

– Qui t'a nommée dictateur, Liz ? aboya Christie. Justine aurait-elle abdiqué ?

– La ferme ! crièrent Chesi et Liz à l'unisson. Nous devons l'écouter jusqu'au bout.

Justine reprit la parole :

– La météo m'inquiète vraiment. Il y a des ouragans dans cette région. On appelle ça des typhons. L'air se déplace en formant une spirale qui tourne en sens inverse de celles que l'on voit au-dessus de l'équateur, mais le résultat est le même. Bien qu'il n'y ait pas eu ici de typhon dévastateur depuis un siècle, d'après Chesi, nous ne pouvons pas nous y fier. Nous sommes beaucoup plus vulnérables que les hommes. Nous n'avons ni abri... ni refuge anti-ouragan. Notre seul espoir, c'est de réparer l'avion et de partir d'ici avant la tempête, ou bien de nous terrer dans la cave de la propriété en attendant qu'elle passe. Quoi qu'il en soit, nous devons faire la paix avec les hommes, et vite !

– Avons-nous vraiment le temps de partir ? demanda Tiffany avec beaucoup de bon sens. Ça se déplace vite, un typhon ?

– Très vite, hélas ! Et il n'y a aucun moyen de prévoir l'ampleur des dégâts. Je me laisse guider par mon instinct... La station météo n'est pas encore complètement branchée, il n'y a pas de fax, ni de relais satellite, ni de suivi. Ces tempêtes sont capricieuses. Elles empruntent des itinéraires erratiques. Il se peut qu'elle nous évite ou qu'elle fonce droit sur nous... fit-elle en haussant les épaules.

– Il faut en parler aux hommes, dit soudain Tiffany, qui pensa à Jack. Il ne nous reste plus qu'à nous entraider.

– Foutaises ! lança Christie. Et si nous les aidons à réparer l'avion et qu'ils nous laissent en rade ? C'est exactement le genre d'accident qui les débarrassera de nous. Vous ne comprenez donc pas ? La tempête nous balaie, ce n'est la faute de personne. Personne ne connaîtra jamais la vérité.

– C'est une possibilité, Christie, répondit Justine, pensive, mais il y a peu de chances, tu ne crois pas ? Alors que cette tempête est bien réelle et très proche. Quoi que nous décidions, il faut le faire vite. Avec ou sans instruments, on commence à sentir le typhon.

– Nelida, dit brusquement Chesi, toi qui sais tout, cet ouragan sera-t-il dévastateur ?

– Pour l'amour du Ciel, Chesi ! l'interrompit Christie avec le plus souverain mépris. Ne la traite pas comme un oracle.

Nelida choisit ses mots avec soin.

– C'est une tempête d'une grande force, mes filles. Dans ce domaine, on ne peut savoir jusqu'où iront les caprices des dieux, mais ce sera dévastateur. Des vies seront en péril.

– Donc, nous devons essayer de partir ?

– Je ne peux pas te le dire, mon enfant. Juste que certaines vies seront en péril. Chacune de vous doit faire des choix maintenant et en subir les conséquences. Chacune doit trouver sa propre énergie.

Un grand craquement attira tous les regards vers la lisière du campement. Marika, trempée et couverte de sang, hagarde, les yeux rouges, sortit de la jungle et pénétra en titubant dans la clairière.

– Tony est mort ! hurla-t-elle comme si elle avait attendu ce moment avec impatience. Je l'ai tué !

Elle tomba à genoux à la périphérie du groupe et jeta l'arme sur le sol en s'essuyant les mains sur ses vêtements.

– Dieu tout-puissant ! s'écria Christie en bondissant en avant. On ne jette pas une arme comme ça. Le coup pourrait partir !

Elle se précipita sur l'arme, la saisit et la renifla.

– Elle a servi, annonça-t-elle. Récemment.

– Qu'est-ce qui t'est arrivé ? demanda Tiffany en prenant dans ses bras la jeune femme qui sanglotait. Où est Tony ?

A demi hystérique, Marika avait peine à articuler.

– Ils arrivent ! cria-t-elle. Les hommes. Ils viennent ici. Je les ai entendus.

– Demain matin, pour discuter ?

– Non ! hurla-t-elle. Tout de suite. Ils se sont disputés. Ils ont décidé de ne pas attendre. J'ai couru vous prévenir et il m'a rattrapée.

– Qui ? Tony ?

– Oui ! Tony. Il m'a eue près du pont. Il s'est jeté sur moi.

Marika, révulsée, sanglotait tout en parlant. Elle tirait sur ses vêtements pour imiter les gestes de Tony.

– Mon Dieu ! Il était sur moi. Il a dit qu'il allait finir ce qu'il avait commencé, et j'étais morte de peur. Je ne pouvais pas me dégager. J'ai essayé de lui prendre son arme, mais il était trop fort. Quand le coup est parti, je ne savais pas lequel avait été touché, mais c'était lui qui était mort. Mort !

Elle reprit son souffle, contempla le sang sur ses mains et sur son corps, les yeux exorbités, haletante.

– Je l'ai tué !

– Mon Dieu ! s'exclama Tiffany. (Son cri était sur toutes les lèvres. Elle se tourna vers les autres.) Il faut que ça cesse ! lança-t-elle d'un ton catégorique. Il faut rendre les jauges. Immédiatement !

– Non ! répliqua sèchement Christie. C'est impossible. Nous devons trouver une solution... maintenant qu'il y a eu un meurtre. Nous sommes toutes impliquées.

– Merde ! jeta Chesi. Ce n'est pas un meurtre. C'est de la légitime défense.

– C'est sa parole contre la leur, rétorqua Christie. Ils peuvent prétendre qu'elle l'a suivi...

– Je ne veux plus entendre ça ! cria Tiffany dans une agitation extrême. Nous sommes tous en train de devenir fous. La seule chose sensée, c'est de faire la trêve, de réparer l'avion et de nous sauver. Vous ne voyez donc pas où tout cela nous a menés ?

Le vent gémissait de plus en plus fort. Les arbres se balançaient en sifflant et la pluie était de plus en plus froide.

– Votons, déclara Liz en tentant de rester calme.

– Pas la peine, fit sèchement Chesi, tandis que l'abri sous lequel elles se trouvaient commençait à craquer. Écoutez ce vent. Soyons pratiques et trouvons le moyen de nous protéger ici, dans ce camp.

– Dans un typhon, on n'est jamais en sécurité à l'extérieur, dit Tiffany, consternée de leur naïveté. Il faut prévenir les hommes et leur demander de l'aide. Ce n'est pas une simple tempête, je le sens jusque dans la moelle de mes os. C'est quelque chose de violent et de dangereux. Vous ne voyez donc rien ? Si nous les prévenons, nous pourrons nous entraider !

– Il est inutile de les prévenir, répliqua Justine. Thoros est déjà au courant. Il est pilote. Il connaît très exactement le danger... C'est probablement pour cela qu'il a décidé de ne pas attendre jusqu'au matin.

– Alors cessons ces bavardages et coopérons, supplia Tiffany. C'est le seul moyen de mettre un terme à tout ce gâchis.

– Et s'ils se servent de nous ? insista Christie.

– Elle a peut-être raison, dit Chesi en fronçant les sourcils. Jusqu'à présent, ils n'ont pas fait preuve de bonne volonté, et ces jauges sont notre seul atout.

Christie, Justine et Liz parlèrent toutes en même temps.

Tiffany se leva sans un mot et quitta le cercle des femmes qui continuaient de discuter. Le temps n'était plus aux vaines discussions ni aux considérations égoïstes. Le moment était venu de prendre une décision personnelle. Elle aurait aimé en parler à Justine, mais elle ne pouvait pas prendre le risque d'un veto. Jack était en danger. Ils étaient tous en danger, et il ne lui restait plus qu'à faire ce qui lui semblait le plus juste dans un océan de perspectives toutes plus affreuses les unes que les autres. Tiffany pria le Ciel de n'avoir pas pris une mauvaise décision. Elle fit une pause pour prendre son sac à dos, puis se dirigea vers la bûche creusée où étaient cachées ces pièces qui avaient causé tant de dissensions.

Quelques minutes plus tard, Justine regarda autour d'elle et s'aperçut que Tiffany n'était plus là.

Flûte! fit-elle à part elle. *Elle aurait dû comprendre que j'étais de son avis.*

Elle laissa là les autres qui discutaient toujours et courut après elle. Elle savait parfaitement où Tiffany était allée.

Quand Justine parvint à la cachette, celle-ci était vide. Le vent se levait dangereusement, et la pluie tombait pour de bon. Elle n'avait pas le choix. Il ne restait plus qu'à réparer le G-IV et à déguerpir. Avec sa gentillesse et sa simplicité, Tiffany avait pris la seule décision sensée. Justine leva des yeux inquiets vers le ciel menaçant et se demanda s'ils pourraient tous partir à temps.

Tiffany courait. Le vent lui cinglait le visage et le corps, la pluie s'écrasait en grosses gouttes. *Par un temps pareil, ce n'est pas le meilleur moment pour franchir le pont*, songea-t-elle avant même de l'apercevoir. Les cordes et les lianes se balançaient violemment dans le vent et le pont de rondins de bois craquait comme un vieux squelette.

Le vent soufflait en rafales de plus en plus fortes et Tiffany hésita avant de s'engager sur les échelons qui menaient au ruban oscillant.

– Quelle horreur! dit-elle à voix haute.

Justine sortit de la jungle au moment où Tiffany avançait sur le pont. Elle cria son nom sans savoir si celle-ci l'entendrait. Tiffany releva la tête, hésita, se retourna et aperçut Justine loin derrière elle.

– N'essaie pas de m'en empêcher! répondit-elle. Il faut que nous partions tous d'ici!

Justine courait vers elle en criant... Tiffany voulut revenir en arrière. Quand elle recula vers le bord de la falaise, une branche jaillie de nulle part la heurta de plein fouet. Justine hurla pour la prévenir, mais trop tard. Tiffany leva instinctivement les mains pour se protéger, mais l'énorme branche la poussa en arrière, la déséquilibra et l'assomma. Le sol céda sous ses pieds et elle glissa. Désespérément, elle griffa l'air de ses mains, saisit une liane qui se détacha et poursuivit sa longue chute. Quand elle disparut, son cri de terreur s'enfonça dans le néant, étouffé par le vent et le bruit du torrent en contrebas.

– Sainte Mère de Dieu ! murmura Justine en la voyant s'enfoncer dans la gorge.

Elle courut, s'accroupit au bord du précipice et en scruta le fond, tout en redoutant ce qu'elle y découvrirait. Elle repéra Tiffany, quinze mètres plus bas, étendue sur le rebord d'un rocher, un bras et une jambe pendant tristement au-dessus de l'abîme. Il était inconcevable qu'une saillie aussi étroite ait pu retenir son corps. Justine saisit la corde du pont d'un bras pour retrouver l'équilibre et chasser la nausée qui l'avait envahie. C'était impensable, insupportable. Si Tiffany bougeait de quelques centimètres, elle tomberait au fond du ravin. Si toutefois elle n'était pas déjà morte.

Justine hurla son nom une demi-douzaine de fois, mais la silhouette inerte ne lui répondit pas. Elle se redressa, chancelante, leva les yeux vers le ciel en se demandant ce qu'elle devait faire, et elle se mit à courir pour retrouver les autres et leur apprendre la triste nouvelle.

On enveloppa le corps de Tony dans des sacs en plastique pour le mettre à l'abri. Jack, Alex et Jase le déposèrent dans une fosse peu profonde pour le protéger des animaux et de la tempête qui empirait. Quand les secours viendraient, on l'en retirerait pour lui faire des funérailles convenables. Les pierres qu'ils avaient ramassées pour le recouvrir attendaient à côté de la fente creusée dans la terre volcanique. Le vent leur fouettait le visage, tandis qu'ils se hâtaient de terminer leur ouvrage. Jack ramassa la première pierre, qu'il posa sur le cadavre de Tony, aussi froid que s'il n'avait jamais été en vie. Les autres en firent autant.

Thoros se tenait à la pointe du roc, avec la mine résolue et sévère d'un général signant un traité de capitulation. Il attendit que la dernière pierre soit en place pour prendre la parole, et s'exprima d'une voix dure, chargée d'émotion, que couvrait en partie le grondement lointain de la tempête :

– Nous ne savons pas exactement comment Tony est mort, ni qui l'a tué. Nous savons comment il a vécu. C'était un ami de longue date. Toujours prêt à nous venir en aide, quel qu'en soit le prix. Toujours équitable. Toujours honnête en affaires. Il honorait ses dettes de jeu et c'était un sacré joueur de poker.

« Alors à toi, Tony... où que tu sois. Puisses-tu avoir beau jeu là-bas et nous garder la place chaude, jusqu'à ce que nous venions te rejoindre autour du tapis vert. Tu nous manqueras cruellement, je te le promets !

– Bravo ! répondirent Jase et Alex.

– Amen, dirent Jack et Rand.

Thoros courba un instant la tête, puis la releva. La tristesse avait cédé la place à la fureur.

– Je vais voir où en est le système de protection. Ensuite, nous irons chercher ces fichues pièces...

– Rien de tout cela ne sera nécessaire, le coupa une voix de femme qui couvrit le bruit alentour.

Quand ils se retournèrent, ils aperçurent Justine et Liz à quelques mètres, trempées, débraillées.

– Tiffany s'est blessée au pont de corde ! cria Justine. Si vous nous aidez à la sortir de là, nous réparerons votre avion.

Jack saisit le bras de Justine.

– Vous avez dit Tiffany ? hurla-t-il. Que lui est-il arrivé ?

– Elle a voulu prendre les choses en main, répondit Justine d'une voix altérée par l'émotion. Elle allait vous remettre les jauges.

Jase redressa brusquement la tête.

– Les jauges ? Vous voulez dire qu'elle les avait avec elle ?

– On se fout du moteur, Shindler ! lui lança furieusement Jack. Et de toi ! Tiffany est blessée !

– Où est-elle ? demanda aussitôt Rand. Comment êtes-vous sûres qu'elle n'est pas morte ?

– Elle est sur une petite saillie rocheuse, à dix ou quinze

mètres sur la pente du ravin. Elle semble inconsciente et elle a la jambe cassée. Ce n'est peut-être pas tout. Elle a reçu des débris emportés par le vent avant de tomber. Selon Marika, il est impossible de grimper dans une pareille bourrasque. Elle a dit de prévenir Thoros qu'il devra contourner d'autres saillies. Et la végétation. Il faudra la remonter en rappel.

Thoros écouta et réfléchit rapidement avant de crier des ordres :

– Emilio, nous aurons besoin de matériel. Des mousquetons, des cales, des câbles, des courroies. Je veux un rack, mon treillis. Plein de cordes et des cordes fixes de deux centimètres... Jase, Alex, accompagnez-le. Il y aura beaucoup de choses à porter. Rand, va voir le genre de roche à laquelle nous avons affaire. Ce doit être poreux et volcanique, mais tu es certainement mieux renseigné que nous, puisque c'est toi qui y as creusé. Allez me chercher tout le matériel médical que vous trouverez. Il faudra fabriquer une sellette avec les moyens du bord. Déchirez des draps pour faire des bandages, prenez des bâtons pour les attelles. Il faudra aussi confectionner un brancard. Jack, ajouta-t-il en regardant avec compassion son ami visiblement éprouvé, viens avec moi.

Personne ne prononça le nom de Tony.

49

Avec ses cheveux trempés et flottant au vent, Marika se tenait au bord du ravin et s'efforçait de rester debout. A genoux, Thoros regardait en contrebas pour voir ce que l'on pouvait faire. Jack était, lui aussi, à genoux. On aurait dit qu'ils priaient.

– On pourrait la sortir de là, s'il n'y avait pas cette foutue tempête ! cria Thoros, autant pour lui-même que pour les autres.

– Avec un vent pareil, ce n'est même pas la peine de tenter le coup, fit Marika d'un ton catégorique. Ce serait suicidaire.

– Pas nécessairement, Marika, répondit Thoros en levant les yeux vers elle. Pendant la guerre, j'ai fait du rappel par très gros temps. Ça peut marcher.

– Évidemment ! Si vous avez toute l'armée américaine pour vous aider, rétorqua-t-elle avec agacement.

– Écoutez, Marika, si vous avez peur, je le ferai seul, fit-il, les lèvres pincées. Personne ne vous en voudra.

– Je t'accompagne, dit aussitôt Jack.

Thoros hocha vigoureusement la tête.

– Jack, il n'y a que des grimpeurs expérimentés qui puissent y arriver, pas des amateurs, même s'ils sont pleins de bonne volonté.

– On s'en fout ! hurla Jack dans le vent. Je l'aime.

– Raison de plus, fit Thoros avec détermination. Ici, il n'y a pas de place pour l'émotion.

Thoros se leva et vérifia l'équipement entassé à ses pieds. Il ramassa la corde gainée, qu'il enroula soigneusement. Un enchevêtrement dans une ascension comme celle-ci pouvait lui coûter la vie. Tout à coup, Marika saisit une autre corde d'un air vengeur, qu'elle enroula à son tour. Thoros la regarda droit dans les yeux.

– J'ai un harnais complet, dit-il posément.

Marika se mordit la lèvre. Elle n'avait pas la moindre envie de risquer sa vie pour Tiffany et elle était encore sous le choc de sa rencontre avec Tony, mais cela l'ulcérait de passer pour une lâche aux yeux de Thoros. Elle était bonne grimpeuse et il existait entre grimpeurs un code auquel elle adhérait.

– C'est ce qu'il y a de mieux, répondit-elle d'un ton neutre.

– Est-ce que vous le voulez ? demanda-t-il avec une exaspération bien maîtrisée.

Elle tendit la main et prit le harnais sur la pile.

– Je ne veux pas de héros réticents, Marika, fit-il d'une voix grave et calme. Ou vous venez ou vous ne venez pas. Il n'y a pas de demi-mesure. Il faut que je sache si je peux compter sur vous. Je n'aurai pas le loisir de jouer les baby-sitters.

– Je viens, dit-elle férocement en attachant le harnais de sécurité et en négligeant, par nervosité, de passer trois fois la sangle dans la boucle. Vous n'aurez pas à jouer les baby-sitters. J'ai de l'entraînement et j'ai déjà fait du sauvetage.

Il l'observa un instant en se demandant s'il était avisé de la croire sur parole. Si l'on pouvait se fier à elle, ce serait un atout.

– Une ou deux cordes de rappel et une corde pour la civière avec un ancrage supplémentaire pour chacune, et ça ira, Thoros, dit-elle, tout à son affaire. Avons-nous des plaquettes ? Et des descendeurs en huit ?

– Nous avons tout ce dont nous avons besoin, répondit-il, ragaillardi par son attitude.

Il accrocha divers objets à son propre harnais. En tant que premier de cordée, ce serait lui qui porterait la plus grande partie du matériel. Des cales de formes et de poids variés, des poulies que l'on pourrait accrocher aux affleurements. La descente était toujours périlleuse, même par beau temps.

– Dis-moi ce que je peux faire, Thoros, demanda Jack, qui tenait absolument à les aider.

Il éprouvait une grande détresse. Tiffany n'avait pas bougé sur son petit rebord. Peut-être était-elle morte, ou presque.

– Comment allez-vous la remonter, une fois que vous serez en bas ? demanda-t-il.

– Je ne veux pas te mentir, Jack. Si elle est blessée à la colonne vertébrale, nous risquons de la tuer ou de la rendre infirme en la déplaçant. Nous verrons sur place. Tu devras t'en remettre à ma décision. Peut-être faudra-t-il la remonter pour qu'elle ait une chance de rester en vie. Emilio est un bon médecin, tu l'as vu, et il lui fera une civière. Nous l'y attacherons et nous la hisserons.

– Je vous ferai descendre le matériel médical, señor, quand vous serez sur le rocher, dit Emilio.

Thoros hocha la tête et, quand il eut fixé les descendeurs et les cordes de sécurité, il s'avança au bord de la falaise.

– Je te le promets, Jack, nous allons faire au mieux.

Trop inquiet pour répondre, Jack se contenta de hocher la tête, lui aussi. Thoros se hissa de l'autre côté en espérant que les arbres auxquels il avait ancré ses cordes tiendraient dans la bourrasque.

Tout en se maudissant de s'être mise dans une situation pareille, Marika vérifia son harnais de sécurité. Les mousquetons étaient fixés, la corde en bon état, nouée en prusik [1] pour la renforcer. Manifestement, Thoros n'avait pas de huit de secours, mais ils se contenteraient de l'équipement dont ils disposaient.

En saisissant le descendeur, elle leva le pouce en direction d'Emilio et suivit Thoros de l'autre côté. Le vent et la pluie formaient comme un mur qu'elle heurta de plein fouet. Elle respirait difficilement, et commença néanmoins à descendre. La bourrasque rendait précaires les prises sur le roc humide, mais ses gants de cuir lui donnaient une relative stabilité. Marika avait de bonnes mains, fortes, adroites, dont elle était fière. Depuis qu'elle était mannequin et qu'elle se préoccupait plus de leur beauté que de leur habileté, elle avait fait peu d'alpinisme. Mais, auparavant, elle avait escaladé avec ses amis des pentes de classe 5, très difficiles. Une fois seulement, il y avait eu un petit incident.

1. Nœud autobloquant. (*N.d.T.*)

Mais pas avec un temps pareil, songea-t-elle amèrement, tandis qu'une nouvelle rafale l'éloignait de la face rocheuse et lisse. Thoros, qui était plus lourd, descendait plus facilement. Elle vit qu'il avait presque atteint la saillie où Tiffany était étendue.

Thoros s'arrêta et posa le pied sur le rebord. Le nœud en prusik se resserra et il détacha les descendeurs. Que cette saillie rocheuse eût retenu le corps dans sa chute tenait du miracle. Elle était tout juste assez grande pour accueillir le corps allongé de Tiffany et celui de Thoros debout. Il se pencha pour lui poser les doigts sur la gorge. Son pouls était très faible. Il se rappela ce que Justine lui avait dit de l'accident. Recréer mentalement les circonstances était toujours utile pour évaluer les blessures.

– Elle est vivante ! cria-t-il en faisant un signe de la main, au cas où ceux qui le regardaient ne l'auraient pas entendu.

Puis il se rapprocha d'elle le plus possible et s'accroupit devant son corps inerte. Dans la bourrasque, sous un tel déluge, il n'était pas aisé de garder l'équilibre sur ce perchoir. Thoros examina ses blessures, tandis que Marika se posait à l'autre bout du rebord. Il vit qu'elle avait trouvé une prise et se tourna à nouveau vers Tiffany.

Sa jambe droite pendouillait toujours au bord du rocher, et le fémur fracturé formait un angle étrange. Son bras droit était également de travers. Thoros écouta sa respiration. Elle semblait normale. Il faudrait soigner et bander les plaies profondes avant de la transporter, mais, n'en trouvant aucune qui exigeât des soins immédiats, il examina son cou, puis son dos, en s'efforçant de ne pas la bousculer. Il n'y avait aucun moyen de mesurer les dégâts internes, mais sa bouche ne saignait pas. Un petit filet de sang lui coulait du nez, séquelle du choc ou signe d'un grave traumatisme à la tête.

Marika était aussi à genoux et elle tâtait le corps d'une main prudente.

– Elle est glacée, dit-elle. Et son pouls est très faible. Elle est sous le choc. Complètement KO.

Tiffany grogna quand Thoros lui appuya sur le haut du corps pour déceler d'autres fractures. Il s'attendait à trouver un humérus fracturé et une épaule déboîtée. Elle remua, ses paupières se soulevèrent un bref instant avant de se refermer.

Autour de Tiffany, le monde tournoyait comme une lame de fond. Au début, elle eut l'impression de nager dans un océan de douleur. Elle essaya de bouger la tête, de la soulever, mais celle-ci n'était plus attachée à son corps et refusait de lui obéir.

Elle crut entendre Jack crier son nom, mais ce n'était pas possible. Elle sentait une douleur aiguë aux jambes et aux hanches, et ne comprenait pas comment on pouvait avoir aussi mal dans l'eau. Son bras droit n'était plus qu'un anneau de souffrance, qui remontait jusqu'à l'épaule. Elle était trempée : sans doute l'eau qui lui ruisselait sur le visage et dans la bouche, et qu'elle buvait. Aussi curieux que cela puisse paraître, elle n'était pas salée, sauf quand elle se mêlait à ses larmes. Elle perdit à nouveau connaissance et ne vit plus rien autour d'elle.

Thoros réfléchit, puis leva les yeux.

– Emilio ! cria-t-il avec un geste de la main. Descends la sellette !

Quelques instants plus tard, la civière de fortune était en suspension au bord de la saillie sur laquelle ils étaient perchés. Suivit un panier empli de sparadrap et de bandes déchirées dans des draps somptueux. Des perches en bois d'un mètre cinquante de long étaient suspendues au-dessus de la hotte.

– Est-ce que vous avez préparé une attelle ? demanda Thoros à Marika, tout en coupant la lanière du sac à dos de Tiffany pour la dégager et étendre celle-ci parfaitement à plat. Il faudra fabriquer une minerve de fortune avant de la déplacer.

– Oui. Je pourrai le faire.

Avec soin, ils tentèrent de redresser les membres tordus pour les immobiliser. La bourrasque et la pluie rendaient presque impossible une tâche déjà malaisée en raison de l'exiguïté de leur perchoir.

Tiffany gémit pitoyablement. Elle tenta de les repousser de son bras valide, mais Thoros lui retint la main pendant que Marika redressait les membres brisés en tirant en ligne droite pour réduire la fracture. Il fallait les immobiliser pour l'ascension. Tiffany hurla quand Marika lui retira la jambe du bord, puis sanglota, haletante, incapable de lutter contre la douleur qu'on lui infligeait.

Après ce qui parut une éternité, les membres furent fixés à des attelles.

– Il faudra la retourner pour la mettre sur la sellette, cria Marika, doutant qu'il y ait assez de place sur le rocher.

– C'est un poids mort, répondit-il. Je la tiendrai pendant qu'on glissera le brancard sous elle. Faites attention, vous êtes juste au bord.

Marika hocha la tête en regardant vers le bas. Quelque trente mètres plus bas coulait un torrent tumultueux. L'eau blanche d'écume, dont le niveau montait à une vitesse vertigineuse, bouillonnait comme dans un immense chaudron.

Marika attrapa la civière en suspension et la tira vers elle en essayant de ne pas perdre l'équilibre. Elle jeta un coup d'œil inquiet au rocher volcanique au-dessus d'eux. Sur une roche aussi aiguisée, les frottements qu'ils avaient déjà provoqués pouvaient fort bien sectionner une corde fixe.

Il était presque impossible de déplacer le corps de Tiffany dans un espace aussi exigu. Marika se mit en place pour lui soutenir la tête, tandis que Thoros se tenait tout près d'elle. Il ramena son bras contre lui et immobilisa le membre fracturé du mieux qu'il put contre son abdomen. Il la saisit par la ceinture du pantalon et par la chemise, le plus fermement possible, et regarda Marika.

– C'est vous qui tenez la tête. A vous de compter !

– Un ! Deux !

Thoros fit rouler vers lui le corps de Tiffany, qu'il appuya contre le sien. Il dut lui soutenir le dos d'une main tout en glissant la civière de l'autre.

– C'est bon ! cria-t-il à Marika. A trois, on la remet en position.

Thoros jura en anglais et en arménien, Marika en suédois, Tiffany hurla, sanglota, supplia, mais ils parvinrent à placer la blessée sur la sellette et à l'y attacher. Thoros fit signe aux deux hommes qui étaient restés en haut de la hisser le long de la paroi en utilisant la triple poulie qu'ils avaient fabriquée, ce qui n'était pas une tâche aisée dans de telles conditions météorologiques.

– Vous avez été courageuse, dit Thoros à Marika quand la civière eut amorcé son ascension.

– Oui, reconnut-elle avec un sourire las. Vous aussi.

– Maintenant, il ne nous reste plus qu'à remonter au sommet, fit-il avec un petit rire.

– Facile comme bonjour, hein ? répliqua-t-elle avec un air de défi.

Thoros, surpris, éclata de rire en songeant à quel point ils s'étaient tous conduits comme des imbéciles.

Si seulement ils s'en étaient donné la peine, ils auraient vu que chacun ici avait quelque chose de bon. Il pinça les cordes avec les poignées pour préparer leur ascension. Il avait des crampes dans les jambes d'être resté trop longtemps accroupi. Il recula pour regarder au-dessus de lui, prêt à gravir la falaise.

Le rebord, usé par la pluie et l'érosion, céda sous le poids de Thoros, qui fut brusquement projeté dans le vide. Horrifiée, Marika vit sa corde de rappel se tendre en s'enroulant autour du bras de Thoros qui la renvoya pour se dégager. En quelques secondes, le bras droit immobilisé, il se retrouva suspendu au-dessus de la gorge, ficelé et totalement paralysé.

– Tenez bon, Thoros ! cria-t-elle. Je vais vous ramener.

Thoros se balançait comme un pendule dans un vent de plus en plus violent, qui l'éloignait de la paroi. Marika évalua rapidement la situation et comprit parfaitement le danger de ce qu'elle allait entreprendre. Elle devait effectuer un mouvement de balancier pour l'atteindre, mais avec sa taille et son poids, dans le déchaînement des rafales, elle aurait le plus grand mal à obtenir l'élan nécessaire.

Marika respira profondément pour retrouver un rythme cardiaque raisonnable. Elle devait surmonter cette peur qui la protégeait, mais qui ne devait pas influer sur ses décisions. « Quand on grimpe, deux ascensions se font simultanément, lui disait son professeur. Sur la pente et dans la tête. » Elle se rappela soudain ces paroles.

Elle repoussa la saillie et se balança en direction de Thoros, mais elle n'avait pas l'élan nécessaire pour l'atteindre. Quand elle revint en arrière, elle eut peine à trouver une prise sur le rebord qui s'effritait. Marika y jeta un regard inquiet avant de pousser une seconde fois, plus fort. Ce qui restait du rocher ne supporterait plus le moindre choc.

Cette fois, elle parvint presque jusqu'à Thoros, mais le vent qui soufflait en sens contraire l'empêcha de l'atteindre et la projeta en arrière. *Il faut que j'y arrive la prochaine fois*, se dit-elle, alors qu'elle se rapprochait de la paroi à une vitesse grandissante. A cause du vent, il était presque impossible d'évaluer l'impulsion qu'elle devait donner à son mouvement de balancier. Marika ferma les yeux, respira profondément et se concentra. Tout dépendait d'elle, à présent.

– J'en suis capable, dit-elle à voix haute. Je dois tenter le coup.

« Ne fais jamais de concession à la montagne, Marika, lui soufflait la voix de son professeur. A moins que tu n'aies déjà fait tout ce qui était en ton pouvoir. Si tu meurs, du moins auras-tu essayé. » Elle ouvrit les yeux, évalua la distance qui la séparait de Thoros et se lança dans le vide, comme un aigle maîtrisant son vol.

Il tendait le bras vers elle. Quand elle approcha de lui, leurs deux mains tendues parvinrent à s'agripper l'une à l'autre. Cette fois, ce furent leurs corps qui se heurtèrent violemment.

– Seigneur ! grogna-t-il, tandis qu'ils se tordaient dans la bourrasque, plaqués l'un contre l'autre. Comme c'était beau !

Aussi vite que le lui permirent ses doigts engourdis, elle dégagea le bras de Thoros pour qu'il puisse reprendre son ascension. Marika s'accrocha au harnais de Thoros, fit passer l'anneau de sangle dans le mousqueton et y posa le pied. Au point d'ancrage, elle ramena Thoros vers elle à la force des jambes, faisant porter leurs deux poids sur sa corde pour lui donner le temps de se libérer. La manœuvre n'était pas aisée.

Enfin soulagée et pressée de remonter, Marika retira la pince. A peine eut-elle franchi un mètre que sa corde fixe, usée par les trois mouvements de balancier qu'elle avait effectués et par le poids de leurs corps, lâcha brutalement en claquant dans l'air.

Le corps de Marika fut violemment projeté en arrière. Affolée, elle chercha à s'agripper quelque part, avant de tomber dans le ravin. Thoros, qui était encore sous le choc, se tendit vers elle de toutes ses forces et saisit sa main qui battait l'air. Il s'y accrocha avec l'énergie du désespoir, mais elle mesurait près d'un mètre quatre-vingts et son poignet se tordit sous son poids. Elle était ballottée par le vent, son gant noir trempé glissait inexorablement.

– Non ! hurlèrent-ils à l'unisson quand elle lui échappa des mains.

Marika essaya désespérément de trouver une prise, mais elle fut précipitée vers les eaux bouillonnantes et les rochers en contrebas. Ses cris ricochaient sur les parois de la gorge, déformés par le ronflement de la pluie.

– Non ! cria-t-il comme pour la rappeler, tandis que le canyon lui renvoyait l'écho de sa rage et de son angoisse. Non ! Non ! Non !

Au sommet de la falaise, figés et atterrés, les autres virent le corps de Marika s'enfoncer dans la rivière, rebondir plusieurs fois et disparaître dans le courant.

Thoros s'accrocha à la corde à laquelle il devait un salut provisoire, immobile, cherchant à comprendre ce qui s'était passé. *Elle n'a pas dû passer trois fois la sangle dans la boucle du harnais... On oublie souvent de le faire dans l'urgence... mais cela lui aurait donné une chance de s'en tirer...* Le vent balayait les larmes qui lui coulaient sur le visage, et l'intolérable sentiment d'avoir échoué qui le prenait aux tripes le paralysait totalement. Marika était morte pour le sauver. Elle qu'il avait prise pour une écervelée. Cette pensée l'obsédait, et ce néon clignotant dans sa tête lui interdisait de penser à autre chose qu'à sa culpabilité, qu'à cet échec cuisant.

On l'appelait. Quelque part au loin. Le son qui lui parvint à travers le ronflement du vent et son propre engourdissement le ramena brutalement à la réalité. Il leva les yeux et la mémoire lui revint : il devait encore remonter.

A force de volonté, il retrouva son sang-froid, rassembla ce qui lui restait de force et évalua la situation. Sa sangle détachée tenait grâce au prusik. Il pourrait toujours utiliser ce dernier pour monter à la corde. Il était éprouvant, difficile de gravir une pente dans ces conditions, mais c'était faisable.

Thoros chassa de son esprit sa peine et sa défaite, et entreprit sa laborieuse ascension.

50

Quarante minutes après la mort de Marika, Thoros Gagarian se tenait debout au sommet de la gorge, déterminé, les traits creusés par le choc qu'il venait de subir. Justine l'avait serré dans ses bras en silence et ce que disaient les autres, il l'avait à peine entendu. Il ne devait pas se laisser aller à penser à Marika. Sinon, il ne serait plus bon à rien. Plus tard, il aurait le temps de se souvenir et de porter le deuil. A présent, il s'agissait de sauver le plus de monde possible.

– Il faut ramener Tiffany au domaine, dit-il d'une voix rendue rauque par l'émotion et l'effort. Elle est très mal en point. Jack, Rand et Emilio, voyez ce que vous pouvez faire pour la soulager. Je dois réparer le G-IV pour essayer de nous tirer de là, pendant qu'il en est encore temps.

– Je t'accompagne, Thoros, lui proposa Justine.

Elle était tellement secouée par ce qu'elle venait de voir qu'elle ne comprenait pas comment il tenait encore debout.

– Ce ne sera pas facile de travailler dans une tempête pareille, ajouta-t-elle.

– Tu as raison, répondit-il laconiquement. Alex et Jase, venez avec nous pour tenir l'échelle. Avec ce vent qui repousse tout, il sera sans doute très difficile d'accéder au moteur.

– Je pourrais vous aider, proposa Liz.

– Vous vous y connaissez en avions ?

– Pas du tout, répliqua-t-elle d'une voix forte. Mais Justine m'a fait lire le manuel et je me rappelle chaque mot et chaque diagramme. Ça vous sera peut-être utile.

Thoros hocha la tête, comme pour leur montrer que rien ne pouvait plus l'étonner. Jack, Rand et les autres femmes saisirent la civière improvisée et emportèrent Tiffany, dont les gémissements se fondaient dans la tourmente. Devant l'impassibilité et la détermination dont Thoros faisait preuve, Justine se demanda ce qu'il pensait, ce qu'il éprouvait à ce moment-là.

Le ciel était d'un gris profond et il pleuvait à verse, une sorte de pluie piquante, quand ils atteignirent la piste de Mora Utu. Le G-IV, fin, argenté, paraissait à l'abandon sur l'aire de stationnement où on l'avait laissé.

– Il faut l'attacher aux ancrages de la piste ! cria Thoros en approchant de l'avion. Il y a de la grosse corde dans le bâtiment près de la citerne.

Il examina attentivement la piste, s'agenouilla et tendit la main vers les attaches qui se trouvaient dans une cavité creusée dans le béton.

– Voilà à quoi ressemble la fermeture des ancrages, hurla-t-il en espérant que sa voix porterait.

Il avait très mal au bras et à l'épaule, mais il n'y prêta pas attention, tout comme il refusait de penser à Marika et à la tragédie de la gorge.

– Alex, Jase, voyez si vous pouvez l'attacher pendant que Justine et moi, nous allons chercher le matériel.

Ils se dispersèrent.

– Thoros ! cria Justine. Tu crois vraiment que nous allons sortir par un temps pareil ? C'est très risqué.

– Nous avons peu de chances de réussir, mais il faut tenter le coup. Tiffany est gravement blessée... Si elle fait une hémorragie interne, j'ignore combien de temps elle tiendra sans des soins appropriés. Faisons l'impossible pour partir d'ici, et à la grâce des dieux !

Il avançait à grandes enjambées vers le petit bâtiment qui abritait le matériel et Justine dut courir pour le suivre. Ils auraient besoin de la petite échelle pour accéder au moteur et de quelques instruments rudimentaires pour réparer les dégâts. Avec un pincement au cœur, elle remarqua que Thoros portait encore à l'épaule le sac à dos de Tiffany, tandis qu'ils poussaient l'échelle dans la tempête.

La pluie slalomait sur leur visage, leurs bras et leur corps, et des masses de débris roulés en boule, comme dans les déserts de l'Ouest, leur coupaient la route. Sur la rampe, Jase et Alex s'affairaient pour attacher le G-IV.

Thoros cria des ordres avec l'autorité que lui conférait l'urgence. Malgré l'horreur des dernières heures, il n'hésitait pas, sûr de ses décisions. Il se tenait vaillamment face au vent et à la pluie qui ruisselait sur ses cheveux grisonnants et sur ses vêtements. *Il est vraiment magnifique, pensa Justine. Comme un roi sur un champ de bataille, né pour le commandement, défiant les destins contraires.* Elle secoua la tête pour s'éclaircir les idées. L'heure n'était pas aux rêveries romantiques.

L'avion fit un écart, alors qu'ils tentaient péniblement de l'immobiliser. Leurs doigts glissaient sans cesse sur les cordes et lâchaient prise. Enfin, après de nombreuses tentatives infructueuses, ils parvinrent à fixer l'appareil aux attaches qu'ils avaient trouvées dans le sol.

L'échelle était glissante, la plate-forme battue par les vents comme la voile d'un navire. Jase, Alex, Thoros et Justine poussèrent et tirèrent pour la placer sous le moteur de l'avion, qui se trouvait à trois mètres cinquante au-dessus de la piste.

En s'accrochant fermement à l'échelle de métal humide, Thoros monta jusqu'au panneau qui permettait d'accéder au moteur droit. Dans la tempête, il était difficile de soulever le panneau d'aluminium et, une fois qu'il fut levé, le solide capot gémit et trembla dans la tourmente. Quand le moteur fut ouvert, Thoros eut le plus grand mal à manœuvrer à cause de l'exiguïté de l'espace. Les clés à pipe et à écrous glissaient sur les boulons, la torche ne donnait qu'un faible rayon de lumière, et ses doigts humides et gourds étaient trop gros. En jurant, Thoros laissa tomber la clé avec laquelle il jonglait, et Justine, qui l'observait d'en bas, la ramassa et grimpa résolument derrière lui. Pour ne pas lâcher la perche de l'échelle dans le grand vent, elle dut presser son corps contre celui de Thoros. Elle sentit sa chaleur, mais aussi son extrême tension.

– J'ai des mains plus petites que les tiennes, Thoros, lui lança-t-elle. Ce sera peut-être plus facile pour moi.

Le corps de Thoros se contracta. Il réfléchit et s'effaça pour lui permettre d'accéder au moteur.

– Essaie ! acquiesça-t-il d'une voix rauque en redescendant un échelon pour lui faire plus de place. Ça ira peut-être mieux avec des mains plus fines... De toute façon, avec cette pluie, tout est glissant comme une planche savonnée.

Justine remit l'allumage en place avec beaucoup de soin. Grâce à la finesse de ses mains, la tâche fut moins ardue. Elle marmonna un chapelet d'interjections en plusieurs langues, mais parvint à raccorder les fils et à tout remettre en ordre. Satisfaite, elle tendit le cou vers Thoros, qui se trouvait deux barreaux en dessous.

– L'allumage est en place... Tu veux t'occuper de la jauge ou je le fais ?

Son visage ne reflétait aucune acrimonie.

– Tu te débrouilles bien, répondit-il avec un sourire sombre. Vas-y. Mais dépêche-toi, il y a un vent à décorner les bœufs.

Elle opina du chef et se tourna à nouveau vers le moteur. Trente-cinq minutes plus tard, ils s'attaquèrent au second moteur.

Impulsivement, Justine posa la main sur l'épaule de Thoros en redescendant sur la piste.

– Je regrette ce qui s'est passé, dit-elle, très émue. Nous sommes tous des imbéciles.

– Et nous allons peut-être le payer de nos vies, répondit-il rageusement. Nous ne sommes pas encore partis, Justine. Faisons monter tout le monde à l'intérieur le plus vite possible et voyons si nous parvenons à décoller contre le vent.

Il hurla, et Alex prit la direction de l'enceinte de la propriété, Jase sur ses talons.

– Ici, nous sommes sous l'emprise de je ne sais trop quoi, Justine, dit Thoros en se protégeant les yeux de la main pour observer le ciel de plus en plus noir.

– Tu veux parler de cette tempête ? demanda-t-elle.

Il hocha négativement la tête.

– Non, il s'agit d'autre chose. De quelque chose d'inexplicable.

Il la prit dans ses bras et la serra contre lui un bref instant. Il ne l'embrassa pas, elle ne s'y attendait d'ailleurs pas, mais elle s'accrocha à lui de toutes ses forces, parce qu'elle avait besoin de ce réconfort-là, si faible soit-il face au déchaînement de la nature.

Ce fut avec le plus grand mal que l'on transporta la civière de Tiffany dans l'avion. Rand était malade, Jase blessé, Jack et Alex un peu moins mal en point. Tony et Marika étaient morts. Débraillés, trempés et sombres, les survivants s'installèrent dans le compartiment des passagers, tandis que Thoros et Justine occupaient le cockpit. On n'avait pas vu Nelida de la journée. Elle avait dû rester en rade, coincée par la tempête. Emilio s'était, lui aussi, évaporé dans la nature.

Justine se dirigea automatiquement vers le siège du pilote, mais Thoros lui saisit le bras.

– C'est moi qui prends les commandes, dit-il avec autorité.

– Pas question ! rétorqua-t-elle. C'est ma vie qui est en jeu, Thoros. Tu m'as demandé de piloter cet appareil aller et retour, et, Bon Dieu, j'ai la ferme intention de le faire !

Thoros la toisa de toute sa hauteur.

– Justine, ce n'est pas le moment d'être susceptible. Tu es un sacré bon pilote, mais cet appareil est à moi et j'entends bien nous tirer de là. J'ai cinq cents heures de vol sur cet avion, je le connais comme ma poche...

– Et alors ! cria-t-elle, explosant sous la tension des dernières heures. Moi, j'en ai six cent cinquante !

Bien que réellement sidéré, Thoros ne se laissa pas fléchir.

– Je me fiche de ton nombre d'heures, Justine ! hurla-t-il, au comble de l'énervement. J'ai piloté trente ans avant que tu sois née, bon sang ! C'est mon avion et c'est moi qui le piloterai !

– C'est ton avion, mais c'est ma vie, espèce de prétentieux ! débita-t-elle à toute allure. Écoute-moi, merde ! Il y a un certain nombre de choses que tu fais mieux que moi mais pas piloter cet appareil. Alors, pour l'amour du Ciel, ôte-toi de là ! Nous n'avons pas de temps à perdre en conneries de ce genre.

Thoros fixa la jeune femme du regard et se retint pour ne pas l'écarter *manu militari*. Il ne s'attendait vraiment pas à une dispute à cet instant précis. Il émanait d'elle une résolution farouche. Ce n'était ni par bravade ni par orgueil que Justine agissait ainsi. Elle croyait vraiment qu'elle était meilleur pilote. S'il lui imposait sa volonté, elle ne le lui pardonnerait jamais. S'il cédait, elle ne le respecterait plus. S'il prenait une mauvaise décision, ils n'en sortiraient pas vivants. Indiciblement exaspéré, Thoros tira la pièce de dix dollars qu'il gardait dans sa poche en guise de porte-bonheur.

– Face, dit-il en la lui montrant.

– Pile, répondit-elle, prise de court.

La pièce frappée de l'aigle royal retomba côté face.

Justine lui jeta un regard rapide. Son visage n'exprimait aucun triomphe, rien que de l'inquiétude et une extrême agitation.

– Parfait, dit-elle simplement, en se glissant dans le siège du copilote et en fixant son attention sur l'immense tableau de bord qu'elle avait devant elle.

Soulagé, mais toujours aussi inquiet, Thoros s'assit et poussa le soupir qu'il retenait depuis un certain temps.

Il donna une pichenette sur l'interrupteur du tableau de bord, sur le compteur d'altitude et sur l'alimentation APU. Après les manœuvres de démarrage, l'appareil, qui était resté longtemps silencieux, se remit à ronfler.

Dimanche 17 avril

La nature est un juge implacable.
Anonyme

51

Le mercenaire qui portait le nom de Darkman se pencha sur l'épaule du pilote et scruta le pare-brise du C-130, aveuglé par la pluie. Il régnait une tension palpable dans le cockpit.

– C'est une vraie saloperie, dit le pilote avec, dans la voix, une anxiété inhabituelle.

Celui-ci était si concentré qu'il économisait ses gestes comme ses mots. Le copilote ne dit rien, mais cela n'avait rien d'extraordinaire : son caractère taciturne lui avait valu le surnom de Silencieux.

– Les vents soufflent à quatre-vingts nœuds, il pleut comme vache qui pisse, la pression est en chute constante, déclara laconiquement le pilote. D'après la radio, ça fonce tout droit sur ces pauvres bougres.

– Ces pauvres bougres nous paient pour que nous les tirions de là.

– Sans blague, Sherlock. Je croyais que c'était un voyage d'agrément.

Darkman, qui décela une certaine nervosité derrière sa repartie, jeta un regard oblique au copilote, dont le visage était figé par la concentration.

– A combien sommes-nous du but, Sûr-et-Certain ?

– Sûrement trop loin, Darkman, répondit le pilote avec un rire proche du grognement. Il y a peu de chances que nous atterrissions avant que cette saleté de typhon soit sur eux.

– Maudit sois-tu, toi et tes conneries. On a dit qu'on essaierait, on essaiera. Sommes-nous déjà assez près pour les contacter par la radio du G-IV ?

– S'ils sont assez bêtes pour être là, peut-être.
– Ou assez intelligents pour essayer de s'en sortir.
– Écoute-moi bien, Darkman. Avec un vent pareil, des montagnes de deux mille cinq cents mètres de haut et aucune visibilité, ils ne s'en sortiront pas, ils se les prendront en pleine gueule. L'homme propose, Dieu dispose.
– Je ne t'ai pas emmené pour faire de la philosophie de bazar, Sûr-et-Certain. Je t'ai engagé pour nous y conduire.
– Et moi, je te dis que c'est impossible.
– Écoute-moi bien. J'ai donné ma parole à cet homme. Nous avons accepté son argent. Nous ne rentrerons pas sans avoir fait tout ce qui était en notre pouvoir. Maintenant, nom de Dieu, arrête tes âneries et conduis-moi sur cette putain d'île !
Sûr-et-Certain respira profondément et compta jusqu'à dix, de deux en deux. Darkman et lui se trouvèrent ramenés longtemps en arrière. Il croisa le regard du copilote, qui esquissa un sourire complice.
– Aïe, aïe, cap'taine Queeg, dit-il enfin. Je vais voir ce que je peux faire pour vous, sans y laisser ma peau.
Soulagé, Darkman lui donna une tape sur l'épaule.
– Écoute, crétin, ça suffit. Pour un type comme lui, il faut se mettre en quatre.
– C'est vrai, j'avais oublié, fit Sûr-et-Certain avec un sourire narquois. Facile comme tout, monsieur. Voilà le marché : nous avons assez de carburant pour une approche. Tout ce qu'il y a sur cette île, c'est un radiophare pluridirectionnel, si bien que, sans visibilité et avec un matériel aussi réduit, nous ne verrons peut-être même pas cette foutue piste.
– Schenck t'a donné la latitude et la longitude. Utilise donc le système de positionnement global et tu pointeras directement ton indicateur radiomagnétique sur leur signal lumineux. De quoi te plains-tu, bon sang ?
– De rien, répliqua le pilote avec un rire nerveux, mais bringuebalés comme on est avec ces fichus vents, j'ai intérêt à corriger sacrément l'angle... Si je ne vois pas la piste à six cents pieds, on renonce. Et basta !
– Six cents ? mon œil ! Tu peux descendre à trois cents facilement. Tu l'as fait des milliers de fois.
– Darkman, nous sommes à trente kilomètres à l'ouest de

l'île, répondit le pilote, changeant de sujet sans tenir compte de la remarque précédente. On pourrait les contacter par radio. Tu veux leur faire la joie de leur apprendre que nous sommes dans les parages ?

Darkman éclata de rire et lui tapota gaiement l'épaule. Sûr-et-Certain était quelqu'un de solide, un pilote formidable et un type bien.

Justine poussa un soupir de soulagement quand le système électrique répondit enfin et que le tableau de bord de l'appareil s'anima. Thoros et elle se tournèrent l'un vers l'autre au même instant. Il leva sa grande main, qu'elle claqua avec joie. Le système de navigation par inertie s'aligna de lui-même, les indicateurs de température et d'horizontalité fonctionnaient.

Le vent lança contre la paroi gauche de l'appareil un objet non identifié qui s'écrasa avec un bruit mat. Leurs regards se croisèrent à nouveau. L'appareil possédait deux coques, une en aluminium à l'extérieur, et le vaisseau de décompression intérieur. Si l'une ou l'autre étaient endommagées, ils resteraient au sol. Il fallait décoller vite, ce qui n'était pas facile avec le mauvais temps.

La tempête se déchaînait et une obscurité inquiétante s'était abattue sur Mora Utu. Les arbres déracinés leur barraient la route, et le toit du hangar, qui mesurait dix-huit mètres sur vingt-quatre, se soulevait dans la bourrasque comme un fétu de paille. Les baraques du chantier roulaient commc des jouets miniatures et, tout autour de l'avion, la pluie tambourinait.

Mais ils avançaient. Les trente-cinq tonnes du G-IV quittèrent l'aire de stationnement et se dirigèrent vers la piste, tout doucement, car, dans des conditions aussi périlleuses, il était impossible d'aller plus vite. Malgré son poids, le G-IV était ballotté par le vent et dérapait sur les flaques d'eau. Les pieds sur le frein et sur le gouvernail, Thoros donnait juste assez d'impulsion pour avancer à une allure d'escargot. Tout en observant les instruments avec inquiétude, il essayait de repérer, à travers le pare-brise assailli par la pluie et le vent, la bande jaune centrale qui l'aiderait à s'engager sur la piste. Mais il n'y avait aucune visibilité. Il faudrait décoller en évitant les vents contraires. La bourrasque les secouait brutalement et il n'y avait pas la moindre indication encourageante.

L'avion s'avança sur la piste et Justine se concentra sur la check-list avant le décollage. Elle était presque soulagée d'avoir perdu au tirage au sort. Il y avait tant de vies en jeu. Mais elle aurait aimé livrer elle-même cette bataille. La tension et la tragédie du ravin avaient assombri les traits de Thoros. Il n'était plus très jeune. Le sauvetage de Tiffany et la mort de Marika auraient eu raison d'hommes deux fois moins âgés que lui. Justine comprit alors à quel point elle l'admirait. Il était exceptionnel, à bien des égards. Elle se demanda si elle aurait jamais le loisir d'être amoureuse de lui.

Puis elle se força à surveiller les instruments.

– Thoros, dit-elle, soudain en alerte, les aiguilles commençant à s'affoler. Les moteurs absorbent trop d'eau et l'indicateur de température à l'entrée de la turbine a chuté. Il faudrait peut-être renoncer...

– J'y arriverai ! dit-il d'un air résolu, sans tenir compte de l'avertissement de Justine.

L'appareil dérapa à nouveau.

– Nous avons un vent contraire à quatre-vingts degrés, Thoros. Quand nous avons détaché les amarres, il n'était qu'à vingt degrés de l'axe central. Il a tourné à l'ouest. Je ne crois pas que nous y arriverons...

– Si ! aboya-t-il, la mâchoire contractée à l'extrême.

Il augmenta la vitesse, l'avion fit un nouvel écart et chassa brutalement de l'arrière.

– Tu es une véritable tête de lard ! Cet appareil va se mettre à tourner comme une girouette, si tu ne réduis pas le régime...

Comme pour accomplir sa prophétie, le vent souleva l'aile droite et poussa violemment l'appareil en diagonale.

– Ça glisse ! cria-t-il. Le vent de travers est trop fort !

Il lutta pour maîtriser l'appareil, conscient de la futilité de ses efforts.

Justine respira profondément et s'efforça de parler calmement :

– Nous n'aurions jamais pu voler avec autant d'eau dans les moteurs, Thoros. Tu n'y peux rien... personne n'y peut rien.

Il ne répondit pas, mais elle sentit la frustration que lui causait son échec et lui prit le bras.

– Écoute-moi, Thoros, dit-elle avec autorité. Nous avons fait tout ce qui était en notre pouvoir. Tu n'as rien à te reprocher. Tu luttes contre la volonté divine ! Il faut savoir s'arrêter... Nous devons les faire sortir et retourner nous mettre tous à l'abri dans la maison.

Il allait lui répondre, quand une véritable cacophonie sortit de la radio. On répéta deux fois le message avant qu'ils puissent le déchiffrer.

– Greywing, vous m'entendez ? criait une voix grave couverte par les parasites. Ici Saga One.

Thoros augmenta le volume. Qui que ce soit, il devait être très proche pour que le message leur parvienne malgré l'interférence de la tempête. Il répondit aussitôt dans le microphone :

– Ici Greywing. Nous vous recevons, Saga One. Identifiez-vous. Terminé.

– Nous sommes venus pour ramener l'équipe à bon port, Greywing. Marcos et Harry vous saluent bien. Mais il est très dur de passer. C'est un typhon de force quatre, au cas où vous ne le sauriez pas. Terminé.

– Saga One, nous sommes au sol et nous avons des pertes, deux morts et un blessé agonisant. Nous avons dû renoncer à décoller. A quelle distance du typhon sommes-nous ? Terminé.

– Vous y êtes, mon vieux. Jusqu'au cou. L'œil du cyclone devrait passer dans moins de trois heures. Restez là, nous sommes à quarante-cinq kilomètres à l'ouest. Nous avons un C-130 et du matériel médical. Terminé.

– Reçu, Saga One. Quelles sont vos intentions ? Terminé.

Les parasites rendaient la conversation de plus en plus inaudible.

– Greywing, nous allons tenter une approche par radiophare pluridirectionnel. Nous ne vous promettons rien. Mais nous venons vers vous. Si vous êtes sur la piste, allez-vous-en. Terminé.

– Compris, Saga One, cria Thoros dans le micro. Nous retournons sur la rampe. Conditions extrêmement dangereuses. Débris sur la piste et vent de tous les diables. Terminé.

Thoros croisa le regard de Justine, et celle-ci vit qu'il avait repris espoir.

– Il est possible qu'un C-130 passe. Faisons comme il a dit.

Dix minutes plus tard, ils avaient dégagé la piste et ils étaient de nouveau sur l'aire de stationnement.

Le C-130 cahotait dans les turbulences. Quand Sûr-et-Certain fit virer l'appareil en direction du radiophare, il y eut de l'électricité dans l'air. On se tut dans le cockpit. Après avoir passé le signal lumineux de Mora Utu, il ralentit brusquement, abaissa les volets de quinze degrés et surveilla l'aiguille qui oscillait dangereusement sur le cadran de l'indicateur radiomagnétique.

– Il faut rectifier l'angle de trente degrés pour aborder la piste par là, dit-il sèchement en s'efforçant de garder le contrôle de l'avion qui tanguait. C'est une vraie galère.

Darkman sentit monter la tension du pilote et du copilote, tandis que Sûr-et-Certain luttait pour garder le cap. Il observa les aiguilles de l'indicateur radiomagnétique et de l'indicateur de déviation de trajectoire. Jamais il n'avait traversé de turbulences aussi fortes. Même attaché au siège du navigateur, il ne se sentait pas en sécurité.

Sûr-et-Certain et Silencieux passèrent en revue la check-list et tentèrent d'aborder la piste devant le signal lumineux, manœuvre grandement contrariée par les vents de travers. Le C-130 passa devant l'installation de navigation électronique, la contourna par l'extérieur, vira puis revint vers la piste.

– Je lutte pied à pied, Darkman, fit Sûr-et-Certain d'une voix sombre et résolue.

– La piste est à quinze mètres au-dessus du niveau de la mer, répondit Darkman qui, tout autour de lui, ne voyait que la tempête. Où diable sommes-nous ?

– Presque à trois cents pieds et on se fait chahuter sérieusement, fit le pilote, laconique. Je n'aperçois aucune piste en bas... Merde ! lança-t-il. Nous venons de passer le signal et je ne vois toujours rien. Darkman, c'est fini. Il faut renoncer. Je suis navré, vieux.

Darkman voulut protester, mais il se ravisa. Sûr-et-Certain était le seul pilote capable d'atterrir dans des conditions pareilles. Si lui renonçait, personne ne pourrait se poser à Mora Utu, sauf peut-être l'ange Gabriel.

– Nous devons annoncer la mauvaise nouvelle à ces pauvres bougres, dit Sûr-et-Certain en appuyant sur le bouton du micro.

A son air lugubre, Darkman comprit que c'était la mort dans l'âme qu'il avait abandonné la partie.

– Greywing, fit le pilote. Ici Saga One. Nous avons dû renoncer. Je répète. Nous avons manqué l'approche. Vous nous recevez ?

– Saga One, ici Greywing. Reçu. Merde. Quelles sont vos intentions ? Terminé.

– Greywing, nous vous conseillons de quitter l'avion et de vous mettre à l'abri ! Terminé.

Un crachouillis de parasites couvrit la fin du message.

– Saga One. Répétons. Des morts. Un blessé grave. Avons besoin de matériel médical. Terminé.

– Compris, Greywing. Nous nous en occupons. Nous nous détournons sur Honiara jusqu'à ce que le typhon soit passé. De toute façon, nous reviendrons. Bonne chance. Terminé.

Thoros regarda Justine droit dans les yeux. Il n'y avait moyen ni de décoller ni d'atterrir. Face à ce typhon de force quatre, il ne leur restait plus qu'à regagner le domaine.

– Notre seul espoir, c'est la cave, dit Thoros.

– Si nous arrivons jusque-là, répondit-elle, tandis qu'ils se levaient en chancelant pour gagner la cabine des passagers.

La civière de Tiffany occupait l'allée centrale. Jack et Chesi étaient restés auprès d'elle.

– Elle respire de plus en plus mal, dit cette dernière en repoussant une mèche de cheveux trempée du visage blafard de Tiffany.

Jack était déjà tellement abattu qu'elle se mordit la langue. Il prit la main de Tiffany entre les siennes et, au moment où il ouvrait la bouche pour lui répondre, Justine et Thoros pénétrèrent dans la cabine.

– Nous avons appris qu'il s'agit d'un typhon de force quatre, annonça gravement celui-ci, dont l'œil passera au-dessus de nous dans moins de trois heures. Il faut abandonner l'avion le plus vite possible pour trouver refuge au domaine.

– Ce ne sera pas rien de retourner là-bas, fit Rand d'une voix lasse. Nous avons failli ne pas arriver jusqu'ici.

– Nous n'avons absolument pas le choix, répliqua implacablement Thoros. Lors du typhon Andrew, des appareils beaucoup plus gros que le G-IV ont été ballottés comme des bouchons de liège.

– Et nous sommes tout près de la mer, leur rappela Jase.

– Inutile de râler, dit Liz en s'efforçant de garder une voix posée. Mettons-nous en route.

Ils prirent juste le temps d'envelopper Tiffany pour la protéger de la pluie.

– Thoros, dit Justine en lui prenant le bras. As-tu une radio portable que nous pourrions emporter ?

– Elle est là, fit-il en passant la main sur son sac de toile. La batterie ne durera que quelques heures et nos amis du C-130 ne seront pas de retour avant un bon bout de temps, mais tant pis.

Quand la porte du G-IV s'ouvrit et que l'échelle se mit en place, ils se heurtèrent à un mur de vent et de pluie. Ils durent former une chaîne pour descendre le brancard de Tiffany, en s'appuyant les uns aux autres ou à la rampe métallique pour retrouver l'équilibre. Quand elle fut au sol, ils se saisirent comme ils purent de ce lourd fardeau et se dirigèrent vers le domaine.

– J'ai l'impression de porter un cercueil, dit Christie.

– La ferme ! rétorqua sèchement Chesi. Elle n'est pas encore morte.

Ils glissaient, tombaient sans cesse dans la boue, tout en luttant contre des vents qui soufflaient à plus de cent kilomètres à l'heure, mais ils avançaient. Enfin, exténués, glacés et trempés jusqu'aux os, hommes et femmes arrivèrent dans la grande maison dévastée, leur unique refuge. Les vitres avaient volé en éclats, les quelques bardeaux restants battaient tristement et de grands pans de toit avaient été emportés.

– On dirait un bombardement, dit Liz, ébahie devant l'inconcevable puissance de la nature.

– La cave, dirent Rand et Chesi presque à l'unisson. C'est le seul endroit sûr.

En file indienne, ils pénétrèrent dans l'immense cave où il faisait noir comme dans un four. Autour d'eux, les gigantesques cuves d'eau avaient des allures de spectres. Les femmes se mirent en quête de bougies ou de torches. Les hommes, de leur côté, faisaient de la place pour la civière de Tiffany. Ils retirèrent ce qu'ils purent de leurs vêtements ravagés et se blottirent, épuisés, dans l'obscurité.

– Peut-être devrions-nous sauver quelques vêtements secs en passant par les grilles ? suggéra Chesi.

– Nous les avons fixées, dit Jase.

L'ironie de la situation présente reflétait parfaitement les événements des jours passés.

– Greywing, ici Saga One. Vous me recevez ?

Sûr-et-Certain répéta deux fois le message pour s'assurer qu'il n'y avait plus personne dans l'appareil.

– Ils se sont mis en chemin, Darkman, dit-il à l'homme qui se trouvait dans le fauteuil du navigateur. Nous devrions en faire autant, pendant qu'il est encore temps. Honiara dans les îles Salomon, c'est là que nous avons le plus de chances d'arriver. Il ne nous reste plus beaucoup de carburant.

Comme pour confirmer ses dires, l'appareil fut brutalement secoué par une turbulence.

– Ils ont de gros problèmes en bas... Il y en a un entre la vie et la mort, se contenta de lui répondre Darkman.

– Quand le gros temps sera passé, nous ne ramasserons peut-être que des morceaux, répliqua Sûr-et-Certain. C'est vraiment une sale tempête qui s'est abattue sur cette île. J'espère qu'ils sauront se tirer d'affaire.

Darkman hocha la tête, furieux de n'avoir pas pu tenir parole.

– Ce gosse m'a plu, dit-il, sautant du coq à l'âne.

– Oui, répondit Sûr-et-Certain. Moi, c'est le vieux qui m'a plu. Il connaît le métier. Avant de nous laisser partir, il a posé les bonnes questions. Il se trouve qu'il a piloté un Thunderbolt chez Hubert Zemke. Ces types-là sont des légendes vivantes de l'aviation, vieux.

– Sans déconner ? fit Darkman, impressionné que Sûr-et-Certain soit lui-même impressionné. Mieux vaut ne pas décevoir un type de cet acabit, non ? Combien de temps pour faire l'aller-retour ? demanda Darkman en plissant le front d'un air sombre.

– Trois heures pour y arriver, trois pour faire le plein et

remplir la paperasserie, trois pour en revenir... sans doute neuf heures avant d'être de retour à Mora Utu.

– Merde ! Ce sera trop long, s'ils ont des blessés graves. Allons ! Propose-moi une solution qui plairait à quelqu'un comme Harry Schenck.

Sûr-et-Certain respira profondément, vérifia le radar et la jauge, fit mentalement quelques rapides calculs.

– Peut-être avons-nous assez de carburant pour rester à la limite de la tempête au lieu de nous détourner. Alors nous pourrions revenir sur place, quand l'œil du typhon sera au-dessus d'eux... mais on risque d'en manquer au retour.

– Il y a une citerne sur cette île de luxe, rétorqua Darkman, qui retrouvait son enthousiasme. Ils ont même peut-être assez de carburant pour les invités. Tu es partant ?

Le pilote esquissa un sourire en changeant de direction.

– Sûr et certain, répondit-il.

52

Un vent mordant entravait la marche de Nelida et d'Emilio qui se dirigeaient vers les grottes du bord de mer. Le ciel était sombre comme en pleine nuit et d'énormes vagues fouettaient le rivage. Des nuages de sable emportés par les rafales leur cinglaient le visage.

– Pour entrer au royaume des morts, il doit y avoir un chemin qui ne soit pas recouvert par la mer, cria Nelida en s'efforçant de rester debout dans la tourmente.

– *Sí*, les Anciens me l'ont montré, mais c'est un chemin périlleux. Une fois que nous serons à l'intérieur, nous ne craindrons plus rien de la tempête, mais tout des ancêtres dont l'esprit réside ici.

– C'est le seul moyen, Emilio. Cette île ne connaît que les sacrifices sanglants.

– *Sí*, acquiesça-t-il d'un air morose. Et nous en serons peut-être les victimes.

Les deux silhouettes battues par les vents cheminèrent le long de la falaise. Les eaux déchaînées, d'un gris noir, menaçaient chacun de leurs pas et Nelida priait sans cesse pour demander conseil et garder la force d'avancer.

Enfin, épuisés par la lutte et par la peur, la peau tailladée par les rochers et trempés jusqu'aux os, les deux Mexicains trouvèrent le passage en forme d'entonnoir qui était, selon Emilio, l'entrée qu'il cherchait.

– As-tu peur, ma petite mouette ? demanda-t-il en plongeant le regard dans la sombre fente ouverte dans la paroi volcanique.

– *Sí, tengo miedo.* J'ai peur, répondit-elle en levant les yeux vers lui. Qu'est-ce que ça change ?

Emilio rit, mais son rire fut couvert par le bruit du vent.

– C'est ça le courage, non ? Éprouver une grande peur, mais ne pas la laisser altérer nos projets.

Elle hocha la tête, croisa brièvement son regard, et ils entamèrent leur périlleuse descente vers la sépulture ancestrale.

Le silence de mort qui planait dans la caverne contrastait violemment avec la tempête qui faisait rage au-dessus de leurs têtes. L'air était empli de champs énergétiques qui n'étaient pas les leurs. Nelida et Emilio se signèrent pour se protéger du mal, puis Emilio tira une grande torche de son paquetage et deux piles de rechange en cas d'extrême urgence. Nelida accueillit avec joie le faisceau de lumière, bien qu'il éclairât les orbites béantes et les os disloqués des morts.

Les squelettes de plusieurs générations d'habitants de Mora Utu les entouraient, debout pour la plupart, ou bien tassés et fragmentés par le temps qui les avait contraints d'abandonner leur posture de sentinelle.

– Il y a ici beaucoup d'esprits qui ne sont pas en paix, remarqua Nelida.

Emilio comprit que cela la rassurait de parler à voix haute en ce lieu intemporel.

– Viens, nous devons rapidement trouver l'endroit que nous cherchons, répondit-il en suivant le faisceau lumineux.

Ils passèrent au travers d'un rideau de plumes, de coquillages et d'os qui s'entrechoquèrent à leur passage. A mesure qu'ils avançaient, l'air était plus chaud, et moins inanimé qu'il ne leur avait semblé. Il devait y avoir une ouverture cachée qui permettait de circuler jusqu'aux cryptes.

– Nous suivons les traces des prêtres, dit Emilio en désignant les murs, où l'on avait placé des torches massives à intervalles réguliers.

Des visages démoniaques ornaient les parois grossièrement taillées de la caverne, et le sol avait été aplati par des milliers de pas. Il y avait partout des restes humains, entassés dans des niches creusées à même le roc, ou dans des paniers suspendus, alignés le long des murs comme des soldats figés à leur poste pour l'éternité.

Les deux intrus se rendirent compte que le chemin qu'ils avaient emprunté descendait en colimaçon. Soudain, Nelida tendit la main pour toucher le mur et s'étonna de le trouver chaud et vibrant. Était-ce la force de la tempête ? Le passage devenait plus étroit et plus raide. Une simple corde bien fixée aux parois leur permettait de suivre la pente.

– Nous descendons au royaume des morts, murmura Nelida.

Emilio lui serra la main pour la rassurer. Lors de leurs voyages spirituels, ils avaient maintes fois exploré cet univers, pendant et après leur initiation, mais ils sortaient alors de leur corps. Nelida fit instinctivement appel à ses animaux totémiques et, ragaillardie par leur présence psychique, elle accéléra le pas.

Au bout du passage, un grand couloir s'ouvrait sur une cave voûtée. Emilio éclaira les murs et le plafond avec sa torche, et constata avec étonnement que ce vaste espace était entièrement couvert de crânes humains.

– Nous avons trouvé l'horrible endroit que nous cherchions, dit Nelida en lui tirant le bras. Allumons les torches. Cela ne dérangera pas les morts.

Les torches s'enflammèrent au contact de l'allumette. Quelle que fût la composition chimique de la substance goudronneuse dans laquelle on les avait plongées, celle-ci avait résisté à l'épreuve du temps.

Quatre statues, taillées dans la roche volcanique, surplombaient une table de pierre lisse couverte d'entailles et dominaient de leur haute taille les deux Mexicains.

– Ils n'étaient pas tous morts quand ils sont arrivés ici, fit Emilio d'une voix rauque.

Nelida frissonna nerveusement devant l'angoisse qui résonnait encore en ce lieu de souffrance et de torture.

– *Sacrificio de sangre*, dit-elle. Beaucoup ont péri ici dans la douleur. Pressons-nous, Emilio. Les dieux ne toléreront pas longtemps notre présence.

– Nous devons invoquer notre ignorance de l'histoire des trépassés de l'île, fit-il. Et leur demander grâce.

– *Sí*, répondit-elle, mal à l'aise. Mais ces forces exigent la mort pour prix de leur apaisement, Emilio. Je sens leur voracité.

– Alors nous devons leur demander combien de sacrifices elles exigent pour prix de la transgression, répondit-il après avoir réfléchi.

Nelida approuva et ouvrit le grand sac qu'elle portait attaché à sa taille. Elle déballa les instruments du rituel. Les esprits de ce lieu ne lui disaient rien qui vaille. Ils étaient sinistres et sanguinaires. Peut-être pourrait-on appeler à l'aide des esprits de la nature, moins hostiles. Du moins y aurait-il la possibilité de marchander. Elle chercha au fond de sa mémoire les rituels pour les convoquer. Dans cet endroit lugubre, le moindre faux pas serait fatal.

53

Tiffany était étendue dans un coin de la cave à vin, recouverte par les lambeaux de vêtements que l'on avait trouvés. Les femmes, tremblantes dans les vestiges détrempés de leurs tenues, se relayaient pour veiller la blessée, qui tantôt se tournait et se retournait fiévreusement, tantôt restait totalement immobile, comme déjà morte. Jack s'assit sur le sol auprès de Tiffany et porta sa main glacée à ses lèvres. Il lui parlait sans cesse, doucement, lui disait des choses que personne d'autre ne pouvait entendre. Avec sa barbe de deux jours, ses immenses cernes noirs et le sang qui maculait sa chemise, il n'avait pas l'air en meilleur état. La lumière des quelques bougies que l'on avait pu sauver n'éclairait pas suffisamment l'immense cave pour en chasser totalement l'obscurité.

Au-dessus de leurs têtes, la tempête faisait rage, interminable cacophonie. Depuis qu'ils avaient regagné la maison, des bris de verre, le fracas des meubles qui volaient, les craquements du bois et du métal arrachés de leurs fixations ponctuaient le ronflement du typhon. Bientôt, on n'entendit plus que le battement de tambour incessant de la pluie et les hurlements sinistres du vent. La bourrasque avait déjà tout arraché, se disaient-ils.

Liz promena son regard sur le groupe de survivants. Leur nombre s'était considérablement réduit depuis leur arrivée, songea-t-elle avec un pincement au cœur, Tony et Marika étaient morts, Tiffany agonisait, Jase était gravement blessé à l'épaule et la plaie risquait de s'infecter. Les mains et le visage de Thoros étaient lacérés et couverts d'ecchymoses,

Alex était exténué, décharné, et Rand faisait visiblement une nouvelle crise de malaria. Ils avaient tous été éprouvés et chacun avait révélé sa vraie nature.

Les deux Mexicains avaient disparu. Probablement morts, eux aussi.

– Quelles vacances ! s'écria-t-elle sans s'adresser à quiconque en particulier.

– Oui, répondit Christie, qui se déplaça prudemment pour trouver un emplacement plus confortable. Le club des survivants.

Chesi s'approcha à son tour.

– J'ai pensé à Nelida, dit-elle. Ne nous avait-elle pas dit que nous apprendrions des tas de choses sur cette île ?

– Des vacances initiatiques ? fit Justine avec un petit sourire mélancolique. Une formule originale. Mais je ne peux qu'être d'accord avec elle. Nous avons tous profondément changé.

Tiffany gémit en essayant de se mettre sur le côté. Elle était agitée et souffrait énormément. Elle poussa un cri étouffé et retomba sur le dos comme un oiseau blessé. Elle avait un teint de cendre à présent, la peau moite, de grands cernes noirs sous les yeux, et ses lèvres craquelées, qu'elle avait mordues sur le rocher où elle gisait, portaient encore des traces de sang. Jack se leva soudain et s'éloigna du lit, comme s'il ne supportait plus de la regarder sans pouvoir la secourir. Il s'essuya hâtivement les yeux et sortit un mouchoir de la poche de son short.

– Tu as fait tout ce que tu as pu pour elle, Jack, dit Justine en se rapprochant de lui. Elle sait que tu l'aimes.

A sa manière de se déplacer, on voyait qu'il était, lui aussi, plus blessé qu'il ne voulait le montrer. Quand il avait fallu transporter la civière jusqu'à la maison, c'était lui qui avait fait le gros du travail. Il avait glissé deux fois dans la boue, harcelé impitoyablement les autres pour qu'ils continuent d'avancer, tiré seul le brancard quand ils n'en pouvaient plus. Il avait le bras et l'épaule qui pendaient bizarrement, comme s'il avait du mal à les bouger, et sa chemise était tachée de sang.

Un énorme craquement au-dessus de leurs têtes capta toute leur attention. La cave se mit à vibrer violemment. Une grande partie de la maison avait dû être arrachée de ses fondations.

– Si la maison s'envole, où irons-nous ? demanda nerveusement Christie, formulant la question que tout le monde se posait.

– La structure est assez solide, rétorqua Rand d'un ton catégorique. Ce n'est pas ce qui nous menace.

– De quoi veux-tu parler ?

– De l'eau, répondit Chesi en se redressant brutalement. Nous ne sommes qu'à quelques centaines de mètres de l'océan. Si nous avons mal calculé le niveau des hautes eaux ou si c'est un typhon qui pulvérise tous les records, nous serons noyés comme des rats. Et même si nous ne nous noyons pas, les citernes seront en mauvaise posture et nous risquons d'être inondés par des eaux contaminées. Et nous sommes blessés et à bout de force.

Ils parlèrent tous en même temps, la peur l'emportant sur toute velléité de politesse.

Un sifflement à briser les tympans ramena brusquement le silence. Liz se planta devant eux, les jambes écartées, les doigts dans la bouche. Elle baissa la main et hurla à la façon d'un sergent-major :

– Taisez-vous, tous ! Nous avons la trouille, rien de plus normal. Mais la seule chose qui compte à présent, c'est ce que nous serons ou non capables de faire pour contenir une inondation.

Son regard passa de Rand à Chesi, qui hochèrent tous deux la tête.

– Nous n'avons pas dc matériel pour nous protéger, répondit Rand.

– Alors jouons au poker, dit-elle.

– Quoi ? explosa Thoros en la regardant comme si elle avait perdu la raison.

– Au poker, répéta-t-elle en sortant un jeu de cartes de sa poche. Nous serons peut-être tous morts demain matin. Nous avons déjà connu le purgatoire et si, comme Jonas dans le ventre de la baleine, nous attendons que les eaux nous engloutissent, nous allons devenir dingues...

– Elle n'a pas tort, fit Jase avec un rire admiratif.

– Non ! cria Jack à l'autre bout de la pièce. Pas tant que Tiffany sera dans cet état. Jouez sans moi.

– Je n'ai pas non plus le cœur à taper le carton, dit Thoros. Et il n'y a pas assez de lumière.

– Si Nelida était là, dit Justine d'un air rêveur, elle nous raconterait une histoire. J'en aurais bien besoin.

Fatigués, affamés, trempés, apeurés, les hommes et les femmes restèrent groupés dans l'obscurité, en silence.

– Est-ce déjà dimanche ? demanda soudain Christie.

– Oui, c'est dimanche, répondit Jase. Pourquoi ?

– C'était dimanche que nous étions censés quitter Mora Uru. Nous avons presque réussi.

– Certains d'entre nous, en tout cas, rectifia Liz.

Le rire de Christie attira sur elle tous les regards.

– Sérieusement, les amis, qui croirait à de pareilles vacances ? dit-elle. A part une guerre nucléaire, nous avons tout eu, non ?

– Cette petite interruption mise à part, Mrs Lincoln, la pièce vous a-t-elle plu ? persifla Liz.

– Oui. Ç'aurait vraiment été le pied si nous nous étions bien entendus et si nous avions passé du bon temps ensemble. Je ne sais pas ce que vous en pensez, mais quand Marika a sauvé Thoros, c'était très spectaculaire, et quand Thoros a sauvé Tiffany, c'était sublime. Et Justine et Thoros qui ont si bien réparé le moteur malgré la pluie, le vent et les débris qui volaient de tous les côtés, et Jack qui nous aurait presque donné des coups de bâton pour ramener la civière... Un vrai film héroïque. C'est quand même une histoire incroyable, fit-elle, se demandant qui elle avait bien pu oublier.

– Chesi a quand même fait du bon boulot dans ma propriété, ajouta Thoros avec un petit rire sardonique. Ne l'oubliez pas.

– Mon sang sicilien n'a fait qu'un tour, répondit Chesi avec un sourire narquois. Vous avez de la chance de ne pas dormir avec les poissons.

Déférence et différences n'étaient plus de mise. A présent, tout cela leur semblait étrangement drôle, ou tout au moins absurde.

– A-t-on jamais vu des vacances plus abominables ? demanda Christie, qui éprouvait le besoin d'alimenter la conversation.

– Napoléon à l'île d'Elbe ? proposa Liz.
– Le radeau de la méduse ? suggéra Jase.
– Le tsar Nicolas II et sa famille à Iekaterinbourg, fit Alex qui se prenait au jeu.
– Je sais ce que nous ferons si nous nous en tirons, dit Liz. Nous nous réunirons tous les cinq ans, comme les rescapés du *Titanic*...
– Encore de belles vacances en perspective, fit Jase d'un air songeur.
– Et lors de ces réunions, nous verrons en quoi cela nous a transformés, conclut Liz.
– Qu'est-ce qui te fait penser que nous avons changé ? demanda Jase avec curiosité.
– Tout d'abord, certains d'entre nous sont morts ! répliqua Liz avec son ironie habituelle. Et si les autres n'ont pas évolué, c'est qu'ils ont vraiment le cuir épais !
– Nous avons changé, c'est vrai, dit Thoros. Quand la vie est en jeu, les blessures d'amour-propre tendent à s'estomper.
Un bruit métallique les fit taire brusquement. Trempés jusqu'aux os, les vêtements en lambeaux, Nelida et Emilio descendaient l'échelle de la passerelle. Chesi et Liz se levèrent d'un bond et coururent vers le couple en criant leurs noms.
– Nelida ! Emilio ! Où étiez-vous passés ? demanda Chesi en serrant brutalement Nelida dans ses bras. Nous vous avons crus morts !
Nelida l'étreignit à son tour, puis elle recula, retira son poncho et le laissa tomber à ses pieds, qui étaient noirs de boue.
– Nous nous sommes rendus dans les cavernes ancestrales, mon enfant, pour marchander nos vies avec les esprits.
Emilio confirma ses dires d'un hochement de tête en retirant à son tour ses vêtements mouillés.
– Et qu'est-ce que vos esprits avaient donc à vous dire ? fit Rand avec dédain.
– Les vies sacrifiées suffiront peut-être à apaiser les esprits en colère, répondit Nelida. Cette île est un lieu où l'on exige des sacrifices de sang, et ces sacrifices ont eu lieu.
– C'est l'esprit de la caverne ancestrale qui nous l'a appris, señor, ajouta Emilio. Il n'aimait pas beaucoup l'esprit

de la Terre que vous avez abusé, et il a donc accepté de nous parler.

Une semaine plus tôt, Thoros les aurait crus fous, mais à présent il se contentait de les écouter.

– Cela signifie-t-il que nous serons épargnés ? demanda-t-il aussitôt à Emilio, non sans se sentir parfaitement ridicule.

– Nous l'ignorons, señor, répondit gravement celui-ci. Nous savons simplement que les sacrifices ont été acceptés.

– Nous savons aussi qu'on nous a permis de revenir ici, ajouta Nelida d'un air las. Les alliés de notre lignée ont plaidé pour nous et nous avons pu passer sans danger. Nous ne savons rien de plus, mais je crois que c'est un signe de bienveillance.

Elle arrangea ses vêtements mouillés du mieux qu'elle put et se tourna vers Chesi.

– Maintenant, voyons si nous pouvons leur arracher Tiffany ou si, à son tour, elle nous sera enlevée.

– Vous êtes au courant de l'accident ?

– *Sí*, mon enfant, j'ai eu vent de ce triste événement.

– Trois sacrifices vaudraient mieux que deux, déclara Emilio avec un certain pragmatisme. Pour les autres, il serait plus sage de la laisser partir.

Choqués que l'on discute aussi crûment du sort de Tiffany, Thoros et Jack protestèrent, mais Nelida leur coupa la parole.

– Je ne suis pas d'humeur à les laisser l'emporter aussi facilement, mon époux, déclara-t-elle sévèrement. Deux vies, c'est assez pour ce qui fut fait par ignorance. Il y a des limites, même pour les dieux... des règles à observer ! Elle est dans un état critique, mais nous la ramènerons à la vie.

– On ne les nargue pas impunément, femme ! Tu la ramèneras peut-être infirme et anéantie.

– Je ne les nargue pas. Je marchande, ce qui est permis. Les talents de ma lignée contre leur soif de sang.

Elle était en colère, mais très sûre d'elle.

– Tu risques d'y perdre la vie, mon petit faucon.

– On peut en dire autant chaque jour.

Les autres les écoutaient, fascinés. On ne pouvait douter ni de la tension qu'il y avait entre eux ni de la sincérité de leur échange.

– Comment puis-je t'aider, Nelida ? demanda Justine, qui s'avança.

Les femmes avaient le regard rivé sur Justine. Jamais elle n'avait admis les pouvoirs de Nelida.

– Viens avec moi, répondit la Mexicaine avec gravité. Tu as une grande force d'âme. Cela pourrait nous être utile.

Elle se détourna, se dirigea vers le lit de fortune où gisait Tiffany et examina ses blessures.

Les autres reformèrent un cercle, s'asseyant deux par deux cette fois, comme s'ils obéissaient à un ordre tacite. Liz et Alex se mirent ensemble et, tout en bavardant doucement, tentèrent de se tenir chaud. Jase entoura de son bras l'épaule de Christie. Jack, Chesi, Justine et Nelida restèrent au chevet de Tiffany. Rand, trop faible pour s'asseoir, écoutait le vacarme incessant de la tempête. Il était à nouveau la proie de la fièvre et des tremblements qui lui agitaient le corps, et se demandait s'il survivrait à une nouvelle crise.

Nelida s'occupa de Tiffany mais, sans herbes et sans remèdes, son action était limitée. Après ce qui leur parut des heures, elle se redressa d'un air las et fit signe aux trois qui se tenaient près du lit de la suivre. Elle s'avança vers les autres membres du groupe qui attendaient, réfléchit un instant pour trouver les mots justes, puis parla doucement, avec une grande émotion.

– Le corps de cette belle enfant est gravement blessé, fit-elle. Elle a une jambe et un bras brisés, l'épaule déchirée. Sa rate saigne et l'état de ses reins empire. Elle a le crâne fracturé et le cerveau qui enfle. Si elle était à l'hôpital, on pourrait peut-être la sauver... mais ici, dans cette cave, ses chances de survie et sa force vitale déclinent d'heure en heure.

– Comment peux-tu parler de ses lésions internes avec une telle certitude ? demanda Thoros, la voix chargée d'émotion. Tu n'es pas médecin.

– Dans notre village, señor, l'interrompit Emilio, la lignée de ma femme est respectée pour ses connaissances.

– Moi aussi, j'aime cette enfant de la nature, répondit doucement Nelida. Je dis la vérité, señor.

– Qu'est-ce que tu veux dire, Nelida ? demanda Chesi, les joues ruisselantes de larmes. Que pouvons-nous faire pour elle ?

– Nous parviendrons peut-être à la maintenir en vie en partageant notre énergie avec elle, mais cela nous éprouvera à la limite de notre endurance. Si nous arrivons à garder son esprit dans son corps jusqu'à l'arrivée des secours, nous la ramènerons à la vie. Mais la mort rôde autour d'elle et nous ne la retiendrons pas longtemps. (Elle se tourna vers Thoros.) Dans combien de temps l'avion reviendra-t-il, señor ?

Thoros hocha la tête, consterné.

– Ils sont partis vers les îles Salomon. Trois heures aller et autant pour le retour. Sans compter les tracasseries administratives qu'ils devront affronter pour poser un avion quasi militaire sur un aérodrome de rien du tout... Au moins huit heures. Peut-être plus.

– Ne tente pas cela, femme, la réprimanda Emilio. Nous aurons besoin de toute notre énergie pour notre propre survie. Ne mets pas les batteries à plat pour sauver cette fille qui est dans un état désespéré. La mort a jeté son dévolu sur elle.

Nelida tourna vers son mari son regard incandescent.

– La mort a jeté son dévolu sur elle mais ne l'a pas encore emportée ! Nous la sauverons, si nous partageons notre force !

– Elle nous emportera tous, si tu la défies, dit-il d'un ton menaçant.

– Alors, pour cette courageuse enfant, je lui ferai payer le prix fort. Tu ne te battras pas à mes côtés ?

– Nous nous battrons pour elle ! intervint Justine. Dis-nous ce qu'il faut faire... Nous sommes dix sur pied, ça suffira peut-être.

Nelida se tourna vers Justine et l'examina attentivement.

– Nous devons lutter avec courage et désintéressement... et il faut demander à l'avion de revenir dans trois heures, pas dans huit, dit-elle.

– Mais ce n'est pas possible, Nelida, la raisonna Thoros. Ils se sont détournés vers les Salomon.

– Priez, señor ! Demandez-le à votre Dieu. A Dieu rien n'est impossible ! Demandez un combat loyal et demandez-le très fort. Formez un cercle autour d'elle, dit-elle en se tournant vers les autres. Nous devons avertir la mort que nous nous mettons en ordre de bataille.

Les femmes lui obéirent, puis les hommes, un par un, à l'exception de Rand qui était trop malade pour bouger, entrèrent dans le cercle.

– Je ne crois pas à ces balivernes, déclara Jase en prenant place au milieu des autres.

– Et alors ? rétorqua Christie, qui lui prit fermement la main. Fais-le, c'est tout.

– A tout moment, il me faut un homme à ses pieds et une femme à sa tête, ordonna Nelida.

Emilio entra dans le cercle et posa les mains sur les pieds de Tiffany, les pouces sous la plante, les doigts sur le cou-de-pied.

– Tu es avec nous, finalement ? dit Nelida, heureuse qu'il ait pris cette décision. Alors utilise tes talents de télépathe pour envoyer un message aux sauveteurs et leur faire comprendre qu'ils doivent être de retour dans trois heures.

– Si on ne peut pas les contacter par radio, comment diable voulez-vous qu'un message télépathique leur parvienne ? demanda Jase, on ne peut plus sceptique.

– La lignée d'Emilio est connue pour ses talents télépathiques, señor. C'est lui qui envoie les messages.

– Ce n'est pas plus insensé que ce que nous sommes en train de faire, déclara Alex en riant. L'idée que le commandant d'un C-130 réponde au message télépathique d'un Indien Yaqui me plaît plutôt. Pas à toi, Thoros ? C'est merveilleusement œcuménique.

– Ne vous moquez pas d'eux ! cria Justine. Je me porte garante de Nelida. Elle est capable de choses qui dépassent de loin notre entendement, j'en ai été témoin. Si elle se porte garante d'Emilio, ça me suffit. De toute façon, Bon Dieu, après tout ce qu'ils ont fait pour nous, ils méritent votre respect !

Alex lui lança un regard étonné, et opina du chef.

– Tout à fait, fit-il d'un air contrit. Emilio, Nelida, je vous présente de sincères excuses.

– Moi aussi, reprit Thoros, surpris de ce plaidoyer passionné en faveur des Mexicains. Dites-nous seulement ce qu'il faut faire et nous essaierons. Il vaut mieux agir que se tourner les pouces.

Nelida posa les mains sur la tête de Tiffany.

– Demandez la bénédiction de votre divinité et partagez de toute votre âme... Les liens de l'amour sont très forts. La mort elle-même ne peut pas les rompre totalement. Chacun notre tour, nous partagerons notre énergie de cette manière jusqu'à ce que les secours arrivent.

– Nous ne pourrons pas faire cela pendant huit heures d'affilée, dit Thoros avec inquiétude.

– Alors priez plus fort pour que cela n'en dure que trois, répondit-elle avec une esquisse de sourire sur son visage las. Ils aiment marchander, señor... Vous devriez sans doute faire un examen de conscience. Vous leur avez volé leur terrain de jeux. Peut-être aimeraient-ils le récupérer ?

– Seriez-vous en train de suggérer à Thoros de donner un investissement de plus d'une centaine de millions de dollars à une poignée d'indigènes ? demanda Jase, incrédule.

– Señor, j'ignore quel est le prix de vos vies. Ce que je sais, c'est que nous devons prier maintenant. Et partager les uns avec les autres.

Justine, qui se tenait à côté de Thoros, lui serra fort la main.

– Elle est très sage, Thoros, murmura-t-elle. Il m'a fallu longtemps pour le reconnaître, mais elle est très sage.

– Elle est peut-être sage, répondit Thoros d'un air las, mais ce n'est pas d'un philosophe dont nous avons besoin pour l'instant, mais d'un miracle.

Une heure et cinquante-sept minutes plus tard, les crépitements de la radio portative les tirèrent de leur rêverie et de leur lassitude. Absorbés par leur tâche, ils n'avaient pas remarqué que le vacarme avait diminué à mesure qu'approchait l'œil du cyclone.

Justine et Thoros quittèrent le cercle et se penchèrent sur l'appareil en tendant l'oreille. La batterie était presque épuisée et les voix quasi inaudibles.

– Greywing. ici Saga One. Vous m'entendez ?

Crépitements.

Thoros appuya nerveusement sur le bouton pour envoyer sa réponse :

– Saga One. Ici Greywing. Où êtes-vous ?

La réponse était trop déformée par les parasites pour être compréhensible.

– Saga One. Répétez votre message. Nous ne vous recevons pas. Où diable êtes-vous ? Quelles sont vos intentions ?

Les parasites leur vrillèrent à nouveau les tympans.

– Greywing. Ici Saga One. Nous sommes à quarante-cinq kilomètres à l'ouest. Nous nous tenions à la limite du typhon. Dans vingt minutes, vous aurez un répit. Nous allons approcher, mais il ne nous reste que très peu de carburant. Terminé.

– Saga One. Ici Greywing. Nous avons des tonnes de carburant ici. Venez donc le chercher. Terminé.

– Greywing. Reçu. Pouvez-vous évacuer vos blessés vers l'aérodrome pour que nous puissions les prendre ?

Thoros jeta un regard circulaire dans la pièce pour évaluer rapidement la situation.

– Saga One, nous avons des blessés et un mourant. Nous avons besoin d'assistance pour les déplacer. Terminé.

– Greywing. Indiquez l'emplacement des blessés. Terminé.

– Saga One. Cave de la maison principale. A huit cents mètres au nord-est du terrain. Reçu ? Terminé.

– Greywing. Reçu cinq sur cinq. Nous arrivons.

54

L'œil du cyclone se trouvait juste au-dessus de l'île dévastée quand le C-130 s'éloigna de la zone périphérique pour amorcer son approche. Sûr-et-Certain comptait les secondes pour ne pas tomber en panne. Il avait surveillé la progression de la tempête au radar, attendant le moment précis où l'œil atteindrait Mora Utu pour se lancer.

Sûr-et-Certain mit le cap sur la balise du radiophare, prit pendant deux minutes un angle de deux cent soixante-quinze degrés, puis vira à deux cent trente degrés avant d'approcher. La pluie et le vent déclinaient, tout comme les turbulences. Quand il eut atteint les quatre-vingt-quinze degrés, il vira en direction de la piste, tenant aisément l'angle de correction pour amorcer une descente rapide.

– Je ne comprends vraiment pas pourquoi ils ont encore un radiophare ici, dit-il, soulagé, en se dirigeant vers la balise. En tout cas, ils peuvent remercier leur ange gardien.

Dans le cockpit, les trois hommes aperçurent en passant le G-IV fixé sur le parking à la gauche du terrain. Il en avait pris un coup. Il y avait de l'eau partout et la piste était jonchée d'objets divers qui formaient un épais tapis. Un jitney avait terminé sa course au bord de la plaque de béton, mais rien ne leur barrait le passage au point de les contraindre à renoncer à l'atterrissage.

– De combien de temps disposons-nous une fois que nous serons à terre, Sûr-et-Certain ? demanda Darkman en observant le terrain ravagé en dessous d'eux.

Des arbres abattus devaient encombrer les routes d'évacuation.

– Cinquante minutes à une heure, tout au plus. Ensuite, nous serons de nouveau dans la purée. Si la queue du typhon nous tombe dessus avant que nous ayons filé, nous aurons de gros ennuis.

– Nous y arriverons, répondit Darkman d'un ton bref. Je te laisse Silencieux, Pigpen et Chip pour faire le plein, les autres m'accompagneront.

– Ce ne sera pas rien de faire le plein, dit Sûr-et-Certain. Il va falloir dégager ce G-IV avec la jeep et trouver des tuyaux dans ce merdier.

Les deux hommes se turent, tandis que l'énorme appareil accomplissait sa dernière manœuvre d'approche avant de se poser, cette fois sans encombre.

Darkman et ses hommes en descendirent quelques instants après qu'il se fut arrêté sur la piste encombrée de débris. Avec du matériel médical et un équipement suffisant pour écarter tout obstacle, huit hommes décidés se dirigèrent vers la maison principale, tandis que les quatre autres s'occupaient du ravitaillement.

Quand ils entendirent le C-130 approcher, Thoros et Justine sortirent en courant de leur refuge. En trébuchant sur les arbres abattus et divers obstacles qui entravèrent leur marche, ils repérèrent les sauveteurs à mi-chemin entre le domaine et le terrain d'aviation. Avec de grands gestes et des cris de joie qui venaient du cœur, ils allèrent à la rencontre des hommes en treillis.

– Je suis Thoros Gagarian. Voici Justine Cousteau. Et nous sommes bigrement contents de vous voir !

– Je m'appelle Darkman, répondit le mercenaire en lui serrant la main avec vigueur. Et nous sommes bigrement contents d'avoir réussi. Marcos et Harry vous saluent bien. Quelle est la situation, monsieur Gagarian ?

– Dans la cave, nous avons une fille qui souffre de plusieurs lésions internes, un homme atteint de malaria et un autre avec une plaie à l'épaule qui s'est infectée, plus quelques blessures mineures. Nous avons aussi deux morts, mais l'un est enterré dans une caverne à plus de deux kilomètres à l'est de cet endroit et l'autre est au fond d'un ravin. Nous les évacuerons sans doute plus tard.

– On dit que l'argent ne fait pas le bonheur, fit remarquer d'un air sombre celui qu'on nommait Doc.

Son supérieur lui jeta un regard noir, le sommant de se taire.

– La grande gueule ici présente est le meilleur médecin que nous ayons, fit sèchement Darkman. Voyons ce qu'il pourra faire pour les blessés. Nous avons moins d'une heure pour vous sortir d'ici avant que la queue du typhon nous tombe dessus. Mes hommes font le plein de carburant.

Les sauveteurs se dirigèrent vers l'enceinte de la propriété, Thoros et Justine à leur tête.

– Combien vous restait-il de carburant ? demanda Justine, alors qu'ils approchaient de la maison en ruine.

– Nous avons atterri avec les vapeurs d'essence, répondit Darkman.

– Il faut des tripes pour voler à la lisière d'un tel typhon, dit-elle, sincèrement admirative. Merci de ne pas vous être détournés. La plupart des pilotes l'auraient fait.

Darkman hocha la tête et changea de sujet :

– Comment se fait-il que vous ayez tant de blessés ?

Justine faillit éclater de rire.

– Oh, Darkman, dit-elle d'une voix poignante, c'est une très longue histoire et vous ne me croiriez sans doute pas...

Quarante minutes plus tard, les douze survivants de ce séjour paradisiaque étaient assis dans le ventre du C-130. Ceux qui en étaient encore capables buvaient lentement du café chaud, au sec dans leurs treillis, et se remémoraient leur folle équipée.

ÉPILOGUE

Six mois plus tard

Un petit avion à la ligne aérodynamique descendit en douceur vers la piste de Mora Utu et s'arrêta sur la rampe du parking envahi par les herbes.

Tout était paisible. Le ciel tropical était d'un bleu lumineux, l'air embaumait l'ananas et le frangipanier. Des milliers de diamants scintillaient à la surface de l'eau.

Justine Gagarian sortit la première. Elle portait un grand bouquet de fleurs dans les bras. La belle jeune femme s'arrêta au sommet de l'escalier pour contempler le paysage avant de descendre. Parfaitement coiffée et maquillée, elle portait une tenue d'une élégante simplicité. Ses yeux s'emplirent de larmes, lorsqu'elle parcourut du regard la partie visible de l'île où ils avaient tant appris de la mort et de la vie.

La jungle reprenait inexorablement ses droits. Des lianes rampaient sur les ruines de la piste, de l'abri et de la réserve de carburant. Elle plissa les yeux en direction du domaine, mais son regard fut arrêté par la végétation. Elle descendit lentement les marches qui menaient à la piste bétonnée.

Derrière elle, Thoros et Jack émergèrent de la cabine en soutenant Tiffany. Elle paraissait plus mince, plus frêle, mais, quand elle croisa le regard de Justine, elle arborait un grand sourire, comme à son habitude. Malgré les souffrances qu'elle avait endurées depuis six mois, elle était heureuse de vivre.

Jack lui pressa la main en l'aidant à descendre. Il savait à quel point ce voyage était important pour elle, à quel point il était nécessaire pour chasser les vieux démons. « Il faut que j'y retourne, Jack », lui avait-elle dit quand elle avait appris que Thoros et Justine avaient prévu de refaire le voyage. Elles les avait suppliés de les accompagner. Tiffany avait du courage à revendre, il le savait à présent, pour l'avoir vue lutter contre la mort et réapprendre douloureusement chaque geste. Tout comme elle devait trouver la force et la persévérance de marcher sans aide. Il avait assisté à son combat contre les médecins qui affirmaient qu'elle resterait paralysée, contre la douleur de la rééducation, si terrible qu'elle en pleurait, qu'elle en jurait, sans jamais abandonner la partie. Il l'aimait plus qu'il ne s'en serait cru capable. Il la comprenait si bien, lui qui avait entraîné des boxeurs assez longtemps pour savoir reconnaître le vrai courage.

« Tu sais, Thoros, avait-il dit à son ami, six mois auparavant, à l'hôpital, pendant qu'il attendait que Tiffany sorte de la salle d'opération, nous sommes allés sur cette île maudite en croyant y amener de superbes créatures, des trophées, mais moi, j'en suis revenu avec un vrai trésor. »

Jack tendit ses béquilles à Tiffany au pied de l'escalier et l'aida à trouver son équilibre.

– C'est comme si on apportait de la glace aux Esquimaux, dit-elle en contemplant la profusion de fleurs sauvages alentour. Un bouquet au jardin d'Eden...

– Il fallait que j'apporte quelque chose en mémoire de ce qui s'est passé ici, répondit Justine en lui lançant un regard plein de tendresse. J'ai éprouvé le besoin de rendre une sorte d'hommage, j'imagine.

Thoros entoura l'épaule de Justine de son bras en un geste possessif. Cela faisait presque un mois qu'ils étaient mariés, et il en était étrangement satisfait. Ce qu'il avait si douloureusement appris pendant la semaine passée à Mora Utu l'avait profondément changé, et il considérait qu'il avait de la chance.

– A ton avis, où devrions-nous déposer ces fleurs ? demanda Justine en lui souriant.

– Donne-les à la mer, répondit-il.

Ils se dirigèrent vers la plage, Justine retira ses chaussures et s'avança pour jeter son bouquet sur une vague. Les fleurs multicolores s'éparpillèrent et flottèrent sur les eaux tropicales.

– Pour Marika et Tony ! lança-t-elle. Où que vous soyez !

Puis elle revint vers ceux qui l'attendaient sur le rivage.

– Croyez-vous que Marika sait que nous sommes venus lui dire au revoir ? demanda-t-elle. D'après Nelida, les dieux eux-mêmes respectent le courage.

Thoros ne répondit pas immédiatement. Il fixa l'océan, comme s'il avait aperçu quelque chose qu'elle ne voyait pas.

– J'en suis encore à me demander si je dois reconstruire cet endroit, Justine, dit-il enfin. Le jour où nous sommes restés dans la cave, j'ai promis de le restituer, si nous étions sauvés. Et quand nous sommes rentrés chez nous, sains et saufs, cela m'a semblé stupide... un marché conclu sous l'effet de la tension et de la peur. Maintenant que je suis revenu, je trouve que c'est un excellent moyen de rendre grâce pour tout ce qui nous a été donné. Et toi ?

Elle avait les yeux humides.

– Je crois que les dieux respecteraient cela aussi, dit-elle.

Thoros enveloppa sa femme d'un bras protecteur et l'attira impulsivement contre lui. Ils restèrent longuement dans les bras l'un de l'autre, sans rien dire des sentiments qu'ils avaient dans le cœur.

Jack et Tiffany étaient assis sur le sable chaud, l'un contre l'autre.

– J'étais beaucoup plus belle la dernière fois que nous avons joué ensemble sur cette plage, dit-elle d'un ton mélancolique.

– Moi, je te trouve superbe, Tiff, répondit-il sans mentir.

Dans la voix de Jack, elle décela autant de sincérité que d'amour. En souriant, elle s'étendit sur le sable pour s'imprégner de tout ce qui faisait le charme de cet instant. Cette journée particulière, le soleil, l'amour qu'elle éprouvait pour lui, le bonheur d'avoir été tous deux épargnés... Il l'avait accompagnée à chaque stade du long chemin qu'elle avait parcouru depuis son accident, sans jamais la décevoir ni lui permettre de renoncer.

Un papillon d'un rouge vif voletait sur la plage, loin de son habitat naturel. Il décrivit d'abord un cercle, avant de se poser sur la main tendue de Tiffany. Surprise et ravie, elle ouvrit les yeux pour mieux contempler son élégance et sa grâce, et se remémora les souvenirs d'un autre temps, d'une autre vie.

Jack fut ému, lui aussi, par ce spectacle. Il se souvint du jour où il était allongé près d'elle, il y avait longtemps de cela, et où il pensait à une bague...

– Veux-tu m'épouser, Tiffany ? lança-t-il brusquement en se demandant pourquoi il avait mis tant de temps à prononcer ces mots.

Peut-être avait-il attendu qu'elle puisse les entendre parfaitement.

Tiffany ferma à nouveau les paupières. Une larme lui coula sur la joue avant qu'elle ne réponde.

– Oui, si je peux marcher vers l'autel sans béquilles, dit-elle enfin sans le regarder.

Mais elle lui serra fort la main et il comprit ce qu'elle voulait dire.

Jack lui sourit doucement et s'étendit sur le sable à ses côtés, content, amoureux. Il était sûr qu'elle remarcherait. Sinon, peu importait. S'il le fallait, il viendrait à bout de sa réticence. Ce qui comptait, c'était qu'elle l'aimait et qu'elle n'avait pas dit non.

– D'accord, Tiffany, dit-il d'un ton satisfait. Maintenant que cette affaire est réglée, pourquoi a-t-on refusé à Lou Brock le titre de meilleur joueur de l'année, alors qu'il avait établi le record des points de base ?

– Lou Brock a marqué cent dix-huit points de base en 1974 pour les Cardinals de Saint Louis... parvint-elle à dire, avant qu'il ne l'embrasse avec tout l'amour qu'il avait attendu de partager avec la seule personne au monde qui le comprenait vraiment.

Thoros et Justine éclatèrent de rire en les regardant.

– Viens, dit Thoros en prenant la main de Justine, qu'il serra dans la sienne. Ces deux-là n'ont pas besoin de nous. Allons dire au revoir à notre île.

La main dans la main, Justine et Thoros Gagarian foulèrent le long ruban de sable écrasé de soleil qui avait provisoirement été le leur. L'île paradisiaque de Mora Utu scintillait dans l'éclatante lumière tropicale, comme s'il ne s'y était jamais rien passé, paresseux croissant de lune à la surface du Pacifique Sud, comme on n'en voit que dans les rêves et les histoires de pirates.

NOTE DE L'AUTEUR

Ce livre doit beaucoup à Clarissa Pinkola Estes et à son excellent ouvrage sur la psychologie féminine, *Women Who Run With the Wolves* : *Les Femmes qui courent avec les loups.* Je lui ai emprunté l'histoire de la peau de phoque – qu'elle attribue, quant à elle, à Mary Uukulat – et de nombreux concepts portant sur la manière dont les femmes acquièrent des pouvoirs, qui ont enrichi mon récit.

Le caractère sacré des papillons est une idée des Indiens d'Amérique, magnifiquement exposée par Agnès Whistling dans plusieurs ouvrages de Lynn Andrews.

Les recherches sur les chamans de Taisha Abelard dans *Le Voyage du sorcier* et celles de Carlos Castaneda dans les nombreux livres où il étudie Don Juan Matus, le sorcier yaqui, ont grandement contribué à donner chair aux éléments magiques de la tradition naqual de Nelida et d'Emilio, notamment en ce qui concerne l'acquisition du pouvoir. L'idée qu'un chaman se considère comme un être supérieur à un homme éduqué parce qu'il est un guerrier et un chasseur, je la dois à une conversation entre Don Juan Matus et Carlos Castaneda dans le *Voyage à Ixtlan*. Quant au mantra chamanique de Nelida, il provient également des enseignements de Don Juan.

Je recommande ces ouvrages à mes propres lecteurs, car ils sont à la fois source de connaissance et de plaisir.

TABLE

Cet ouvrage a été achevé d'imprimer
sur Roto-Page
par l'Imprimerie Floch
à Mayenne
pour le compte de France Loisirs
en septembre 1997

Cet ouvrage est imprimé
sur du papier sans bois et sans acide.

N° d'édition : 27266. N° d'impression : 42109
Dépôt légal : octobre 1997

Imprimé en France